A CAVERNA

Obras do autor publicadas pela Companhia das Letras

Alabardas, alabardas, espingardas, espingardas
O ano da morte de Ricardo Reis
O ano de 1993
A bagagem do viajante
O caderno
Cadernos de Lanzarote
Cadernos de Lanzarote II
Caim
A caverna
Claraboia
O conto da ilha desconhecida
Don Giovanni ou O dissoluto absolvido
Ensaio sobre a cegueira
Ensaio sobre a lucidez
O Evangelho segundo Jesus Cristo
História do cerco de Lisboa
O homem duplicado
In Nomine Dei
As intermitências da morte
A jangada de pedra
Levantado do chão
A maior flor do mundo
Manual de pintura e caligrafia
Memorial do convento
Objecto quase
As palavras de Saramago (org. Fernando Gómez Aguilera)
As pequenas memórias
Que farei com este livro?
O silêncio da água
Todos os nomes
Viagem a Portugal
A viagem do elefante

JOSÉ SARAMAGO

A CAVERNA

2ª edição

4ª reimpressão

Copyright © 2000 by José Saramago

Capa:
Adaptada de *Silvadesigners*, autorizada
por *Porto Editora S.A.* e *Fundação José Saramago*

Caligrafia da capa:
Eduardo Lourenço

Revisão:
Renata Lopes Del Nero
Carmen T. S. Costa

A editora manteve a grafia vigente em Portugal, observando as regras do Acordo Ortográfico da Língua Portuguesa de 1990.

Os personagens e situações desta obra são reais apenas no universo da ficção; não se referem a pessoas e fatos concretos, e sobre eles não emitem opinião

---

Dados Internacionais de Catalogação na Publicação (CIP)
(Câmara Brasileira do Livro, SP, Brasil)

Saramago, José, 1922-2010
 A caverna / José Saramago. — 2ª ed. — São Paulo: Companhia das Letras, 2017.

 ISBN 978-85-359-3044-3

 1. Romance português I. Título.

00-4501 CDD-869.37

Índices para catálogo sistemático:
1. Romances: Século 20: Literatura portuguesa 869.37
2. Século 20: Romances: Literatura portuguesa 869.37

Todos os direitos desta edição reservados à
EDITORA SCHWARCZ S.A.
Rua Bandeira Paulista, 702, cj. 32
04532-002 — São Paulo — SP
Telefone: (11) 3707-3500
www.companhiadasletras.com.br
www.blogdacompanhia.com.br
facebook.com/companhiadasletras
instagram.com/companhiadasletras
twitter.com/cialetras

A CAVERNA

A Pilar

Que estranha cena descreves e que estranhos prisioneiros, São iguais a nós.

Platão, *República*, Livro VII

O homem que conduz a camioneta chama-se Cipriano Algor, é oleiro de profissão e tem sessenta e quatro anos, posto que à vista pareça menos idoso. O homem que está sentado ao lado dele é o genro, chama-se Marçal Gacho, e ainda não chegou aos trinta. De todo o modo, com a cara que tem, ninguém lhe daria tantos. Como já se terá reparado, tanto um como outro levam colados ao nome próprio uns apelidos insólitos cuja origem, significado e motivo desconhecem. O mais provável será sentirem-se desgostosos se alguma vez vierem a saber que aquele algor significa frio intenso do corpo, prenunciador de febre, e que o gacho é nada mais nada menos que a parte do pescoço do boi em que assenta a canga. O mais novo veste uniforme, mas não está armado. O mais velho traja um casaco civil e umas calças mais ou menos a condizer, leva a camisa sobriamente fechada no colarinho, sem gravata. As mãos que manejam o volante são grandes e fortes, de camponês, e, não obstante, talvez por efeito do quotidiano contacto com as maciezas da argila a que o ofício obriga, prometem sensibilidade. Na mão direita de Marçal Gacho não há nada de particular, mas as costas da mão esquerda apresentam uma cicatriz com aspecto de queimadura, uma marca em diagonal que vai da base do polegar à base do dedo mínimo. A camioneta não merece esse nome, é apenas uma furgoneta de tamanho médio, de um modelo fora de moda, e vai carregada de louça. Quando os dois homens saíram de casa, vinte quilómetros atrás, o céu ainda mal começara a clarear, agora a manhã já pôs no mundo luz bastante para que se possa observar a cicatriz de Marçal Gacho e adivinhar a sensibilidade das mãos de Cipriano Algor. Vêm viajando a velocidade reduzida por causa da fragilidade da carga e também pela irregularidade do pavimento da estrada. A entrega de mercadorias não consideradas de primeira ou segunda necessidades, como é o caso das louças rústicas, faz-se, de acordo com os horários fixados, a meio da manhã, e se estes dois homens madrugaram tanto foi porque Marçal Gacho tem de marcar o ponto pelo menos meia hora antes de as portas do Centro serem abertas ao público. Nos dias em que não traz o genro, mas tem louças para transportar, Cipriano Algor não precisa de se levantar tão cedo. Contudo, de dez em dez dias, é sempre ele quem se encarrega de ir buscar Marçal Gacho ao trabalho para passar com a família as quarenta horas de folga a que tem direito, e quem, depois, com louça ou sem louça na caixa da furgoneta, pontualmente o reconduz às suas responsabilidades e obrigações de guarda interno. A filha de Cipriano Algor, que se chama Marta, de apelidos Isasca, por parte da mãe já falecida, e Algor, por parte do pai, só goza da presença do marido em casa e na cama seis noites e três dias em cada mês. Na noite antes desta ficou grávida, mas ainda não o sabe.

 A região é fosca, suja, não merece que a olhemos duas vezes. Alguém deu a estas enormes extensões de aparência nada campestre o nome técnico de Cintura Agrícola, e também, por analogia poética, o de Cintura Verde, mas a única paisagem que os olhos conseguem alcançar nos dois lados da estrada, cobrindo sem solução de continuidade perceptível muitos milhares de hectares, são grandes armações de teto plano, retangulares, feitas de plásticos de uma cor neutra que o tempo e as poeiras, aos poucos, foram desviando ao cinzento e ao pardo. Debaixo delas, fora dos olhares de quem passa, crescem plantas. Por caminhos secundários que vêm dar à estrada, saem, aqui e além, camiões e tratores com atrelados carregados de vegetais, mas o grosso do transporte já se efetuou durante a noite, estes de agora, ou têm autorização expressa e excepcional para fazer a entrega mais tarde, ou deixaram-se dormir. Marçal Gacho afastou discretamente a manga esquerda do casaco para olhar o relógio, está preocupado porque o trânsito se torna pouco a pouco mais denso e porque sabe que de aqui para diante, quando entrarem na Cintura Industrial, as dificuldades aumentarão. O sogro deu pelo gesto, mas deixou-se ficar calado, este seu genro é um moço simpático, sem dúvida, mas é nervoso, da raça dos desassossegados de nascença, sempre inquieto com a passagem do tempo, mesmo se o tem de sobra, caso em que nunca parece saber o que lhe há-de pôr dentro, dentro do tempo, entenda-se, Como será quando chegar à minha idade, pensou. Deixaram a Cintura Agrícola para trás, a estrada, agora mais suja, atravessa a Cintura Industrial rompendo pelo meio de instalações fabris de todos os tamanhos, atividades e feitios, com depósitos esféricos e cilíndricos de combustível, estações elétricas, redes de canalizações, condutas de ar, pontes suspensas, tubos de todas as grossuras, uns vermelhos, outros pretos, chaminés lançando para a atmosfera rolos de fumos tóxicos, gruas de longos braços, laboratórios químicos, refinarias de petróleo, cheiros fétidos, amargos ou adocicados, ruídos estridentes de brocas, zumbidos de serras mecânicas, pancadas brutais de martelos de pilão, de vez em quando uma zona de silêncio, ninguém sabe o que se estará produzindo ali. Foi então que Cipriano Algor disse, Não te preocupes, chegaremos a tempo, Não estou preocupado, respondeu o genro, disfarçando mal a inquietação, Bem sei, era uma maneira de falar, disse Cipriano Algor. Fez virar a furgoneta para uma rua paralela reservada à circulação local, Vamos atalhar caminho por aqui, disse, se a polícia nos perguntar por que saímos da estrada, recorda-te da combinação, temos um assunto a tratar numa destas fábricas antes de chegarmos à cidade. Marçal Gacho respirou fundo, quando o tráfego se complicava na estrada, o sogro, mais tarde ou mais cedo, acabava por tomar um desvio. O que o afligia era a possibilidade de que ele se distraísse e tomasse a decisão tarde de mais. Felizmente, apesar dos temores e dos avisos, nunca tinham sido mandados parar pela polícia, Alguma vez se haverá de convencer de que já não sou um rapaz, pensou Marçal, de que não tem de estar a lembrar-me todas as vezes isto dos assuntos a tratar nas fábricas. Não imaginavam, um e outro, que fosse precisamente o uniforme de guarda do Centro que Marçal Gacho envergava o motivo da continuada tolerância ou da benévola indiferença da polícia de trânsito, que não era simples resultado de acasos múltiplos ou de teimosa sorte, como provavelmente teria sido a sua resposta se lhes perguntassem a razão por que achavam eles que não tinham sido multados até aí. Conhecesse-a Marçal Gacho, que talvez fizesse valer perante o sogro o peso da autoridade que a farda lhe conferia, conhecesse-a Cipriano Algor, que talvez passasse a falar ao genro com menos irónica condescendência. É bem verdade que nem a juventude sabe o que pode, nem a velhice pode o que sabe.

Depois da Cintura Industrial principia a cidade, enfim, não a cidade propriamente dita, essa avista-se lá adiante, tocada como uma carícia pela primeira e rosada luz do sol, o que aqui se vê são aglomerações caóticas de barracas feitas de quantos materiais, na sua maioria precários, pudessem ajudar a defender das intempéries, sobretudo da chuva e do frio, os seus mal abrigados moradores. É, no dizer dos habitantes da cidade, um lugar assustador. De tempos a tempos, por estas paragens, e em nome do axioma clássico que prega que a necessidade também legisla, um camião carregado de alimentos é assaltado e esvaziado em menos tempo do que leva a contá-lo. O método operativo, exemplarmente eficaz, foi elaborado e desenvolvido depois de uma aturada reflexão coletiva sobre o resultado dos primeiros intentos, malogrados, como logo se tornou óbvio, por uma total ausência de estratégia, por uma tática, se assim se lhe poderia chamar, antiquada, e, finalmente, por uma deficiente e errática coordenação de esforços, na prática entregues a si mesmos. Sendo quase contínuo durante a noite o fluxo de tráfego, bloquear a estrada para reter um camião, como tinha sido primeira ideia, significou caírem os assaltantes na sua própria armadilha, uma vez que atrás desse camião logo outros camiões vinham, portanto reforços e socorro imediato para o condutor em apuros. A solução do problema, efetivamente genial, como à boca pequena foi reconhecido pelas próprias autoridades policiais, consistiu em dividirem-se os assaltantes em dois grupos, um tático, outro estratégico, e em estabelecer duas barragens em lugar de uma, começando o grupo tático por cortar rapidamente a estrada depois da passagem de um camião suficientemente separado dos outros, e logo o grupo estratégico, umas centenas de metros mais adiante, informado adrede por um sinal luminoso, com ligeireza igual montava a segunda barragem, onde o veículo condenado pelo destino não tinha outro remédio que deter-se e deixar-se roubar. Para os veículos que vinham em direcção contrária não era necessário nenhum corte de estrada, os próprios condutores deles se encarregavam de parar ao perceberem o que se passava lá adiante. Um terceiro grupo, designado de intervenção rápida, se encarregaria de dissuadir com uma chuva de pedras qualquer solidário atrevido. As barragens eram feitas com grandes pedregulhos transportados em padiolas, que alguns dos próprios assaltantes, jurando e trejurando que não tinham nada que ver com o sucedido, vinham depois ajudar a retirar para a berma da estrada, Essa gente é que dá má fama ao nosso bairro, nós somos pessoas honestas, diziam, e os condutores dos outros camiões, ansiosos por que lhes limpassem o caminho para não chegarem tarde ao Centro, só respondiam, Pois, pois. A tais acidentes de percurso, sobretudo porque circula quase sempre por estes sítios à luz do dia, tem sido poupada a furgoneta de Cipriano Algor. Pelo menos, até hoje. De facto, porque as louças de barro são as que mais geralmente vão à mesa do pobre e mais facilmente se partem, o oleiro não está livre de que uma mulher, das muitas que mal-vivem nestas barracas, se lembre de dizer um dia destes ao chefe da família, Estamos a precisar de pratos novos, ao que ele de certeza responderá, Vou tratar disso, passa por aí às vezes uma furgoneta que tem escrito por fora Olaria, é impossível que não leve pratos, E púcaros, acrescentará a mulher, aproveitando a maré favorável, E púcaros, não me esquecerei.

Entre as barracas e os primeiros prédios da cidade, como uma terra de ninguém separando duas facções enfrentadas, há um largo espaço despejado de construções, porém, olhando com um pouco mais de atenção, percebe-se no solo uma rede entrecruzada de rastos de tratores, certos alisamentos que só podem ter sido causados por grandes pás mecânicas, essas implacáveis lâminas curvas que, sem dó nem piedade, levam tudo por diante, a casa antiga, a raiz nova, o muro que amparava, o lugar de uma sombra que nunca mais voltará a estar. No entanto, tal como sucede nas vidas, quando julgávamos que também nos tinham levado tudo por diante e depois reparámos que afinal nos ficara alguma coisa, igualmente aqui uns fragmentos dispersos, uns farrapos emporcalhados, uns restos de materiais de refugo, umas latas enferrujadas, umas tábuas apodrecidas, um plástico que o vento traz e leva, mostram-nos que este território havia estado ocupado antes pelos bairros de excluídos. Não tardará muito que os edifícios da cidade avancem em linha de atiradores e venham assenhorear-se do terreno, deixando entre os mais adiantados deles e as primeiras barracas apenas uma faixa estreita, uma nova terra de ninguém, que assim ficará enquanto não chegar a altura de se passar à terceira fase.

A estrada principal, a que haviam regressado, passara a ser mais larga, com uma faixa exclusivamente reservada à circulação de veículos pesados, e embora a furgoneta só por desvario de imaginação possa ser incluída nessa categoria superior, o facto de se tratar indiscutivelmente de um carro para transporte de cargas dá ao seu condutor o direito de concorrer em pé de igualdade com as lentas e mastodônticas máquinas que roncam, mugem e cospem nuvens sufocantes pelos tubos de escape, e ultrapassá-las rapidamente, com uma sinuosa agilidade que faz tilintar as louças lá atrás. Marçal Gacho olhou outra vez o relógio e respirou. Chegaria a tempo. Já estavam na periferia da cidade, haveria ainda que percorrer umas quantas ruas de traçado confuso, virar à esquerda, virar à direita, outra vez à esquerda, outra vez à direita, agora à direita, à direita, esquerda, esquerda, direita, em frente, finalmente desembocariam numa praça a partir da qual se acabavam as dificuldades, uma avenida em linha reta levava-os aos seus destinos, ali onde era esperado o guarda interno Marçal Gacho, além onde deixaria a sua carga o oleiro Cipriano Algor. Ao fundo, um muro altíssimo, escuro, muito mais alto que o mais alto dos prédios que ladeavam a avenida, cortava abruptamente o caminho. Na realidade, não o cortava, supô-lo era o efeito de uma ilusão de ótica, havia ruas que, para um lado e para o outro, prosseguiam ao longo do muro, o qual, por sua vez, muro não era, mas sim a parede de uma construção enorme, um edifício gigantesco, quadrangular, sem janelas na fachada lisa, igual em toda a sua extensão. Cá estamos, disse Cipriano Algor, como vês chegámos a tempo, ainda faltam dez minutos para a tua hora de entrada, Sabe tão bem como eu por que não devo atrasar-me, prejudicaria a minha posição na lista dos candidatos a guarda residente, Não é uma ideia que entusiasme por aí além a tua mulher, essa de quereres passar a guarda residente, É melhor para nós, teremos mais comodidades, melhores condições de vida. Cipriano Algor parou a furgoneta em frente à esquina do edifício, pareceu que ia responder ao genro, mas o que fez foi perguntar, Por que é que estão a deitar abaixo aquele quarteirão de prédios, Afinal sempre se confirmou, Confirmou o quê, Há semanas que se andava a falar de uma ampliação, respondeu Marçal Gacho ao mesmo tempo que saía da furgoneta. Tinham parado em frente de uma porta por cima da qual havia um letreiro com as palavras Entrada Reservada ao Pessoal de Segurança. Cipriano Algor disse, Talvez, Talvez, não, a prova está aí à vista, a demolição já começou, Não me referia à ampliação, mas ao que disseste antes sobre as condições de vida, acerca das comodidades não discuto, em todo o caso não nos podemos queixar, não somos dos mais desafortunados, Respeito a sua opinião, mas eu tenho a minha, e vai ver que Marta, quando chegar a altura, estará de acordo comigo. Deu dois passos, parou, decerto tinha pensado que esta não era a maneira correta de despedir-se um genro do sogro que o levou ao trabalho, e disse, Obrigado, desejo-lhe uma boa viagem de volta, Até daqui a dez dias, disse o oleiro, Até daqui a dez dias, disse o guarda interno, ao mesmo tempo que acenava a um colega que vinha chegando. Foram juntos, entraram, a porta fechou-se.

Cipriano Algor pôs o motor em marcha, mas não arrancou logo. Olhou para os prédios que estavam a ser arrasados. Desta vez, provavelmente por causa da pouca altura dos edifícios a deitar abaixo, não estavam a ser utilizados explosivos, esse moderno, expeditivo e espetacular processo que em três segundos é capaz de transformar uma estrutura sólida e organizada num caótico montão de cacos. Como seria de esperar, a rua que formava ângulo reto com esta estava vedada ao trânsito. Para fazer entrega da mercadoria, o oleiro ia ser obrigado a passar por trás do quarteirão em demolição, rodeá-lo, seguir depois em frente, a porta a que teria de ir bater estava na esquina mais distante, precisamente, em relação ao ponto em que se encontrava, no outro extremo de uma reta imaginária que atravessasse obliquamente o edifício onde Marçal Gacho entrara, Em diagonal, precisou mentalmente o oleiro para abreviar a explicação. Quando daqui a dez dias vier recolher o genro não haverá qualquer vestígio destes prédios, terá assentado a poeira da destruição que agora paira no ar, e poderá até suceder que já esteja a ser escavado o grande fosso onde serão abertos os cavoucos e implantados os fundamentos da nova construção. Depois levantar-se-ão as três paredes, uma que lindará com a rua por onde Cipriano Algor terá de dar a volta daqui a pouco, duas que cerrarão de um lado e do outro o terreno ganho à custa da rua intermédia e da demolição dos prédios, fazendo desaparecer a fachada do edifício por enquanto visível, a porta de acesso do pessoal de segurança mudará de sítio, não serão precisos muitos dias para que nem a pessoa mais perspicaz seja capaz de distinguir, olhando de fora, e muito menos o perceberá se estiver no interior do edifício, entre a construção recente e a construção anterior. O oleiro olhou o relógio, ainda era cedo, nos dias em que trazia o genro era inevitável ter de aguardar duas horas que abrisse o serviço de recepção a que ia destinado, e depois mais todo o tempo que a sua vez tardasse a chegar, Mas tenho a vantagem de ocupar um bom lugar na fila, posso até ser o primeiro, pensou. Nunca o tinha sido, havia sempre gente mais madrugadora do que ele, o mais certo era que alguns daqueles condutores tivessem passado parte da noite na cabina dos seus camiões. Subiam à rua quando o dia aclarava para tomar um café, pão e algum conduto, uma aguardente nas manhãs húmidas e frias, depois deixavam-se ficar por ali, praticando uns com os outros, até dez minutos antes de se abrirem as portas, então os mais novos, nervosos como aprendizes, precipitavam-se pela rampa abaixo para ocuparem os seus postos, enquanto os mais velhos, sobretudo se estavam nos últimos lugares da fila, desciam conversando sossegadamente, chupando a derradeira fumaça do cigarro, porque no subterrâneo, havendo motores ligados, não era permitido fumar. O fim do mundo, achavam eles, não era para já, correr não adiantava nada.

    Cipriano Algor pôs a furgoneta em andamento. Distraíra-se com a demolição dos prédios e agora queria recuperar o tempo perdido, palavras estas insensatas entre as que mais o forem, expressão absurda com a qual supomos enganar a dura realidade de que nenhum tempo perdido é recuperável, como se acreditássemos, ao contrário desta verdade, que o tempo que críamos para sempre perdido teria, afinal, resolvido ficar parado lá atrás, esperando, com a paciência de quem dispõe do tempo todo, que déssemos pela falta dele. Estimulado pela urgência nascida dos pensamentos sobre quem chegou primeiro e sobre quem depois chegará, o oleiro deu rapidamente a volta ao quarteirão e meteu a direito pela rua que limitava a outra fachada do edifício. Como era invariável costume, já havia gente à espera de que se abrissem as portas destinadas ao público. Passou para a faixa esquerda de circulação, para o desvio de acesso à rampa que descia ao pavimento subterrâneo, mostrou ao guarda o seu cartão de fornecedor e foi tomar lugar na fila de veículos, atrás de uma camioneta carregada de caixas que, a julgar pelos rótulos das embalagens, continham peças de vidro. Saiu da furgoneta para ver quantos outros fornecedores tinha à sua frente e assim calcular, com maior ou menor aproximação, o tempo que teria de esperar. Estava em número treze. Contou novamente, não havia dúvidas. Embora não fosse pessoa supersticiosa, não ignorava a má reputação deste numeral, em qualquer conversa sobre o acaso, a fatalidade e o destino sempre alguém toma a palavra para relatar casos vividos da influência negativa, e às vezes funesta, do treze. Tentou recordar se em alguma outra ocasião lhe calhara este lugar na fila, mas, de duas uma, ou nunca tal acontecera, ou simplesmente não se lembrava. Ralhou consigo mesmo, que era um despropósito, um disparate preocupar-se com algo que não tem existência na realidade, sim, era certo, nunca tinha pensado nisso antes, de facto os números não existem na realidade, às coisas é indiferente o número que lhes dermos, tanto faz dizermos delas que são o treze como o quarenta e quatro, o mínimo que se pode concluir é que não tomam conhecimento do lugar em que calhou ficarem. As pessoas não são coisas, as pessoas querem estar sempre nos primeiros lugares, pensou o oleiro, E não só querem estar neles, como querem que se diga e que os demais o notem, murmurou. Com exceção dos dois guardas que fiscalizavam, um em cada extremo, a entrada e a saída, o subterrâneo estava deserto. Era sempre assim, os condutores largavam o veículo na fila à medida que iam chegando e subiam para a rua, para o café. Estão muito enganados se julgam que vou ficar aqui, disse Cipriano Algor em voz alta. Fez recuar a furgoneta como se afinal de contas não tivesse nada para descarregar e saiu do alinhamento, Assim já não serei o décimo terceiro, pensou. Passados poucos momentos um camião desceu a rampa e foi parar no sítio que a furgoneta tinha deixado livre. O condutor desceu da cabina, olhou o relógio, Ainda tenho tempo, deve ter pensado. Quando desapareceu no alto da rampa, o oleiro manobrou rapidamente e foi colocar-se atrás do camião, Agora sou o catorze, disse, satisfeito com a sua astúcia. Recostou-se no assento, suspirou, por cima da sua cabeça ouvia o zumbido do tráfego na rua, em geral também subia como os outros para beber um café e comprar o jornal, mas hoje não lhe apetecia. Fechou os olhos como se recuasse para o interior de si mesmo e entrou logo no sonho, era o genro que lhe estava a explicar que quando fosse nomeado guarda residente a situação mudaria como da noite para o dia, que a Marta e ele deixariam de morar na olaria, já era tempo de começarem uma vida independente da família, Seja compreensivo, o que tem de ser, diz o ditado, tem muita força, o mundo não para, se as pessoas de quem dependes te promovem, o que tens a fazer é levantar as mãos ao céu e agradecer, seria uma estupidez virar as costas à sorte quando ela se põe do nosso lado, além disso estou certo de que o seu maior desejo é que a Marta seja feliz, portanto deverá estar contente. Cipriano Algor ouvia o genro e sorria para dentro, Dizes tudo isso porque julgas que sou o treze, não sabes que passei a ser o catorze. Acordou em sobressalto com o bater das portas dos carros, sinal de que a descarga ia começar. Então, ainda não completamente regressado do sonho, pensou, Não mudei de número, sou o treze que está no lugar do catorze.

 Assim era. Quase uma hora depois, chegou a sua vez. Desceu da furgoneta e aproximou-se do balcão de atendimento com os papéis do costume, a guia de entrega em triplicado, a fatura respeitante às vendas efetivas do último fornecimento, a declaração de qualidade industrial que acompanhava cada partida e na qual a olaria assumia a responsabilidade de qualquer defeito de fabrico detectado na inspeção a que as louças seriam sujeitas, a confirmação de exclusividade, igualmente obrigatória em todos os fornecimentos, em que a olaria se comprometia, submetendo-se a sanções no caso de infração, a não ter relações comerciais com outro estabelecimento para a colocação dos seus artigos. Como era habitual, um empregado aproximou-se para auxiliar a descarga, mas o subchefe da recepção chamou-o e ordenou, Descarrega metade do que aí vier, verifica pela guia. Cipriano Algor, surpreendido, alarmado, perguntou, Metade, porquê, As vendas baixaram muito nas últimas semanas, provavelmente iremos ter de devolver-lhe por falta de escoamento o que está em armazém, Devolver o que têm em armazém, Sim, está no contrato, Bem sei que está no contrato, mas como também lá está que não me autorizam a ter outros clientes, diga-me a quem é que vou vender a outra metade, Isso não é comigo, eu só cumpro as ordens que recebi, Posso falar com o chefe do departamento, Não, não vale a pena, ele não o atenderia. Cipriano Algor tinha as mãos a tremer, olhava em redor, perplexo, a pedir ajuda, mas só leu desinteresse nas caras dos três condutores que haviam chegado depois dele. Apesar disso, tentou apelar à solidariedade de classe, Vejam esta situação, um homem traz aqui o produto do seu trabalho, cavou o barro, amassou-o, modelou a louça que lhe encomendaram, cozeu-a no forno, e agora dizem-lhe que só ficam com metade do que fez e que lhe vão devolver o que está no armazém, quero saber se há justiça neste procedimento. Os condutores olharam uns para os outros, encolheram os ombros, não tinham a certeza do que seria melhor responder nem a quem conviria mais a resposta, um deles puxou mesmo de um cigarro para tornar claro que se desligava do assunto, logo lembrou-se de que não podia fumar ali, então virou as costas e foi acolher-se à cabina do camião, longe dos acontecimentos. O oleiro compreendeu que teria tudo a perder se continuasse a protestar, quis deitar água na fervura que ele próprio havia levantado, de todo o modo vender metade era melhor do que nada, as coisas acabarão com certeza por compor-se, pensou. Submisso, dirigiu-se ao subchefe da recepção, Pode dizer-me o que é que fez que as vendas tivessem baixado tanto, Acho que foi o aparecimento aí de umas louças de plástico a imitar o barro, imitam-no tão bem que parecem autênticas, com a vantagem de que pesam muito menos e são muito mais baratas, Não é razão para que se deixe de comprar as minhas, o barro sempre é o barro, é autêntico, é natural, Vá dizer isso aos clientes, não quero afligi-lo, mas creio que a partir de agora a sua louça só interessará a colecionadores, e esses são cada vez menos. A contagem estava terminada, o subchefe escreveu na guia, Recebi metade, e disse, Não traga mais nada enquanto não tiver notícias nossas, Acha que poderei continuar a fabricar, perguntou o oleiro, A decisão será sua, eu não me responsabilizo, E a devolução, sempre me irão devolver o que cá têm, as palavras tremiam de desespero e com tal amargura que o outro quis ser conciliador, Veremos. O oleiro entrou na furgoneta, arrancou com brusquidão, algumas caixas, mal escoradas depois da meia descarga, deslizaram e foram bater violentamente contra a porta de trás, Que se parta tudo de uma vez, gritou irritado. Teve de parar no princípio da rampa de saída, o regulamento manda que o cartão seja apresentado também a este guarda, são coisas da burocracia, ninguém sabe porquê, em princípio quem entrou fornecedor, fornecedor sairá, mas pelos vistos há exceções, aqui temos o caso de Cipriano Algor que ainda o era quando entrou, e agora, se se confirmarem as ameaças, está em vias de deixar de sê-lo. A culpa deveria ter sido do treze, ao destino não o enganam artimanhas de pôr depois o que estava antes. A furgoneta subiu a rampa, saiu à luz do dia, não há mais nada a fazer senão voltar para casa. O oleiro sorriu com tristeza, Não foi o treze, o treze não existe, tivesse eu sido o primeiro a chegar e a sentença seria igual, por agora metade, depois se verá, merda de vida.

A mulher das barracas, aquela que precisava de pratos e púcaros novos, perguntou ao marido, Então, viste a furgoneta da olaria, e o marido respondeu, Sim, obriguei-a a parar, mas depois deixei-a seguir, Porquê, Tivesses olhado tu para a cara do homem que lá ia dentro, e aposto que terias feito o que eu fiz.

O oleiro parou a furgoneta, desceu os vidros de um lado e do outro, e esperou que alguém aparecesse para o roubar. Não é raro suceder que certas desesperações de espírito, certos encontrões da vida empurrem a vítima a decisões tão dramáticas como esta, quando não piores. Chega um momento em que a pessoa transtornada ou injuriada ouve uma voz a gritar dentro da sua cabeça, Perdido por dez, perdido por cem, e então é consoante as particularidades da situação em que se encontre e o lugar onde ela o encontrou, ou gasta o último dinheiro que lhe restava num bilhete de lotaria, ou atira para a mesa de jogo o relógio que havia herdado do pai e a cigarreira de prata que a mãe lhe deu, ou aposta quanto tem no vermelho apesar de ter visto que a cor saiu cinco vezes seguidas, ou sobe sozinho da trincheira e corre de baioneta calada contra a metralhadora do inimigo, ou para esta furgoneta, desce os vidros, abre depois as portas, e põe-se à espera de que, com os porretes do costume, as navalhas de sempre e as necessidades da ocasião, o venha saquear a gente das barracas, Se não o quiseram aqueles, então que o levem estes, foi o último pensamento de Cipriano Algor. Passaram dez minutos sem que alguém se aproximasse para cometer o ansiado latrocínio, um quarto de hora se foi sem que ao menos um cão vadio tivesse subido à estrada para mijar numa roda e farejar o recheio da furgoneta, e já ia vencida meia hora quando finalmente se aproximou um homem sujo e mal-encarado que perguntou ao oleiro, Há algum problema, quer ajuda, dou-lhe um empurrãozinho, pode ser coisa da bateria. Ora, se até mesmo os ânimos mais fortes têm momentos de irresistível fraqueza, que é quando o corpo não consegue comportar-se com a reserva e a discrição que o espírito levou anos a ensinar-lhe, não deveremos estranhar que a oferta de auxílio, ainda por cima vinda de um homem com toda a pinta de assaltante habitual, tivesse tocado a corda mais sensível de Cipriano Algor ao ponto de lhe fazer subir uma lágrima ao canto do olho, Não, muito obrigado, disse, mas logo a seguir, quando o prestimoso cireneu já se afastava, saltou da furgoneta, correu a abrir a porta traseira, ao mesmo tempo que ia chamando, Ó senhor, ó senhor, venha cá. O homem parou, Sempre quer que o ajude, perguntou, Não, não é isso, Então, quê, Venha aqui, faça-me esse favor. O homem veio e Cipriano Algor disse, Tome esta meia dúzia de pratos, leve-os à sua mulher, é um presente, e tome mais estes seis, que são de sopa, Mas eu não fiz nada, duvidou o homem, Tanto dá, é o mesmo que se tivesse feito, e se está precisado de uma bilha para a água, aqui a tem, Realmente, uma bilha fazia-me jeito lá em casa, Pois então leve-a, leve-a. O oleiro empilhou os pratos, primeiro os rasos, depois os covos, depois estes sobre aqueles, acomodou-os à curva do braço esquerdo do homem, e, como a bilha para a água já estava suspensa da mão direita dele, não teve o beneficiado muito de si com que agradecer, só a vulgar palavra obrigado, que tanto é sincera como não, e a surpresa de uma inclinação de cabeça nada de harmonia com a classe social a que pertence, o que isto quer dizer é que saberíamos muito mais das complexidades da vida se nos aplicássemos a estudar com afinco as suas contradições em vez de perdermos tanto tempo com as identidades e as coerências, que essas têm obrigação de explicar-se por si mesmas.

Quando o homem que tinha pinta de salteador, mas que afinal não o era, ou que simplesmente não tinha querido sê--lo desta vez, se sumiu, meio perplexo, entre as barracas, Cipriano Algor pôs a furgoneta em movimento. Obviamente, nem a visão mais aguda seria capaz de notar qualquer diferença na pressão exercida sobre as molas e os pneumáticos da furgoneta, em questões de peso doze pratos e uma bilha de barro significam tanto num veículo de transporte, ainda que de tamanho médio, como significariam na feliz cabeça de uma noiva doze pétalas de rosa branca e uma pétala de rosa encarnada. Não foi por casualidade que a palavra feliz surgiu aí atrás, de facto é o mínimo que podemos dizer da expressão de Cipriano Algor, que, olhando-o agora, ninguém acreditaria que só lhe compraram metade da carga que tinha levado ao Centro. Mau foi ter-lhe voltado outra vez à lembrança, quando dois quilómetros adiante penetrou na Cintura Industrial, o bruto revés comercial sofrido. A ominosa visão das chaminés a vomitar rolos de fumo deu--lhe para se perguntar em que estupor de fábrica daquelas estariam a ser produzidos os estupores das mentiras de plástico, maliciosamente fingidas à imitação de barro, É impossível, murmurou, nem o som nem o peso se lhe podem igualar, e há ainda a relação entre a vista e o tato que li já não sei onde, a vista que é capaz de ver pelos dedos que estão a tocar o barro, os dedos que, sem lhe tocarem, conseguem sentir o que os olhos estão a ver. E, como se isto não fosse já tormento bastante, também se interrogou Cipriano Algor, pensando no velho forno da olaria, quantos pratos, púcaros, canecas e jarros por minuto ejetariam as malditas máquinas, quantas coisas a fazer as vezes de bilhas e quartões. O resultado destas e outras perguntas que não ficaram registadas foi ensombrar-se outra vez o semblante do oleiro e, a partir daí, o resto do caminho foi todo ele um contínuo cogitar sobre o futuro difícil que esperava a família Algor se o Centro persistisse na nova avaliação de produtos de que a olaria fora talvez a primeira vítima. Honra seja feita, porém, a quem a leva amplamente merecida, em nenhum momento Cipriano Algor permitiu que o seu espírito fosse tomado pelo arrependimento de haver sido generoso com o homem que o deveria ter roubado, se fosse verdade tudo quanto se tem andado a dizer a respeito da gente das barracas. Na orla da Cintura Industrial havia umas quantas modestas manufaturas que não se percebia como tinham podido sobreviver à gula de espaço e à múltipla variedade de produção dos modernos gigantes fabris, mas o facto era que ali estavam, e olhá-las à passagem sempre tinha sido uma consolação para Cipriano Algor quando, em algumas horas mais inquietas da vida, lhe dava para futurar sobre os destinos da sua profissão. Não vão durar muito, pensou, desta vez referia-se às manufaturas, não ao futuro da atividade oleira, mas foi só porque não se deu ao trabalho de refletir durante tempo suficiente, sucede isto muitas vezes, achamos que já se pode afirmar que não vale a pena esperar conclusões só porque resolvemos parar no meio do caminho que nos levaria a elas.

Cipriano Algor atravessou a Cintura Verde rapidamente, não olhou nem uma vez para os campos, o espetáculo monótono das extensões de plástico, baças de natureza e soturnas de sujidade, causava-lhe sempre um efeito depressivo, imagine-se o que seria hoje, no estado de ânimo em que vai, se se pusesse a contemplar este deserto. Como quem alguma vez tivesse erguido a túnica benzida de uma santa de altar para saber se o que a sustentava por baixo eram pernas de gente ou um par de estacas mal desbastadas, já há muito tempo que o oleiro não precisava de resistir à tentação de parar a furgoneta e ir espreitar se era mesmo certo que no interior daquelas coberturas e daqueles painéis havia plantas reais, com frutos que se pudessem cheirar, palpar e morder, com folhas, tubérculos e rebentos que se pudessem cozer, temperar e pôr no prato, ou se a melancolia abrumadora do que por fora se expunha contaminava de incurável artifício o que lá dentro crescia, fosse o que fosse. Depois da Cintura Verde o oleiro tomou por uma estrada secundária, havia uns restos esquálidos de bosque, uns campos mal amanhados, uma ribeira de águas escuras e fétidas, depois apareceram numa curva as ruínas de três casas já sem janelas nem portas, com os telhados meio caídos e os espaços interiores quase devorados pela vegetação que sempre irrompe dos escombros, como se ali tivesse estado, à espera da sua hora, desde a abertura dos cavoucos. A povoação começava uns cem metros além, era pouco mais que a estrada que lhe passava ao meio, umas quantas ruas que a ela vinham desembocar, uma praça irregular que fazia barriga para um lado só, aí um poço fechado, com a sua bomba de tirar água e a grande roda de ferro, à sombra de dois altos plátanos. Cipriano Algor acenou a uns homens que conversavam, mas, contra o que era costume quando regressava de levar as louças ao Centro, não parou, num momento destes não imaginava o que lhe poderia apetecer, mas não de certeza uma conversa, mesmo tratando-se de pessoas que conhecia. A olaria e a morada em que vivia com a filha e o genro ficavam no outro extremo da povoação, metidas para dentro do campo, apartadas dos últimos prédios. Ao entrar na aldeia, Cipriano Algor havia reduzido a velocidade da furgoneta, mas agora avançava ainda mais devagar, a filha devia de estar a acabar de preparar o almoço, eram horas disso, Que faço, digo-lho já, ou depois de termos comido, perguntava a si mesmo, É preferível depois, deixo a furgoneta no alpendre da lenha, ela não pensará em ir ver se trago alguma coisa, hoje não era dia de compras, assim poderemos comer tranquilos, isto é, comerá ela tranquila, eu não, e no fim conto-lhe o que sucedeu, ou então talvez lá mais para o meio da tarde, quando estivermos a trabalhar, tão mau seria ficar a sabê-lo antes de termos almoçado como logo a seguir. A estrada fazia uma curva larga onde terminava a povoação, depois do último prédio via-se à distância uma grande amoreira-preta que não deveria ter menos de uns dez metros de altura, ali estava a olaria. O vinho foi servido, vai ser preciso bebê-lo, disse Cipriano Algor com um sorriso cansado, e pensou que muito melhor seria se o pudesse vomitar. Virou a furgoneta à esquerda, para um caminho em subida pouco pronunciada que conduzia à casa, a meio dele deu três avisos sonoros a anunciar que chegava, sempre o fazia, a filha estranharia se hoje não o fizesse.

A morada e a olaria tinham sido construídas neste amplo terreiro, provavelmente uma antiga eira, ou um calcadoiro, no centro do qual o avô oleiro de Cipriano Algor, que também usara o mesmo nome, decidiu, num dia remoto de que não ficou registo nem memória, plantar a amoreira. O forno, um pouco apartado, já havia sido obra modernizadora do pai de Cipriano Algor, a quem também idêntico nome fora dado, e substituíra um outro forno, velhíssimo, para não dizer arcaico, que, olhado de fora, tinha a forma de dois troncos de cone sobrepostos, o de cima mais pequeno que o de baixo, e de cujas origens tão-pouco havia ficado lembrança. Sobre os vetustos alicerces dele tinha-se construído o forno atual, este que cozeu a carga de que o Centro só quis receber metade, e agora, já frio, espera que o carreguem de novo. Com uma atenção exagerada Cipriano Algor arrumou a furgoneta debaixo do alpendre, entre duas pargas de lenha seca, depois pensou que ainda poderia passar pelo forno e ganhar alguns minutos, mas faltava-lhe o motivo, faltava-lhe a justificação, não era como de outras vezes, quando regressava da cidade e o forno se encontrava a funcionar, nesses dias ia olhar para dentro da mufla e calcular a temperatura pela cor dos barros incandescentes, se o vermelho-escuro já se teria convertido em vermelho-cereja, ou este em laranja. Ficou ali parado, como se o ânimo de que precisava se tivesse atrasado no caminho, mas foi a voz da filha que o obrigou a mover-se, Por que é que não entra, o almoço está pronto. Intrigada com a demora, Marta aparecera entreportas, Venha, venha, que a comida esfria. Cipriano Algor entrou, deu um beijo à filha e fechou-se na casa de banho, comodidade doméstica instalada quando já era adolescente e, desde há muito tempo, a necessitar ampliação e melhorias. Observou-se no espelho, não encontrou nenhuma ruga a mais na cara, Tenho-a dentro, de certeza, pensou, depois verteu águas, lavou as mãos e saiu. Comiam na cozinha, sentados a uma grande mesa que havia conhecido dias mais felizes e assembleias mais numerosas. Agora, depois da morte da mãe, Justa Isasca, de quem talvez não se venha a falar muito mais neste relato, mas de quem se deixa escrito aqui o nome próprio, que o apelido já o conhecíamos, agora os dois comem num extremo, o pai à cabeceira, Marta no lugar que a mãe deixou vago, e em frente dela Marçal, quando está. Como lhe correu a manhã, perguntou Marta, Bem, o costume, respondeu o pai baixando a cabeça para o prato, Marçal telefonou, Ah sim, e que queria ele, Que tinha estado a falar consigo sobre irmos viver para o Centro quando for promovido a guarda residente, Sim, falámos nesse assunto, Estava aborrecido porque o pai tornou a dizer que não concorda, Entretanto pensei melhor, acho que vai ser uma boa solução para ambos, O que é que o fez, de repente, mudar de ideias, Não quererás continuar a trabalhar de oleira para o resto da tua vida, Não, embora goste do que faço, Deves acompanhar o teu marido, amanhã terás filhos, três gerações a comer barro é mais do que suficiente, E o pai está de acordo em ir connosco para o Centro, deixar a olaria, perguntou Marta, Deixar isto, nunca, está fora de questão, Quer dizer que passará a fazer tudo sozinho, cavar o barro, amassá-lo, trabalhar à bancada e ao torno, acender o forno, carregá-lo, desenforná--lo, limpá-lo, depois meter tudo na furgoneta e ir vender, recordo-lhe que as coisas já vão sendo bastante difíceis apesar da ajuda que nos dá Marçal no pouco tempo que cá está, Hei-de encontrar quem me auxilie, não faltam rapazes na povoação, Sabe perfeitamente que já ninguém quer ser oleiro, aqueles que se fartam do campo vão para as fábricas da Cintura, não deixam a terra para vir para o barro, Mais uma razão para que largues isto, Não está a pensar que o vou deixar aqui sozinho, Vens ver-me de vez em quando, Pai, por favor, estou a falar a sério, Eu também, minha filha.

Marta levantou-se para mudar os pratos e servir a sopa, que era costume da família comer depois. O pai seguia-a com os olhos e pensava, Estou a deixar complicar tudo com esta conversa, melhor seria contar-lhe já. Não o fez, subitamente a filha passara a ter oito anos, e ele dizia-lhe, Repara bem, é como quando a tua mãe amassa o pão. Fazia rolar o bloco de argila para a frente e para trás, comprimia-o e alongava-o com a parte posterior da palma das mãos, batia-o com força sobre a mesa, calcava, apertava, voltava ao princípio, repetia toda a operação, uma vez, outra vez, outra ainda, Por que é que faz isso, perguntara-lhe a filha, Para não deixar ficar dentro do barro grumos e bolhas de ar, seria mau para o trabalho, No pão também, No pão só os grumos, as bolhas não têm importância. Punha de lado o cilindro compacto em que transformara a argila e começava a amassar outro bloco, Já vai sendo tempo de aprenderes, dissera, mas depois arrependeu-se, Que estupidez, só tem oito anos, e emendou, Vai brincar lá para fora, vai, aqui está frio, mas a filha respondeu que não queria ir, estava a tentar modelar um boneco numa apara de barro que se lhe pegava aos dedos por ser demasiado mole, Esse não serve, experimenta antes com este, vais ver que conseguirás, disse o pai. Marta olhava-o inquieta, não eram maneiras de ele baixar assim a cabeça para comer, como se pretendesse que, escondendo a cara, também as preocupações ficassem escondidas, talvez seja da conversa que teve com Marçal, mas disso falámos e ele não mostrou esta cara, ou então estará doente, vejo-o decaído, murcho, naquele dia a mãe disse-me, Tem cuidado, não puxes demasiado por ti, e eu respondi-lhe, Isto só quer força de braços e manejo de ombros, o resto do corpo assiste de palanque, Não mo venhas dizer a mim, que até o cabelo da cabeça me fica a doer depois de uma hora a amassar, É só porque tem andado um pouco mais cansada nestes últimos tempos, Ou será porque estou a começar a ficar velha, Faça o favor de deixar-se dessas ideias, minha mãe, a senhora não tem nada de velha, mas, quem tal imaginaria, ainda sobre esta conversa não tinham decorrido duas semanas, e já estava morta e enterrada, são as surpresas que a morte faz à vida, Em que pensa, meu pai. Cipriano Algor limpou a boca ao guardanapo, pegou no copo como se fosse beber, mas pousou-o sem o levar aos lábios. Diga, fale, insistiu a filha, e para abrir-lhe caminho ao desabafo perguntou, Ainda está preocupado por causa de Marçal, ou tem algum outro motivo de cuidado. Cipriano Algor deitou a mão ao copo, bebeu de um trago o resto do vinho, e respondeu rapidamente, como se as palavras lhe queimassem a língua, Só me ficaram com metade do carregamento, dizem que passou a haver menos compradores para o barro, que apareceram à venda umas louças de plástico a imitar e que é isso que os clientes preferem, Não é nada que não devêssemos esperar, mais tarde ou mais cedo teria de suceder, o barro racha-se, esboicela-se, parte-se ao menor golpe, ao passo que o plástico resiste a tudo e não se queixa, A diferença está em que o barro é como as pessoas, precisa de que o tratem bem, O plástico também, mas é certo que menos, E o pior é terem-me dito que não lhes leve mais louça enquanto não a encomendarem, Então vamos parar de trabalhar, Parar não, quando o pedido vier já teremos de dispor de louça pronta para entregar nesse mesmo dia, não seria depois da encomenda que iríamos a correr acender o forno, E entretanto que fazemos, Esperar, ter paciência, amanhã irei dar uma volta por aí, alguma coisa hei-de vender, Lembre-se de que já deu essa volta há dois meses, não encontrará muitas pessoas a precisar de comprar, Não queiras desanimar-me, Só procuro ver as coisas como são, foi o pai quem disse, ainda agora, que três gerações de oleiros na família é mais do que suficiente, Não chegarás a ser a quarta geração, irás viver para o Centro com o teu marido, Deverei ir, sim, mas o pai irá comigo, Já te disse que nunca me hás-de ver a viver no Centro, Foi o Centro quem nos alimentou até hoje comprando o produto do nosso trabalho, continuará a alimentar-nos quando lá morarmos e não tivermos nada para lhe vender, Graças ao salário de Marçal, Não é ofensa nenhuma que o genro sustente o sogro, Depende de quem o sogro seja, Pai, não é bom ser-se orgulhoso a esse ponto, Não se trata de orgulho, De que se trata, então, Não te posso explicar, é mais complicado do que o orgulho, é outra coisa, uma espécie de vergonha, mas desculpa-me, reconheço que não devia ter dito o que disse, O que eu não quero é que passe necessidades, Poderei começar a vender aos comerciantes da cidade, é questão de o Centro autorizar, se compram menos não têm o direito de proibir-me de vender a outros, Sabe melhor do que eu que os comerciantes da cidade lutam com grandes dificuldades para manter a cabeça fora de água, toda a gente vai comprar ao Centro, cada vez há mais gente a querer viver no Centro, Eu não quero, Que vai fazer se o Centro deixar de nos comprar louças e se as pessoas daqui começarem a usar utensílios de plástico, Espero morrer antes disso, A mãe morreu antes disto, Morreu ao torno, a trabalhar, oxalá pudesse eu acabar da mesma maneira, Não fale da morte, pai, É enquanto estamos vivos que podemos falar da morte, não depois. Cipriano Algor serviu-se de um pouco mais de vinho, levantou-se, limpou a boca às costas da mão como se as regras de educação à mesa caducassem ao retirar-se, e disse, Tenho de ir partir barro, o que temos está a acabar. Já ia a sair quando a filha o chamou, Pai, ocorreu-me uma ideia, Uma ideia, Sim, telefonar ao Marçal para que fale com o chefe do departamento de compras e tente descobrir quais são as intenções do Centro, se é por pouco tempo esta redução nas encomendas ou se será para durar, o pai sabe que o Marçal é estimado pelos superiores, Pelo menos é o que ele nos diz, Se o diz é porque é certo, retorquiu Marta, impaciente, e acrescentou, Mas se não quiser, não telefonarei, Telefona, sim, telefona, é uma boa ideia, é a única que pode servir agora, ainda que eu duvide de que um chefe de departamento do Centro esteja disposto, assim sem mais nem menos, a dar satisfações acerca do seu serviço a um guarda de segunda classe, conheço-os melhor do que ele, não é preciso estar lá dentro para perceber de que massa é feita aquela gente, julgam que têm o rei na barriga, além disso um chefe de departamento não é mais do que um mandado, cumpre ordens que lhe vêm de cima, pode até suceder que nos engane com explicações sem fundamento, só para se dar ares de figura importante. Marta ouviu a extensa tirada até ao fim, mas não respondeu. Se, como parecia manifesto, o pai fazia questão de ter a última palavra, não seria ela quem lhe roubaria o gosto. Só pensou, quando ele saiu, Devo ser mais compreensiva, devo pôr-me no seu lugar, imaginar o que será ficar de repente sem trabalho, separar-se da casa, da olaria, do forno, da vida. Repetiu as últimas palavras em voz alta, Da vida, ao mesmo tempo que subitamente a vista se lhe turvou, tinha-se posto no lugar do pai e sofreu como ele estava sofrendo. Olhou em redor e reparou pela primeira vez que tudo ali estava como coberto de barro, não sujo de barro, somente da cor que ele tem, da cor de todas as cores com que saiu da barreira, o que foi sendo deixado por três gerações que todos os dias mancharam as mãos no pó e na água do barro, e também, lá fora, a cor de cinza viva do forno, a derradeira e esmorecente mornidão de quando o deixavam vazio, como uma casa donde saíram os donos e que se deixa ficar, paciente, à espera, e amanhã, se tudo isto não se acabou já para sempre, outra vez a primeira chama da lenha, o primeiro bafo quente que vai rodear como uma carícia a argila seca, e depois, aos poucos e poucos, a tremulina do ar, uma cintilação rápida de brasa, o alvorecer do esplendor, a irrupção deslumbrante do fogo pleno. Nunca mais verei isto quando nos formos daqui, disse Marta, e angustiou-se-lhe o coração como se estivesse a despedir-se da pessoa a quem mais amasse, que neste momento não saberia dizer qual delas fosse, se a mãe já morta, se o pai amargurado, ou até o marido, sim, poderia ser o marido, é o mais lógico, sendo mulher dele como é. Ouvia, como se subisse de debaixo do chão, o ruído surdo do maço rompendo o barro, porém o som das pancadas parecia-lhe hoje diferente, talvez porque não as impelisse a necessidade simples do trabalho, mas a ira impotente de o perder. Vou telefonar, murmurou Marta consigo mesma, a pensar estas coisas ainda acabarei por ficar tão triste como ele. Saiu da cozinha e dirigiu-se ao quarto do pai. Ali, em cima da pequena mesa onde Cipriano Algor fazia a escrituração das despesas e receitas da olaria, estava um telefone de modelo antiquado. Marcou um dos números da central e pediu que a pusessem em comunicação com a segurança. Quase no mesmo instante soou uma voz seca de homem, Serviço de Segurança, a rapidez do atendimento não a surpreendeu, toda a gente sabe que quando se trata de questões de segurança até o mais insignificante dos segundos conta, Desejo falar com o guarda de segunda classe Marçal Gacho, disse Marta, Da parte de quem, Sou a mulher dele, estou a falar de casa, O guarda de segunda classe Marçal Gacho encontra-se de serviço neste momento, não pode ser deslocado, Nesse caso peço o favor de lhe transmitirem um recado, É a mulher dele, Sou, chamo-me Marta Algor Gacho, poderá verificar aí, Então não ignora que não recebemos recados, apenas tomamos nota de quem telefonou, Seria só dizer-lhe que telefone para casa assim que puder, É urgente, perguntou a voz. Marta pensou duas vezes, será urgente, urgente não será, sangria desatada não era, problemas graves no forno também não, parto prematuro muito menos, mas acabou por responder, Sim, realmente tem uma certa urgência, Tomei nota, disse o homem, e desligou. Com um suspiro de cansada resignação Marta pousou o auscultador no descanso, não havia nada a fazer, era mais forte do que eles, a segurança não podia viver sem atirar a sua autoridade à cara das pessoas, mesmo num caso tão trivial como tinha sido este de agora, tão banal, tão de todos os dias, uma mulher que telefonou para o Centro porque precisava de falar com o seu marido, não foi ela a primeira nem de certeza será a última. Quando Marta saiu para o terreiro, o som do maço deixou subitamente de parecer que subia do chão, vinha de onde tinha de vir, do recanto escuro da olaria onde se guardava a argila extraída da barreira. Chegou-se à porta, mas não passou do limiar, Já telefonei, disse, ficaram de lhe dar o recado, Esperemos que o façam, respondeu o pai, e sem outra palavra atacou com o maço o maior dos blocos que tinha à sua frente. Marta virou as costas porque sabia que não deveria penetrar num espaço escolhido de propósito pelo pai para estar sozinho, mas também porque tinha, ela própria, trabalho a fazer, algumas dúzias de púcaros grandes e pequenos à espera de que lhes colassem as asas. Entrou pela porta ao lado.

Marçal Gacho telefonou ao fim da tarde, depois de sair do seu turno de serviço. Respondeu à mulher em breves e mal ligadas palavras, sem dar mostras de lástima, inquietação ou enfado pela descortesia comercial de que o sogro fora vítima. Falou com uma voz ausente, uma voz que parecia estar a pensar noutra coisa, disse Sim, ah sim, compreendo, é conforme, suponho que é normal, irei logo que puder, às vezes não, sem dúvida, pois sim, já compreendi, não precisas de repetir, e rematou a conversa com uma frase finalmente completa, mas sem relação com o assunto, Fica descansada, não me esquecerei das compras. Marta percebeu que o marido tinha estado a falar diante de testemunhas, colegas de trabalho, talvez um superior que viera inspecionar a camarata, e por isso teve de disfarçar, a fim de evitar curiosidades incómodas, ou mesmo perigosas. A organização do Centro fora concebida e montada segundo um modelo de estrita compartimentação das diversas atividades e funções, as quais, embora não fossem nem pudessem ser totalmente estanques, só por canais únicos, não raro difíceis de destrinçar e identificar, podiam comunicar entre si. É claro que um simples guarda de segunda classe, tanto pela natureza específica do seu cargo como pelo seu diminuto valimento no quadro do pessoal subalterno, uma coisa derivada da outra por inapelável consequência, não está apetrechado, geralmente falando, de discernimento e perceptibilidade suficientes para captar subtilezas e matizes desse carácter, na verdade quase voláteis, mas Marçal Gacho, apesar de não ser o mais astuto da sua categoria, conta a seu favor com um certo fermento de ambição que, tendo como meta conhecida a passagem a guarda residente e, num segundo tempo, naturalmente, a promoção a guarda de primeira classe, não sabemos aonde poderá levá-lo no futuro próximo e, menos ainda, num futuro distante, se o tiver. Foi por andar de olhos bem abertos e ter os ouvidos afinados logo desde o dia em que começou a trabalhar no Centro que pôde aprender, em pouco tempo, quando e como era mais conveniente falar, ou calar, ou fazer de conta. Depois de dois anos de casamento, Marta julga conhecer bem o marido que lhe calhou nesse jogo de pôr e tirar a que quase sempre se reduz a vida conjugal, dedica-lhe todo o seu afeto de esposa, não teria mesmo relutância, supondo que o interesse do relato exigisse aprofundar a sua intimidade, em usar de extrema veemência ao responder que o ama, mas não é pessoa para enganar-se a si mesma, sendo mesmo provável, se levássemos tão longe a insistência, que acabasse por confessar que às vezes ele lhe parece demasiado prudente, para não dizer calculador, imaginando que a área tão negativa da personalidade ousaríamos levar a indagação. Tinha a certeza de que o marido se retirara contrariado da conversa, de que estaria já a preocupá-lo a perspectiva de um encontro com o chefe do departamento de compras, e não por timidez ou modéstia de inferior, na verdade Marçal Gacho sempre fez gala em proclamar que não gosta de chamar sobre si as atenções desde que não se trate de assuntos de serviço, sobretudo, acrescentará quem pensa conhecê-lo, quando se dê o caso de elas não lhe trazerem benefício. Afinal, a tal boa ideia que Marta julgara ter só boa tinha parecido porque, naquele momento, como disse o pai, era a única possível. Cipriano Algor estava na cozinha, não podia ter ouvido os fragmentos de discurso, soltos e desconexos, emitidos pelo genro, mas foi como se os tivesse lido todos, e preenchido as faltas, no rosto abatido da filha, quando, um largo minuto depois, ela saiu do quarto. E porque não valia a pena dar trabalho à língua por tão pouco, não perdeu tempo a perguntar-lhe. Então, foi ela quem teve de comunicar o óbvio, Falará com o chefe do departamento, que também só para dizer isto não precisava Marta de cansar-se, dois olhares bastariam. A vida é assim, está cheia de palavras que não valem a pena, ou que valeram e já não valem, cada uma que ainda formos dizendo tirará o lugar a outra mais merecedora, que o seria não tanto por si mesma, mas pelas consequências de tê-la dito. O jantar decorreu em silêncio, silenciosas foram também as duas horas passadas depois diante da televisão indiferente, em certa altura, como vem sucedendo com frequência nos últimos meses, Cipriano Algor adormeceu. Tinha o sobrolho franzido, com uma expressão de zanga, como se, ao mesmo tempo que dormia, estivesse a recriminar-se por ter cedido tão facilmente ao sono, quando o justo e equitativo seria que a irritação e o desgosto o mantivessem acordado de noite e de dia, o desgosto para que sofresse plenamente a injúria, a irritação para lhe tornar suportável o sofrimento. Exposto assim, desarmado, com a cabeça caída para trás, a boca meio aberta, perdido de si mesmo, apresentava a imagem pungente de um abandono sem salvação, como um saco que se tivesse rompido e deixado escoar pelo caminho o que levava dentro. Marta olhava o pai com fervor, com uma intensidade apaixonada, e pensava, Este é o meu velho pai, são exageros desculpáveis de quem ainda está nos primeiros alvores da idade adulta, a um homem de sessenta e quatro anos, embora de ânimo um pouco emurchecido como neste se está observando, não se deveria, com tão inconsciente leviandade, chamar-lhe velho, teria sido esse o costume nas épocas em que os dentes começavam a cair aos trinta anos e as primeiras rugas apareciam aos vinte e cinco, atualmente a velhice, a autêntica, a insofismável, aquela de que não poderá haver retorno, nem sequer fingimento dele, só a partir dos oitenta anos é que principiará, de facto e sem desculpas, a merecer o nome que damos ao tempo da despedida. Que irá ser de nós se o Centro deixa de comprar, para quem passaremos a fabricar louça se são os gostos do Centro que determinam os gostos de toda a gente, perguntava-se Marta, não foi o chefe do departamento quem decidiu reduzir as compras a metade, a ordem veio-lhe de cima, dos superiores, de alguém para quem é indiferente que haja um oleiro a mais ou a menos no mundo, isto que sucedeu poderá ter sido apenas o primeiro passo, o segundo será deixarem definitivamente de comprar, teremos de estar preparados para esse desastre, sim, preparados, mas bem gostaria eu de saber como é que uma pessoa se prepara para levar uma martelada na cabeça, e quando Marçal for promovido a guarda residente, que farei com o pai, deixá-lo-ei ficar sozinho nesta casa e sem trabalho, impossível, impossível, filha desnaturada, diriam de mim os vizinhos, pior do que isso, diria eu de mim mesma, as coisas seriam diferentes se a mãe ainda fosse viva, porque, ao contrário do que é costume dizer-se, duas fraquezas não fazem uma fraqueza maior, fazem uma força nova, provavelmente não é assim nem nunca o foi, mas há ocasiões em que conviria que o fosse, não, meu pai, não, Cipriano Algor, quando eu daqui sair irás comigo, ainda que te tenha de levar à força, não duvido de que um homem seja capaz de viver só, mas estou convencida de que começa a finar-se no mesmo instante em que feche atrás de si a porta da sua casa. Como se o tivessem sacudido bruscamente por um braço, ou como se tivesse percebido que falavam da sua pessoa, Cipriano Algor abriu os olhos de repente e endireitou-se na cadeira. Passou as mãos pela cara e, com a expressão meio confusa de uma criança apanhada em falta, murmurou, Deixei-me dormir. Dizia sempre estas palavras, Deixei-me dormir, quando acordava dos seus breves sonos diante da televisão. Mas esta noite não era igual às outras, por isso teve de acrescentar, Seria muito melhor que não tivesse acordado, murmurou, ao menos, enquanto dormi, fui um oleiro com trabalho, Com a grande diferença de que o trabalho que se faz sonhando nunca deixou obra feita, disse Marta, Exatamente como na vida desperta, trabalhas, trabalhas e trabalhas, e um dia sais desse sonho ou dessa pesadeira e dizem-te que o que fizeste não serviu para nada, Serviu, sim, pai, É como se não tivesse servido, Hoje tivemos um mau dia, amanhã pensaremos com mais sossego, veremos como encontrar saída para este problema que nos arranjaram, Pois sim, veremos, pois sim, pensaremos. Marta chegou-se ao pai, deu-lhe um beijo carinhoso, Vá-se deitar, vá, e durma bem, descanse-me essa cabeça. À entrada do quarto, Cipriano Algor parou, virou-se para trás, pareceu hesitar um momento e acabou por dizer, como se decidisse convencer-se a si mesmo, Talvez o Marçal telefone amanhã, talvez nos traga uma boa notícia, Quem sabe, pai, quem sabe, respondeu Marta, ele disse-me que tomaria a questão muito a peito, era essa a sua disposição.

Marçal não telefonou no dia seguinte. Passou-se todo esse dia, que era quarta-feira, passou quinta e passou sexta, passaram sábado e domingo, e só na segunda-feira, quase uma semana depois do desaire das louças, é que o telefone voltaria a tocar em casa de Cipriano Algor. Apesar do que tinha anunciado, o oleiro não saiu para dar uma volta pelos arredores à procura de compradores. Ocupou as suas arrastadas horas em pequenos trabalhos, alguns deles desnecessários, como foi o de inspecionar e limpar meticulosamente o forno, de alto a baixo, por dentro e por fora, junta a junta, tijolo a tijolo, como se estivesse a prepará-lo para a maior cozedura da sua história. Amassou uma porção de barro de que a filha precisava, mas, ao contrário da atenção escrupulosa com que havia tratado o forno, fê-lo com pouquíssimo zelo, tanto assim que Marta, às escondidas, se viu obrigada a amassá-lo outra vez para lhe reduzir os grumos. Rachou lenha, varreu o terreiro, e na tarde em que, durante mais de três horas, caiu uma dessas chuvas finas e monótonas a que dantes se dava o nome de moinhas, esteve todo o tempo sentado num tronco debaixo do alpendre, umas vezes olhando em frente com a fixidez de um cego que sabe que não passará a ver se virar a cabeça noutra direcção, outras vezes contemplando as próprias mãos abertas, como se nas linhas delas, nas suas encruzilhadas, procurasse um caminho, o mais curto ou o mais longo, em geral ir por um ou por outro depende da muita ou pouca pressa que se tenha de chegar, sem esquecer, contudo, aqueles casos em que alguém ou alguma coisa nos andam a empurrar pelas costas, sem que saibamos porquê nem para onde. Nessa tarde, quando a chuva parou, Cipriano Algor desceu o caminho que levava à estrada, não se apercebera de que a filha o olhava da porta da olaria, mas nem ele tinha precisão de dizer aonde ia, nem ela de que ele lho dissesse. Homem teimoso, pensou Marta, deveria ter levado a furgoneta, de um momento para o outro pode recomeçar a chover. Era natural, era o que se devia esperar de uma filha, a preocupação de Marta, porque, na verdade, por mais que historicamente se tenha exagerado em declarações contrárias, o céu nunca foi muito de fiar. Desta vez, porém, mesmo que o chuvisco torne a escorregar do cinzento uniforme que cobre e rodeia a terra, a molha não será das de ensopar, o cemitério da povoação é muito perto, está aí no fim de uma destas ruas transversais à estrada, e Cipriano Algor, apesar da idade entre cá e lá, ainda conserva o passo largo e rápido de que os mais novos se servem para as pressas. Velho ou novo, que ninguém lhas peça hoje. Como não seria de bom juízo aconselhar-lhe Marta que viesse na furgoneta, porque aos cemitérios, sobretudo a estes de aldeia, campestres, bucólicos, sempre deveremos ir andando pé-terra, não por efeito de qualquer imperativo categórico ou imposição do transcendente, mas por respeito às conveniências simplesmente humanas, afinal de contas têm sido tantos os que vão em pedestres peregrinações a venerar a tíbia de um santo, que não se entende como se poderia ir de outra maneira aonde de antemão sabemos que nos esperam a nossa própria memória e talvez uma lágrima. Cipriano Algor irá estar alguns minutos diante da campa da mulher, não para rezar umas orações que já esqueceu, nem para pedir-lhe que, lá na empírea morada, se a tão alto a levaram as suas virtudes, interceda por ele junto de quem alguns dizem que pode tudo, apenas protestará que não é justo, Justa, o que me fizeram, rirem-se do meu trabalho e do trabalho da nossa filha, dizem eles que as loiças de barro deixaram de interessar, que já ninguém as quer, portanto também nós deixámos de ser precisos, somos uma malga rachada em que já não vale a pena perder tempo a deitar gatos, tu tiveste mais sorte enquanto viveste. Nos estreitos caminhos de saibro do cemitério há pequenas poças de água, a erva cresce por toda a parte, não levará cem anos para que deixe de se saber quem foi metido debaixo destes montículos de lama, e mesmo que ainda o saibam então é duvidoso que sabê-lo lhes interesse verdadeiramente, os mortos, alguém o disse já, são como pratos rachados em que não vale a pena enganchar aqueles também desusados grampos de ferro que uniam o que se tinha rompido e separado, ou, no caso vertente, explicando o símile por outras palavras, os gatos da memória e da saudade. Cipriano Algor aproximou-se da sepultura da mulher, três anos são já os que ela leva ali em baixo, três anos sem aparecer em parte nenhuma, nem na casa, nem na olaria, nem na cama, nem à sombra da amoreira-preta, nem sob o sol esbraseado da barreira, não voltou a sentar-se à mesa nem ao torno, não retira as cinzas caídas da grelha nem vira as peças que estão a secar, não descasca as batatas, não amassa o barro, não diz, Assim são as coisas, Cipriano, a vida não tem mais do que dois dias para dar, e tanta gente houve que só viveu dia e meio, e outros nem tanto, já vês que não nos podemos queixar. Cipriano Algor não ficou mais de três minutos, tinha inteligência bastante para não precisar que lhe dissessem que o importante não era estar ali parado, com rezos ou sem rezos, a olhar uma sepultura, o importante foi ter vindo, o importante é o caminho que se fez, a jornada que se andou, se tens consciência de que estás a prolongar a contemplação é porque te observas a ti mesmo ou, pior ainda, é porque esperas que te observem. Comparando com a velocidade instantânea do pensamento, que segue em linha reta até quando parece ter perdido o norte, cremo-lo porque não percebemos que ele, ao correr numa direção, está a avançar em todas as direções, comparando, dizíamos, a pobre da palavra está sempre a precisar de pedir licença a um pé para fazer andar o outro, e mesmo assim tropeça constantemente, duvida, entretém-se a dar voltas a um adjetivo, a um tempo verbal que lhe surgiu sem se fazer anunciar pelo sujeito, essa deve de ser a razão por que Cipriano Algor não teve tempo para dizer à mulher tudo quanto viera pensando, aquilo de não ser justo, Justa, o que me fizeram, mas é bem possível que os murmúrios que estamos a ouvir-lhe agora, enquanto vai caminhando para a saída do cemitério, sejam precisamente o que tinha ficado por dizer. Já ia calado quando se cruzou com uma mulher vestida de luto que entrava, sempre assim tem sido, uns que chegam, outros que partem, ela disse, Boas tardes, senhor Cipriano, o tratamento de respeito justifica-se tanto pela diferença de gerações como por ser costume do campo, e ele retribuiu, Boas tardes, se não disse o nome dela não foi porque não o conhecesse, mas por pensar que esta mulher, de luto carregado por um marido, não terá parte nos sombrios acontecimentos futuros que se anunciam nem na relação que deles se faça, sendo contudo certo que ela, pelo menos, tenciona ir amanhã à olaria a comprar um cântaro, conforme está anunciando, Amanhã lá vou comprar um cântaro, mas oxalá seja melhor do que este, que se me ficou a asa dele na mão quando o levantei, desfez-se em cacos e alagou-me a cozinha toda, pode imaginar o que foi aquilo, também é certo, manda a verdade que se diga, que o coitado já tinha uma idade, e Cipriano Algor respondeu, Escusa de ir à olaria, eu levo-lhe um cântaro novo para substituir esse que se partiu, não tem de pagar, é oferta da fábrica, Diz isso por eu estar viúva, perguntou a mulher, Não, que ideia, é apenas um oferecimento, nada mais, temos uma quantidade de cântaros que se calhar nunca chegaremos a vender, Sendo assim fico-lhe muito agradecida, senhor Cipriano, Não tem de quê, Um cântaro novo é alguma coisa, Sim, mas é unicamente isso, só alguma coisa, Então até amanhã, lá o espero, e mais uma vez muito agradecida, Até amanhã. Ora, correndo o pensamento simultaneamente em todas as direções, como antes se deixou bem explicado, e avançando ao mesmo tempo com ele os sentimentos, não deverá surpreender-nos que a satisfação da viúva por ir receber um cântaro novo sem precisar de o pagar tenha sido a causa de moderar-se de um instante para o seguinte o desgosto que a fizera sair de casa em tarde tão tristonha a fim de visitar a última morada do marido. Claro que, apesar de ainda estarmos a vê-la parada à entrada do cemitério, certamente regozijando-se no seu íntimo de dona de casa com o inesperado regalo, ela não deixará de ir aonde a convocaram o luto e o dever, mas talvez, afinal, quando lá estiver, não chore tanto como tinha pensado. A tarde já escurece lentamente, começam a aparecer luzes mortiças dentro das casas vizinhas do cemitério, mas o crepúsculo ainda há--de durar o tempo necessário para que a mulher possa rezar sem susto de fogos-fátuos ou de almas penadas o seu padre--nosso e a sua ave-maria, que em boa paz fique e em boa paz descanse.

Quando Cipriano Algor dobrou o último prédio da povoação e olhou para o sítio onde se encontrava a olaria, viu acender-se a luz exterior, uma antiga lanterna de caixa metálica dependurada por cima da porta da morada, e, embora não passasse uma só noite sem que a acendessem, sentiu desta vez que o coração se lhe reconfortava e se lhe abrandava o ânimo, como se a casa estivesse a dizer-lhe, Estou à tua espera. Quase impalpáveis, levadas e trazidas ao sabor das ondas invisíveis que impelem o ar, umas minúsculas gotículas tocaram-lhe a cara, não tardará muito que o moinho das nuvens recomece a peneirar a sua farinha de água, com toda esta humidade não sei quando vamos conseguir que as peças sequem. Quer seja por influência da mansidão crepuscular, ou da breve visita evocadora ao cemitério, ou até, o que seria uma compensação efetiva da sua generosidade, por ter dito à mulher de luto que lhe daria um cântaro novo, Cipriano Algor, neste momento, não pensa em decepções de não ganhar nem em medos de vir a perder. Numa hora como esta, quando pisas a terra molhada e tens tão perto da cabeça a primeira pele do céu, não é possível dizerem-te coisas tão absurdas como que voltes para trás com metade de louça ou que a tua filha te vai deixar sozinho um dia destes. O oleiro chegou ao cimo do caminho e respirou fundo. Recortada sobre a baça cortina de nuvens cinzentas, a amoreira-preta aparece tão preta como a obriga o seu próprio nome. A luz da lanterna não lhe alcança a copa, nem sequer lhe roça as folhas dos ramos mais baixos, só uma débil luminosidade vai tapizando o chão até quase tocar o grosso tronco da árvore. A velha guarita do cão está ali, vazia desde há anos, quando o seu último habitante morreu nos braços de Justa e ela disse ao marido, Nunca mais quero um animal destes na minha casa. Na entrada escura da casota moveu-se uma cintilação e desapareceu logo. Cipriano Algor quis saber o que era aquilo, baixou-se para espreitar depois de ter dado uns passos em frente. A escuridão lá dentro era total. Compreendeu que estava a tapar com o corpo a luz da lanterna e desviou-se um pouco para o lado. Eram duas as cintilações, dois olhos, um cão, Ou um gineto, mas o mais provável é que seja um cão, pensou o oleiro, e devia estar no certo, da espécie lupina já não resta memória credível por estas paragens, e os olhos dos gatos, sejam eles dos mansos ou dos monteses, como qualquer pessoa tem obrigação de saber, são mesmo olhos de gato, quando muito, e no pior dos casos, poderíamos confundi-los, em mais pequeno, com os do tigre, mas um tigre adulto está claro que nunca poderia meter-se dentro de uma casota deste tamanho. Cipriano Algor não falou de gatos nem de tigres quando entrou em casa, também não pronunciou palavra sobre a ida ao cemitério, e, quanto ao cântaro que vai dar à mulher de luto, entende que não é assunto para ser tratado nesta altura, o que disse à filha foi só isto, Há um cão lá fora, fez uma pausa, como se esperasse resposta, e acrescentou, Debaixo da amoreira, na casota. Marta tinha acabado de se lavar e mudar de roupa, viera descansar um minuto, sentada, antes de começar a preparar o jantar, portanto não estaria na melhor das disposições para preocupar-se com os lugares por onde passam ou param os cães fugidos ou abandonados em suas vadiagens, Melhor deixá-lo, se não é animal que goste de viajar de noite, amanhã vai-se embora, disse, Tens aí alguma coisa de comer que se lhe possa levar, perguntou o pai, Uns restos do almoço, uns bocados de pão, água não precisará, caiu muita do céu, Vou levar-lhos, Como queira, pai, mas lembre-se de que não nos vai largar mais a porta, Calculo que sim, se eu estivesse no lugar dele faria o mesmo. Marta deitou os restos de comida num prato velho que tinha debaixo da pedra da chaminé, migou-lhes em cima um bocado de pão duro e adubou tudo com um pouco de caldo, Aqui tem, e vá tomando nota de que isto é apenas o princípio. Cipriano Algor agarrou no prato e já tinha um pé fora da cozinha quando a filha lhe perguntou, Lembra-se do que a mãe disse quando o Constante morreu, que nunca mais queria cães em casa, Lembro-me, sim, mas sou capaz de jurar que se ela estivesse viva não seria o teu pai quem estaria a levar este prato ao tal cão que ela não queria, respondeu Cipriano Algor, e saiu sem ter ouvido o murmúrio da filha, Talvez não esteja fora de razão. A chuva tinha voltado a cair, era o mesmo enganador chove-não-molha, a mesma poeirinha de água a bailar e a confundir as distâncias, incluso a figura alvacenta do forno parecia decidida a ir-se para outras paragens, e a furgoneta, essa, tinha mais o aspecto da carroça fantasma que de um veículo moderno de motor de explosão, ainda que não de modelo recente, como sabemos. Debaixo da amoreira-preta, a água escorregava das folhas em gotas grossas e esparsas, agora uma, outra depois, ao acaso, como se as leis da hidráulica e da dinâmica dos líquidos, ainda reinantes fora do precário guarda-chuva da árvore, não tivessem aplicação ali. Cipriano Algor pôs o prato da comida no chão, recuou três passos, mas o cão não saiu do abrigo, É impossível que não tenhas fome, disse o oleiro, ou talvez sejas um daqueles cães que se respeitam, talvez não queiras que eu veja a fome que tens. Esperou ainda um minuto, depois retirou-se e entrou em casa, mas não cerrou completamente a porta. Via-se mal pela frincha, mas mesmo assim conseguiu distinguir um vulto negro que saía da guarita e se aproximava do prato, e também percebeu que o cão, cão era, não lobo nem gato, olhou primeiro na direção da casa e só depois baixou a cabeça para a comida, como se pensasse que estava a dever essa consideração a quem viera, debaixo de chuva, desafiando a intempérie, matar-lhe a fome. Cipriano Algor acabou de fechar a porta e dirigiu-se à cozinha, Está a comer, disse, Se tinha muita fome, já terá acabado, respondeu Marta, a sorrir, É o mais certo, sorriu também o pai, se os cães de hoje são como os de antigamente. O jantar era simples, em pouco tempo estava na mesa. Foi no fim dele que Marta disse, Mais um dia sem notícias do Marçal, não compreendo por que é que não telefona, ao menos uma palavra, uma simples palavra bastaria, não se lhe pedia nenhum discurso, Talvez não tenha ainda podido falar com o chefe, Então que nos dissesse isso mesmo, Aquilo, lá, não é fácil, sabe-lo muito bem, disse o oleiro, inesperadamente conciliador. A filha olhou-o surpreendida, ainda mais pelo tom da voz do que pelo significado das palavras, Não é muito seu costume desculpar ou justificar o Marçal, disse, Eu gosto dele, Gostará, mas não o toma a sério, A quem não consigo tomar a sério é ao guarda em que se tornou o rapaz afável e simpático que conhecia, Agora é um homem afável e simpático, e a profissão de guarda não é um modo de vida menos digno e honesto do que qualquer outro que igualmente o seja, Não como qualquer outro, Onde está a diferença, A diferença está em que o teu Marçal, como o conhecemos agora, é todo ele guarda, guarda dos pés à cabeça, e suspeito de que é guarda até no coração, Pai, por favor, não pode falar assim do marido da sua filha, Tens razão, desculpa-me, hoje não deveria ser dia de censuras e recriminações, Hoje, porquê, Fui ao cemitério, dei um cântaro a uma vizinha e temos um cão lá fora, acontecimentos de grande importância todos eles, Que história é essa do cântaro, Ficou-lhe a asa na mão e o cântaro desfeito em estilhaços, São coisas que sucedem, nada é eterno, Mas ela teve a decência de reconhecer que o cântaro já estava velho, e por isso achei que devia dar-lhe um novo, faz-se de conta que o outro tinha um defeito de fabrico, ou nem é preciso fazer de conta, dar é dar, dispensa explicações, Quem é a vizinha, É a Isaura Estudiosa, aquela que ficou viúva há uns meses, É uma mulher nova, Não tenciono casar-me outra vez, se é nisso que estás a pensar, Se pensei, não dei por tal, mas talvez o devesse ter feito, era a maneira de o pai não ficar sozinho aqui, já que teima em não ir viver connosco no Centro, Repito que não tenciono casar-me, e muito menos com a primeira mulher que me apareça, quanto ao resto, pedir-te-ia o favor de não me estragares a noite, Não era essa a minha intenção, desculpe. Marta levantou-se, recolheu os pratos e os talheres, dobrou pelos vincos a toalha e os guardanapos, está muito equivocado quem julgue que o mester de oleiro, mesmo quando é de obra grossa, como neste caso, mesmo exercida numa povoação pequena e sem graça, como já se adivinhou ser esta, é incompatível com a delicadeza e o gosto de maneiras que distinguem as classes elevadas atuais, já esquecidas ou desde o nascimento ignorantes da brutidão dos seus tetravós e da bestialidade dos tetravós deles. Estes Algores são gente de aprender bem o que lhes ensinam e capazes de usá-lo depois para aprenderem melhor, e Marta, sendo da última geração, mais favorecida, portanto, pelas ajudas ao desenvolvimento, já gozou da sorte grande de ir estudar à cidade, que alguma vantagem hão-de ter sobre as aldeias os grandes núcleos de população. E se acabou por ser oleira, foi por força de uma consciente e manifesta vocação de modeladora, embora também tenha influído na sua decisão o facto de não haver na família irmãos rapazes que continuassem a tradição familiar, sem esquecer ainda, terceira e soberana razão, o forte amor filial que nunca lhe permitiria deixar os pais ao deus-dará-e-depois-logo-se-vê quando chegassem a velhos. Cipriano Algor tinha ligado a televisão, mas apagou--a pouco depois. Se nesse momento alguém lhe pedisse que dissesse o que tinha visto e ouvido entre os gestos de ligar e apagar o aparelho, não saberia que responder, mas pura e simplesmente se negaria a fazê-lo se a pergunta fosse outra, Em que pensa para parecer assim distraído. Diria que não senhor, que ideia, não estava distraído, só para não ter de confessar a infantilidade de que se sentia preocupado por causa do cão, se estaria abrigado na casota, se, satisfeito o estômago e recuperadas as energias, teria seguido viagem, à procura de melhor comida ou de um dono que vivesse em sítio menos exposto aos vendavais e às chuvas miudinhas. Vou para o meu quarto, disse Marta, tenho andado a adiar umas costuras, mas hoje terá de ser, Eu também não me demoro, disse o pai, estou cansado sem ter feito nada, Amassou, passou revista ao forno, alguma coisa fez, Sabes tão bem como eu que vai ser preciso amassar outra vez aquele barro, e o forno não estava a precisar de trabalho de pedreiro, muito menos de cuidados de ama-seca, Os dias são todos iguais, as horas é que não, quando os dias chegam ao fim têm sempre as suas vinte e quatro horas completas, mesmo quando elas não tiveram nada dentro, mas esse não é o caso nem das suas horas nem dos seus dias, Marta filósofa do tempo, disse o pai, e deu-lhe um beijo na testa. A filha retribuiu o carinho e, sorrindo, disse, Não se esqueça de ir ver como está o seu cão, Por enquanto é só um cão que aqui veio ter e achou que a casota lhe dava jeito para se resguardar da chuva, talvez esteja doente, ou ferido, talvez tenha na coleira o número do telefone da pessoa a quem se deve chamar, talvez pertença a alguém da povoação, se calhar bateram-lhe e ele fugiu, se foi assim, amanhã de manhã já cá não estará, sabes como são os cães, o dono é sempre o dono mesmo quando castiga, portanto não te precipites a dizer que é o meu cão, nem sequer o vi, não sei se gosto dele, Sabe que quer gostar, já é alguma coisa, Agora saíste-me filósofa dos sentimentos, disse o pai, Supondo que ficará com o cão, que nome lhe vai pôr, perguntou Marta, É cedo para pensar nisso, Se ele ainda cá estiver amanhã, deveria ser esse nome a primeira palavra que ouvisse da sua boca, Não lhe chamarei Constante, foi o nome de um cão que não voltará à sua dona e que não a encontraria se voltasse, talvez a este chame Perdido, o nome assenta-lhe bem, Há outro que ainda lhe assentaria melhor, Qual, Achado, Achado não é nome de cão, Nem Perdido o seria, Sim, parece-me uma ideia, estava perdido e foi achado, esse será o nome, Até amanhã, pai, durma bem, Até amanhã, não fiques a costurar até tarde, tem cuidado com os olhos. Depois de a filha se ter retirado, Cipriano Algor abriu a porta que dava para fora e olhou na direção da amoreira-preta. A moinha persistente continuava a molinhar e não se percebia sinal de vida dentro da casota. Ainda lá estará, perguntou-se o oleiro. Deu a si mesmo uma falsa razão para não ir ver, Era o que faltava, molhar-me por causa de um cão vadio, uma vez bastou. Recolheu-se ao seu quarto e deitou-se, ainda esteve a ler durante meia hora, e adormeceu. A meio da noite acordou, acendeu a luz, o relógio da mesa de cabeceira marcava quatro e meia. Levantou-se, agarrou na lanterna de pilha que guardava numa gaveta e abriu a janela. Deixara de chover, viam-se estrelas no céu escuro. Cipriano Algor acendeu a lanterna e apontou o foco para a casota. A luz não era suficientemente forte para poder ver-se o que estava dentro, mas Cipriano Algor não precisava de tanto, duas cintilações lhe bastariam, dois olhos, e eles lá estavam.

Desde que o mandaram para trás com metade da louça, que, entre parêntesis se diga, ainda não foi retirada da furgoneta, Cipriano Algor passou, de uma hora para outra, a desmerecer a reputação de operário madrugador ganhada numa vida de muito trabalho e poucas férias. Levanta-se já com o sol fora, lava-se e faz a barba com mais vagar do que o indispensável a uma cara escanhoada e a um corpo que se habituou à limpeza, desjejua pouco mas pausado, e finalmente, sem acréscimo visível no escasso ânimo com que saiu da cama, vai trabalhar. Hoje, porém, depois de um resto da noite a sonhar com um tigre que lhe vinha comer à mão, deixou as mantas quando o sol mal começara a pintar o céu. Não abriu a janela, somente um pouco a portada interior para ver como estaria o tempo, foi isto o que pensou, ou quis pensar que pensara, mas na verdade não era seu hábito fazê-lo, este homem já viveu mais do que o suficiente para saber que o tempo sempre está, com sol, como hoje promete, com chuva, como ontem cumpriu, em verdade, quando abrimos uma janela e levantamos o nariz para os espaços superiores é só para comprovar se o tempo que faz é aquele que desejávamos. Ao espreitar para fora, o que Cipriano Algor queria, sem mais preâmbulos seus ou alheios, era saber se o cão ainda estava à espera de que lhe fossem dar outro nome, ou se, cansado da expectativa frustrada, tinha partido à procura de um amo mais diligente. Dele apenas se viam o focinho que descansava sobre as patas dianteiras cruzadas e as orelhas caídas, mas não havia motivo para recear que o resto do corpo não continuasse dentro da guarita. É preto, disse Cipriano Algor. Já quando fora levar a comida lhe havia parecido ter o animal essa cor, ou, como também não falta quem afirme, essa ausência dela, mas era de noite, e se de noite até os gatos brancos são pardos, o mesmo, ou em mais tenebroso, se poderia dizer de um cão visto pela primeira vez debaixo de uma amoreira-preta quando uma chuva miudinha e noturna dissolvia a linha de separação entre os seres e as coisas, aproximando-os, a eles, das coisas em que, mais tarde ou mais cedo, se hão-de transformar. O cão não é realmente preto, quase que o chegou a ser no focinho e nas orelhas, mas o resto puxa para uma cor geral de cinzento, com entressachamento de tons escuros, até aflorar o negro retinto. A um oleiro de sessenta e quatro anos, com os problemas de visão que a idade sempre ocasiona e que deixou de usar óculos por causa do calor do forno, não se lhe pode censurar que tenha dito, É preto, uma vez que antes era noite e chovia, e agora a distância torna nebuloso o crepúsculo da manhã. Quando Cipriano Algor se aproximar finalmente do cão verá que nunca mais poderá repetir, É preto, mas também que pecará gravemente contra a verdade se afirmar, É cinzento, sobretudo quando descobrir que uma estreita mancha branca, como uma delicada gravata, desce pelo peito do animal até ao começo do ventre. A voz de Marta soou do outro lado da porta, Pai, acorde, tem o cão à espera, Estou acordado, vou já, respondeu Cipriano Algor, mas imediatamente se arrependeu de lhe terem saído as duas últimas palavras, era pueril, era quase ridículo, um homem da sua idade a alvoroçar-se como uma criança a quem trouxeram o brinquedo sonhado, quando todos sabemos, pelo contrário, que em lugares como estes um cão é tanto mais estimado quanto mais cabalmente demonstre a sua utilidade prática, virtude de que os brinquedos não necessitam, e no que a sonhos se refere, se de cumpri-los se trata, não seria bastante um cão a quem ainda nessa noite tinha sonhado com um tigre. Apesar da repreensão que havia dado a si próprio, Cipriano Algor não perdeu tempo desta vez com arranjos e asseios, vestiu-se rapidamente e saiu do quarto. Marta perguntou-lhe, Quer que prepare alguma coisa para ele comer, Depois, agora a comida só iria distraí-lo, Vá lá, vá lá domar a fera, Não é nenhuma fera, pobre bicho, estive a observá-lo da janela, Eu também o vi, Que tal te pareceu, Não creio que seja de alguém daqui, Há cães que nunca saem dos quintais, vivem e morrem lá, salvo nos casos em que os levam ao campo para os enforcar no ramo de uma árvore ou para rematá-los com uma carga de chumbo na cabeça, Ouvir isso não é uma boa maneira de começar o dia, Realmente não é, portanto vamos principiá-lo de uma maneira menos humana, mas mais compassiva, disse Cipriano Algor saindo para o terreiro. A filha não o seguiu, deixou-se ficar entre portas, a olhar, A festa é sua, pensou. O oleiro adiantou-se alguns passos e, numa voz clara, firme, porém sem a altear demasiado, pronunciou o nome escolhido, Achado. O cão já havia levantado a cabeça quando o viu, e agora, escutado finalmente o nome por que esperava, saiu da casota em corpo inteiro, nem cão grande nem cão pequeno, um animal novo, esbelto, de pelo crespo, realmente cinzento, realmente a atirar para o preto, com a estreita mancha branca que lhe divide o peito e que parece uma gravata. Achado, repetiu o oleiro, avançando mais dois passos, Achado, vem aqui. O cão ficou onde estava, mantinha a cabeça alta e meneava devagar a cauda, mas não se moveu. Então o oleiro agachou-se para nivelar os seus olhos pela altura dos olhos do animal e tornou a dizer, desta vez num tom instante, intenso, como se fosse a expressão de uma necessidade pessoal sua, Achado. O cão adiantou um passo, outro passo, outro ainda, sem se deter mais, até vir colocar-se ao alcance do braço de quem o chamava. Cipriano Algor estendeu a mão direita, quase a tocar-lhe as ventas, e esperou. O cão fungou algumas vezes, depois alongou o pescoço, e o seu nariz frio foi roçar as pontas dos dedos que o solicitavam. A mão do oleiro avançou lentamente para a orelha do seu lado e acariciou-a. O cão deu o passo que faltava, Achado, Achado, disse Cipriano Algor, não sei que nome tinhas antes, a partir de agora o teu nome é Achado. Foi só neste momento que reparou que o animal não levava coleira e que o pelo não era só cinzento, estava sujo de lama e de detritos vegetais, sobretudo as pernas e o ventre, sinal mais do que provável de ásperas travessias de cultivos e descampados, não de quem tivesse viajado comodamente pela estrada. Marta tinha-se aproximado, trazia um prato com um pouco de comida para o cão, nada de exageradamente substancial, apenas para confirmar o encontro e celebrar o batismo, Dá-lho tu, disse o pai, mas ela respondeu, Dê-lho, não faltarão vezes para que lho dê eu. Cipriano Algor pôs o prato no chão, depois levantou-se com dificuldade, Ai os meus joelhos, quanto daria eu para voltar a ter nem que fossem os do ano passado, Tanta diferença fazem, perguntou a filha, Nesta altura da vida até um dia faz diferença, o que vale é parecer às vezes que foi para melhor. O cão Achado, agora que já tem um nome não deveríamos usar outro com ele, quer o de cão, que pela força do hábito ainda se veio meter adiante, quer os de animal ou bicho, que servem para tudo quanto não faça parte dos reinos mineral e vegetal, porém, uma vez por outra não nos será possível escapar a essas variantes, só para evitar repetições aborrecidas, que é a única razão por que em lugar de Cipriano Algor temos andado a escrever oleiro, mas também homem, velho e pai de Marta. Ora, como íamos dizendo, o cão Achado, depois de em duas lambidelas rápidas ter feito desaparecer a comida do prato, clara demonstração de que ainda não considerava capazmente satisfeita a fome de ontem, levantou a cabeça como quem aguarda nova porção de pitança, pelo menos foi assim que Marta interpretou o gesto, por isso disse-lhe, Tem paciência, o almoço é para depois, vai-te lá entretendo com o que já tens no estômago, foi um juízo precipitado, como tantas vezes sucede nos cérebros humanos, apesar do apetite remanente, que nunca negaria, não era a comida o que preocupava Achado nesse momento, o que ele pretendia era que lhe dessem um sinal do que deveria fazer a seguir. Tinha sede, que obviamente poderia ir saciar em qualquer das muitas poças de água que a chuva deixara ao redor da casa, mas retinha-o algo a que, se estivéssemos a falar de sentimentos de gente, não hesitaríamos em chamar escrúpulo ou delicadeza de maneiras. Se lhe tinham posto o alimento num prato, se não tinham querido que ele o tomasse grosseiramente da lama do chão, então é porque a água também deveria ser bebida de recipiente próprio. Deve ter sede, disse Marta, os cães precisam de muita água, Tem aí essas poças, respondeu o pai, não vai beber porque não quer, Se vamos ficar com ele, não é para que ande a beber água dos charcos como se não tivesse pouso nem casa, obrigações são obrigações. Enquanto Cipriano Algor se dedicava a pronunciar frases soltas, meio sem sentido, cujo único objetivo era ir habituando o cão ao som da sua voz, mas em que de propósito, com a insistência de um estribilho, a palavra Achado voltava repetidas vezes, Marta trouxe uma malga grande de barro cheia de água limpa, que foi pôr ao lado da casota. Desafiando ceticismos, sobejamente justificados depois de milhares de relatos lidos e ouvidos sobre as vidas exemplares dos cães e seus milagres, haveremos no entanto de dizer que o Achado tornou a surpreender os novos donos ao deixar-se ficar onde estava, frente a frente com Cipriano Algor, à espera, segundo todas as aparências, de que ele chegasse ao fim do que tinha para lhe dizer. Só quando o oleiro se calou e lhe fez um gesto como a despedi-lo, é que o cão se virou para trás e foi beber. Nunca conheci um cão que se comportasse desta maneira, observou Marta, O pior, depois de tudo, respondeu o pai, será dizer-me alguém daqui que o cão lhe pertence, Não creio que tal suceda, juraria mesmo que o Achado não pertence a estes sítios, cães de rebanho e cães de guarda não fazem o que este fez, Depois de comer vou dar uma volta por aí a perguntar, Aproveite para levar o cântaro à vizinha Isaura, disse Marta sem se dar ao trabalho de disfarçar o sorriso, Já tinha pensado nisso, era o que dizia o meu avô, faça--se ao cedo o que se poderia fazer ao tarde, respondeu Cipriano Algor enquanto olhava noutra direção. Achado acabara de beber a sua água, e porque nenhum daqueles dois parecia querer dar-lhe atenção, decidiu deitar-se à entrada da casota, onde o chão estava menos molhado.

Após o desjejum, Cipriano Algor foi escolher um cântaro ao depósito de obra feita, acondicionou-o cuidadosamente na furgoneta, ajustando-o, para que não rolasse, entre as caixas de pratos, depois entrou, sentou-se e ligou o motor. Achado alçou a cabeça, era manifesto que não ignorava que a um ruído destes começa sempre por suceder um afastamento, logo seguido de um desaparecimento, mas as suas anteriores experiências de vida deviam ter-lhe recordado que existe uma maneira capaz de impedir, ao menos algumas vezes, que tais calamidades aconteçam. Ergueu-se todo sobre as altas pernas, abanando a cauda com força, como se agitasse uma vergasta, e, pela primeira vez desde que aqui viera pedir asilo, Achado ladrou. Cipriano Algor conduziu devagar a furgoneta na direção da amoreira-preta e parou a pouca distância da casota. Julgava ter compreendido o que o Achado queria. Abriu e manteve aberta a porta do outro lado, e, antes de ter tempo para o convidar a passeio, já o cão estava dentro. Não tinha Cipriano Algor pensado em levá-lo consigo, a sua intenção era apenas ir de morador em morador perguntando se conheciam um cão assim e assim, com este pelo e esta figura, com esta gravata e estas virtudes morais, e enquanto estivesse a descrever-lhe as diversas características rogaria a todos os santos do céu e a todos os demónios da terra que, por favor, às boas ou às más, obrigassem o interrogado a responder que nunca em vida sua semelhante bicho lhe pertencera ou dele tivera a menor notícia. Com o Achado visível dentro da furgoneta evitava-se a monotonia da descrição e poupavam-se repetições, seria bastante perguntar, Este cão é seu, ou teu, consoante o grau de intimidade com o interlocutor, e ouvir a resposta, Não, Sim, no primeiro caso passar sem mais demoras ao vizinho seguinte para não dar ocasião a emendas, no segundo caso observar atentamente as reações do Achado, que não seria cão para se deixar levar ao engano por quaisquer mentirosas reivindicações de um falso dono. Marta, que ao ruído do motor de arranque da furgoneta aparecera, de mãos sujas de barro, à porta da olaria, quis saber se o cão também ia. O pai respondeu-lhe, Vai, vai, e daí a um minuto estava o terreiro tão deserto e Marta tão sozinha como se para ele e para ela esta tivesse sido a primeira vez.

 Antes de chegar à rua onde mora Isaura Estudiosa, apelido de que, tal como os de Gacho e Algor, se desconhece a razão de ser e a proveniência, o oleiro bateu à porta de doze vizinhos e teve a satisfação de ouvir de todos eles as mesmas respostas, Meu não é, Não sei de quem seja. A mulher de um comerciante gostou do Achado ao ponto de fazer uma generosa oferta de compra, liminarmente recusada por Cipriano Algor, e em três casas onde ninguém respondeu à chamada ouviu-se o ladrar violento dos vigias caninos, o que permitiu ao oleiro o raciocínio sinuoso de que o Achado não era dali, como se em alguma lei universal dos animais domésticos estivesse escrito que onde haja um cão não possa haver outro. Cipriano Algor parou finalmente a furgoneta à porta da mulher de luto, chamou, e quando ela apareceu, vestida com a sua blusa e a sua saia negra, deu-lhe uns bons-dias muito mais sonoros do que pediria a naturalidade, as culpas do súbito desconcerto vocal tinha-as Marta por ser autora da despropositada ideia de um casamento de viúvos caducos, designação merecedora de severa censura, adiante-se já, pelo menos no que se refere a Isaura Estudiosa, que não deve ter mais de quarenta e cinco anos, e se para a conta certa for preciso acrescentar alguns mais, em verdade não se lhe notam. Ah, bons dias, senhor Cipriano, disse ela, Venho cumprir o prometido, trazer-lhe o seu cântaro, Muito obrigada, mas realmente não devia estar a incomodar-se, depois do que conversámos lá no cemitério pensei que não há grande diferença entre as coisas e as pessoas, têm a sua vida, duram um tempo, e em pouco acabam, como tudo no mundo, Ainda assim, se um cântaro pode substituir outro cântaro, sem termos de pensar no caso mais do que para deitar fora os cacos do velho e encher de água o novo, o mesmo não acontece com as pessoas, é como se no nascimento de cada uma se partisse o molde de que saiu, por isso é que as pessoas não se repetem, As pessoas não saem de dentro de moldes, mas acho que percebo o que quer dizer, Foi conversa de oleiro, não ligue importância, aqui o tem, e oxalá não caia a asa a este tão cedo. A mulher estendeu as duas mãos para recolher o cântaro pelo bojo, segurou-o contra o peito e agradeceu outra vez, Muito obrigada, senhor Cipriano, foi nesse instante que viu o cão dentro da furgoneta, Aquele cão, disse. Cipriano Algor sentiu um choque, não lhe passara pela cabeça a possibilidade de que Isaura Estudiosa fosse precisamente a dona do Achado, e agora ela tinha dito Aquele cão como se o tivesse reconhecido, com uma expressão de surpresa que poderia ser a de quem finalmente havia encontrado o que procurava, imagine-se com que pouco desejo de acertar terá Cipriano Algor perguntado, É seu, imagine-se também o alívio com que depois ouviu a resposta, Não, não é meu, mas lembro-me de o ver andar por aí há dois ou três dias, ainda o chamei, mas fez de conta que não me ouviu, é um bonito animal, Quando ontem cheguei a casa, voltando do cemitério, dei com ele meio escondido na casota que há debaixo da amoreira, aquela que foi de um outro cão que tivemos, o Constante, fazia escuro, só lhe brilhavam os olhos, Buscava um dono que lhe conviesse, Não sei se serei eu o dono que lhe convém, se calhar tem-no já, é o que tenho andado a averiguar, Onde, aqui, perguntou Isaura Estudiosa, e, sem esperar resposta, acrescentou, No seu lugar não me cansaria, este cão não é de cá, veio de longe, de outro sítio, de outro mundo, Por que diz de outro mundo, Não sei, talvez por me parecer tão diferente dos cães de agora, Mal teve tempo de o ver, O que vi bastou-me, e tanto assim que, se não o quiser, ofereço-me para ficar com ele, Se fosse outro cão talvez não me importasse de lho deixar, mas este já decidimos recolhê-lo, se não se encontrar o dono, claro, Querem-no mesmo, Até lhe pusemos nome, Como se chama, Achado, A um cão perdido é o nome que melhor assenta, Foi também o que a minha filha disse, Pois então, se o quer para si, não procure mais, Tenho a obrigação de restituí-lo ao dono, eu também gostaria que me devolvessem um cão que tivesse perdido, Se o fizer, estará a ir contra a vontade do animal, lembre-se de que ele quis escolher outra casa para morar, Vendo as coisas por esse lado, não digo que não tenha razão, mas a lei manda, o costume manda, Não pense na lei nem no costume, senhor Cipriano, tome para si o que já é seu, Será demasiada confiança, Às vezes é preciso abusar um pouco dela, Acha então, Acho, sim, Gostei muito de conversar consigo, Eu também, senhor Cipriano, Até à próxima vez, Até à próxima vez. Com o cântaro apertado contra o peito, Isaura Estudiosa olhou da sua porta a furgoneta que dava a volta para tornar ao caminho andado, olhou o cão e o homem que conduzia, o homem fez com a mão esquerda um aceno de despedida, o cão devia estar a pensar na sua casa e na amoreira-preta que lhe fazia de céu.

Assim, muito antes do que poderia ter calculado, Cipriano Algor voltou à olaria. O conselho da vizinha Isaura Estudiosa, ou Isaura, sem mais, para abreviar, tinha sido sensato, razoável, flagrantemente apropriado à situação, e, se viesse a ser aplicado ao funcionamento geral do mundo, não haveria qualquer dificuldade em enquadrá-lo no plano de uma ordem de coisas a que pouco faltaria para ser considerada perfeita. O lado admirável de tudo isto, porém, foi o facto de ela o ter expressado com a mais acabada das naturalidades, sem dar voltas à cabeça, como quem para dizer que dois e dois são quatro não precisa de gastar tempo a pensar, primeiro, que dois e um são três, e, depois, que três e outro são quatro, Isaura tem razão, acima de tudo tenho de respeitar o desejo do animal e a vontade que o transformou em ato. A quem quer que seja o dono, ou, prudente correção, quem quer que tenha sido, já não lhe assistirá o direito de vir com reclamações, Este cão é meu, porquanto todas as aparências e evidências estão demonstrando que se o Achado fosse dotado do humano dom da palavra, só uma resposta teria para lhe dar, Pois eu a este dono não o quero. Portanto, abençoado seja mil vezes o cântaro partido, abençoada a ideia de presentear a mulher de luto com um cântaro novo, e, acrescentemos como antecipação do que há-de vir mais tarde, abençoado o encontro sucedido naquela tarde húmida e morrinhenta, toda ela a escorrer água, toda ela desconforto do material e do espiritual, quando bem sabemos que, salvo as exceções resultantes de uma perda recente, não é esse um estado de tempo que incline os doridos a ir ao cemitério prantear os seus defuntos. Não há dúvida, o cão Achado tem tudo a seu favor, poderá ficar onde quis por todo o tempo que lhe apetecer. E há ainda um outro motivo que redobra o alívio e a satisfação de Cipriano Algor, que é não ter de bater à porta da casa dos pais de Marçal, moradores também na povoação e com quem não tem as melhores relações, que forçosamente iriam a pior se passasse à porta deles sem fazer-lhes caso. Aliás, está convencido de que o Achado não lhes pertence, as simpatias dos Gachos em questões caninas, desde que os conhece, sempre se inclinaram para molossos e outros cães de fila. Correu-nos bem a manhã, disse Cipriano Algor para o cão.

Daí a poucos minutos estavam em casa. Arrumada a furgoneta, Achado olhou fixamente o dono, percebeu que por agora estava dispensado das suas obrigações de navegador e afastou-se, não em direção à casota, mas com o ar inconfundível de quem tivesse acabado de resolver que chegara o momento de fazer o reconhecimento dos sítios. Ponho-lhe uma corrente, perguntou-se inquieto o oleiro, e depois, ao observar as manobras do cão, que farejava e marcava o território com urina, ora aqui, ora ali, Não, não creio que seja preciso tê-lo atado, se quisesse já teria fugido. Entrou em casa e ouviu a voz da filha, que falava ao telefone, Espera,

espera, o pai acaba de chegar. Cipriano Algor agarrou no auscultador e, sem preâmbulos, perguntou, Há alguma novidade. Do outro lado da linha, após um instante de silêncio, Marçal Gacho procedeu como quem considerava que esta não era a maneira mais adequada de iniciar uma conversa entre duas pessoas, sogro e genro, que levam uma semana das antigas sem ter notícias um do outro, por isso deu descansadamente os bons-dias, perguntou como tem passado, pai, ao que Cipriano Algor respondeu com outros bons-dias, mas secos, e, sem pausa ou outra espécie de transição, Tenho estado à espera, uma semana inteira à espera, gostaria de saber o que sentirias tu se estivesses no meu lugar, Desculpe, só esta manhã é que consegui falar com o chefe do departamento, explicou Marçal desistindo de fazer notar ao sogro, mesmo de modo indireto, a imerecida brusquidão com que o estava a tratar, E que foi que ele disse, Que ainda não resolveram, mas que o seu caso não é o único, mercadorias que interessavam e deixaram de interessar é uma rotina quase diária no Centro, as palavras são dele, rotina quase diária, E tu, com que ideia ficaste, Com que ideia fiquei, Sim, o tom da voz, o modo de olhar, se te pareceu que queria ser simpático, Deve saber, por sua própria experiência, que dão sempre a impressão de estarem a pensar noutra coisa, Sim, é certo, E se permite que eu lhe fale com franqueza total, penso que não voltarão a comprar-lhe louça, para eles estas coisas são simples, ou o produto interessa, ou o produto não interessa, o resto é indiferente, para eles não há meio-termo, E para mim, para nós, também é simples, também é indiferente, também não há meio-termo, perguntou Cipriano Algor, Fiz o que estava ao meu alcance, mas eu não passo de um simples guarda, Não podias ter feito muito mais, disse o oleiro numa voz que se rompeu na última palavra. Marçal Gacho sentiu pena do sogro ao aperceber-se da mudança de tom e tentou emendar o sombrio prognóstico, Seja como for, não fechou completamente a porta, só disse que estavam a estudar o assunto, até lá devemos manter a esperança, Já não estou em idade de esperanças, Marçal, preciso de certezas, e que sejam das imediatas, que não esperem por um amanhã que pode já não ser meu, Compreendo, pai, a vida é um sobe-e-desce contínuo, tudo muda, mas não desanime, temos a nós, à Marta e a mim, com olaria ou sem ela. Era fácil de compreender aonde Marçal queria chegar com este discurso de solidariedade familiar, na sua ideia todos os problemas, quer os de agora quer os que surgissem no futuro, passariam a ter remédio no dia em que os três se instalassem no Centro. Noutra ocasião e em outro estado de ânimo, Cipriano Algor teria respondido com rispidez, mas agora, ou fosse por tê-lo roçado a resignação com a sua asa melancólica, ou porque definitivamente não se havia perdido o cão Achado, ou ainda, sabe-se lá, por causa de uma breve conversação de duas pessoas objetivamente separadas por um cântaro, o oleiro falou com brandura, Na quinta-feira, à hora do costume, vou-te buscar, se tiveres entretanto alguma notícia, telefona, e, sem dar tempo a que Marçal respondesse, rematou o diálogo, Passo-te a tua mulher. Marta trocou algumas palavras, disse Vamos a ver como tudo isto acaba, depois despediu-se até quinta-feira e desligou. Cipriano Algor já tinha saído, estava na olaria, sentado a um dos tornos, de cabeça baixa. Fora ali que uma paragem cardíaca fulminante cortara a vida de Justa Isasca. Marta foi sentar-se no banco do outro torno e esperou. Ao cabo de um longo minuto o pai olhou para ela, depois desviou a vista. Marta disse, Não se demorou muito tempo na vila, De facto, não, Perguntou em todas as casas se conheciam o cão, se alguém seria dono dele, Perguntei numas quantas, depois achei que não valia a pena continuar, Porquê, É isto um interrogatório, Não, pai, é só uma tentativa para o distrair, custa-me vê-lo triste, Não estou triste, Então, desanimado, Também não estou desanimado, Muito bem, está como está, mas agora conte-me por que achou que não valia a pena continuar a perguntar, Pensei que se o cão tinha dono na vila e fugira dele, e, podendo voltar, não voltara, era porque desejava ser livre para procurar outro, portanto eu não tinha o direito de lhe forçar a vontade, Vendo as coisas por esse lado, tem razão, Foi o que eu disse, precisamente por essas palavras, Disse-o a quem. Cipriano Algor não respondeu. Depois, como a filha não fazia mais do que olhá-lo tranquilamente, decidiu-se, À vizinha, Qual vizinha, A do cântaro, Ah, sim, foi levar-lhe o cântaro, Se o pus na furgoneta era para isso mesmo, Claro, Pois, Então, se bem entendo, foi ela quem lhe explicou por que não valia a pena andar à procura do dono do Achado, Sim, foi ela, Não há dúvida de que é uma mulher inteligente, Parece, E lá ficou com o cântaro, Achas mal, Não se zangue, pai, estamos só a conversar, como queria o pai que eu achasse mal uma coisa tão simples como dar um cântaro, Sim, mas temos assuntos mais graves do que este, e tu aí a quereres fingir que a vida nos corre de vento em popa, Exatamente desses assuntos é que lhe quero falar, Então não percebo por que foram precisos tantos rodeios, Porque gosto de conversar consigo como se não fosse meu pai, gosto de fazer de conta, como diz, de que somos simplesmente duas pessoas que se querem muito, pai e filha que se amam porque o são, mas que igualmente se quereriam com amor de amigos se o não fossem, Vais fazer-me chorar, olha que nesta idade as lágrimas começam a ser traiçoeiras, Sabe que faria tudo para o ver feliz, Mas tentas convencer-me a ir para o Centro, sabendo que é a pior coisa que me poderia suceder, Julgava que a pior coisa que lhe poderia suceder seria ver-se separado da sua filha, Isso não é leal, talvez devesses pedir-me desculpa, E peço, realmente não foi leal, desculpe-me. Marta levantou-se e abraçou o pai, Desculpe-me, repetiu, Não tem importância, respondeu o oleiro, estivéssemos nós menos infelizes, e não falaríamos desta maneira. Marta puxou um banco para junto do pai, sentou-se, e, agarrando-lhe a mão, começou a dizer, Tive uma ideia enquanto andou por aí a passear o cão, Explica-te, Vamos pôr de parte por agora a questão do Centro, isto é, a sua decisão de ir ou de não ir connosco, Acho bem, O assunto não é para amanhã nem para o mês que vem, quando chegar o momento o pai decidirá entre ir ou ficar, a vida é sua, Obrigado por me deixares respirar, enfim, Não deixo, Que mais temos ainda, Depois de o pai ter saído vim trabalhar para aqui, primeiro tinha ido dar uma vista de olhos ao depósito e lá reparei que havia falta de vasos pequenos para flores, vinha portanto disposta a fazer uns quantos, quando de repente, já com o barro em cima do torno, percebi até que ponto era absurdo continuar com este trabalho às cegas, Às cegas, porquê, Porque ninguém me encomendou vasos de flores pequenos ou grandes, porque ninguém aguarda impaciente que eu os termine para logo vir a correr comprá-los, e quando digo vasos de flores digo quaisquer das outras peças que fabricamos, grandes ou pequenas, úteis ou inúteis, Compreendo, mas mesmo assim teremos de estar preparados, Preparados para quê, Para quando as encomendas chegarem, E que faremos entretanto se as encomendas não chegarem, que faremos se o Centro deixar de comprar, vamos viver como, e de quê, deixamo-nos ficar à espera de que as amoras madurem e o Achado consiga caçar algum coelho inválido, Tu e o Marçal não terão esse problema, Pai, combinámos que não se falaria do Centro, De acordo, segue para diante, Ora bem, supondo que um milagre leve o Centro a emendar a mão, coisa em que não acredito, nem o pai se não quiser enganar-se a si mesmo, por quanto tempo iríamos estar aqui de braços cruzados ou a fabricar louças sem saber para quê nem para quem, Na situação em que nos encontramos, não vejo que mais se possa fazer, Tenho uma opinião diferente, E que opinião diferente é essa, que mirífica ideia te ocorreu, Que fabriquemos outras coisas, Se o Centro vai deixar de comprar-nos umas, é mais do que duvidoso que queira comprar outras, Talvez não, talvez talvez, De que me estás a falar, mulher, De que deveríamos pôr-nos a fabricar bonecos, Bonecos, exclamou Cipriano Algor em tom de escandalizada surpresa, bonecos, nunca ouvi uma ideia mais disparatada, Sim, senhor meu pai, bonecos, estatuetas, manipanços, monos, bugigangos, sempre-em-pés, chame-lhes como quiser, mas não comece já a dizer que é disparate sem esperar pelo resultado dele, Falas como se tivesses a certeza de que o Centro te vai comprar essa bonecagem, Não tenho a certeza de nada, salvo que não podemos continuar aqui parados, à espera de que o mundo nos caia em cima, Sobre mim já caiu, Tudo o que cair sobre si, sobre mim cai, ajude-me, que eu o ajudarei, Depois de tanto tempo a trabalhar em louças, devo ter perdido a mão de modelar, O mesmo direi eu, mas se o nosso cão se perdeu para poder ser achado, como inteligentemente explicou a Isaura Estudiosa, também estas nossas mãos perdidas, a sua e a minha, poderão, quem sabe, voltar a ser achadas pelo barro, É uma aventura que vai acabar mal, Também acabou mal o que não era aventura. Cipriano Algor olhou a filha em silêncio, depois pegou num bocado de barro e deu-lhe o primeiro jeito de uma figura humana. Por onde começamos, perguntou, Por onde sempre há que começar, pelo princípio, respondeu Marta.

Autoritárias, paralisadoras, circulares, às vezes elípticas, as frases de efeito, também jocosamente denominadas pedacinhos de ouro, são uma praga maligna, das piores que têm assolado o mundo. Dizemos aos confusos, Conhece-te a ti mesmo, como se conhecer-se a si mesmo não fosse a quinta e mais dificultosa operação das aritméticas humanas, dizemos aos abúlicos, Querer é poder, como se as realidades bestiais do mundo não se divertissem a inverter todos os dias a posição relativa dos verbos, dizemos aos indecisos, Começar pelo princípio, como se esse princípio fosse a ponta sempre visível de um fio mal enrolado que bastasse puxar e ir puxando até chegarmos à outra ponta, a do fim, e como se, entre a primeira e a segunda, tivéssemos tido nas mãos uma linha lisa e contínua em que não havia sido preciso desfazer nós nem desenredar estrangulamentos, coisa impossível de acontecer na vida dos novelos e, se uma outra frase de efeito é permitida, nos novelos da vida. Marta disse ao pai, Comecemos pelo princípio, e parecia que só faltava que um e outro se sentassem à bancada a modelar bonecos entre uns dedos subitamente ágeis e exatos, com a antiga habilidade recuperada de uma longa letargia. Puro engano de inocentes e desprevenidos, o princípio nunca foi a ponta nítida e precisa de uma linha, o princípio é um processo lentíssimo, demorado, que exige tempo e paciência para se perceber em que direção quer ir, que tenteia o caminho como um cego, o princípio é só o princípio, o que fez vale tanto como nada. Daí que tivesse sido muito menos categórico o que Marta lembrou a seguir, Só temos três dias para preparar a apresentação do projeto, é assim que se diz em linguagem de negócios e executivos, creio eu, Explica-te, não tenho cabeça para te acompanhar, disse o pai, Hoje é segunda-feira, o pai irá buscar o Marçal na quinta-feira à tarde, portanto terá de levar nesse dia ao chefe do departamento de compras a nossa proposta de fabricação de bonecos, com desenhos, modelos, preços, enfim, tudo o que possa convencê-los a comprar e os habilite a tomar uma decisão que não seja para o ano que vem. Sem notar que estava a repetir as palavras que havia dito, Cipriano Algor perguntou, Por onde começamos, mas a resposta de Marta já não foi a mesma, Teremos de fixar-nos em meia dúzia de tipos, ou ainda menos, para que não se nos complique demasiado o trabalho, calcular quantos bonecos poderemos fazer por dia, e isso depende de como os concebermos, se modelamos o barro como quem esculpe diretamente na massa ou se fazemos figuras iguais de homem ou de mulher e depois as vestimos consoante as profissões, refiro-me, claro está, a bonecos de pé, em minha opinião devem ser todos assim, são mais fáceis de trabalhar, A que chamas tu vestir, Vestir é vestir mesmo, é colar ao corpo da figura despida as vestimentas e os acessórios que a caracterizam e lhe dão individualidade, julgo que duas pessoas a trabalhar por este processo se desenvolverão mais rapidamente, depois só há que ter cuidado com a pintura, não pode haver esborratadelas, Estou a ver que pensaste muito, disse Cipriano Algor, Nem por isso, o que pensei foi depressa, E bem, Não me faça corar, E muito, mesmo que digas que não, Repare como já estou corada, Felizmente para mim, és capaz de pensar depressa, de pensar muito e de pensar bem, tudo ao mesmo tempo, Olhos de pai, amores de pai, erros de pai, E que figuras crês tu que devemos fazer, Não demasiado antigas, há muitas profissões que desapareceram, hoje ninguém sabe para que serviam aquelas pessoas, que utilidade tinham, e julgo que também não devem ser figuras das de agora, para isso lá estão os bonecos de plástico, com os seus heróis, os seus rambos, os seus astronautas, os seus mutantes, os seus monstros, os seus superpolícias e superbandidos, e as suas armas, sobretudo as suas armas, Estou a pensar, de longe em longe também consigo espremer algumas ideias, embora não tão boas como as tuas, Deixe-se de modéstias fingidas, não lhe ficam bem, Estava a pensar em passar uma vista de olhos pelos livros ilustrados que aí temos, por exemplo, aquela enciclopédia velha comprada pelo teu avô, se encontrarmos lá modelos que sirvam diretamente para os bonecos teremos ao mesmo tempo resolvida a questão dos desenhos que terei de levar, o chefe do departamento não perceberá se copiámos, e mesmo que percebesse não lhe daria importância, Sim senhor, aí está uma ideia que mereceria vinte valores pela tabela escolar de antigamente, Dou-me por satisfeito com um onze, que dá menos nas vistas, Vamos trabalhar.

Como será fácil imaginar, a biblioteca da família Algor não é extensa em quantidade nem excelsa em qualidade. De pessoas populares, e num sítio como este, apartado da civilização, não haveria que esperar excessos de sapiência, mas, ainda assim, podem contar-se por duas ou três centenas os livros arrumados nas prateleiras, velhos uns quantos, na meia-idade outros, e estes são a maioria, os restantes mais ou menos recentes, embora só alguns deles recentíssimos. Não há na povoação um estabelecimento que faça jus ao nobre e vetusto título de livraria, existe apenas uma pequena loja de papelaria que se encarrega de encomendar aos editores da cidade os livros de estudo necessários, e lá muito de longe em longe alguma obra literária de que se tenha falado com insistência na rádio e na televisão e cujo conteúdo, estilo e intenções correspondam satisfatoriamente aos interesses médios dos habitantes. Marçal Gacho não é pessoa de frequentes e aturadas leituras, em todo o caso, quando aparece na olaria com um livro de presente para Marta, tem de se reconhecer que foi capaz de perceber a diferença entre o que é bom e o que não passou de medíocre, ainda que seja certo que sobre estes escorregadios conceitos de bom e de medíocre nunca nos hão-de faltar motivos sobre que discorrer e discrepar. A enciclopédia que pai e filha acabam de abrir sobre a mesa da cozinha foi considerada a melhor na época da sua publicação, enquanto hoje só poderá servir para indagar em saberes fora de uso ou que, nessa altura, estavam ainda a articular as suas primeiras e duvidosas sílabas. Colocadas em fila, uma após outra, as enciclopédias de hoje, de ontem e de transantontem representam imagens sucessivas de mundos paralisados, gestos interrompidos no seu movimento, palavras à procura do seu último ou penúltimo sentido. As enciclopédias são como cicloramas imutáveis, máquinas de mostrar prodigiosas cujos carretes se bloquearam e exibem com uma espécie de maníaca fixidez uma paisagem que, assim condenada a ser só, para todo o sempre, aquilo que tinha sido, se irá tornando ao mesmo tempo mais velha, mais caduca e mais desnecessária. A enciclopédia comprada pelo pai de Cipriano Algor é tão magnífica e inútil como um verso de que não nos conseguimos lembrar. Não sejamos, porém, soberbos e desagradecidos, recordemos a sensata recomendação dos nossos maiores, quando nos aconselhavam a guardar o que não era preciso porque, mais tarde ou mais cedo, aí iríamos encontrar aquilo que, sem o sabermos então, nos viria a fazer falta. Debruçados sobre as velhas e amarelecidas páginas, respirando o odor húmido durante anos recluído, sem o toque do ar nem o bafejo da luz, na espessura macia do papel, pai e filha aproveitam hoje a lição, procuram o que necessitam naquilo que pensavam não servir mais. Já encontraram no caminho um académico com bicórnio de plumas, espadim e bofes na camisa, já encontraram um palhaço e um equilibrista, já encontraram um esqueleto de gadanha e passaram adiante, já encontraram uma amazona a cavalo e um almirante sem barco, já encontraram um toureiro e um homem de blusa, já encontraram um pugilista e o adversário dele, já encontraram um carabineiro e um cardeal, já encontraram um caçador e o seu cão, já encontraram um marinheiro de folga e um magistrado, um bobo e um romano de toga, já encontraram um derviche e um alabardeiro, já encontraram um guarda-fiscal e o escriba sentado, já encontraram um carteiro e um faquir, também encontraram um gladiador e um hoplita, uma enfermeira e um malabarista, um lorde e um menestrel, encontraram um esgrimista e um apicultor, um mineiro e um pescador, um bombeiro e um flautista, encontraram dois fantoches, encontraram um barqueiro, encontraram um cavador, encontraram um santo e uma santa, encontraram um demónio, encontraram a santíssima trindade, encontraram soldados e militares de todas as graduações, encontraram um escafandrista e um patinador, viram uma sentinela e um lenhador, viram um sapateiro de óculos, encontraram um que tocava tambor e outro que tocava corneta, encontraram uma velha de capote e lenço, encontraram um velho de cachimbo, encontraram uma vénus e um apolo, encontraram um cavalheiro de chapéu alto, encontraram um bispo mitrado, encontraram uma cariátide e um atlante, encontraram um lanceiro montado e outro a pé, encontraram um árabe de turbante, encontraram um mandarim chinês, encontraram um aviador, encontraram um condottiero e um padeiro, encontraram um mosqueteiro, encontraram uma criada de avental e um esquimó, encontraram um assírio de barbas, encontraram um agulheiro dos caminhos de ferro, encontraram um jardineiro, encontraram um homem nu com os músculos à mostra e o mapa dos sistemas nervoso e circulatório, também encontraram uma mulher nua, porém esta tapava o púbis com a mão direita e os seios com a mão esquerda. Encontraram muitos mais, mas esses não convinham aos fins que tinham em vista, ou fosse porque a elaboração das figuras seria demasiado complicada no barro, ou fosse porque um inconsiderado aproveitamento das celebridades antigas e modernas com cujos retratos, certos, plausíveis ou imaginados, a enciclopédia se ilustrava, poderia ser interpretado malevolamente como uma falta de respeito, e até dar ocasião, no caso de famosos vivos, ou de mortos famosos com herdeiros interessados e vigilantes, a ruinosos processos judiciais por ofensas, danos morais e abuso de imagem. A quem vamos escolher entre esta gente toda, perguntou Cipriano Algor, lembra-te de que para mais de três ou quatro não poderemos dar vazão, sem contar que, daqui até lá, enquanto o Centro estiver a decidir se compra ou não compra, iremos ter de praticar muito se quisermos aparecer com obra asseada, apresentável, Em todo o caso, pai, creio que o melhor seria que lhes propuséssemos seis, disse Marta, ou eles estão de acordo e nós dividiremos a produção em duas fases, será questão de acertar os prazos de entrega, ou então, e isso será o mais provável de entrada, eles próprios começarão por escolher dois ou três bonecos para sondar a curiosidade e ponderar a possível resposta dos clientes, Poderão ficar-se por aí, É certo, mas creio que se lhes levarmos seis desenhos teremos mais probabilidades de os convencer, o número conta, o número influi, é uma questão de psicologia, A psicologia nunca foi o meu forte, Nem o meu, mas até a própria ignorância é capaz de ter intuições proféticas, Não encaminhes essas proféticas intuições ao futuro do teu pai, ele sempre preferiu conhecer em cada dia o que cada dia, por bem ou por mal, decidiu trazer-lhe, Um facto é o que o dia traz, outro facto é o que nós, por nós próprios, lhe levamos a ele, A véspera, Não percebo o que quer dizer, A véspera é o que trazemos a cada dia que vamos vivendo, a vida é acarretar vésperas como quem acarreta pedras, quando já não podemos com a carga acabou-se a transportação, o último dia é o único a que não se pode chamar véspera, Quer entristecer-me, Não, minha filha, mas talvez a culpada sejas tu, Culpada de quê, Contigo sempre acabo a falar de coisas sérias, Então falemos de algo muito mais sério, escolhamos os nossos bonecos. Cipriano Algor não é homem de risos, e mesmo os sorrisos francos são raros na sua boca, quando muito notam-se-lhe brevemente nos olhos como um brilho que subitamente tivesse mudado de lugar, algumas vezes também se puderam entrever num certo franzido dos lábios, como se tivessem de sorrir para impedir-se de sorrir. Cipriano Algor não é homem de risos, mas acabou de ver-se agora que no dia de hoje havia um riso guardado que ainda não tinha podido aparecer. Vamos lá então, disse, eu escolho um, tu escolhes outro, até termos seis, mas atenção, levando sempre em conta a facilidade do trabalho e o gosto conhecido ou presumível das pessoas, De acordo, faça o favor de começar, O bobo, disse o pai, O palhaço, disse a filha, A enfermeira, disse o pai, O esquimó, disse a filha, O mandarim, disse o pai, O homem nu, disse a filha, O homem nu, não, não pode ser, terás de escolher outro, ao homem nu não o querem no Centro, Porquê, Por isso mesmo, porque está nu, Então que seja a mulher nua, Pior ainda, Mas ela está tapada, Tapar-se desta maneira é mais do que mostrar-se toda, Estou a ficar surpreendida com o seu conhecimento destas matérias, Vivi, olhei, li, senti, Que faz aí o ler, Lendo, fica-se a saber quase tudo, Eu também leio, Algo portanto saberás, Agora já não estou tão certa, Terás então de ler doutra maneira, Como, Não serve a mesma para todos, cada um inventa a sua, a que lhe for própria, há quem leve a vida inteira a ler sem nunca ter conseguido ir mais além da leitura, ficam pegados à página, não percebem que as palavras são apenas pedras postas a atravessar a corrente de um rio, se estão ali é para que possamos chegar à outra margem, a outra margem é que importa, A não ser, A não ser, quê, A não ser que esses tais rios não tenham duas margens, mas muitas, que cada pessoa que lê seja, ela, a sua própria margem, e que seja sua, e apenas sua, a margem a que terá de chegar, Bem observado, disse Cipriano Algor, mais uma vez fica demonstrado que não convém aos velhos discutir com as gerações novas, sempre acabam por perder, enfim, há que reconhecer que também aprendem alguma coisa, Muito agradecida pela parte que me toca, Voltemos ao sexto boneco, Não pode ser o homem nu, Não, Nem a mulher nua, Não, Então que seja o faquir, Os faquires, em geral, como os escribas e os oleiros, estão sentados, um faquir de pé é um homem igual a outro qualquer, e sentado ficaria mais pequeno que os outros, Nesse caso, o mosqueteiro, O mosqueteiro não estaria mal, mas teríamos que resolver o problema da espada e das plumas do chapéu, às plumas ainda se lhes poderia dar um jeito, porém a espada só pegando-a à perna, e uma espada pegada à perna mais pareceria uma tala, Então o assírio de barbas, Sugestão aceite, ficaremos com o assírio de barbas, é fácil, é compacto, Cheguei a pensar no caçador mais o seu cão, mas o cão iria trazer-nos complicações ainda maiores que a espada do mosqueteiro, E a espingarda também, confirmou Cipriano Algor, e por falar de cão, que estará o Achado a fazer, esquecemo-nos completamente dele, Dormirá. O oleiro levantou-se, afastou a cortina da janela, Não o vejo na casota, disse, Anda por aí, a cumprir a sua obrigação de guardião da casa, a vigiar as cercanias, Se é que não se escapou, Tudo pode suceder na vida, mas não acredito. Inquieto, receoso, Cipriano Algor abriu bruscamente a porta e quase tropeçou com o cão. Achado estava estendido no capacho, meio atravessado no limiar, com o focinho virado para a entrada. Levantou-se quando viu aparecer o dono e esperou. Está aqui, anunciou o oleiro, Bem vejo, respondeu Marta lá de dentro. Cipriano Algor começou a fechar a porta, Está a olhar para mim, disse, Não será a única vez, Que faço, Ou fecha a porta e o deixa lá fora, ou faz-lhe sinal de que entre e fecha a porta, Não brinques, Não estou a brincar, terá de resolver hoje se quer ou não quer admitir o Achado em casa, sabe que, se entra, entra para sempre, O Constante também entrava quando lhe apetecia, Sim, mas o mais normal era preferir a independência da casota, ao passo que este, se não me engano, precisa tanto de companhia como de pão para a boca, Essa razão parece-me boa, disse o oleiro. Abriu a porta completamente e fez um gesto, Entra. Sem apartar os olhos do dono, Achado deu um passo tímido, depois, como para mostrar que não tinha a certeza de haver compreendido a ordem, deteve-se. Entra, insistiu o oleiro. O cão avançou devagar e parou no meio da cozinha. Bem-vindo sejas ao lar, disse Marta, mas advirto-te de que é melhor que comeces já a conhecer o regulamento doméstico, as necessidades de cão, tanto as sólidas como as líquidas, satisfazem-se lá fora, a de comer também, durante o dia poderás entrar e sair quantas vezes te apeteça, mas a noite é para recolheres à casota, a guardar a casa, e com isto não julgues que estou disposta a gostar menos de ti que o teu dono, e a prova disto está em ter sido eu quem lhe disse que és um cão precisado de companhia. Durante o tempo que durou a preleção, o Achado nunca desviou os olhos. Não podia entender o que Marta queria dele, mas o seu pequeno cérebro de cão compreendia que para saber há que olhar e escutar. Esperou ainda uns instantes quando Marta deixou de falar, depois foi enroscar-se num canto da cozinha, porém não chegou a aquecer o sítio, mal Cipriano Algor acabara de sentar-se mudou de lugar para ir estender-se junto à cadeira dele. E para que não ficassem dúvidas no espírito dos donos sobre o claro sentido que tinha das suas obrigações e das suas responsabilidades, ainda um quarto de hora não decorrera e já se levantava dali para deitar-se ao lado de Marta. Um cão sabe muito bem quando alguém precisa da sua companhia.

Foram três dias de atividade intensa, de nervosa excitação, de um contínuo fazer e desfazer no papel e no barro. Nenhum deles queria admitir que o resultado da ideia e do trabalho que estavam a ter para lhe dar solidez poderia ser uma recusa seca, sem outras explicações que dizerem-lhes, O tempo desses bonecos já passou. Náufragos, remavam em direção a uma ilha sem saberem se se tratava de uma ilha real ou do fantasma dela. Dos dois, o mais habilidoso para o desenho era Marta, por isso foi ela quem se encarregou da tarefa de transpor para o papel os seis tipos escolhidos, aumentando-os, pelo clássico processo da quadrícula, ao tamanho exato com que os bonecos deveriam ficar depois de cozidos, um palmo bem medido, não dos dela, que tem a mão pequena, mas do pai. Seguiu-se a operação de dar colorido aos desenhos, complicada não por exageradas preocupações de primor na execução, mas porque era necessário escolher e combinar cores que não se sabia se correspondiam ao natural das figuras, uma vez que a enciclopédia, ilustrada de acordo com as tecnologias gráficas do tempo, só continha gravuras a talhe-doce, minuciosas no pormenor, mas sem outros efeitos cromáticos do que as variações de um aparente cinzento resultante da impressão dos traços negros sobre o fundo invariável do papel. De todos, o mais fácil de pintar é, obviamente, a enfermeira. Touca branca, blusa branca, saia branca, sapatos brancos, tudo branco branco branco, tudo de impecável alvura, como se se tratasse de um anjo de caridade baixado à terra com a incumbência de aliviar as aflições e mitigar as dores enquanto, mais tarde ou mais cedo, não tiver de ser chamado à pressa outro anjo vestido de igual para lhe mitigar e aliviar as suas próprias dores e aflições. Também o esquimó não apresenta dificuldades por aí além, as peles que o revestem podem ser pintadas de uma cor metade bege metade pardo, cortada por uns quantos laivos esbranquiçados, tudo a fingir de pele de urso virada ao contrário, o importante é que o esquimó tenha mesmo cara de esquimó, que para sê-lo é que veio ao mundo. Quanto ao palhaço, os problemas vão ser muito mais sérios, só pela razão de ser pobre. Se, em vez do maltrapilho pobrete que é, fosse palhaço rico, uma cor viva qualquer, brilhante, salpicada de lantejoulas distribuídas ao acaso pelo barrete cónico, pela camisa e pelos calções, resolveria a questão. Mas o palhaço é pobre, pobre de pobreza, veste uma trapagem sem gosto nem critério, heterogénea, ponta abaixo, ponta acima, um colete que lhe chega aos joelhos, umas calças anchas pela barriga da perna, um colarinho onde três pescoços entrariam à larga, um laço que parece uma ventoinha, uma camisa delirante, uns sapatos como faluas. Tudo isto poderá ser pintalgado à vontade, pois que, tratando-se de um palhaço pobre, ninguém irá perder o seu tempo a comprovar se as cores deste engendro de barro têm a decência de respeitar as cores com que a realidade do pobre se apresenta, mesmo quando não exerça de palhaço. O mau é que, vistas bem as coisas, este faz-tudo não vai ser mais fácil de modelar que o caçador e o mosqueteiro que tantas dúvidas tinham levantado. Já passar daqui ao bobo será passar do parecido ao igual, do semelhante ao idêntico, do similar ao análogo. Diversamente aplicadas, as cores de um podem servir para o outro, e duas ou três alterações vestimentárias transformarão rapidamente o bobo em palhaço e o palhaço em bobo. Vendo bem, são figuras que tanto na indumentária como na função quase se repetem uma à outra, a única diferença que se observa entre elas, de um ponto de vista social, é não ser costume do palhaço ir ao palácio do rei. Também o mandarim com a sua cabaia e o assírio com a sua túnica não vão exigir atenções especiais, com dois breves toques nos olhos a cara do esquimó servirá ao chinês e as opulentas e onduladas barbas do assírio tornarão mais fácil o trabalho sobre a parte inferior do rosto. Marta fez três séries de desenhos, a primeira totalmente fiel aos originais, a segunda desafogada de acessórios, a terceira limpa de pormenores supérfluos. Desta maneira facilitar-se-ia o respectivo exame a quem no Centro teria a última palavra sobre o destino da proposta, e, caso ela fosse aprovada, talvez ficasse reduzida, pelo menos assim se esperava, a possibilidade de futuras reclamações por diferenças entre o apreciado no desenho e o executado no barro. Enquanto Marta não passou à terceira série, Cipriano Algor tinha-se limitado a seguir o andamento das operações, impaciente por não poder ajudar, e mais ainda por ter a consciência de que qualquer intromissão da sua parte só iria servir para dificultar e atrasar o trabalho. Porém, quando Marta colocou diante de si a folha de papel com que ia principiar a última série de ilustrações, reuniu rapidamente as cópias iniciais e saiu para a olaria. A filha ainda teve tempo de lhe dizer, Não se irrite se não lhe sair bem à primeira. Horas atrás de horas, durante o resto desse dia e parte do dia seguinte, até à hora em que teria de ir buscar Marçal ao Centro, o oleiro fez, desfez e refez bonecos com figura de enfermeiras e de mandarins, de bobos e de assírios, de esquimós e de palhaços, quase irreconhecíveis nas primeiras tentativas, mas logo ganhando forma e sentido à medida que os dedos começaram a interpretar por sua própria conta e de acordo com as suas próprias leis as instruções que lhes chegavam da cabeça. Na verdade, são poucos os que sabem da existência de um pequeno cérebro em cada um dos dedos da mão, algures entre a falange, a falanginha e a falangeta. Aquele outro órgão a que chamamos cérebro, esse com que viemos ao mundo, esse que transportamos dentro do crânio e que nos transporta a nós para que o transportemos a ele, nunca conseguiu produzir senão intenções vagas, gerais, difusas, e sobretudo pouco variadas, acerca do que as mãos e os dedos deverão fazer. Por exemplo, se ao cérebro da cabeça lhe ocorreu a ideia de uma pintura, ou música, ou escultura, ou literatura, ou boneco de barro, o que ele faz é manifestar o desejo e ficar depois à espera, a ver o que acontece. Só porque despachou uma ordem às mãos e aos dedos, crê, ou finge crer, que isso era tudo quanto se necessitava para que o trabalho, após umas quantas operações executadas pelas extremidades dos braços, aparecesse feito. Nunca teve a curiosidade de se perguntar por que razão o resultado final dessa manipulação, sempre complexa até nas suas mais simples expressões, se assemelha tão pouco ao que havia imaginado antes de dar instruções às mãos. Note-se que, ao nascermos, os dedos ainda não têm cérebros, vão-nos formando pouco a pouco com o passar do tempo e o auxílio do que os olhos veem. O auxílio dos olhos é importante, tanto quanto o auxílio daquilo que por eles é visto. Por isso o que os dedos sempre souberam fazer de melhor foi precisamente revelar o oculto. O que no cérebro possa ser percebido como conhecimento infuso, mágico ou sobrenatural, seja o que for que signifiquem sobrenatural, mágico e infuso, foram os dedos e os seus pequenos cérebros que lho ensinaram. Para que o cérebro da cabeça soubesse o que era a pedra, foi preciso primeiro que os dedos a tocassem, lhe sentissem a aspereza, o peso e a densidade, foi preciso que se ferissem nela. Só muito tempo depois o cérebro compreendeu que daquele pedaço de rocha se poderia fazer uma coisa a que chamaria faca e uma coisa a que chamaria ídolo. O cérebro da cabeça andou toda a vida atrasado em relação às mãos, e mesmo nestes tempos, quando nos parece que passou à frente delas, ainda são os dedos que têm de lhe explicar as investigações do tato, o estremecimento da epiderme ao tocar o barro, a dilaceração aguda do cinzel, a mordedura do ácido na chapa, a vibração subtil de uma folha de papel estendida, a orografia das texturas, o entramado das fibras, o abecedário em relevo do mundo. E as cores. Manda a verdade que se diga que o cérebro é muito menos entendido em cores do que crê. É certo que consegue ver mais ou menos claramente visto o que os olhos lhe mostram, mas as mais das vezes sofre do que poderíamos designar por problemas de orientação sempre que chega a hora de converter em conhecimento o que viu. Graças à inconsciente segurança com que a duração da vida acabou por dotá-lo, pronuncia sem hesitar os nomes das cores a que chama elementares e complementárias, mas imediatamente se perde, perplexo, duvidoso, quando tenta formar palavras que possam servir de rótulos ou dísticos explicativos de algo que toca o inefável, de algo que roça o indizível, aquela cor ainda de todo não nascida que, com o assentimento, a cumplicidade, e não raro a surpresa dos próprios olhos, as mãos e os dedos vão criando e que provavelmente nunca chegará a receber o seu justo nome. Ou talvez já o tenha, mas esse só as mãos o conhecem, porque compuseram a tinta como se estivessem a decompor as partes constituintes de uma nota de música, porque se sujaram na sua cor e guardaram a mancha no interior profundo da derme, porque só com esse saber invisível dos dedos se poderá alguma vez pintar a infinita tela dos sonhos. Fiado do que os olhos julgaram ter visto, o cérebro da cabeça afirma que, segundo a luz e as sombras, o vento e a calma, a humidade e a secura, a praia é branca, ou amarela, ou dourada, ou cinzenta, ou roxa, ou qualquer coisa entre isto e aquilo, mas depois vêm os dedos e, com um movimento de recolha, como se estivessem a ceifar uma seara, levantam do chão todas as cores que há no mundo. O que parecia único era plural, o que é plural sê-lo-á ainda mais. Não é menos verdade, contudo, que na fulguração exaltada de um só tom, ou na sua musical modulação, estão presentes e vivos todos os outros, tanto os das cores que já têm nome como os das que ainda o esperam, do mesmo modo que uma extensão de aparência lisa poderá estar cobrindo, ao mesmo tempo que os manifesta, os rastos de todo o vivido e acontecido na história do mundo. Toda a arqueologia de materiais é uma arqueologia humana. O que este barro esconde e mostra é o trânsito do ser no tempo e a sua passagem pelos espaços, os sinais dos dedos, as raspaduras das unhas, as cinzas e os tições das fogueiras apagadas, os ossos próprios e alheios, os caminhos que eternamente se bifurcam e se vão distanciando e perdendo uns dos outros. Este grão que aflora à superfície é uma memória, esta depressão a marca que ficou de um corpo deitado. O cérebro perguntou e pediu, a mão respondeu e fez. Marta disse-o de outra maneira, Já lhe apanhou o jeito.

Vou a um negócio de homens, desta vez tens de ficar em casa, disse Cipriano Algor ao cão, que correra para ele quando o viu aproximar-se da furgoneta. É claro que o Achado não necessitava que o mandassem subir, bastava que lhe deixassem aberta a porta do carro o tempo suficiente para perceber que não o expulsariam depois, mas a causa real da sobressaltada corrida, por muito estranho que possa parecer, foi ter ele suposto, em sua ansiedade de cão, que o iam deixar sozinho. Marta, que saíra para o terreiro conversando com o pai e o acompanhava à furgoneta, tinha na mão o sobrescrito com os desenhos e a proposta, e embora o cão Achado não tenha ideias claras sobre o que são e para que servem sobrescritos, propostas e desenhos, conhece da vida, em todo o caso, que as pessoas que se dispõem a entrar em carros costumam levar consigo coisas que, em geral, mesmo antes de para eles subirem, atiram para o banco de trás. Instruído por estas experiências, percebe-se que a memória do Achado o tenha levado a pensar que Marta iria acompanhar o pai nesta nova saída da furgoneta. Apesar de estar aqui há poucos dias, não tem dúvidas de que a casa dos donos é a sua casa, mas o seu sentido de propriedade, por incipiente, ainda não o autoriza a dizer, olhando em redor, Tudo isto é meu. Aliás, um cão, seja qual for o tamanho, a raça e o carácter, jamais se atreveria a pronunciar palavras tão brutalmente possessivas, diria, quando muito, Tudo isto é nosso, e ainda assim, revertendo ao caso particular destes oleiros e dos seus bens móveis e imóveis, o cão Achado nem daqui a dez anos será capaz de ver-se a si mesmo como terceiro proprietário. O máximo a que talvez consiga chegar quando for cão velho é ao obscuro e vago sentimento de participar em algo arriscadamente complexo e, por assim dizer, de escorregadias significações, um todo feito de partes em que cada uma é, ao mesmo tempo, a parte que é e o todo de que faz parte. Ideias aventurosas como esta, que o cérebro humano, grosso modo, é mais ou menos capaz de conceber, mas que logo tem uma enorme dificuldade em trocar por miúdos, são o pão nosso de cada dia nas diferentes nações caninas, quer de um ponto vista meramente teórico quer no que se refere às suas consequências práticas. Não se pense, contudo, que o espírito dos cães é como uma nuvem bonançosa que levemente passa, uma alvorada primaveral de suave luz, um tanque de jardim com cisnes brancos vogando, se o fosse não teria o Achado começado, de repente, a ganir lastimeiro, E eu, e eu, dizia ele. Para responder a tal desgarramento de alma aflita, não tinha achado Cipriano Algor, apreensivo como ia pela responsabilidade da missão que o levava ao Centro, melhores palavras que Desta vez ficas em casa, o que valeu ao angustiado animal foi ter visto Marta dar dois passos atrás depois de ter entregado o sobrescrito ao pai, assim ficou o Achado ciente de que não o iriam deixar sem companhia, na verdade, mesmo constituindo cada parte, de per si, o todo a que pertence, como cremos que já deixámos demonstrado por a + b, duas partes, desde que estejam unidas, fazem muita diferença no total. Marta acenou ao pai um cansado gesto de adeus e voltou para casa. O cão não a seguiu logo, ficou à espera de que a furgoneta, depois de descer a ladeira para a estrada, desaparecesse por trás da primeira casa da povoação. Quando daí a pouco entrou na cozinha, viu que a dona estava sentada na mesma cadeira em que tinha trabalhado durante estes dias. Passava os dedos pelos olhos uma e outra vez como se precisasse de aliviá-los de uma sombra ou de uma dor. Decerto por estar no tenro verdor da mocidade, Achado não teve ainda tempo de adquirir opiniões formadas, claras e definitivas sobre a necessidade e o significado das lágrimas no ser humano, no entanto, considerando que esses humores líquidos persistem em manifestar-se no estranho caldo de sentimento, razão e crueldade de que o dito ser humano é feito, pensou que talvez não fosse desacerto grave chegar-se à chorosa dona e pousar-lhe docemente a cabeça nos joelhos. Um cão mais idoso, e por essa razão, supondo que a idade está obrigada a suportar culpas duplicadas, mais cínico do que o cinismo que não pode evitar ter, comentaria com sarcasmo o afetuoso gesto, mas isso deveria ser porque o vazio da velhice o teria feito esquecer-se de que, em assuntos do coração e do sentir, sempre o demasiado foi melhor que o diminuído. Comovida, Marta passou-lhe devagar a mão pela cabeça, acariciando-o, e, como ele não se retirava e continuava a olhá-la fixamente, pegou num carvão e começou a riscar no papel os primeiros traços de um esboço. Ao princípio, as lágrimas impediam-na de ver bem, mas, pouco a pouco, ao mesmo tempo que a mão ganhava segurança, os olhos foram aclarando, e a cabeça do cão, como se emergisse do fundo de uma água turva, apareceu-lhe na sua inteira beleza e força, no seu mistério e na sua interrogação. A partir deste dia, Marta vai querer tanto ao cão Achado como sabemos que já lhe quer Cipriano.

O oleiro tinha deixado para trás a povoação, as três casas isoladas que ninguém virá levantar da ruína, agora ladeia a ribeira sufocada de podridão, atravessará os campos descuidados, o bosque desleixado, foram tantas as vezes que fez este caminho que mal repara na desolação que o cerca, mas hoje tem dois motivos de preocupação que justificam o seu ar absorto. Um deles, a diligência comercial que o leva ao Centro, não necessita, obviamente, menção particular, mas o outro, que não se sabe por quanto tempo ainda continuará a afetá-lo, é o que mais lhe está desassossegando o espírito, aquele impulso, realmente inesperado e inexplicável, ao passar junto à entrada da rua onde mora Isaura Estudiosa, de ir saber notícias do cântaro, se o uso lhe teria denunciado algum oculto defeito, se vertia, se conservava a frescura da água. Evidentemente não é de hoje nem de ontem que Cipriano Algor conhece esta vizinha, seria até impossível haver alguém na povoação a quem ele, por razões do ofício, não conhecesse, e, embora nunca tivesse havido, propriamente falando, o que se chama relações de amizade com aquela família, os Algores pai e filha tinham acompanhado ao cemitério o funeral do defunto Joaquim Estudioso, que dele era o apelido pelo qual Isaura, que viera de uma povoação afastada para casar-se aqui, passou também, como é de uso nas aldeias, a ser conhecida. Cipriano Algor lembrava-se de lhe ter dado os pêsames à saída do cemitério, no mesmo sítio onde meses depois tornariam a encontrar-se para trocarem impressões e promessas acerca de um cântaro partido. Era apenas mais uma viúva na povoação, outra mulher para andar vestida de luto carregado durante seis meses, a que outros seis de luto aliviado se haveriam de seguir, e muita sorte tinha ela, porque tempo houve em que o carregado e o aliviado, cada um deles, pesavam sobre o corpo feminino, e, vá lá saber-se, sobre a alma, um ano inteiro de dias e de noites, sem falar daquelas mulheres a quem, por velhas, a lei do costume obrigava a viverem cobertas de preto até ao último dos seus dias. Perguntava-se Cipriano Algor se no largo intervalo entre os dois encontros no cemitério alguma vez teria falado com Isaura Estudiosa, e a resposta surpreendeu-o, Se nem sequer a vi, e era certo, porém não devemos estranhar a aparente singularidade da situação, nos assuntos em que o acaso governa tanto faz viver numa cidade de dez milhões de habitantes como numa aldeia de poucas centenas de moradores, só acontece o que tiver de acontecer. Nesta altura o pensamento de Cipriano Algor tentou desviar-se para Marta, parecia que a ia responsabilizar outra vez pelas fantasias que lhe andavam a dar volta à cabeça, mas a sua isenção, a sua honestidade de juízo, vigilantes, conseguiram prevalecer, Não te escondas, deixa a tua filha em paz, ela só disse as palavras que querias ouvir, agora trata-se é de saber se tens para dar à Isaura Estudiosa algo mais do que um cântaro, e, também, não te esqueças, se ela estará disposta a receber o que imaginas ter para lhe dar, se é que consegues imaginar alguma coisa. O solilóquio esbarrou nesta objeção, por ora intransponível, e a súbita paragem foi logo aproveitada pelo segundo motivo de cuidado, três motivos num pé só, os bonecos de barro, o Centro, o chefe do departamento de compras, Vamos lá ver o que isto virá a dar, murmurou o oleiro, frase sintaticamente retorcida que, se repararmos bem, igualmente poderia servir para ataviar com roupagens de distraída e tácita conivência o excitante assunto da Isaura Estudiosa. Demasiado tarde, já vamos atravessando a Cintura Agrícola, ou Verde, como lhe continuam a chamar as pessoas que adoram disfarçar com palavras a áspera realidade, esta cor de gelo sujo que cobre o chão, este interminável mar de plástico onde as estufas, talhadas pela mesma medida, se assemelham a icebergues petrificados, a gigantescas pedras de dominó sem pintas. Lá dentro não há frio, pelo contrário, os homens que ali trabalham asfixiam-se no calor, cozem-se no seu próprio suor, desfalecem, são como trapos encharcados e torcidos por mãos violentas. Se não é tudo o mesmo dizer, é tudo o mesmo penar. Hoje a furgoneta vai vazia, Cipriano Algor já não pertence ao grémio dos vendedores pela razão irresponsável de que o seu fabrico deixou de interessar, agora leva meia dúzia de desenhos no assento ao lado, que foi onde Marta os deixou, e não no assento de trás como o cão Achado supôs, e esses desenhos são a única e frágil bússola desta viagem, felizmente já tinha saído de casa quando, durante alguns momentos, de todo a sentiu perdida quem esses papéis tinha pintado. Diz-se que a paisagem é um estado de alma, que a paisagem de fora a vemos com os olhos de dentro, será porque esses extraordinários órgãos interiores de visão não souberam ver estas fábricas e estes hangares, estes fumos que devoram o céu, estas poeiras tóxicas, estas lamas eternas, estas crostas de fuligem, o lixo de ontem varrido para cima do lixo de todos os dias, o lixo de amanhã varrido para cima do lixo de hoje, aqui seriam suficientes os simples olhos da cara para convencer a mais satisfeita das almas a duvidar da ventura em que supunha comprazer-se.

Adiante da Cintura Industrial, na estrada, já nos terrenos baldios ocupados pelas barracas, vê-se um camião queimado. Não há sinais da mercadoria que transportava, apenas uns dispersos e enegrecidos restos de caixotes sem dizeres sobre o conteúdo e a procedência. Ou a carga tinha ardido com o camião, ou conseguiram retirá-la antes de o fogo alastrar. O chão está molhado ao redor, o que mostra que os bombeiros acudiram ao sinistro, mas, pelos vistos, chegaram tarde, uma vez que o camião ardeu todo. Estacionados à frente, há dois carros da polícia de trânsito, no outro lado da estrada um veículo militar de transporte de pessoal. O oleiro abrandou a velocidade a fim de ver melhor o que sucedera, mas os polícias, ríspidos, de cara fechada, deram-lhe ordem de avançar imediatamente, apenas teve tempo de perguntar se tinha havido mortes, mas não lhe fizeram caso. Siga, siga, gritavam, e faziam gestos violentos com os braços. Foi então que Cipriano Algor olhou para o lado e reparou que havia soldados movendo-se entre as barracas. Por causa da velocidade não conseguiu ver mais do que isto, salvo que parecia estarem a fazer sair das casas os moradores. Era evidente que desta vez os assaltantes não se contentaram com saquear. Por algum motivo ignorado, nunca tal havia sucedido antes, deitaram fogo ao camião, talvez o condutor tivesse resistido à violência do roubo de igual para igual, ou então os grupos organizados das barracas decidiram mudar de estratégia, embora seja difícil de perceber que diabo de proveito esperam eles tirar de uma ação violenta como esta, que, pelo contrário, só vai servir para justificar ações igualmente violentas das autoridades, Que eu saiba, pensou o oleiro, é a primeira vez que o exército entra nos bairros de barracas, até agora as rusgas foram sempre coisa da polícia, aliás os bairros contavam com elas, os agentes chegavam, umas vezes faziam perguntas, outras vezes não, levavam detidos dois ou três homens, e a vida continuava, como se nada fosse, mais tarde ou mais cedo os presos acabavam por reaparecer. O oleiro Cipriano Algor vai esquecido da vizinha Isaura Estudiosa, essa a quem deu um cântaro, e do chefe do departamento de compras do Centro, esse a quem não sabe se poderá convencer do atrativo estético dos bonecos, o seu pensamento está todo posto num camião que as chamas calcinaram a tal ponto que nem vestígios deixaram da carga que levava, se a levava. Se, se. Repetiu a conjunção como quem, depois de ter tropeçado numa pedra, torna atrás para voltar a tropeçar nela, como se a golpeasse uma e outra vez à espera de ver sair lá de dentro uma centelha, mas a centelha não parecia disposta a aparecer, já Cipriano Algor tinha gasto neste pensar uns bons três quilómetros e quase desistia, já Isaura Estudiosa se preparava para disputar o terreno ao chefe do departamento, quando de súbito a faísca saltou, a luz se fez, o camião não fora queimado pela gente das barracas, mas pela própria polícia, era um pretexto para a intervenção do exército, Corto a cabeça se não foi isto que sucedeu, murmurou o oleiro, e então sentiu-se muito cansado, não por ter esforçado de mais a mente, mas por ver que o mundo é assim mesmo, que as mentiras são muitas e as verdades nenhumas, ou alguma, sim, deverá andar por aí, mas em mudança contínua, não só não nos dá tempo para pensarmos nela enquanto verdade possível, como ainda teremos primeiro de averiguar se não se tratará de uma mentira provável. Cipriano Algor olhou de relance o relógio, se o que pretendia saber era a hora, de nada lhe serviu o gesto, porque, tendo ele sido feito na sequência imediata do debate entre a probabilidade das mentiras e a possibilidade das verdades, foi como se tivesse estado à espera de encontrar a conclusão na disposição dos ponteiros, um ângulo reto que significaria sim, um ângulo agudo que lhe anteporia um prudente talvez, um ângulo obtuso a dizer redondamente não, um ângulo raso é melhor que não penses mais nisso. Quando, logo a seguir, tornou a olhar o mostrador, os ponteiros já só marcavam horas, minutos e segundos, tinham-se convertido novamente em autênticos, funcionais e obedientes ponteiros de relógio, Vou a tempo, disse, e era certo, ia a tempo, no fim de contas é como sempre vamos, a tempo, com o tempo, no tempo, e nunca fora do tempo, por muito que disso nos acusem. Estava agora na cidade, seguia pela avenida que o levava ao destino, adiante dele, mais veloz que a furgoneta, corria o pensamento, chefe do departamento de compras, chefe do departamento, chefe das compras, a Isaura Estudiosa, coitada dela, tinha ficado lá para trás. Ao fundo, na altíssima parede cinzenta que cortava o caminho, via-se um enorme cartaz branco, retangular, onde, em letras de um azul brilhante e intenso, se liam de um lado a outro estas palavras, VIVA EM SEGURANÇA, VIVA NO CENTRO. Por baixo, colocada no canto direito, distinguia-se ainda uma breve linha, só duas palavras, a preto, que os olhos míopes de Cipriano Algor não conseguem decifrar a esta distância, e no entanto elas não merecem menos consideração que as da mensagem grande, poderemos, se quisermos, designá-las por complementares, mas nunca por meramente sobrevenientes, PEÇA INFORMAÇÕES, era o que estavam a aconselhar. O cartaz aparece ali de vez em quando, repetindo as mesmas palavras, só variáveis na cor, algumas vezes exibe imagens de famílias felizes, o marido de trinta e cinco anos, a esposa de trinta e três, um filho de onze anos, uma filha de nove, e também, mas não sempre, um avô e uma avó de alvos cabelos, poucas rugas e idade indefinida, todos obrigando a sorrir as respectivas dentaduras, perfeitas, brancas, resplandecentes. A Cipriano Algor afigurou-se-lhe de mau agoiro o convite, já estava a ouvir o genro a anunciar, pela centésima vez, que iriam viver para o Centro logo que alcançasse a sua promoção a guarda residente, Ainda acabaremos os três num cartaz daqueles, pensou, para casal jovem já têm a Marta e o marido, o avô seria eu se fossem capazes de convencer-me, avó não há, morreu há três anos, e por enquanto faltam os netos, mas no lugar deles poderíamos pôr o Achado na fotografia, um cão sempre fica bem nos anúncios de famílias felizes, por muito estranho que pareça, tratando-se de um irracional, confere-lhes um toque subtil, porém facilmente reconhecível, de superior humanidade. Cipriano Algor virou a furgoneta para a rua à direita, paralela ao Centro, enquanto ia pensando que não, que não poderia ser, que o Centro não aceita cães nem gatos, quando muito aceitará pássaros de gaiola, periquitos, canários, pintassilgos, bicos-de-lacre, e de certeza peixes de aquário, sobretudo se forem dos tropicais, daqueles que têm excesso de barbatanas, gatos não, e cães ainda menos, era o que nos faltava, deixar outra vez o pobre do Achado ao abandono, uma vez bastou, neste momento conseguiu intrometer-se no pensamento de Cipriano Algor a imagem de Isaura Estudiosa junto ao muro do cemitério, depois com o cântaro apertado contra o peito, depois acenando da porta, mas assim como apareceu logo teve de sumir-se, já se vê lá adiante a entrada do andar subterrâneo onde se deixam as mercadorias e onde o chefe do departamento de compras verifica as guias de remessa e as faturas e decide do que fica e não fica.

Além do camião que estava a ser descarregado, só havia outros dois à espera de vez. O oleiro calculou que, em boa lógica, considerando que não viera para entregar mercadorias, estaria dispensado de tomar lugar na fila dos camiões. O assunto que trazia era da competência exclusiva do chefe do departamento de compras, não para ser negociado com empregados subalternos e por princípio reticentes, portanto só teria de se apresentar no balcão e anunciar ao que vinha. Arrumou a furgoneta, pegou nos papéis e, num passo que queria parecer firme, mas em que qualquer observador medianamente atento saberia reconhecer o efeito de um tremor de pernas no equilíbrio do corpo, atravessou a faixa de trânsito salpicada de antigas e recentes manchas de óleo até ao balcão de atendimento, saudou a quem estava com polidas boas tardes e pediu para falar ao senhor chefe do departamento. O empregado levou o requerimento verbal, regressou logo a seguir, Já vem, disse. Tiveram de passar dez minutos antes que aparecesse finalmente, não o chefe requerido, mas um dos subchefes. A Cipriano Algor não agradou ter de contar a sua história a alguém que, em geral, não tem outra utilidade no organigrama e na prática que servir de antepara a quem hierarquicamente estiver por cima. Valeu-lhe que a meio da explicação o próprio subchefe tivesse percebido que levar ele o assunto até ao fim só lhe daria trabalhos, e que, de uma maneira ou outra, a decisão sempre teria de ser tomada por quem para isso mesmo estava e que, por isso mesmo, ganhava o que ganhava. O subchefe, como facilmente se conclui deste tipo de comportamento, é um descontente social. Cortou bruscamente a palavra ao oleiro, agarrou na proposta e nos desenhos, e afastou-se. Tardou alguns minutos a sair pela porta por onde tinha entrado, fez de lá um gesto a Cipriano Algor para se aproximar, não será necessário recordar uma vez mais que, nestas situações, as pernas tendem irresistivelmente a acentuar a tremedeira que já levavam, e, depois de lhe ter dado passagem, regressou às suas próprias ocupações. O chefe segurava a proposta na mão direita, os desenhos estavam alinhados sobre a secretária, à sua frente, como cartas de uma paciência. Fez sinal a Cipriano Algor para que se sentasse, providência que permitiu ao oleiro deixar de pensar nas pernas e lançar-se na exposição do seu assunto, Muito boas tardes, senhor, desculpe se venho incomodá-lo no seu trabalho, mas isto foi uma ideia que a minha filha e eu tivemos, a falar verdade, mais ela do que eu. O chefe interrompeu-o, Antes que continue, senhor Algor, é meu dever informá-lo de que o Centro decidiu deixar de adquirir os produtos da sua empresa, refiro-me aos que nos vinha fornecendo até à suspensão de compras, agora é definitivo e irrevogável. Cipriano Algor baixou a cabeça, havia que ser muito cuidadoso com as palavras, sucedesse o que sucedesse não podia dizer ou fazer nada que arriscasse a possibilidade de fechar o negócio dos bonecos, por isso limitou-se a murmurar, Já estava à espera disso, senhor, mas, permita-me o desabafo, é duro, depois de tantos anos de fornecedor, ter de ouvir da sua boca semelhantes palavras, A vida é assim, faz-se muito de coisas que acabam, Também se faz de coisas que principiam, Nunca são as mesmas. O chefe do departamento fez uma pausa, mexeu vagamente nos desenhos, como se estivesse distraído, depois disse, O seu genro veio aqui falar comigo, A meu pedido, senhor, a meu pedido, para me tirar da indecisão em que me via, sem saber se poderia ou não continuar a fabricar, Agora já sabe, Sim senhor, já sei, Deveria estar também ciente de que sempre foi norma do Centro, de que é mesmo ponto de honra do Centro, não aceitar pressões ou interferências de terceiros na sua atividade comercial, e menos ainda vindas de empregados da casa, Não era uma pressão, senhor, Mas foi uma interferência, Peço desculpa. Outra pausa, Que mais me faltará ainda ouvir, pensou o oleiro angustiado. Não iria tardar a sabê-lo, o chefe abria um registo, folheava-o, consultava uma página, outra, depois adicionou parcelas numa pequena calculadora, finalmente disse, Temos em armazém, já sem probabilidade de escoamento, mesmo a preços de saldo, mesmo abaixo do que nos custou, uma quantidade grande de artigos da sua olaria, artigos de todo o tipo que estão a ocupar um espaço que me faz falta, motivo por que sou obrigado a dizer-lhe que proceda à retirada no prazo máximo de duas semanas, tencionava mandar que lhe telefonassem amanhã, a informá-lo, Vou ter de fazer não imagino quantas viagens, a furgoneta é pequena, Com um carreto por dia deverá resolver a questão, E a quem vou eu vender agora as minhas louças, perguntou o oleiro sucumbido, O problema é seu, não meu, Estou autorizado, ao menos, a negociar com os comerciantes da cidade, O nosso contrato está cancelado, pode fazer negócios com quem quiser, Se valer a pena, Sim, se valer a pena, a crise lá fora é grave, além disso, o chefe do departamento calou-se, pegou nos desenhos e juntou-os, depois foi-os passando devagar, um por um, olhava-os com uma atenção que parecia sincera, como se estivesse a vê-los pela primeira vez. Cipriano Algor não podia perguntar, Além disso, quê, tinha de esperar, disfarçar a inquietação, no fim de contas, ou desde o princípio delas, era sempre o chefe do departamento quem decidia as regras da partida, e agora o que se está a jogar aqui é um jogo desigual, em que as cartas foram todas para o mesmo lado e em que, se preciso for, os valores dos naipes variarão consoante a vontade de quem tiver a mão, caso em que o rei poderá valer mais do que o ás e menos do que a dama, ou o valete tanto como o duque, e este mais do que toda a casa real, ainda que se deva reconhecer, para o que lhe possa servir, que, sendo seis os bonecos apresentados, o oleiro tem, se bem que resvés, a vantagem numérica a seu favor. O chefe do departamento tornou a juntar os desenhos, pô-los de lado com um gesto ausente, e, depois de olhar uma vez mais o registo, terminou a frase, Além disso, quer dizer, além da catastrófica situação em que se encontra o comércio tradicional, nada propícia a artigos que o tempo e as mudanças do gosto desacreditaram, a olaria ficará proibida de fazer negócios fora no caso de o Centro vir a encomendar os produtos que neste momento lhe estão a ser propostos, Julgo entender, senhor, que não poderemos vender os bonecos aos comerciantes da cidade, Entende bem, mas não entende tudo, Não alcanço aonde quer chegar, Não só não lhes poderá vender os bonecos, como não será autorizado a vender-lhes qualquer dos restantes produtos da olaria, mesmo que, admitindo essa absurda hipótese, eles lhe fossem encomendados, Compreendo, a partir do momento em que voltem a aceitar-me como fornecedor do Centro, não o poderei ser de mais ninguém, Exatamente, de resto não é caso para ficar surpreendido, a regra sempre foi essa, No entanto, senhor, numa situação como a de agora, quando determinados produtos deixaram de interessar ao Centro, seria de justiça conceder ao fornecedor a liberdade de procurar para eles outros compradores, Estamos no terreno dos factos comerciais, senhor Algor, teorias que não estejam ao serviço dos factos e os consolidem não contam para o Centro, já agora deixe-me que lhe diga que nós também somos competentes para elaborar teorias, e algumas já tivemos que lançar por aí, no mercado, quer dizer, mas só as que serviram para homologar e, se necessário, absolver os factos quando eles alguma vez se portaram mal. Cipriano Algor disse a si mesmo que não devia responder ao desafio. Cair na tentação de um dize-tu-direi-eu com o chefe do departamento, eu afirmo, tu negas, eu protesto, tu contestas, acabaria por dar mau resultado, nunca se sabe quando uma palavra mal interpretada vai ter como consequência desastrosa deitar a perder a mais subtil e mais trabalhada das dialéticas de persuasão, já o dizia a antiga sabedoria, com o teu amo não jogues as peras, que ele come as maduras e dá-te as verdes. O chefe do departamento olhou-o com um meio sorriso e acrescentou, Na verdade, não sei por que lhe digo estas coisas, Falando com franqueza, senhor, também a mim me estranha, não passo de um simples oleiro, o pouco que tenho para vender não é tão valioso que justifique gastar comigo a sua paciência e distinguir-me com as suas reflexões, respondeu Cipriano Algor, e imediatamente mordeu a língua, agora mesmo tinha acabado de decidir que não atiraria achas para o lume de uma conversação já manifestamente tensa, e aí estava outra vez lançado numa provocação, não só direta, como inoportuna. Pensando que desta maneira evitaria a resposta azeda que temia, levantou-se e disse, Peço-lhe desculpa pelo tempo que lhe vim roubar, senhor, deixo-lhe os desenhos para apreciação, a não ser, A não ser, quê, A não ser que já tenha tomado a sua decisão, Que decisão, Não sei, senhor, não estou no seu pensamento, A decisão de não encomendar os bonecos, por exemplo, perguntou o chefe do departamento, Sim, senhor, respondeu o oleiro sem desviar os olhos, enquanto mentalmente se ia acusando de estúpido e imprudente, Ainda não tomei nenhuma decisão, Poderei perguntar-lhe se vai tardar muito, é que, sabe, a situação em que nos encontramos, Serei rápido, cortou o chefe, talvez receba notícias amanhã mesmo, Amanhã, Sim, amanhã, não quero que vá dizendo por aí que o Centro não lhe deu uma última oportunidade, Creio poder concluir do que ouço que a decisão será positiva, Poderá ser positiva, é tudo quanto lhe posso dizer neste momento, Obrigado, senhor, Ainda não tem razões para me agradecer, Agradeço-lhe a esperança que levo, é já alguma coisa, A esperança nunca foi muito de fiar, Também penso o mesmo, mas que lhe havemos de fazer, a alguma coisa teremos de agarrar-nos nas horas más, Boa tarde, senhor Cipriano Algor, Boa tarde, senhor. O oleiro pôs a mão no puxador da porta, ia sair, mas o chefe do departamento ainda tinha algo para dizer, Combine aí com o subchefe, esse que o mandou entrar, o plano de retirada das suas louças, lembre-se de que só dispõe de duas semanas para levar de cá tudo, até ao último prato, Sim senhor. Esta expressão, plano de retirada, não fica bem na boca de um civil, soa mais a operação militar do que a uma rotineira devolução de mercadorias, e, se aplicada à letra e às posições relativas da unidade Centro e da unidade olaria, tanto pode vir a resultar em providencial recuo tático a fim de reunir forças dispersas e depois, no momento propício, isto é, aprovada a fabricação dos bonecos, retomar o ataque, como, pelo contrário, significar o fim de tudo, a derrota em toda a linha, a debandada, o salve-se quem puder. Cipriano Algor ouvia o subchefe dizer-lhe sem pausa e sem para ele virar a cara,

Todos os dias às quatro da tarde vai ter de se desembaraçar sozinho ou trazer ajuda, o pessoal daqui não pode ser dispensado mesmo pagando por fora, e perguntava-se se valeria a pena estar aqui a passar por esta vergonha, ser tratado como um inhenho, um coisa-nenhuma, e ainda por cima ter de reconhecer que a razão está do lado deles, que para o Centro não têm importância uns toscos pratos de barro vidrado ou uns ridículos bonecos a fingir de enfermeiras, esquimós e assírios de barbas, nenhuma importância, nada, zero, É isto o que somos para eles, zero. Sentou-se finalmente na furgoneta, olhou o relógio, ainda teria de esperar quase uma hora para ir recolher o genro, veio-lhe à cabeça a ideia de entrar no Centro, há muito tempo que não usa as portas do público, seja para olhar, seja para comprar, as compras sempre as faz Marçal por causa dos descontos a que tem direito como empregado, e entrar só para olhar não é, passe a redundância, bem-visto, alguém que ande a passear lá dentro de mãos a abanar pode estar certo de que não tardará a ser objeto de atenção especial por parte dos guardas, podia dar--se até a cómica situação de ser o seu próprio genro a interpelá-lo, Pai, o que é que está aqui a fazer, se não compra nada, e ele responderia, Vou ao setor das louças para ver se ainda têm exposta por lá alguma peça da Olaria Algor, saber quanto custa aquela bilha com decoração de pedacinhos de quartzo incrustados, dizer Sim senhor, é uma bonita bilha, já são poucos os artesãos capazes de executar um trabalho destes, com tanta perfeição de acabamento, talvez o encarregado do setor, estimulado pelo parecer do abalizado especialista, viesse a recomendar ao departamento de compras a aquisição urgente de uma centena de bilhas, daquelas com bocadinhos de quartzo, e nesse caso não teríamos nós de arriscar--nos em aventuras de palhaços, bobos e mandarins, que não sabemos no que irão dar. Cipriano Algor não necessitou dizer a si mesmo Não vou, desde há semanas que anda a dizê-lo à filha e ao genro, uma vez deveria bastar. Estava imerso nestas inúteis cogitações, com a cabeça apoiada no volante, quando se aproximou o guarda que velava pela saída do subterrâneo e disse, Se já resolveu o assunto que tinha para tratar, faça o favor de se ir embora, isto aqui não é garagem. O oleiro disse, Já sei, ligou o motor e saiu sem mais palavra. O guarda apontou o número da furgoneta num papel, não precisaria de o fazer, conhece-a quase desde o primeiro dia em que começou a ser guarda neste subterrâneo, mas se tão ostensivamente tomou nota foi por não ter gostado daquele seco Já sei, as pessoas, sobretudo se são guardas, devem ser tratadas com respeito e consideração, não se lhes responde Já sei sem mais nem menos, o velho deveria ter dito Sim senhor, que são palavras simpáticas e obedientes, dão para tudo, na verdade, o guarda, mais do que irritado, está desconcertado, por isso pensou que também ele não deveria ter dito Isto aqui não é garagem, sobretudo no tom desdenhoso com que lhe saiu, como se fosse o rei do mundo, quando nem sequer o era do sujo subterrâneo em que passava os dias. Riscou o número e voltou para o seu posto.

Cipriano Algor procurou uma rua tranquila para fazer tempo enquanto não ia esperar o genro à porta dos serviços de segurança. Arrumou a furgoneta numa esquina de onde se avistava, à distância de três extensos quarteirões, uma nesga de uma das fachadas descomunais do Centro, precisamente a que corresponde à parte que é habitada. Excetuando as portas que abrem para o exterior, em nenhuma das restantes frontarias há aberturas, são impenetráveis panos de muralha onde os painéis suspensos que prometem segurança não podem ser responsabilizados por tapar a luz e roubar o ar a quem dentro delas vive. Ao contrário dessas fachadas lisas, a frente virada para este lado está crivada de janelas, centenas e centenas de janelas, milhares de janelas, sempre fechadas por causa do condicionamento da atmosfera interna. É sabido que quando ignoramos a altura exata de um edifício, mas queremos dar uma ideia aproximada do seu tamanho, dizemos que tem um determinado número de andares, que podem ser dois, ou cinco, ou quinze, ou vinte, ou trinta, e por aí fora, menos ou mais que estes números, de um a infinito. O edifício do Centro não é nem tão pequeno nem tão grande, satisfaz-se com exibir quarenta e oito andares acima do nível da rua e esconder dez pisos abaixo dela. E já agora, uma vez que, por ter Cipriano Algor estacionado a furgoneta neste local, começámos a ponderar alguns dos números que especificam o volume do Centro, digamos que a largura das fachadas menores é de cerca de cento e cinquenta metros, e a das maiores um pouco mais de trezentos e cinquenta, não levando por ora em conta, claro está, a construção do prolongamento a que se fez pormenorizada alusão no começo deste relato. Adiantando agora um pouco mais os cálculos e tomando como dado médio uma altura de três metros para cada um dos andares, incluindo a espessura do pavimento que os separa, encontraremos, incluindo também os dez pisos subterrâneos, uma altura total de cento e setenta e quatro metros. Se multiplicarmos este número pelos cento e cinquenta metros da largura e pelos trezentos e cinquenta metros do comprimento, obteremos como resultado, salvo erro, omissão ou confusão, um volume de nove milhões cento e trinta e cinco mil metros cúbicos, mais palmo menos palmo, mais ponto menos vírgula. O Centro, não há uma pessoa que não o reconheça com assombro, é realmente grande. E é ali, disse Cipriano Algor entredentes, que o meu querido genro quer que eu vá viver, por trás de uma daquelas janelas que não se podem abrir, dizem eles que é para não alterar a estabilidade térmica do ar condicionado, mas a verdade é outra, as pessoas podem suicidar-se, se quiserem, mas não atirando-se de cem metros de altura para a rua, é um desespero que dá demasiado nas vistas e espevita a curiosidade mórbida dos transeuntes, que logo querem saber porquê. Cipriano Algor já disse, não uma vez, mas muitas, que nunca aceitará vir morar para o Centro, que nunca renunciará à olaria que foi do pai e do avô, e até a própria Marta, sua filha única, que, coitada, não terá outro remédio que acompanhar o marido quando ele for promovido a guarda residente, soube compreender, há dois ou três dias, com agradecida franqueza, que a decisão final só o pai a poderá tomar, sem ser forçado por insistências e pressões de terceiros, ainda que tivessem a justificá-las o amor filial, ou aquela chorosa piedade que os velhos, mesmo quando a rejeitem, suscitam na alma das pessoas bem formadas. Não vou, não vou, e não vou, nem que me matem, resmungou o oleiro, consciente, no entanto, de que estas palavras, precisamente por parecerem tão rotundas, tão terminantes, podiam estar a fingir uma convicção que no fundo não sentia, a disfarçar uma frouxidão interior, como uma greta ainda invisível na parede mais delgada de um cântaro. Obviamente era esta a melhor razão, já que de cântaro se voltou a falar, para que Isaura Estudiosa regressasse ao pensamento de Cipriano Algor, e foi o que de facto sucedeu, mas o caminho tomado por esse pensamento, ou raciocínio, se raciocínio houve, se não foi só a luz de um instantâneo relâmpago, empurrou-o para uma conclusão assaz embaraçosa, formulada num sonhador murmúrio, Assim já não teria de vir para o Centro. O gesto contrariado de Cipriano Algor, logo a seguir a ter pronunciado estas palavras, não permite que viremos as costas à evidência de que o oleiro, não obstante o gosto de pensar em Isaura Estudiosa que nele se tem observado, não pôde evitar um movimento de humor que o parece negar. Perder tempo a explicar por que gosta seria pouco menos que inútil, há coisas na vida que se definem por si mesmas, um certo homem, uma certa mulher, uma certa palavra, um certo momento, bastaria que assim o tivéssemos enunciado para que toda a gente percebesse de que se tratava, mas outras coisas há, e que até poderão ser o mesmo homem e a mesma mulher, a mesma palavra e o mesmo momento, que, olhadas de um ângulo diferente, a uma luz diferente, passam a determinar dúvidas e perplexidades, sinais inquietos, uma insólita palpitação, por isso a Cipriano Algor falhou de repente o gosto de pensar em Isaura Estudiosa, a culpa teve-a aquela frase, Assim já não teria de vir para o Centro, como quem dissesse, Casando-me eu com ela, teria quem me cuidasse, outra vez fica demonstrado o que já demonstração não precisa, ou seja, aquilo que mais custa a um homem é reconhecer as suas debilidades e confessá-las. Sobretudo quando elas se manifestam fora da época própria, como um fruto que o ramo segura mal porque nasceu demasiado tarde para a estação. Cipriano Algor suspirou, depois olhou o relógio. Eram horas de ir recolher o genro à porta dos serviços de segurança.

O cão Achado não gostou de Marçal. Era tanto o que havia para contar, tantas as novidades, tantos os altos e baixos de esperança e de ânimo vividos nestes dias, que a Cipriano Algor não ocorreu, durante o caminho entre o Centro e a olaria, falar ao genro do misterioso aparecimento do animal e suas subsequentes singularidades de comportamento. Impõe, no entanto, o amor da verdade, avivado pelo escrúpulo do narrador, não deixar ficar sem menção um único e veloz afloramento do inopinado episódio à memória omissa do oleiro, que, porém, não conseguiu desenvolver-se porque Marçal, com mais do que justificado pesar, interrompeu o relato do sogro para perguntar por que diabo de razões nem ele nem Marta se tinham lembrado de o informar do que estava a passar-se em casa, a ideia dos bonecos, os desenhos, as experiências de modelagem, Até parece que não existo para vocês, comentou com amargura. Apanhado em falta, Cipriano Algor engrolou uma explicação em que participavam o nervosismo e a concentração próprios de toda a criação artística, a nenhuma amabilidade com que o faxina de serviço ao telefone costumava atender as chamadas dos parentes dos guardas que viviam fora do Centro, e, finalmente, umas quantas palavras decorativas, meio atabalhoadas, para acabar de encher e rematar o discurso. Felizmente, a passagem pelo camião queimado contribuiu para desviar as atenções de um diferendo muito capaz de converter-se em querela familiar, o qual, adianta-se, de ameaça não passará, embora Marçal Gacho faça tenção de retomar o assunto quando se encontrar a sós com a mulher, no quarto e com a porta fechada. Com desafogo visível, Cipriano Algor deixou de lado os bonecos de barro para passar a expor as suspeitas que o incêndio tinha feito nascer no seu espírito, posição esta que Marçal, ainda agastado pela desconsideração de que fora vítima, contestou com certa brusquidão em nome da deontologia, da consciência ética e da limpeza de processos que, por definição, sempre distinguiram as forças armadas, em geral, e as autoridades administrativas e policiais, em particular. Cipriano Algor encolheu os ombros, Dizes isso porque és guarda do Centro, fosses tu um paisano como eu, e verias as coisas doutra maneira, O facto de eu ser guarda do Centro não fez de mim um polícia ou um militar, respondeu Marçal secamente, Não fez, mas ficas lá perto, na fronteira, Agora vai ter a obrigação de me dizer se o envergonha que um guarda do Centro esteja aqui ao seu lado, na sua furgoneta, a respirar o mesmo ar. O oleiro não respondeu logo, arrependia-se de ter cedido outra vez ao estúpido e gratuito apetite de acirrar o genro, Por que faço eu isto, perguntou a si mesmo, como se não estivesse farto de conhecer a resposta, este homem, este Marçal Gacho queria levar-lhe a filha, na verdade levara-lha já ao casar com ela, levara-lha sem remédio nem retorno, Ainda que, cansado de dizer não, eu acabe por ir viver no Centro com eles, pensou. Depois, falando lentamente, como se tivesse de arrastar atrás de si cada palavra, disse, Desculpa-me, não queria ofender-te, não queria ser desagradável contigo, às vezes não o posso evitar, parece ser mais forte do que eu, e não vale a pena que me perguntes porquê, não te responderia, ou dir-te-ia mentiras, mas há razões, se as procurarmos encontramo-las sempre, razões para explicar qualquer coisa nunca faltaram, mesmo não sendo as certas, são os tempos que mudam, são os velhos que em cada hora envelhecem um dia, é o trabalho que deixou de ser o que havia sido, e nós que só podemos ser o que fomos, de repente percebemos que já não somos necessários no mundo, se é que alguma vez o tínhamos sido antes, mas acreditar que o éramos parecia bastante, parecia suficiente, e era de certa maneira eterno pelo tempo que a vida durasse, que é isso a eternidade, nada mais do que isso. Marçal não falou, apenas pôs a mão esquerda sobre a mão direita do sogro, que segurava o volante. Cipriano Algor engoliu em seco, olhou a mão que, branda, mas firme, parecia querer proteger a sua, a cicatriz torcida e oblíqua que dilacerava a pele de um lado a outro, marca última de uma queimadura brutal que não se sabe por que assombroso acaso não chegou a alcançar as veias subjacentes. Inexperiente, inábil, Marçal tinha querido dar uma ajuda na alimentação do forno, fazer boa figura perante a rapariga que há poucas semanas namorava, talvez mais ainda perante o pai dela, mostrar-lhe que era um homem feito, quando na verdade mal acabara de sair da adolescência e a única coisa da vida e do mundo acerca da qual julgava saber tudo quanto há para saber era gostar da filha do oleiro. A quem por estas certezas passou algum dia não custará imaginar que entusiásticos sentimentos foram os dele enquanto arrastava, ramo após ramo, a lenha do telheiro, e logo a empurrava pela fornalha dentro, que supremo prémio teriam sido para ele, naqueles momentos, a surpresa encantada de Marta, o sorriso benévolo da mãe dela, o olhar sério e relutantemente aprovador do pai. E de súbito, sem que se chegasse a perceber porquê, considerando que, de memória de oleiros, nunca tal havia sucedido antes, uma labareda delgada, rápida e sinuosa como a língua de uma cobra irrompeu rosnando da boca da fornalha e foi morder cruelmente a mão do rapaz, próxima, inocente, desprevenida. Foi aí que nasceu a surda antipatia que a família Gacho passou a votar aos Algores, não só imperdoavelmente descuidados e irresponsáveis, como, segundo o inflexível juízo dos Gachos, também descaradamente abusadores por se terem aproveitado dos sentimentos de um moço ingénuo para o fazerem trabalhar de graça. Não é só em aldeias afastadas da civilização que os apêndices cerebrais humanos são capazes de gerar ideias assim. Marta curou muitas vezes a mão de Marçal, muitas vezes a consolou e refrescou com o seu sopro, e tanto perseverou a vontade de ambos que passados anos puderam casar-se, porém não se uniram as famílias. Agora o amor deles parece estar adormecido, que lhe havemos de fazer, parece ser esse um efeito natural do tempo e das ansiedades do viver, mas se a sabedoria antiga ainda serve para alguma coisa, se ainda pode ser de alguma utilidade para as ignorâncias modernas, recordemos com ela, discretamente, para que não se riam de nós, que enquanto houver vida, haverá esperança. Sim, é certo, por mais espessas e negras que estejam as nuvens sobre as nossas cabeças, o céu lá por cima estará permanentemente azul, mas a chuva, o granizo e os coriscos é sempre para baixo que vêm, em verdade não sabe uma pessoa o que pensar quando tem de fazer-se entender com ciências destas. A mão de Marçal já se retirou, entre os homens o costume é assim, as demonstrações de afeto, para serem viris, têm de ser rápidas, instantâneas, há quem afirme que é por causa do pudor masculino, talvez seja, mas reconheça-se que muito mais de homem, na acepção completa da palavra, teria sido, e decerto não menos viril, parar Cipriano Algor a furgoneta para abraçar ali mesmo o genro e agradecer-lhe o gesto com as únicas palavras merecidas, Obrigado por teres posto a tua mão sobre a minha, isto era o que deveria ter dito, e não estar a aproveitar-se agora da seriedade do momento para se queixar do ultimato que lhe foi imposto pelo chefe do departamento de compras, Imagina tu, deu-me quinze dias para retirar as louças todas, Quinze dias, É verdade, quinze dias, e sem ter quem me ajude, Tenho pena de não lhe poder dar uma mão, Claro que não podes, nem tens tempo nem seria conveniente para a tua carreira verem-te de moço de fretes, e o pior é não saber eu como me hei-de livrar de uns cacos que já ninguém quer, Ainda poderá vir a vender alguma dessa louça, Para isso sobra a que temos na olaria, Sendo assim, parece realmente complicado, Logo verei, talvez a deixe por aqui, no caminho, A polícia não vai permitir, Se esta traquitana, em lugar de furgoneta, fosse um daqueles camiões que levantam a caixa, seria facílimo, um botãozinho elétrico, e ala, em menos de um minuto estaria tudo na valeta, Escaparia uma vez ou duas à polícia da estrada, mas acabariam por apanhá-lo em flagrante, Outra solução seria encontrar no campo uma cova, não precisaria de ser muito funda, e meter tudo lá para dentro, imagina a piada que seria assistirmos, daqui a uns mil ou dois mil anos, aos debates dos arqueólogos e dos antropólogos sobre a origem e as razões da presença de uma tal quantidade de pratos, canecas e panelas de barro, e sua problemática utilidade, num sítio desabitado como este, Desabitado, agora, daqui a mil ou dois mil anos não é nada impossível que a cidade tenha chegado até onde neste momento nos encontramos, observou Marçal. Fez uma pausa, como se as palavras que acabara de pronunciar tivessem exigido que voltasse a pensar nelas, e, no tom perplexo de quem, sem compreender como o havia conseguido, chegou a uma conclusão logicamente impecável, acrescentou, Ou o Centro. Ora, sabendo-se que, na vida deste sogro e deste genro, a mofina questão do Centro tudo terá sido menos pacífica, há motivo para estranhar que as consequências da inesperada alusão do guarda interno Marçal Gacho se tivessem deixado ficar por ali, que a perigosa frase Ou o Centro não tivesse feito disparar imediatamente uma nova discussão, repetindo-se todos os desentendimentos já conhecidos e o mesmo rosário de recriminações surdas ou explícitas. A razão de ambos terem permanecido silenciosos, supondo que é possível, a quem, como nós, observa do lado de fora, desvelar o que, com toda a probabilidade, nem para eles foi claro, terá sido o facto de aquelas palavras constituírem, na boca de Marçal, sobretudo levando em conta o contexto em que foram pronunciadas, uma novidade absoluta. Dir-se-á que não é assim, que, pelo contrário, ao admitir a possibilidade de o Centro fazer desaparecer num dia futuro, por imparável absorção territorial, os campos que a furgoneta agora vai atravessando, o guarda interno Marçal Gacho estaria a sublinhar, por sua própria conta, e a aplaudir no seu foro íntimo, a potência expansiva, tanto no espaço como no tempo, da empresa que lhe paga os modestos serviços. A interpretação seria válida e arrumaria definitivamente a questão se não se tivesse dado aquela quase imperceptível pausa, se aquele instante de aparente suspensão do pensar não correspondesse, permita-se a ousadia da proposta, ao aparecimento de alguém simplesmente capaz de pensar de outra maneira. Se foi assim, é fácil de compreender que Marçal Gacho não tenha podido avançar logo pelo caminho que se abriu à sua frente, uma vez que esse caminho estava destinado a uma pessoa que não era ele. Quanto ao oleiro, esse leva vividos anos mais do que suficientes para saber que a melhor maneira de fazer morrer uma rosa é abri-la à força quando ainda não passa de uma pequena promessa em botão. Guardou por conseguinte na memória as palavras do genro e fez de conta que não se tinha apercebido do verdadeiro alcance delas. Não tornaram a falar até entrarem na povoação. Como de costume quando trazia do Centro o genro, Cipriano Algor parou à porta dos seus mal-avindos compadres, era só o tempo de Marçal entrar, dar um beijo à mãe, e ao pai, se estava em casa, informar-se de como haviam passado de saúde desde a última vez, e sair depois de ter dito, Amanhã passo por cá com mais vagar. Em geral, chegavam e sobravam cinco minutos para que a rotina do sentimento filial fosse cumprida, o resto das expansões e o mais substancial das conversas ficavam para o dia seguinte, umas vezes almoçando, outras não, mas quase sempre sem a companhia de Marta. Hoje, porém, os cinco minutos não bastaram, nem os dez, e foram quase vinte os que tiveram de gastar-se antes que Marçal reaparecesse. Entrou na furgoneta bruscamente e fechou a porta com força. Tinha a cara séria, quase sombria, uma expressão endurecida de adulto para qual a juvenilidade das suas feições ainda não estava preparada. Demoraste-te muito hoje, está por lá alguém mal, algum problema na família, perguntou o sogro, solícito, Não, não é nada grave, desculpe-me por tê-lo obrigado a esperar tanto tempo, Vens aborrecido, Não é nada grave, já disse, não se preocupe. Estão quase a chegar, a furgoneta virou à esquerda para começar a subir a ladeira que leva à olaria, ao mudar de velocidade Cipriano Algor lembra-se de que passou por onde mora Isaura Estudiosa sem ter pensado nela, e é neste momento que um cão vem lá de cima a correr e a ladrar, segunda surpresa que Marçal tem hoje, ou terceira, se a que resultou ser segunda foi a visita aos pais. Donde é que saiu este cão, perguntou, Apareceu aqui há uns dias e deixámo-lo ficar, é um bicho simpático, demos-lhe o nome de Achado, embora, se pensarmos bem, os achados tenhamos sido nós, e não ele.

Quando a furgoneta chegou ao final da rampa e parou, umas quantas coisas sucederam simultaneamente, ou com intervalos mínimos de tempo, Marta surgiu à porta da cozinha, o oleiro e o guarda interno saíram do carro, o Achado rosnou, Marta veio para Marçal, Marçal foi para Marta, o cão deu um rosnido profundo, o marido abraçou a mulher, a mulher abraçou o marido, logo beijaram-se, o cão deixou de rosnar e atacou uma bota de Marçal, Marçal sacudiu a perna, o cão não largou a presa, Marta gritou, Achado, o pai gritou o mesmo, o cão largou a bota e tentou filar o tornozelo, Marçal deu-lhe um pontapé com intenção mas sem demasiada violência, Marta disse, Não lhe batas, Marçal protestou, Ele mordeu-me, É porque não te conhece, A mim não me conhecem nem os cães, estas palavras terríveis saíram da boca de Marçal como se chorassem, mágoa e queixume insuportáveis cada uma delas, Marta lançou as mãos aos ombros do marido, Não repitas isso, claro que ele não repetiu, nem era preciso, há certas coisas que se chegam a dizer-se uma vez é para nunca mais, Marta ouvirá estas palavras dentro da sua cabeça até ao último dia da vida, e quanto a Cipriano Algor, se pretendêssemos saber o que está a fazer neste momento, a resposta mais fácil seria, Nada, se não fosse a reveladora circunstância de ele ter desviado rapidamente os olhos quando ouviu o que disse Marçal, alguma coisa fez portanto. O cão tinha-se afastado na direção da casota, mas a meio caminho parou, voltou-se e ficou a olhar. De vez em quando deixava sair um rosnido da garganta. Marta disse, Não conhece o que são abraços, deve ter pensado que me estavas a fazer mal, mas Cipriano Algor, para limpar a atmosfera, acudiu com uma ideia mais trivial, Também poderá ser que ele seja de implicar com uniformes, têm-se visto casos desses. Marçal não respondeu, movia-se entre duas consciências íntimas, a do arrependimento de ter dito palavras que ficariam para sempre e jamais como pública confissão de um desgosto escondido até este momento no mais fundo de si mesmo, e a de uma instintiva intuição de que havê-las deixado sair desta maneira poderia significar que estava a ponto de largar um caminho para tomar por outro, embora fosse ainda muito cedo para saber em que direção este o levaria. Beijou Marta na testa e disse, Vou mudar de roupa. A tarde decaía rapidamente, seria noite em pouco mais de meia hora. Cipriano Algor disse para a filha, Lá falei com o sujeito das compras, Por causa do disparate do cão, quase me esquecia de lhe perguntar como se passou a conversa, Disse-me que talvez amanhã dê uma resposta, Tão depressa, Custa a crer, realmente, e ainda mais custará pensar que a decisão pode vir a ser positiva, foi o que me pareceu entender, pelo menos, Oxalá não se engane, A única bela sem senão que conheço és tu, Que quer dizer, a que propósito vêm agora as belas e os senões, É que depois de uma notícia boa sempre vem uma notícia má, Qual é a de agora, Terei de retirar em duas semanas as louças que eles conservam em armazém, Vou consigo para o ajudar, Nem por sonhos, se o Centro nos fizer a encomenda, todo o tempo aqui vai ser pouco, há que modelar os bonecos definitivos, fazer os moldes, trabalhar na moldagem, pintar, carregar e descarregar o forno, gostaria de entregar a primeira encomenda antes de deixar vazias as prateleiras do armazém, não seja que o homem mude de ideias, E o que fazemos com toda essa louça, Não te preocupes, já combinei com o Marçal, largo-a aí no meio do campo, em qualquer buraco, quem quiser que a aproveite, Com tantas mudanças, a maior parte dela ficará partida, É o mais certo. O cão veio e tocou com o nariz a mão de Marta, parecia estar a pedir que lhe explicassem a nova composição do agregado familiar, como em algum tempo se usou dizer. Marta ralhou, A ver como te portas daqui para diante, podes ter a certeza de que entre ti e o marido, escolho o marido. A última sombra da amoreira-preta recolhia-se a pouco e pouco para começar a sumir-se na sombra mais profunda da noite que se aproximava. Cipriano Algor murmurou, Há que ter cuidado com o Marçal, o que ele disse há bocado foi como uma facada, e Marta respondeu, também murmurando, Foi uma facada, doeu muito. A lanterna por cima da porta acendeu-se. Marçal Gacho apareceu no limiar, tinha trocado o uniforme por uma roupa comum, de andar por casa. O cão Achado olhou-o com atenção, de cabeça alta avançou uns passos para ele, depois estacou, expectante. Marçal aproximou-se, Pazes feitas, perguntou. O nariz frio foi roçar ao de leve a cicatriz da mão esquerda, Pazes feitas. Disse o oleiro, Ora aí está como eu tinha razão, o nosso Achado não gosta é de fardas, Na vida tudo são fardas, o corpo só é civil verdadeiramente quando está despido, respondeu Marçal, mas já não se percebia amargura na sua voz.

Durante o jantar conversou-se muito sobre como havia ocorrido a Marta a ideia de fazer os bonecos, também sobre as dúvidas, os temores e as esperanças que agitaram a casa e a olaria naqueles últimos dias, e, passando a questões práticas, calcularam-se os tempos necessários a cada fase da produção, assim como os respectivos fatores de segurança, diferentes uns e outros dos fabricos a que estavam habituados, Tudo depende da quantidade que nos for encomendada, o que convém é que não sejam nem de menos nem de mais, será o sol para a eira e a chuva para o nabal, como no tempo em que não existiam estufas de plástico, comentou Cipriano Algor. Depois da mesa levantada, Marta mostrou ao marido os esboços que tinha feito, as tentativas, as experiências de cor, a velha enciclopédia donde havia copiado os modelos, à vista parecia pouquíssimo trabalho para tão grandes ansiedades, mas é preciso compreender que nas circum-navegações da vida uma brisa amena para uns pode ser para outros uma tempestade mortal, tudo depende do calado do barco e do estado das velas. No quarto, com a porta fechada, Marçal pensou que já não valia a pena pedir a Marta explicações por não o ter informado da ideia dos bonecos, em primeiro lugar porque essa água já levava horas que tinha passado por baixo da ponte e portanto arrastara no seu curso o despeito e o mau humor, em segundo lugar porque o apoquentavam cuidados muito mais sérios que o de sentir-se ou imaginar-se desfeiteado. Cuidados mais sérios e não menos urgentes. Quando um homem regressa a casa e à mulher depois de uma privação de dez dias, sendo jovem como é este Marçal, ou, no caso de velho ser, se ainda não pôde a idade abater-lhe o ânimo amatório, o natural é querer dar satisfação imediata à tremura dos sentidos, ficando a conversa para depois. Em geral, as mulheres não estão de acordo. Se o tempo não urge especialmente, se, ao contrário, A noite é nossa, e quem diz a noite, diz a tarde ou a manhã, o mais certo é a mulher preferir que o ato amoroso se inicie por uma conversazinha pausada, sem pressas, e tanto quanto possível alheia àquela ideia fixa que, semelhante a um pião zumbidor, gira na cabeça do homem. Como um cântaro profundo que lentamente se enche, a mulher vai-se aproximando do homem aos poucos e poucos, ou, talvez com mais rigorosa conformidade, fazendo-o aproximar-se dela, até que a urgência de um e a ansiedade do outro, já declaradas, já coincidentes, já inadiáveis, façam subir cantando a água unânime. Há exceções, porém, como é este caso de Marçal que, por muito que quisesse puxar Marta para a cama, não o poderia fazer enquanto não despejasse o pesado saco das preocupações que carrega, não desde o Centro, não da conversa que havia tido com o sogro durante o caminho, mas da casa dos pais. No entanto, ainda desta vez a primeira palavra iria ser dita por Marta, É possível que os cães não te conheçam, Marçal, mas a tua mulher conhece-te, Não quero falar disso, Devemos falar do que dói, Fui estúpido e injusto, Deixemos de lado o estúpido, porque não o és, fiquemo-nos pelo injusto, Já o reconheci, Também não foste injusto, Não compliquemos as coisas, Marta, por favor, o que lá vai, lá vai, As coisas que parecem ter passado são as que nunca acabam de passar, os injustos temos sido nós, Nós, quem, Eu e o pai, sobretudo eu, o pai tem a filha casada e medo de a perder, não precisaria de dar outra justificação, E tu, Eu sou a que não tem desculpa, Porquê, Porque te amo, e às vezes, demasiadas vezes, dou a impressão de esquecer, ou até esqueço mesmo, que é a uma pessoa concreta, completa no ser que é, que devo esse amor, não a alguém que tivesse de contentar-se com um sentimento meio difuso que pouco a pouco se iria resignando, como se de um inapelável destino se tratasse, à sua própria e mortal vaguidade, O casamento é isso, as pessoas vivem dessa maneira, basta-me olhar os meus pais, Ainda tenho outra culpa, Não continues, por favor, Vamos até ao fim, Marçal, já agora vamos até ao fim, Por favor, Marta, Não queres que continue porque adivinhas o que tenho para dizer, Por favor, Quando disseste que a ti nem os cães te conhecem, o que estavas era a dizer à tua mulher que ela, não só não te conhece, como nada tem feito para te conhecer, enfim, digamos quase nada, Não é verdade, tu conheces-me, ninguém me conhece melhor do que tu, Só o suficiente para ter compreendido o sentido das tuas palavras, mas nisso não fui mais inteligente do que o meu pai, que as compreendeu logo como eu, De nós dois, a pessoa adulta és tu, eu ainda não passo de uma criança, Talvez tenhas razão, pelo menos estás a dar-me razão a mim, esta maravilhosa adulta que sou, esta sensatíssima mulher de Marçal Gacho, não foram capazes de perceber, quando deveriam, o que representa uma pessoa que vai ter a simplicidade e a honestidade de dizer de si mesmo que é uma criança, Não serei sempre assim, Não serás assim sempre, por isso, enquanto é tempo, terei de fazer tudo quanto estiver ao meu alcance para te compreender como és, e provavelmente chegar à conclusão de que, em ti, ser criança é, afinal de contas, uma forma diferente de ser adulto, Por este andar deixarei de saber quem sou, Cipriano Algor dir-te-ia que essa é uma daquelas coisas que nos acontecem muitas vezes na vida, Creio que começo a entender-me com o teu pai, Não imaginas, imaginas sim, quanto isso me torna feliz. Marta agarrou nas mãos de Marçal e beijou--lhas, depois apertou-as contra o peito, Às vezes, disse, deveríamos regressar a certos gestos de ternura antigos, Que sabes tu disso, não viveste nos tempos da reverência e do beija-mão, Leio o que contam os livros, é o mesmo que lá ter estado, de qualquer modo não foi em beija-mãos e reverências que pensei, Eram costumes diferentes, modos de sentir e de comunicar que já não são os nossos, Ainda que te possa parecer estranha a comparação, os gestos, para mim, são mais do que gestos, são como desenhos feitos pelo corpo de um no corpo do outro. O convite era explícito, mas Marçal fez que não tinha entendido, embora compreendesse que chegara o momento de atrair Marta para si, de lhe acariciar os cabelos, de a beijar devagar na face, nas pálpebras, suavemente, como se não sentisse desejo, como se estivesse só distraído, grave equívoco será pensar assim, o que nestas ocasiões sucede é ter tomado o desejo conta absoluta do corpo para dele se servir, perdoe-se o materialista e utilitário símile, como se de uma ferramenta de uso múltiplo se tratasse, tão habilitada para deslizar como para lavrar, tão potente para emitir como para receber, tão minuciosa para contar como para medir, tão ativa para subir como para descer. Que tens, perguntou Marta, subitamente irresoluta, Nada de importante, apenas uns pequenos aborrecimentos, Questões de trabalho, Não, Então, quê, É tão pouco o tempo que já temos para estar juntos, ainda por cima vêm meter-se na nossa vida, Não vivemos numa redoma, Passei por casa dos meus pais, Algum acidente, alguma complicação. Marçal acenou a cabeça negativamente e prosseguiu, Começaram por mostrar-se muito interessados em saber se tenho notícia de quando espero ser promovido a guarda residente, e eu respondi que não, que nem sequer há razões seguras para afirmar que isso acontecerá, Quase certo, estás, Sim, quase certo, mas até ao lavar dos cestos, É vindima, e depois, Fizeram mais uns quantos rodeios, e eu sem perceber aonde quereriam chegar, e finalmente anunciaram-me a sua grande ideia, E que grande ideia vem a ser essa, Nada mais nada menos que estarem a pensar em vender a casa para irem viver connosco, Connosco, onde, No Centro, Estou a ouvir bem, os teus pais querem ir viver no Centro, connosco, Tal e qual, E tu, que lhes disseste, Comecei por lhes fazer notar que ainda era cedo para pensar nisso, mas eles responderam-me que vender uma casa também não é coisa que se faça do pé para a mão, que não seria depois de já estarmos instalados, tu eu, que eles iriam começar a procurar comprador, E tu que disseste, Pensando que arrumava o assunto, disse-lhes que tencionávamos levar o teu pai quando nos mudássemos, para que não ficasse aqui sozinho, tanto mais que a olaria está a passar por um momento de crise, Disseste-lhes isso, Sim, mas não deram importância, pouco faltou para se porem aos gritos, a chorar, falo da minha mãe, claro, o meu pai é pouco de sentimentalismos, o que ele fez foi protestar e barafustar, que filho sou eu que ponho as conveniências de pessoas que não são do meu sangue acima das necessidades dos meus próprios progenitores, disseram mesmo progenitores, não sei aonde foram buscar a palavra, que nunca poderiam imaginar que algum dia teriam de ouvir da minha boca que renego aqueles a quem devo a vida, aqueles que me criaram e educaram, que é bem certo que casamento apartamento, mas desprezos é que não estavam dispostos a admitir, que em todo o caso não me ralasse eu, por enquanto ainda não precisavam de andar pelas ruas à esmola, mas que não me esquecesse de que o remorso sempre acaba por chegar, e se não vem durante a vida, virá depois da morte, e esse ainda é pior, e que oxalá não venha eu a ter filhos que me castiguem pela desumanidade com que tratei hoje os meus pais, Foi a frase final, Não sei se foi a frase final, devo ter-me esquecido de algumas mais, cortadas pelo mesmo molde, Deverias ter--lhes explicado que não valia a pena preocuparem-se, bem sabes que o meu pai não quer viver no Centro, Sim, mas preferi não o fazer, Porquê, Seria dar-lhes pé para pensarem que são os únicos em campo, Se insistirem, não terás outro remédio, Bastará que não aceite a promoção, só precisarei de encontrar uma razão que consiga convencer o Centro, Duvido que a encontres. Estavam sentados na cama, podiam tocar-se, mas o momento das carícias havia passado, aparentemente andava tão longe dali como o tempo do beija-mão e da reverência, ou mesmo daquele outro momento em que duas mãos de homem foram beijadas, e logo aconchegadas ao seio da mulher. Marçal disse, Sei que não fica bem a um filho fazer uma declaração destas, mas a verdade é que não quero viver com os meus pais, Porquê, Nunca nos entendemos, nem eu a eles, nem eles a mim, São teus pais, Sim, são meus pais, naquela noite foram para a cama e deu-lhes a vontade, disso nasci, quando era pequeno recordo ter-lhes ouvido comentar, como quem se diverte a contar uma boa anedota, que ele, nessa ocasião, estava embriagado, Com vinho ou sem vinho, é disso que nascemos todos, Reconheço que é um exagero, mas repugna-me pensar que o meu pai estava bêbedo quando me gerou, é como se eu fosse filho doutro homem, é como se aquele que realmente deveria ter sido meu pai não tivesse podido sê-lo, como se o seu lugar tivesse sido ocupado por outro, este a quem hoje ouvi dizer que oxalá venham a castigar-me os meus filhos, Não foi exatamente assim que ele se expressou, Mas foi exatamente assim que pensou. Marta segurou a mão esquerda de Marçal, apertou-a entre as suas, e murmurou, Todos os pais foram filhos, muitos filhos vêm a ser pais, mas uns esqueceram-se daquilo que foram, e aos outros não há ninguém que possa explicar-lhes o que serão, Não é fácil de entender, Nem eu entendo, saiu-me assim, não faças caso, Vamos para a cama, Vamos. Despiram-se e deitaram-se. O momento das carícias voltou a entrar no quarto, pediu desculpa por se ter demorado tanto lá fora, Não encontrava o caminho, justificou-se, e, de repente, como aos momentos algumas vezes acontece, tornou-se eterno. Um quarto de hora depois, ainda enlaçados os corpos, Marta murmurou, Marçal, Que é, perguntou ele, sonolento, Tenho dois dias de atraso.

No resguardado silêncio do quarto, entre os lençóis desfeitos pela amorosa agitação de ainda há pouco, o homem ouviu a sua mulher comunicar-lhe que tem a menstruação atrasada dois dias, e a notícia apareceu-lhe como algo inaudito e definitivamente assombroso, espécie de segundo fiat lux numa época em que o latim deixou de ser usado e praticado, um surge et ambula vernáculo que não tem ideia de para onde vai e por isso mesmo assusta. Marçal Gacho, que apenas uma hora antes, ou nem tanto, em lance de comovedor abandono raramente acontecível no sexo masculino, se tinha confessado criança, era, afinal, sem o imaginar, pai embrionário desde há umas semanas, o que mais uma vez nos demonstra que nunca nos deveríamos sentir seguros daquilo que pensamos ser porque, nesse momento, poderá muito bem suceder que já estejamos a ser coisa diferente. Quase tudo o que Marta e Marçal disseram um ao outro pela noite dentro, antes de adormecerem de puro cansaço, está descrito em mil e uma histórias de casais com filhos, mas a análise concreta da situação concreta em que este matrimónio se encontra não deixou passar sem exame certas questões que lhe são particulares, como sejam a diminuída possibilidade de Marta continuar a suportar a dureza do trabalho na olaria, e, sem solução de momento por estar dependente da nomeação esperada, a dúvida sobre se a criança nascerá antes ou depois da mudança para o Centro. Alegou Marta, sobre a primeira destas questões, que não acreditava que sua mãe, a falecida Justa Isasca, que tinha trabalhado sem descanso até ao seu último dia, decidisse desfrutar dos regalos de uma ociosidade total só pelo facto de ter engravidado, Eu própria seria testemunha disso, se recuperasse a memória dos nove meses que vivi dentro dela, A uma criança que está na barriga da mãe é impossível saber o que sucede cá fora, respondeu Marçal bocejando, Suponho que assim será, mas pelo menos tens de reconhecer que seria perfeitamente natural que a criança conhecesse intimamente o que vai acontecendo no corpo da mãe, o problema, em minha opinião, está todo na memória, Se nem sequer nos lembramos do que sofremos no trânsito do nascimento, É aí, provavelmente, que perdemos aquela primeira de todas as memórias, Estás a devanear, dá-me um beijo. Antes desta delicada conversa e deste beijo, Marçal tinha exprimido veementes votos por que a mudança para o Centro se fizesse antes do nascimento, Terás a melhor assistência médica e de enfermagem que alguma vez poderias imaginar, não existe nada que se lhe assemelhe, nem de longe nem de perto, e tanto em medicina como em cirurgia, Como sabes tudo isso, se nunca estiveste no hospital do Centro, nem sequer provavelmente lá entraste, Conheço quem esteve internado, um superior meu que entrou quase a morrer e saiu como novo, há até gente de fora que mete empenhos para ser admitida, mas as normas são inflexíveis, Quem te ouvir acreditará que no Centro ninguém morre, Morre-se, evidentemente, mas a morte nota-se menos, É uma vantagem, não há dúvida, Verás quando lá estivermos, Verei quê, que a morte se nota menos, é isso que queres dizer, Não estava a falar da morte, Estavas, sim senhor, A morte não me interessa para nada, estava a falar de ti e do nosso filho, do hospital onde o irás ter, Se a tua nomeação não se atrasar demasiado, Se não me promoverem em nove meses, não me promoverão nunca, Dá-me um beijo, guarda interno, e vamos dormir, Toma lá o beijo, mas há uma questão de que ainda precisamos de falar, Qual, Que a partir de hoje passas a trabalhar menos na olaria e daqui por dois ou três meses deixas de trabalhar de todo, Achas que o meu pai pode fazer tudo, principalmente se o Centro fizer a encomenda dos bonecos, Contrata-se alguém para o ajudar, Bem sabes que são penas perdidas, ninguém quer trabalhar em olarias, O teu estado, O meu estado, quê, a minha mãe trabalhou sempre quando esteve grávida de mim, Como o sabes, Lembro-me. Riram ambos, depois Marta propôs, Por enquanto não falaremos disto ao meu pai, ele ficaria contentíssimo, mas é preferível que não lho digamos, Porquê, Não sei, andam demasiadas coisas a rodar naquela cabeça, A olaria, A olaria é só uma delas, O Centro, O Centro também, a encomenda que virá ou não virá, as louças que é preciso retirar, mas há outras questões, a história de um cântaro a que se lhe soltou a asa, por exemplo, depois te contarei. Marta foi a primeira a adormecer. Marçal já não estava tão assustado, mais ou menos sabia por que caminho teria de ir depois do nascimento, e quando, passada quase meia hora, o sono lhe tocou com os seus dedos de fumo, deixou-se levar já com o espírito em paz, sem resistência. O seu último pensamento consciente foi para perguntar-se se Marta lhe teria falado realmente da asa de um cântaro, Que disparate, devo de estar a sonhar, pensou. Foi o que menos dormiu, mas foi o primeiro a acordar. A luz do amanhecer coava-se pelas frinchas das portadas interiores. Vais ter um filho, disse consigo mesmo, e repetiu, um filho, um filho, um filho. Logo, movido por uma curiosidade sem desejo, quase inocente, se é que ainda há inocência nesse lugar do mundo a que chamamos cama, levantou os cobertores para olhar o corpo de Marta. Estava virada para o seu lado, com os joelhos um pouco dobrados. A parte inferior da camisa de dormir enrolava-se-lhe na cintura, a brancura do ventre mal podia distinguir-se na penumbra e desaparecia completamente na zona escura do púbis. Marçal deixou descair os cobertores e compreendeu que o momento das carícias não se tinha retirado, tinha permanecido a pé firme no quarto durante toda a noite, e ali continuava, à espera. Provavelmente tocada pelo ar frio que se deslocara com o movimento da roupa da cama, Marta suspirou e mudou de posição. Como um pássaro tenteando suavemente o sítio para o seu primeiro ninho, a mão esquerda de Marçal, leve, mal lhe roçava o ventre. Marta abriu os olhos e sorriu, depois disse brincando, Bons dias, senhor pai, mas a sua expressão mudou de repente, tinha acabado de perceber que não estavam sós no quarto. O momento das carícias insinuara-se entre eles, metera-se entre os lençóis, não sabia dizer explicitamente o que queria, mas fizeram-lhe a vontade.

Cipriano Algor já andava por fora. Dormira mal a pensar se receberia hoje a resposta do chefe do departamento de compras, e que resposta seria ela, se positiva, se negativa, se reticente, se dilatória, mas o que lhe tirou o sono por completo durante algumas horas foi uma ideia que lhe brotou na cabeça aí pelo meio da noite e que, como todas as que nos assaltam em horas mortas de insónia, achou ser extraordinária, magnífica, e até, no caso em apreciação, golpe de um talento negociador digno de todos os aplausos. Ao acordar das escassas duas horas de inquieto sono que o corpo desesperado havia podido subtrair à sua própria extenuação, percebeu que a ideia, afinal, não valia nada, que o mais prudente seria não alimentar ilusões acerca da natureza e do carácter de quem maneja a vara do mando, e que qualquer ordem vinda de quem estiver investido de uma autoridade acima do comum deverá ser considerada como se do mais irrefragável ditame do destino se tratasse. Na verdade, se a simplicidade é uma virtude, nenhuma ideia poderia ser mais virtuosa do que esta, como imediatamente se apreciará, Senhor chefe de departamento, diria Cipriano Algor, estive a pensar no que me disse, de ter duas semanas para retirar as louças que estão a ocupar espaço no armazém, na altura não me lembrei, provavelmente por causa da emoção que senti ao perceber que havia uma leve esperança de continuar a ser fornecedor do Centro, mas depois pus-me a pensar, a pensar, e vi que não é fácil, que é até impossível, satisfazer ao mesmo tempo as duas obrigações, isto é, retirar a louça e fazer os bonecos, sim, bem sei que ainda não disse que os encomendará, mas, na suposição de que o venha a fazer, ocorreu-me, por mero espírito previsor, propor-lhe uma alternativa que seria deixar-me livre a primeira semana para poder avançar no fabrico dos bonecos, retirar metade da louça na segunda semana, voltar aos bonecos na terceira e rematar o transporte da louça na quarta, bem sei, bem sei, não preciso que mo diga, não estou a fazer de conta de que não há uma outra opção, essa que seria começar pela louça na primeira semana, e depois ir revezando, seguir a sequência, ora bonecos, ora louça, ora bonecos, mas creio que neste caso particular se deveriam tomar em consideração os fatores psicológicos, toda a gente sabe que o estado de espírito do criador não é o mesmo que o do destruidor, daquele que destrói, se eu pudesse começar pelos bonecos, isto é, pela criação, de mais a mais na excelente disposição de ânimo em que me encontro, aceitaria com outra coragem a dura tarefa de ter de destruir os frutos do meu próprio trabalho, que é o mesmo que destruí-los não ter a quem os vender, e, pior ainda, não achar quem os queira, mesmo dados. Este discurso, que às três da madrugada parecia ao seu autor conter uma lógica irresistível, tomou-se-lhe absurdo logo ao primeiro raiar da manhã, e definitivamente ridículo à denunciadora luz do sol. Enfim, o que tiver de ser, será, disse o oleiro ao cão Achado, o diabo não há-de estar sempre atrás da porta. Por causa da manifesta diferença de conceitos e da distinta natureza dos vocabulários de um e outro, não podia o Achado aspirar sequer a uma mera compreensão preliminar do que o dono pretendia comunicar-lhe, e de certo modo ainda bem que assim era, porque, condição indispensável para passar ao seguinte grau de entendimento, teria de lhe perguntar o que era isso do diabo, figura, entidade ou personagem, como se supõe, ausente do mundo espiritual canino desde o princípio dos tempos, e está-se mesmo a ver que, fazendo-se uma pergunta destas logo ao começo, a discussão não teria fim. Com o aparecimento de Marta e de Marçal, insolitamente risonhos, como se desta vez a noite os tivesse premiado com algo mais do que o costumado desafogo dos desejos acumulados durante os dez dias de separação, Cipriano Algor despediu os últimos restos de mau humor, e, ato contínuo, por mérito de decursos mentais facilmente delineáveis por quem conhecesse a premissa e a conclusão, achou-se a pensar na Isaura Estudiosa, nela em pessoa, mas também no nome que usa, que não se percebe por que haveremos nós de continuar a chamar-lhe Estudiosa, se esse Estudioso lhe veio do marido, e ele está morto, Na primeira altura, pensou o oleiro, não me esquecerei de lhe perguntar qual é o apelido, o seu próprio, o de origem, o de família. Absorto na grave decisão que tinha acabado de tomar, diligência das mais temerárias no território reservado do nome, de facto não é a primeira vez que uma história de amor, por exemplo, para só falar destas, principia pela fatal curiosidade, Que nome é o seu, perguntou ela, Cipriano Algor não reparou logo que Marçal e o cão estavam a confraternizar e a jogar como velhos amigos que há muito tempo não se vissem, Era a farda, dizia o genro, e Marta repetia, Era a farda. O oleiro olhou-os com estranheza, como se todas as coisas do mundo tivessem mudado de repente de sentido, seria talvez por haver pensado na vizinha Isaura mais pelo nome que tinha do que pela mulher que era, realmente não é comum, mesmo em pensamentos distraídos, trocar-se uma coisa pela outra, salvo se se trata de uma das consequências de ter vivido muito, se calhar há coisas que só começamos a perceber quando lá chegamos, Lá chegamos, aonde, À idade. Cipriano Algor afastou-se em direção ao forno, ia murmurando, como uma cantilena sem significado, Marta, Marçal, Isaura, Achado, depois por ordem diferente, Marçal, Isaura, Achado, Marta, e outra ainda, Isaura, Marta, Achado, Marçal, e outra, Achado, Marçal, Marta, Isaura, enfim juntou-lhes o seu próprio nome, Cipriano, Cipriano, Cipriano, repetiu-o até perder a conta das vezes, até sentir que uma vertigem o lançava para fora de si mesmo, até deixar de compreender o sentido do que estava a dizer, então pronunciou a palavra forno, a palavra alpendre, a palavra barro, a palavra amoreira, a palavra eira, a palavra lanterna, a palavra terra, a palavra lenha, a palavra porta, a palavra cama, a palavra cemitério, a palavra asa, a palavra cântaro, a palavra furgoneta, a palavra água, a palavra olaria, a palavra erva, a palavra casa, a palavra fogo, a palavra cão, a palavra mulher, a palavra homem, a palavra, a palavra, e todas as coisas deste mundo, as nomeadas e as não nomeadas, as conhecidas e as secretas, as visíveis e as invisíveis, como um bando de aves que se cansasse de voar e descesse das nuvens, foram pousando pouco a pouco nos seus lugares, preenchendo as ausências e reordenando os sentidos. Cipriano Algor sentou-se num velho banco de pedra que o avô fizera colocar ao lado do forno, apoiou os cotovelos nos joelhos, o queixo nas mãos juntas e abertas, não olhava a casa nem a olaria, nem os campos que se estendiam para lá da estrada, nem os telhados da aldeia à sua direita, olhava só o chão semeado de minúsculos fragmentos de barro cozido, a terra alvacenta e granulosa que por baixo deles aparecia, uma formiga extraviada que erguia nas mandíbulas potentes uma pragana com duas vezes o seu tamanho, o recorte de uma pedra de onde a fina cabeça de uma lagartixa espreitou, para logo se sumir. Não tinha pensamentos nem sensações, era apenas o maior daqueles pedacinhos de barro, um torrãozito seco que uma leve pressão de dedos bastaria para esfarelar, uma pragana que se soltara da espiga e era transportada pelo acaso de uma formiga, uma pedra aonde de vez em quando se acolhia um ser vivo, um escaravelho, ou uma lagartixa, ou uma ilusão. O Achado pareceu surgir do nada, não estava ali e de repente passara a estar, pôs bruscamente as patas em cima dos joelhos do dono, desmanchando-lhe a postura de um contemplador das vanidades do mundo que perde o seu tempo, ou crê ganhá-lo, a fazer perguntas às formigas, aos escaravelhos e às lagartixas. Cipriano Algor passou-lhe a mão pela cabeça e fez outra pergunta, Que queres, mas o Achado não respondeu, só arfava e abria a boca, como se sorrisse à inanidade da questão. Foi nesta altura que se ouviu a voz de Marçal, chamando, Pai, venha, o pequeno-almoço está pronto. Era a primeira vez que o genro fazia tal coisa, algo de anormal devia de estar a suceder na casa e na vida daqueles dois, e ele não conseguia perceber o que fosse, imaginou a filha a dizer, Chama-o tu, ou então, sucesso ainda mais extraordinário, Marçal antecipando-se, Eu chamo-o, alguma explicação terá de haver para isto. Levantou-se do banco, fez outra festa na cabeça do cão, e lá foram. Não reparou Cipriano Algor que a formiga nunca mais tornará a pisar o caminho que a deveria levar ao formigueiro, ainda conserva a pragana valentemente apertada entre as mandíbulas, mas a jornada acabou-se-lhe ali, a culpa foi do trangalhadanças do Achado, que não vê onde põe os pés.

Enquanto comiam, Marçal, como se estivesse a responder a uma pergunta, informou que tinha telefonado aos pais para lhes dizer que um trabalho urgente o impediria de ir almoçar com eles, Marta, por sua vez, expressou a opinião de que o transporte da louça não deveria começar a ser feito hoje, Desta maneira passaríamos o dia juntos, é de supor que em duas semanas a diferença de um dia não será de uma gravidade por aí além, Cipriano Algor observou que também já o havia pensado, principalmente por causa do chefe do departamento, que poderá telefonar a qualquer hora, E é preciso que eu cá esteja para o atender. Marta e Marçal entreolharam-se duvidosos, e ele disse com cautela, Se eu me encontrasse no seu lugar e sabendo como o Centro funciona, não estaria tão confiante, Lembra-te de que foi ele próprio quem admitiu a possibilidade de me dar a resposta hoje, Ainda assim, podiam ter sido apenas palavras da boca para fora, das que se dizem sem lhes dar demasiada importância, Não se trata de estar confiante ou não, quando o poder de decidir está nas mãos doutras pessoas, quando movê-las num sentido ou noutro não depende de nós, a única coisa que resta é aguardar. Não tiveram de esperar muito tempo, o telefone tocou quando Marta levantava a mesa. Cipriano Algor precipitou-se, agarrou o auscultador com uma mão que tremia, disse, Olaria Algor, do outro lado alguém, secretária ou telefonista, perguntou, É o senhor Cipriano Algor, Eu próprio, Um momento, vou ligá-lo ao senhor chefe do departamento, durante um arrastadíssimo minuto o oleiro teve de escutar a música de violinos que preenchia com maníaca insistência estas esperas, ia olhando a filha, mas era como se não a visse, o genro, mas era como se ali não estivesse, de súbito a música cessou, a ligação tinha sido feita, Bons dias, senhor Algor, disse o chefe do departamento de compras, Bons dias, senhor, agora mesmo dizia eu à minha filha, e ao meu genro, é o seu dia de folga, que o senhor chefe do departamento, havendo prometido, não deixaria de telefonar hoje, Das promessas cumpridas convém falar muito para fazer esquecer as outras vezes que não se cumpriram, Sim senhor, Estive a estudar a sua proposta, considerei os diversos fatores, tanto os positivos como os negativos, Desculpe que o interrompa, creio ter ouvido falar de fatores negativos, Não negativos no sentido rigoroso do termo, direi antes fatores que, sendo em princípio neutros, poderão vir a representar uma influência negativa, Tenho certa dificuldade em entender, se não se importa que lhe diga, Estou a referir-me ao facto de a sua olaria não ter qualquer experiência conhecida no fabrico dos produtos que propõe, É verdade, senhor, mas tanto a minha filha como eu sabemos modelar e, posso dizê--lo sem vaidade, modelamos bem, e se é certo que nunca nos dedicámos industrialmente a esse trabalho foi porque a olaria se orientou para a fabricação de louça desde o princípio, Compreendo, mas nestas condições não era fácil defender a proposta, Quer dizer, se me autoriza a pergunta e a interpretação, que a defendeu, Defendi, sim, E a decisão, A decisão tomada foi positiva para uma primeira fase, Ah, muito obrigado, senhor, mas tenho de lhe pedir que me explique isso da primeira fase, Significa que iremos fazer uma encomenda experimental de duzentas figuras de cada modelo e que a possibilidade de novas encomendas dependerá obviamente do modo como os clientes receberem o produto, Não sei como lhe poderei agradecer, Para o Centro, senhor Algor, o melhor agradecimento está na satisfação dos nossos clientes, se eles estão satisfeitos, isto é, se compram e continuam a comprar, nós também o estaremos, veja o que sucedeu com a sua louça, deixaram de se interessar por ela, e, como o produto, ao contrário do que tem sucedido em algumas ocasiões, não valia o trabalho e a despesa de os convencer de que estavam em erro, demos por terminada a nossa relação comercial, é muito simples, como vê, Sim senhor, é muito simples, oxalá estes bonecos de agora não venham a ter a mesma sorte, Tê-la-ão mais tarde ou mais cedo, como tudo na vida, o que deixou de ter serventia deita-se fora, Incluindo as pessoas, Exatamente, incluindo as pessoas, eu próprio serei atirado fora quando já não servir, O senhor é um chefe, Sou um chefe, de facto, mas só para aqueles que estão abaixo de mim, acima há outros juízes, O Centro não é um tribunal, Engana-se, é um tribunal, e não conheço outro mais implacável, Na verdade, senhor, não sei por que gasta o seu precioso tempo a falar destes assuntos com um oleiro sem importância, Observo-lhe que está a repetir palavras que ouviu de mim ontem, Creio recordar que sim, mais ou menos, A razão é que há coisas que só podem ser ditas para baixo, E eu estou em baixo, Não fui eu quem lá o pôs, mas está, Ao menos ainda tenho essa utilidade, mas se a sua carreira progredir, como certamente sucederá, muitos mais irão ficar abaixo de si, Se tal acontecer, o senhor Cipriano Algor, para mim, tornar-se-á invisível, Como o senhor disse há pouco, é assim a vida, É assim a vida, mas por enquanto ainda sou eu quem lhe vai assinar a encomenda, Senhor, tenho mais uma questão a submeter ao seu critério, Que questão é essa, Refiro-me à retirada da louça, Isso já está decidido, dei-lhe um prazo de quinze dias, É que entretanto tive uma ideia, Que ideia, Como o nosso interesse, o nosso e o do Centro, está em despachar a encomenda o mais rapidamente possível, ajudaria muito se pudéssemos alternar, Alternar, Quero dizer, uma semana para tirar de lá a louça, outra para trabalhar nas estatuetas, e assim sucessivamente, Mas isso significaria que levaria um mês a limpar-me o armazém, em vez de quinze dias, Sim, no entanto ganharíamos tempo para o adiantamento do trabalho, Disse uma semana louça, outra estatuetas, Sim senhor, Façamo-lo então doutra maneira, a primeira semana será para as estatuetas, a seguinte será para louça, no fundo é uma questão de psicologia aplicada, construir sempre foi mais estimulante do que destruir, Não me atrevia a pedir-lhe tanto, senhor, é muita bondade a sua, Eu não sou bom, sou prático, cortou o chefe do departamento de compras, Talvez a bondade seja também uma questão de prática, murmurou Cipriano Algor, Repita, não percebi bem o que disse, Não faça caso, senhor, não era importante, Seja como for, repita, Disse que talvez a bondade seja também uma questão de prática, É uma opinião de oleiro, Sim senhor, mas nem todos os oleiros a teriam, Os oleiros estão a acabar, senhor Algor, Opiniões destas também. O chefe do departamento não respondeu logo, estaria a pensar se valeria a pena continuar a divertir-se com esta espécie de jogo do gato e do rato, mas a sua posição no mapa orgânico do Centro lembrou-lhe que as configurações hierárquicas se definem e se mantêm por e para serem escrupulosamente respeitadas, e nunca ultrapassadas ou pervertidas, sem esquecer que tratar os inferiores ou subalternos com excessiva confiança sempre acabou por minar o respeito e resultar em licença, ou, querendo usar palavras mais explícitas, sem ambiguidade, insubordinação, indisciplina e anarquia. Marta, que desde há alguns momentos porfiava por atrair a atenção do pai sem o conseguir, tão absorvido ele estava na disputa verbal, escrevinhara velozmente num papel duas perguntas em grandes letras e agora punha-lhas diante do nariz, Quais, Quantos. Ao lê-las, Cipriano Algor levou a mão desocupada à cabeça, a sua distracção não tinha desculpa, muita conversa para a conversa, muito argumentar e contra-argumentar, e do que realmente lhe interessava saber só conhecia uma parte, e mesmo assim porque o chefe do departamento de compras lho havia dito, isto é, que seriam em número de duzentas de cada as estatuetas a encomendar. O silêncio não durou tanto quanto provavelmente estará a parecer, mas há que tornar a recordar que em um instante de silêncio, mesmo que mais breve ainda do que este, muitas coisas podem acontecer, e quando, como no caso presente, é necessário enumerá-las, descrevê-las, explicá-las para que se chegue a compreender algo que valha a pena do sentido que tenham cada uma por si e todas juntas, logo aparece alguém a contrariar que é impossível, que não cabe o mundo no buraco de uma agulha, quando o certo é que coube nele o universo, e muito mais lá caberia, por exemplo, dois universos. Porém, usando um tom circunspecto, para que o despertar do dragão dorminte não seja demasiado brusco, é já tempo de que Cipriano Algor murmure, Senhor, tempo também de que o chefe do departamento de compras ponha ponto final e remate a uma conversação de que amanhã, pelas razões expostas acima, talvez venha a arrepender-se e queira dar por não acontecida, Bom, estamos entendidos, podem começar o trabalho, a requisição segue hoje mesmo, e, finalmente, tempo de que Cipriano Algor diga que falta ainda resolver um pormenor, E que pormenor é esse, Quais são eles, senhor, Quais são eles, quê, falou de um pormenor, não de vários, A quais vai encomendar, dos seis bonecos, é isso que me falta saber, Todos, respondeu o chefe do departamento de compras, Todos, repetiu estupefacto Cipriano Algor, mas o outro já não o ouvia, tinha desligado. Aturdido, o oleiro olhou para a filha, depois para o genro, Nunca esperei, ouvi o que ouvi e não acredito, ele disse que vai encomendar duzentos de todos, Dos seis, perguntou Marta, Acho que sim, foi mesmo o que ele disse, todos. Marta correu para o pai e abraçou-se a ele com força, sem uma palavra. Marçal também se aproximou do sogro, As coisas, às vezes, correm mal, mas depois vem um dia que só traz notícias boas. Estivesse Cipriano Algor apenas um nadinha mais interessado no que se dizia, não o distraísse a alegria do trabalho agora garantido, e certamente não deixaria de querer saber de que outra ou outras boas notícias tinha sido este dia portador. Aliás, o pacto de silêncio ainda há poucas horas combinado entre os prometidos pais quase se rompeu ali, disso se deu conta Marta ao mover os lábios como para dizer, Pai, parece-me que estou grávida, porém conseguiu reter as palavras. Não o perceberam Marçal, firme no compromisso assumido, nem Cipriano, inocente de qualquer suspeita. Na verdade, uma tal revelação só poderia ser obra de quem, ademais de saber ler nos lábios, habilidade relativamente comum, fosse também capaz de prever o que eles vão pronunciar quando a boca ainda apenas começou a entreabrir-se. Tão raro é este mágico dom como aquele outro, noutro lugar falado, de ver o interior dos corpos através do saco de pele que os envolve. Não obstante a sedutora profundidade de ambos os temas, propícia às mais suculentas reflexões, temos de abandoná-los imediatamente para dar atenção ao que Marta acabou de dizer, Pai, faça as contas, seis vezes duzentos dá mil e duzentos, vamos ter de entregar mil e duzentos bonecos, é muito trabalho para duas pessoas e pouquíssimo tempo para o fazer. O exagero do número empalideceu a outra boa notícia do dia, a probabilidade de um filho de Marçal e Marta, tida por certa, perdeu de súbito força, voltou a ser a simples possibilidade de todos os dias, o efeito ocasional ou intencional de se terem reunido sexualmente, pelas vias a que chamamos naturais e sem precauções, um homem e uma mulher. Disse o guarda interno Marçal Gacho, meio sério, meio jocoso, Prevejo que a partir de agora desaparecerei na paisagem, espero que não se esqueçam de que existo, ao menos, Nunca exististe tanto, respondeu Marta, e Cipriano Algor deixou por um momento de pensar nos mil e duzentos bonecos para perguntar a si mesmo que quereria ela dizer.

Afinal os que vivem no Centro também morrem, disse Cipriano Algor ao entrar em casa com o cão atrás depois de ter ido levar o genro às suas obrigações, Suponho que ninguém alguma vez terá imaginado o contrário, respondeu Marta, todos sabemos que eles têm lá dentro o seu próprio cemitério, O cemitério não se vê da rua, mas o fumo, sim, Qual fumo, O do crematório, No Centro não há crematório, Não havia, más agora há, Quem lho disse, O Marçal, quando entrámos na avenida vi fumo a sair do telhado, era uma coisa de que se andava a falar e saiu certa, diz o Marçal que começavam a ter problemas de espaço, Eu, o que estranho é o fumo, quase apostaria que a tecnologia atual o tinha eliminado, Estariam a fazer experiências, a queimar outras coisas, talvez trapos fora de moda, como os nossos pratos, Deixe de pensar nos pratos, temos muito trabalho à espera, Vim o mais depressa que pude, foi só deixar o Marçal à porta e voltar, respondeu Cipriano Algor. Omitia o pequeno desvio que lhe havia permitido passar diante da casa de Isaura Estudiosa e não se apercebia de que as suas palavras soavam a justificação improvisada, ou então via que o eram e não conseguira evitá-lo. É certo que lhe havia faltado a coragem para parar a furgoneta e ir bater à porta da viúva de Joaquim Estudioso, mas essa não foi a única razão por que, para usar uma expressão forte, se acobardou, o que ele temeu sobretudo foi o ridículo de encontrar-se diante da mulher sem saber que dizer-lhe e, em desespero de causa, acabar por lhe perguntar pelo cântaro. Uma importante dúvida ficará sem esclarecimento para todo o sempre, isto é, se Cipriano Algor, no caso de ter podido falar dois minutos que fosse com Isaura Estudiosa, ainda assim teria entrado em casa a falar de mortos, fumos e crematórios, ou se, pelo contrário, o prazer de uma amena conversação entreportas teria feito acudir ao seu espírito algum tema mais aprazível, como o regresso das andorinhas ou a abundância de flores que já se observa nos campos. Marta dispôs sobre a mesa da cozinha os seis desenhos da última fase preparatória, por ordem de escolha, o bobo, o palhaço, a enfermeira, o esquimó, o mandarim, o assírio de barbas, em tudo semelhantes àqueles que foram levados ao julgamento do chefe do departamento de compras, uma ou outra diferença de pormenor, ligeiríssimas, não bastam para considerá-los versões diferentes das mesmas propostas. Marta puxou uma cadeira para que o pai se sentasse, mas ele deixou-se ficar de pé. Apoiava as mãos no tampo da mesa, olhava as figuras uma após outra, finalmente disse, É pena que não tenhamos também as vistas de perfil, Para quê, Dar-nos-iam uma noção mais precisa de como os devemos fabricar, A minha ideia, lembra-se, foi modelá-los nus e depois vesti-los, Não creio que seja uma boa solução, Porquê, Estás a esquecer-te de que são mil e duzentos, Sim, bem sei, são mil e duzentos, Modelar mil e duzentas estatuetas nuas e logo vesti-las uma por uma, seria fazer e tornar a fazer, representaria o dobro do trabalho, Tem razão, fui estúpida em não o ter pensado, Se vamos a isso, fui tão estúpido como tu, julgámos que o Centro não escolheria mais do que três ou quatro bonecos, e também não nos passou pela cabeça que a primeira encomenda viesse a ser tão avultada, Portanto, só temos uma maneira, disse Marta, Exatamente, Modelar os seis bonecos que servirão para os moldes, cozê-los, fazer as cofragens, decidir se vamos trabalhar com barbotina de enchimento ou com cama de barro, Para a barbotina não me parece que tenhamos experiência suficiente, saber teoricamente como se faz não basta, aqui sempre trabalhámos a dedo, disse Cipriano Algor, Seja então a dedo, Quanto às cofragens, encarregam-se aí a um carpinteiro, Mas primeiro há que desenhar os perfis, disse Marta, e também os dorsos, claro está, Vais ter de inventar, Não será complicado, apenas algumas linhas simples que guiem o essencial da modelação. Eram dois generais pacíficos estudando o mapa das operações, elaborando a estratégia e a tática, calculando os custos, avaliando os sacrifícios. Os inimigos a abater são estes seis bonecos, meio sérios meio grotescos, feitos de papel pintado, haverá que forçá-los à rendição pelas armas do barro e da água, da madeira e do gesso, das tintas e do fogo, e também pelo afago incansável das mãos, que não só para amar se necessitam elas e ele. Foi então que Cipriano Algor disse, Uma coisa há a que deveremos dar atenção, que o molde leve apenas dois tacelos, um só a mais que fosse complicar-nos-ia o trabalho, Creio que dois serão suficientes, estes bonecos são simples, frente e costas, e já está, nem quero imaginar as dificuldades se tivéssemos de atrever-nos com o alabardeiro ou o esgrimista, com o cavador ou o flautista, ou o lanceiro a cavalo, ou o mosqueteiro de chapéu de plumas, disse Marta, Ou o esqueleto de asas e gadanha, ou a santíssima trindade, disse Cipriano Algor, Tinha asas, A qual dos dois te referes, Ao esqueleto, Tinha, ainda que não perceba eu por que diabo a representaram alada se ela já está em toda a parte, até mesmo no Centro, como esta manhã se viu,

Suponho que é do seu tempo, notou Marta, o dito de que quem fala do barco quer embarcar, Esse não é do meu tempo, é do tempo do teu bisavô, que nunca viu o mar, se o neto fala tanto de barco é para não se esquecer de que não quer fazer viagem nele, Tréguas, senhor pai, Não vejo a bandeira branca, Aqui a tem, disse Marta, e deu-lhe um beijo. Cipriano Algor juntou os desenhos, o plano da batalha estava traçado, não faltava mais do que tocar o cornetim e dar a ordem de assalto, Avante, mãos à obra, mas no último instante viu que estava a faltar um cravo na ferradura do cavalo do estado-maior, ora, a sorte da guerra talvez viesse a depender desse cavalo, dessa ferradura e desse cravo, é sabido que um cavalo coxo não leva recados, ou, se os leva, arrisca-se a deixá-los pelo caminho. Há ainda outra questão, e espero que seja a última, disse Cipriano Algor, De que foi que se lembrou agora, Dos moldes, Já falámos dos moldes, Falámos das madres dos moldes, só das madres, e essas são para guardar, do que se trata é dos moldes de uso, não se pode pensar em moldar duzentos bonecos com um só molde, não aguentaria por muito tempo, principiaríamos com um palhaço desbarbado e acabaríamos com uma enfermeira barbuda. Marta desviara os olhos ao ouvir as primeiras palavras, sentia que o sangue lhe estava a subir à cara e que nada podia fazer para o obrigar a regressar à espessura protetora das veias e das artérias, lá onde a vergonha e o pudor se disfarçam de naturalidade e de singeleza, a culpa tinha-a aquela palavra, madre, e as outras que dela nascem, mãe, maternidade, materno, maternal, a culpa tinha-a o seu silêncio, Por enquanto não falaremos disto ao meu pai, dissera, e agora não podia ficar calada, é certo que um atraso de dois dias, ou três, se quisermos contar já este, é nada para a maioria das mulheres, mas ela sempre tinha sido exata, matemática, regularíssima, um pêndulo biológico, por assim dizer, se houvesse a mais mínima dúvida no seu espírito não o teria comunicado logo a Marçal, e agora que fazer, o pai está à espera duma resposta, o pai está a olhá-la com ar de estranheza, nem sequer tinha sorrido à graça dele sobre a enfermeira barbuda, simplesmente não o ouvira, Por que estás a corar, impossível responder-lhe que não é verdade, que não está a corar, daqui a pouco, sim, poderia dizê-lo, porque subitamente irá empalidecer, contra este sangue denunciador e as suas maneiras opostas de acusar não há outro valimento que uma confissão completa, Pai, acho que estou grávida, disse, e baixou os olhos. As sobrancelhas de Cipriano Algor ergueram-se de golpe, a expressão do rosto passou-lhe da estranheza a uma perplexidade surpreendida, à confusão, depois pareceu que procurava as palavras mais apropriadas à circunstância, mas não encontrou senão estas, Por que mo dizes agora, por que mo dizes assim, claro que ela não responderá Lembrei-me de repente, para fingimentos já basta, Foi porque o pai disse a palavra madre, Eu disse realmente essa palavra, Sim, quando falou dos moldes, Tens razão, já me lembro. O diálogo deslizava rapidamente para o absurdo, para o cómico, Marta sentia uma vontade louca de rir, mas de súbito saltaram-lhe as lágrimas, as cores regressaram-lhe ao rosto, não é invulgar que abalos tão opostos, tão contrários como estes tenham modos parecidos de manifestar-se, Creio que sim, pai, creio que estou grávida, Ainda não tens a certeza, Sim, tenho a certeza, Por que dizes então que crês, Sei lá, perturbação, nervosismo, é a primeira vez que sucede, O Marçal já sabe, Disse-lho quando chegou, Por isso vocês estavam tão diferentes do costume ontem de manhã, Que ideia, foi impressão sua, estávamos como sempre, Se cuidas que a tua mãe e eu ficámos como sempre no teu dia, Claro que não, desculpe. A interrogação que Marta via aproximar-se desde o princípio da conversa acabou por chegar, E por que não mo tinhas dito já, Preocupações, tem-nas o pai, e de sobra, Vês-me com cara de preocupado, agora que já sei, perguntou Cipriano Algor, Também não parece muito contente, observou Marta, tentando desviar o curso da fatalidade, Estou contente por dentro, muito contente mesmo, mas decerto não esperas que me ponha a dançar, não é o meu estilo, Magoei-o, Magoaste, sim, se eu não tivesse usado aquela palavra madre, por quanto tempo ainda continuaria a ignorar que a minha filha está grávida, por quanto tempo olharia para ti sem saber que, Pai, por favor, Provavelmente até que se notasse, até que começasses a enjoar, então seria eu quem teria de te perguntar estás-doente-andas-com-a-barriga-inchada, e tu responderias que-disparate-pai-estou-grávida-não-lhe-disse-por-esquecimento, Pai, por favor, repetiu Marta já a chorar, hoje não devia ser um dia de lágrimas, Tens razão, estou a ser egoísta, Não é isso, Estou a ser egoísta, mas por muito que me esforce não consigo entender por que não mo disseste, falaste de preocupações, as minhas preocupações são iguaizinhas às tuas, a olaria, as louças, os bonecos, o futuro, quem partilha uma coisa também partilha a outra. Marta passou rapidamente os dedos pelas faces molhadas, Havia uma razão, mas foi uma infantilidade minha, imaginar sentimentos que o mais provável é não existirem, e se existem não tenho que meter-me aonde não sou chamada, Que história é essa, que estás a querer dizer, perguntou Cipriano Algor, mas o tom da sua voz tinha-se alterado, a alusão a uns indefinidos sentimentos de cuja existência ora se duvida, ora se acredita, perturbara-o, Falo da Isaura Estudiosa, avançou Marta como se estivesse a empurrar-se a si mesma para um banho de água fria, Quê, exclamou o pai, Pensei que se está interessado nela, como às vezes me quer parecer, vir dizer-lhe a si que está para ter um neto poderia, compreendo que é um escrúpulo absurdo, mas não pude evitar, Poderia, quê, Não sei, fazer-lhe lembrar, talvez fazê-lo parecer mal aos seus próprios olhos, Isto é, imbecil e ridículo, Essas palavras são suas, não minhas, Por outros termos, o viúvo velhadas que andava por aí a dar ar à pluma, a deitar olhinhos ternos a uma mulher viúva como ele, mas das novas, e de repente aparece a filha do velhadas a dar-lhe a notícia de que vai ser avô, que é como quem diz deixa-te disso o teu tempo já não dá para mais, limita-te a passear o netinho e a levantar as mãos ao céu por teres vivido tanto, Oh pai, Será muito difícil convenceres-me de que não havia qualquer coisa de muito parecido por trás da decisão de calares o que me deverias ter contado logo, Pelo menos, não tive má intenção, Só faltaria que a tivesses, Peço desculpa, murmurou Marta sucumbida, e o choro regressou irreprimível. O pai passou-lhe devagar a mão pelos cabelos, disse, Deixa lá, o tempo é um mestre de cerimónias que sempre acaba por nos pôr no lugar que nos compete, vamos avançando, parando e recuando às ordens dele, o nosso erro é imaginar que podemos trocar-lhe as voltas. Marta agarrou a mão que já se retirava, beijou-a, apertando-a com força contra os lábios, Desculpe, desculpe, repetia. Cipriano Algor quis consolá-la, mas as palavras que lhe saíram, Deixa lá, no fundo nada tem importância, não foram com certeza as mais adequadas ao propósito. Saiu para a eira confundido pelo inevitável pensamento de que tinha sido injusto com a filha, e, mais ainda, consciente de que acabara de dizer de si mesmo apenas o que até hoje se tinha recusado a admitir, que o seu tempo de homem já chegara ao fim, que durante estes dias a mulher chamada Isaura Estudiosa não havia sido senão uma fantasia da sua cabeça, um engano voluntariamente aceite, uma última invenção do espírito para consolo da triste carne, um efeito abusivo da desmaiada luz crepuscular, um sopro efémero que passou e não deixou rasto, a gota minúscula de chuva que veio e em breve secou. O cão Achado apercebeu-se de que outra vez o dono não estava na melhor das marés, ainda ontem, quando o tinha ido buscar ao forno, lhe estranhara a expressão ausente de quem considera agradável pensar em coisas que custam a entender. Tocou-lhe na mão com o nariz frio e húmido, na verdade alguém já deveria ter ensinado este animal primitivo a levantar a pata dianteira como acabam sempre por fazer com naturalidade os cães instruídos em preceitos sociais, aliás, não se conhece outra maneira de evitar que a amada mão do amo fuja bruscamente ao contacto, prova, afinal, de que nem tudo se encontra resolvido na relação entre as pessoas humanas e as pessoas caninas, talvez que aquela humidez e aquela frialdade despertem velhos medos na parte mais arcaica do nosso cérebro, a viscosidade inapagável de alguma lesma gigante, o gélido e onduloso perpassar de uma serpente, o bafo glacial de uma gruta povoada por seres de outro mundo. Tanto assim é que Cipriano Algor retirou realmente a mão, embora o facto de ter afagado logo a seguir a cabeça do Achado, sendo obviamente um pedido de desculpa, deva ser interpretado como sinal de que talvez um dia deixe de reagir assim, supondo, claro está, que o tempo de vida em comum de ambos venha a ser tão dilatado que possa generear em hábito o que por enquanto ainda se manifesta como instintiva repulsão. O cão Achado está impedido de compreender estes melindres, o uso que faz do nariz é coisa natural, que lhe veio da natureza, portanto mais saudavelmente autêntica do que os apertos de mão humanos, por muito cordiais que nos pareçam à vista e ao tato. O que o cão Achado quer saber é aonde irá o dono quando se determinar a sair da imobilidade meio absorta em que o vê. Para o fazer perceber que está à espera de uma decisão, repete o toque do nariz, e como Cipriano Algor, logo a seguir, começou a andar em direção ao forno, o espírito animal, que, por muito que se proteste, é o mais lógico de quantos espíritos se encontram no mundo, levou Achado a concluir que na vida dos humanos uma vez não basta. Enquanto Cipriano Algor se sentava pesadamente no banco de pedra, o cão dedicou-se a farejar o calhau grosso debaixo do qual a sardanisca tinha aparecido, mas as transparentes preocupações do dono tiveram mais poder no seu ânimo do que a sedução duma duvidosa caçada, por isso não tardou muito a ir deitar-se ao comprido na frente dele, preparado para uma interessante conversação. A primeira palavra que o oleiro pronunciou, Acabou-se, precisa e lacónica como uma sentença sem considerandos, não parecia anunciar desenvoluções ulteriores, porém, em casos destes, o mais produtivo para um cão sempre foi manter-se em silêncio por todo o tempo necessário até que o silêncio dos donos se canse, os cães sabem perfeitamente que a natureza humana é tagarela por definição, imprudente, indiscreta, chocalheira, incapaz de fechar a boca e deixá-la ficar fechada. Na verdade, nunca lograremos imaginar a profundidade abissal que pode alcançar a introspecção de um animal destes quando se põe a olhar para nós, cuidamos que ele está a fazer simplesmente isso, a olhar, e não nos apercebemos de que só parece estar a olhar-nos, quando o certo certo é que nos viu e depois de nos ter visto se foi embora, deixou-nos a esbracejar como idiotas à superfície de nós próprios, a salpicar de explicações falaciosas e inúteis o mundo. O silêncio do cão e aquele famoso silêncio do universo a que em outra ocasião se fez teológica referência, parecendo de comparação impossível por tão desproporcionadas serem as dimensões materiais e objetivas de um e do outro, são, afinal de contas, iguaizinhos em densidade e peso específico a duas lágrimas, a diferença só está na dor que as fez brotar, deslizar e cair. Acabou-se, tornou Cipriano Algor a dizer, e o

Achado nem sequer pestanejou, demasiado bem sabia ele que o que tinha acabado não era o fornecimento de pratos ao Centro, isso já passou à história, o caso agora mete saias, e não podem ser senão as daquela Isaura Estudiosa que ele tinha visto de dentro da furgoneta quando o dono lhe foi levar o cântaro, mulher bonita tanto de cara como de figura, embora deva observar-se que esta opinião não a formulou o Achado, isso de feio e bonito são coisas que não existem para ele, os cânones de beleza são ideias humanas, Mesmo que fosses o mais feio dos homens, diria o cão Achado do seu dono se falasse, a tua fealdade não teria nenhum sentido para mim, só te estranharia realmente se passasses a ter outro cheiro ou passasses doutra maneira a mão pela minha cabeça. O inconveniente das divagações está na facilidade com que podem distrair por caminhos desviados o divagante, fazendo-o perder o fio das palavras e dos acontecimentos, como acaba de suceder ao Achado, que apanhou a frase seguinte de Cipriano Algor quando ela já ia em meio, essa é a razão, como se vai notar, de lhe faltar a maiúscula, não a procurarei mais, rematara o oleiro, claro está que não se referia à dita maiúscula, uma vez que não as usa quando fala, mas à mulher chamada Isaura Estudiosa, com quem, a partir deste momento, renunciou a ter trato de qualquer espécie, Andava a proceder como um miúdo tonto, a partir de agora não a procurarei mais, esta foi a frase completa, mas o cão Achado, embora sem se atrever a duvidar do pouco que tinha ouvido, não pôde deixar de notar que a melancolia da cara do dono contrariava abertamente a determinação das palavras, porém nós sabemos que a decisão de Cipriano Algor é firme, Cipriano Algor não procurará mais Isaura Estudiosa, Cipriano Algor está agradecido à filha por lhe ter feito ver a luz da razão, Cipriano Algor é um homem feito, refeito e ainda não desfeito, não um desses adolescentes patetas que, lá porque estão na idade dos entusiasmos irrefletidos, passam o tempo a correr atrás de fantasias, névoas e imaginações, e delas não desistem nem mesmo quando dão com a cabeça e os sentimentos que julgavam ter no muro dos impossíveis. Cipriano Algor levantou-se do banco de pedra, parecia que lhe custava a içar o seu próprio corpo de lá, nem é para admirar, que não é o mesmo o peso do que o homem sente e o que a mecânica da balança registaria, umas vezes para mais, outras vezes para menos. Cipriano Algor vai entrar em casa, mas, ao contrário do que ficou anunciado antes, não agradecerá à filha ter-lhe feito ver a luz da razão, não se pode pedir tanto a um homem que acabou de renunciar a um sonho, ainda que de tão pouco alcance como era este, uma simples vizinha viúva, dirá sim que vai encomendar as cofragens ao carpinteiro, não que seja o mais urgente do que há para fazer, mas sempre se ganhará algum tempo, que em matéria de prazos nunca os carpinteiros e os alfaiates foram de fiar, pelo menos era assim no mundo antigo, com o pronto-a-vestir e o faça-você-mesmo o mundo mudou muito. Ainda está zangado comigo, perguntou Marta, Não me zanguei, foi só uma pequena decepção, mas não vamos ficar a falar deste assunto para o resto da vida, tu e o Marçal vão ter um filho, eu vou ter um neto, e tudo será pelo melhor, cada coisa no seu lugar, já era hora de se acabarem as fantasias, quando eu voltar sentamo-nos a planear o trabalho, teremos de aproveitar o mais possível esta semana, na que vem estarei ocupado com o transporte da louça, pelo menos uma boa parte do dia, Leve a furgoneta, disse Marta, escusa de se cansar, Não vale a pena, a carpintaria não é longe. Cipriano Algor chamou o cão, Vamos, bicho, e o Achado foi atrás dele, Pode ser que a encontre, pensava. Os cães são assim, quando lhes dá para tal pensam por conta dos donos.

As sentidas razões de queixa de Cipriano Algor contra a impiedosa política comercial do Centro, extensamente apresentadas neste relato de um ponto de vista de confessada simpatia de classe que, no entanto, assim o cremos, em nenhum momento se afastou da mais rigorosa isenção de juízo, não poderão fazer esquecer, ainda que arriscando um espevitar inoportuno da adormecida fogueira das conflituosas relações históricas entre o capital e o trabalho, não poderão fazer esquecer, dizíamos, que o dito Cipriano Algor carrega com algumas culpas próprias em tudo isto, a primeira das quais, ingénua, inocente, mas, como à inocência e à ingenuidade tantas vezes tem sucedido, raiz maligna das outras, foi pensar que certos gostos e necessidades dos contemporâneos do avô fundador, em matéria de produtos cerâmicos, se iriam manter inalteráveis per omnia saecula saeculorum ou, pelo menos, durante toda a sua vida, o que vem a dar no mesmo, se bem repararmos. Já se tinha visto como o barro é amassado aqui da mais artesanal das maneiras, já se tinha visto como são rústicos e quase primitivos estes tornos, já se tinha visto como o forno lá fora conserva traços de inadmissível antiguidade numa época moderna, a qual, não obstante os escandalosos defeitos e intolerâncias que a caracterizam, teve a benevolência de admitir até agora a existência de uma olaria como esta quando existe um Centro como aquele. Cipriano Algor queixa-se, queixa-se, mas não parece compreender que os barros amassados já não é assim que se armazenam, que às indústrias cerâmicas básicas de hoje pouco falta para se converterem em laboratórios com empregados de bata branca tomando notas e robôs imaculados cometendo o trabalho. Aqui fazem clamorosa falta, por exemplo, higrómetros que meçam a humidade ambiente e dispositivos eletrónicos competentes que a mantenham constante, corrigindo-a de cada vez que se exceda ou mingue, não se pode mais trabalhar a olho nem a palmo, por apalpação ou farejando, segundo os atrasados procedimentos tecnológicos de Cipriano Algor, que acaba de comunicar à filha com o ar mais natural do mundo, A pasta está boa, húmida e plástica no ponto, fácil de trabalhar, ora, perguntamos nós, como poderá ele estar tão seguro do que diz se só lhe pôs a palma da mão em cima, se só apertou e moveu um pouco de pasta entre o dedo polegar e os dedos indicador e médio, como se, de olhos fechados, todo entregue ao sentido interrogador do tato, estivesse a apreciar, não uma mistura homogénea de argila vermelha, caulino, sílica e água, mas o urdume e a trama de uma seda. O mais provável, como em um destes últimos dias tivemos ocasião de observar e propor à consideração, é saberem-no os seus dedos, e não ele. Em todo o caso, o veredicto de Cipriano Algor deve de estar de acordo com a realidade física do barro, uma vez que Marta, muito mais nova, muito mais moderna, muito mais deste tempo, e que, como sabemos, também não tem nada de peca nestas artes, passou sem objeção a outro assunto, perguntando ao pai, Acha que a quantidade será suficiente para os mil e duzentos bonecos, Acho que sim, mas tratarei de reforçá-la.

Passaram à parte da olaria onde se guardavam as tintas e outros materiais de acabamento, registaram as existências, anotaram as faltas, Vamos precisar de mais cores do que estas que temos, disse Marta, os bonecos têm de ser atrativos à vista, E é preciso gesso para os moldes, e sabão cerâmico, e petróleo para as pinturas, acrescentou Cipriano Algor, trazer, de uma vez tudo o que falte, para não termos de interromper o trabalho e ir a correr fazer compras. Marta tomara de súbito um ar pensativo, Que se passa, perguntou o pai, Temos um problema muito sério, Qual, Havíamos decidido que se faria o enchimento das cofragens a dedo, Exatamente, Mas não falámos do fabrico das figuras propriamente ditas, será impossível fazer mil e duzentos bonecos a dedo, nem os moldes aguentariam, nem o trabalho renderia, seria o mesmo que querer esvaziar o mar com um balde, Tens razão, O que significa que vamos ser obrigados a recorrer ao enchimento de barbotina, Não temos grande experiência, mas ainda estamos em idade de aprender, O problema pior não é esse, pai, Então, Lembro-me de ter lido, devemos ter por aí o livro, que para fazer barbotina de enchimento não é conveniente usar uma pasta de cozedura vermelha que tenha caulino, e a nossa tem-no, pelo menos trinta por cento, Esta cabeça já não serve para muito, como foi que eu não pensei nisso, Não se acuse sozinho, nós não costumamos trabalhar com barbotina, Pois sim, mas são conhecimentos do jardim de infância da olaria, é o bê-a-bá do ofício. Olharam um para o outro desconcertados, não eram nem pai nem filha, nem futuro avô nem futura mãe, apenas dois oleiros em risco perante a tarefa desmedida de terem de extrair do barro amassado o caulino e depois diminuir-lhe a gordura introduzindo-lhe barro magro de cozedura vermelha. Tanto mais que tal operação de alquimia, simplesmente, não é possível. Que fazemos, perguntou Marta, vamos ver o livro, talvez que,

Não merece a pena, não se pode tirar o caulino do barro nem neutralizá-lo, isto que estou a dizer não tem qualquer sentido, como se tiraria ou neutralizaria o caulino, pergunto eu, a única solução vai ser preparar outro barro com os componentes certos, Não há tempo, pai, Sim, tens razão, não há tempo. Saíram da olaria, duas figuras desalentadas de quem o Achado não tentou sequer aproximar-se, e agora estavam sentados na cozinha, olhavam os desenhos que os olhavam a eles, e não viam como se poderia resolver o bico de obra, sabiam por experiência que os barros gordos tendem a encolher demasiado, fendem-se, deformam-se, são plásticos em excesso, brandos, moles, mas desconheciam que resultado podia isso dar na barbotina e sobretudo que consequências negativas teria depois no trabalho acabado. Marta procurou e encontrou o livro, lá vinha que para preparar a barbotina não é suficiente dissolver o barro na água, há que usar desfloculantes, como sejam o silicato de sódio, ou o carbonato de sódio, ou o silicato de potássio, também a soda cáustica se não fosse tão perigoso lidar com ela, a cerâmica é a arte onde verdadeiramente é impossível separar a química dos seus efeitos físicos e dinâmicos, mas o que o livro não informa é o que vai acontecer aos meus bonecos se os fabricar com o único barro que tenho, e não haverá mais remédio, o outro problema é a quantidade, se fossem poucos enchiam-se os moldes a dedo, mas mil e duzentos, minha nossa senhora. Se bem entendo, disse Cipriano Algor, os requisitos principais a que deve obedecer a barbotina de enchimento são a densidade e a fluidez, É o que aqui vem explicado, disse Marta, Lê lá, então, Sobre a densidade, a ideal é um vírgula sete, por outras palavras, um litro de barbotina deve pesar mil e setecentos gramas, à falta de um densímetro adequado, se quiser conhecer a densidade da sua barbotina use uma proveta e uma balança, descontando, naturalmente, o peso da proveta, E quanto à fluidez, Para medir a fluidez usa-se um viscosímetro, há-os de vários tipos, cada um deles dando leituras assentes em escalas fundamentadas em diferentes critérios, Não ajuda muito, esse livro, Ajuda, sim, dê atenção, Dou, Um dos de uso mais frequente é o viscosímetro de torção cuja leitura se faz em graus Gallenkamp, Quem é esse senhor, Aqui não consta, Continua, Segundo esta escala, a fluidez ideal situa-se entre os duzentos e sessenta e os trezentos e sessenta graus, Não encontras por aí nada ao alcance da minha compreensão, perguntou Cipriano Algor, Vem agora, disse Marta, e leu, No nosso caso usaremos um método artesanal, empírico e impreciso, mas capaz de, com a prática, dar uma indicação aproximada, Que método é esse, Mergulhar a mão profundamente na barbotina e retirá-la, deixando a barbotina escorrer pela mão aberta, a fluidez será tida como boa quando, ao escorrer, formar entre os dedos uma membrana como a dos patos, Como a dos patos, Sim, como a dos patos. Marta pôs o livro de lado e disse, Não adiantámos muito, Adiantámos alguma coisa, ficámos a saber que não poderemos trabalhar sem desfloculante e que enquanto não tivermos membranas de pato não teremos barbotina de enchimento que sirva, Ainda bem que está de bom humor, O humor é como as marés, ora sobe ora desce, o meu subiu agora, veremos quanto tempo durará, Tem de durar, esta casa está nas suas mãos, A casa, sim, mas não a vida, Tão depressa já vai descendo a maré, perguntou Marta, Neste momento hesita, duvida, não sabe bem se há-de encher ou vazar, Então deixe-se ficar comigo, que me sinto a flutuar, como se não tivesse a certeza de ser o que julgo ser, Às vezes penso que talvez fosse preferível não sabermos quem somos, disse Cipriano Algor, Como o Achado, Sim, imagino que um cão sabe menos de si próprio do que do dono que tem, nem sequer é capaz de reconhecer-se num espelho, Talvez o espelho do cão seja o dono, talvez só nele lhe seja possível reconhecer-se, sugeriu Marta, Bonita ideia, Como vê, até as ideias erradas podem ser bonitas, Criaremos cães se o negócio da olaria falir, No Centro não há cães, Coitado do Centro, que nem os cães o querem, É o Centro que não quer os cães, Esse problema só poderá interessar a quem lá viver, cortou Cipriano Algor com voz crispada. Marta não respondeu, percebia que qualquer palavra que dissesse poderia servir de pé para uma nova discussão. Pensou enquanto ia reordenando uma vez mais os cansados desenhos, Se amanhã Marçal chega a casa e diz que já é guarda residente, que temos de nos mudar, o que estamos a fazer aqui deixa de ter sentido, tanto fará que o pai nos acompanhe como não, de uma maneira ou de outra a olaria estará sempre condenada, mesmo que ele insistisse em ficar não poderia trabalhar sozinho, ele próprio o sabe. Que pensamentos tenham sido entretanto os de Cipriano Algor, ignora-se, e também não vale a pena estar a inventar-lhe uns que poderiam não coincidir com os reais e efectivos, porém, na suposição de que a palavra, afinal, não tenha sido dada ao homem para esconder o que pensa, algo de muito aproximado nos será lícito concluir do que o oleiro disse, depois de um demorado silêncio, O mau não é ter uma ilusão, o mau é iludir-se, provavelmente tinha estado a pensar o mesmo que a filha e a conclusão de um teria de ser, pela força da lógica, a conclusão do outro. De qualquer modo, acrescentou Cipriano Algor, sem se dar conta, ou talvez sim, talvez no próprio momento em que as disse se apercebesse dos matizes sibilinos daquelas três palavras iniciais, de qualquer modo barco parado não faz viagem, suceda amanhã o que suceder há que trabalhar hoje, quem planta uma árvore também não sabe se virá a enforcar-se nela, Com uma maré negra dessas é que o nosso bote não sai mesmo, disse Marta, mas tem razão, o tempo não está aí sentado à espera, temos de pôr-nos ao trabalho, a minha tarefa, para já, a primeira, é desenhar os laterais e os dorsos das figuras e dar-lhes a cor, conto acabá-las antes da noite se ninguém me vier distrair, Não esperamos visitas, disse Cipriano Algor, eu encarrego-me do almoço, É só aquecer, é suficiente que faça uma salada, disse Marta. Foi buscar as folhas de papel de desenho, as aguarelas, os godés, os pincéis, um pano velho para secá-los, dispôs tudo em boa ordem, metodicamente, sobre a mesa, sentou-se e puxou para si o assírio de barbas, Começo por este, disse, Simplifica o mais que puderes para não haver encravamentos nem ancoragens na altura do desmolde, dois tacelos e basta, um terceiro tacelo já estaria fora do nosso alcance, Não me esquecerei. Cipriano Algor ficou alguns minutos a ver a filha desenhar, depois saiu para a olaria. Ia medir-se com o barro, levantar os pesos e os alteres de um reaprender novo, refazer a mão entorpecida, modelar umas quantas figuras de ensaio que não sejam, declaradamente, nem bobos nem palhaços, nem esquimós nem enfermeiras, nem assírios nem mandarins, figuras de que qualquer pessoa, homem ou mulher, jovem ou velha, olhando-as, pudesse dizer, Parecem-se comigo. E talvez que uma dessas pessoas, mulher ou homem, velha ou jovem, pelo gosto e talvez a vaidade de levar para casa uma representação tão fiel da imagem que de si própria tem, venha à olaria e pergunte a Cipriano Algor quanto custa aquela figura de além, e Cipriano Algor dirá que essa não está para venda, e a pessoa perguntará porquê, e ele responderá, Porque sou eu. Caía a tarde, não tardaria o lusco-fusco, quando Marta entrou na olaria e disse, Já terminei, deixei-os a secar na mesa da cozinha. Logo, tendo reparado no trabalho executado pelo pai, duas figuras inacabadas de quase dois palmos de altura, eretas, masculina uma, feminina outra, nuas ambas, do ombro de uma delas saía uma ponta de arame, comentou, Nada mal, meu pai, nada mal, mas a nossa bonecagem não vai precisar de ser tão grande, lembra-se de que tínhamos pensado em um palmo dos seus, Convirá que sejam um pouco maiores do que isso, darão mais nas vistas nas prateleiras do Centro, e também há que contar com a redução do tamanho dentro do forno em consequência da perda da última humidade, por enquanto são só experiências, Mesmo assim gosto delas, gosto muito, e não se parecem a nada que eu tenha visto, em todo o caso a mulher lembra-me alguém, Em que ficamos, perguntou Cipriano Algor, dizes que não se parecem a nada que tenhas visto e acrescentas que a mulher te lembra alguém, É uma impressão dupla, de estranheza e de familiaridade, Talvez não tenha de criar cães, talvez me dedique à escultura, que é arte das mais lucrativas, segundo ouço dizer, Uma exemplar família de artistas, notou Marta com um sorriso de meia ironia, Felizmente, salva-se o Marçal para que não venha a perder-se tudo, respondeu Cipriano Algor, mas não sorriu.

Este foi o primeiro dia da criação. No segundo dia o oleiro viajou à cidade para comprar o gesso cerâmico destinado aos moldes, mais o carbonato de sódio, que foi o que encontrou como desfloculante, as tintas, uns quantos baldes de plástico, teques novos de madeira e de arame, espátulas, vazadores. A questão das tintas havia sido objeto de vivo debate durante e depois do jantar do dito primeiro dia, e o ponto controverso foi se as peças deveriam ser levadas ao forno depois de pintadas, ou se, pelo contrário, eram pintadas depois de cozidas e ao forno não voltavam mais. Num caso, as tintas teriam de ser umas, no outro, as tintas teriam de ser outras, portanto a decisão tinha de ser tomada imediatamente, não podia ficar para a última hora, já de pincel na mão, É uma questão de estética, defendia Marta, É uma questão de tempo, opunha Cipriano Algor, e de segurança, Pintar e levar ao forno dará mais qualidade e brilho à execução, insistia ela, Mas se pintarmos a frio evitaremos surpresas desagradáveis, a cor que usarmos é a que permanecerá, não estaremos dependentes da ação do calor sobre os pigmentos, tanto mais que o forno às vezes é caprichoso. Prevaleceu a opinião de Cipriano Algor, as tintas a comprar iriam ser, portanto, as que se conhecem no mercado da especialidade pelo nome de esmalte para louças, de aplicação fácil e secagem rápida, com uma grande variedade de coloridos, e quanto ao diluente, indispensável porque a espessura original da tinta é, normalmente, excessiva, se não se quiser usar um diluente sintético, serve mesmo o petróleo de iluminação, ou de candeeiro. Marta voltou a abrir o livro da arte, procurou o capítulo sobre a pintura a frio e leu, Aplica-se sobre peças já cozidas, a peça será lixada com lixa fina, de modo a eliminar qualquer rebarba ou outro defeito de acabamento, tornando a sua superfície mais uniforme e permitindo uma melhor adesão de tinta nas zonas em que a peça tenha ficado excessivamente cozida, Lixar mil e duzentos bonecos vai ser o cabo dos trabalhos, Terminada esta operação, continuou Marta a ler, há que eliminar todos os vestígios do pó produzido pela lixagem, usando um compressor, Não temos compressor, interrompeu Cipriano Algor, Ou, embora mais moroso, mas preferível, uma trincha de pelo duro, Os velhos processos ainda têm as suas vantagens, Nem sempre, corrigiu Marta, e prosseguiu, Como sucede com quase todas as tintas do género, o esmalte para louças não se mantém homogéneo dentro da lata por muito tempo, por isso há que mexê-lo bem antes da aplicação, Isso é elementar, toda a gente sabe, passa adiante, As cores poderão ser aplicadas diretamente sobre a peça, mas a sua aderência melhorará se se começar por aplicar uma subcapa, normalmente de branco fosco, Não tínhamos pensado nisso, É difícil pensar quando não se sabe, Discordo, pensa-se precisamente porque não se sabe, Deixe essa apaixonante questão para outra altura, e ouça-me, Não faço outra coisa, A base de subcapa pode ser dada a pincel, mas poderá haver vantagem em aplicá-la à pistola a fim de se conseguir uma camada mais lisa, Não temos pistola, Ou por meio de mergulho, Essa é a maneira clássica, de toda a vida, portanto mergulharemos, Todo o processo se desenrolará a frio, Muito bem, Uma vez pintada e seca, a peça não deve nem pode ser sujeita a qualquer tipo de cozedura, Era o que eu te dizia, o tempo que se poupa, Ainda traz outras recomendações, mas a mais importante é de que se deve deixar secar bem uma cor antes de aplicar a seguinte, salvo se se desejarem efeitos de sobreposição e mistura, Não queremos efeitos nem transparências, queremos rapidez, isto não é pintura a óleo, Em todo o caso, a cabaia do mandarim mereceria um tratamento mais cuidado, lembrou Marta, repare que o próprio desenho obriga a maior diversidade e riqueza de cores, Simplificaremos. Esta palavra fechou o debate, mas esteve presente no espírito de Cipriano Algor enquanto fazia as suas compras, a prova é que adquiriu à última hora uma pistola de pintar. Dado o tamanho das figuras, a subcapa não ganharia nada em ser grossa, explicou depois à filha, penso que a pistola prestará melhor serviço, um borrifo ao redor do boneco, e já está, Precisaremos de máscaras, disse Marta, As máscaras são caras, não temos dinheiro para luxos, Não é luxo, é precaução, vamos respirar no meio de uma nuvem de tinta, A dificuldade tem remédio, Qual, Farei essa parte do trabalho lá fora, ao ar livre, o tempo está seguro, Por que diz farei, e não faremos, perguntou Marta, Tu estás grávida, eu não, que se saiba, Voltou-lhe o bom humor, senhor pai, Faço o que posso, percebo que há coisas que estão a fugir-me das mãos e outras que ameaçam fazê-lo, o meu problema é distinguir entre aquelas por que ainda vale a pena lutar e aquelas que devem ser deixadas ir sem pena, Ou com pena, A pena pior, minha filha, não é a que se sente no momento, é a que se vai sentir depois, quando já não houver remédio, Diz-se que o tempo tudo cura, Não vivemos bastante para lhe tirar a prova, disse Cipriano Algor, e no mesmo instante deu por que estava a trabalhar no torno sobre o qual a mulher se derrubara quando o ataque cardíaco a fulminou. Então, obrigado a isso pela sua honestidade moral, perguntou-se se nas penas gerais de que falara também estaria incluída esta morte, ou se era certo que o tempo fizera, neste particular caso, o seu trabalho de curador emérito, ou, ainda, se a pena invocada não era afinal de morte, mas de vida, mas de vidas, a tua, a minha, a nossa, de quem. Cipriano Algor modelava a enfermeira, Marta estava ocupada com o palhaço, mas nem um nem outro se sentiam satisfeitos com as tentativas, estas depois de outras, talvez porque copiar seja, afinal de contas, mais difícil do que criar livremente, pelo menos poderia dizê-lo assim Cipriano Algor, que com tanta veemência e soltura de gesto havia concebido as duas figuras de homem e mulher que ali estão, envolvidas em panos molhados para que não se lhes resseque e grete o espírito que as mantém de pé, estáticas e contudo vivas. A Marta e a Cipriano Algor não se lhes acabará tão cedo este esforço, parte do barro com que modelam agora uma figura provém de outras que tiveram de desprezar e amassar, assim é com todas as coisas deste mundo, as próprias palavras, que não são coisas, que só as designam o melhor que podem, e designando as modelam, mesmo se exemplarmente serviram, supondo que tal pôde suceder em alguma ocasião, são milhões de vezes usadas e atiradas fora outras tantas, e depois nós, humildes, de rabo entre as pernas, como o cão Achado quando a vergonha o encolhe, temos de ir buscá-las novamente, barro pisado que também elas são, amassado e mastigado, deglutido e restituído, o eterno retorno existe mesmo, sim senhor, mas não é esse, é este. O palhaço modelado por Marta talvez se aproveite, o bobo também se aproxima bastante da realidade dos bobos, mas a enfermeira, que parecia tão simples, tão estrita, tão regulamentar, resiste a deixar aparecer o volume dos seios por debaixo do barro, como se também ela estivesse envolvida num pano molhado de que segurasse com firmeza as pontas. Quando a primeira semana de criação estiver a ponto de terminar, quando Cipriano Algor passar à primeira semana de destruição, acarretando as louças do armazém do Centro e largando-as por aí como lixos sem serventia, é que os dedos dos dois oleiros, ao mesmo tempo livres e disciplinados, começarão finalmente a inventar e a traçar o caminho reto que os levará ao volume certo, à linha justa, ao plano harmonioso. Os momentos não chegam nunca tarde nem cedo, chegam à hora deles, não à nossa, não temos de agradecer-lhes as coincidências, quando ocorram, entre o que tinham para propor e o que nós necessitávamos. Durante a metade do dia em que o pai andar no absurdo trabalho de descarregar por inútil o que carregou por escusado, Marta estará só na olaria com a sua meia dúzia de bonecos praticamente terminados, ocupada agora em avivar algum ângulo esbatido e em bolear alguma curva que um toque involuntário tivesse deprimido, igualando alturas, consolidando bases, calculando para cada uma das estatuetas a linha ótima de divisão dos respectivos tacelos. As cofragens ainda não foram entregues pelo carpinteiro, o gesso espera dentro dos seus grandes sacos de papel grosso impermeável, mas o tempo da multiplicação já se aproxima.

Quando Cipriano Algor regressou a casa no primeiro dia da semana de destruição, mais indignado pelo vexame do que exausto pelo esforço, tinha para contar à filha a aventura ridícula de um homem a calcorrear os campos à procura de um lugar ermo onde pudesse largar a cacaria inútil que transportava, como se dos seus próprios excrementos se tratasse, De calças na mão, dizia, foi assim que me senti, por duas vezes me apareceram pessoas a perguntar o que é que eu estava a fazer ali, em terreno privado, com uma furgoneta a abarrotar de louça, tive de engrolar umas explicações sem jeito, disse que precisava de apanhar uma estrada mais além e tinha pensado que o caminho para lá chegar era por ali, que desculpasse, por favor, e já agora, se lhe agradar alguma coisa do que levo na furgoneta, terei todo o gosto em lho oferecer, um deles não quis nada, respondeu com mau modo que na sua casa coisas daquelas nem para os animais, mas o outro achou graça a uma terrina e levou-a, E onde é que acabou por ir deixar as louças, Perto do rio, Onde, Tinha pensado que uma cova natural seria o mais adequado, mas mesmo assim sempre havia o inconveniente de ficarem à vista de quem passasse, às escâncaras, reconheceriam logo o produto e o fabricante, e para nossa vergonha e vexame já basta o que basta, Pessoalmente não me sinto nem vexada nem envergonhada, Talvez sentisses se tivesses estado no meu lugar desde o princípio, É provável, sim, e que foi então que encontrou, Precisamente a cova ideal, Há covas ideais, perguntou Marta, Depende sempre do que se quiser meter lá dentro, imagina neste caso um buraco grande, mais ou menos circular, de uns três metros de profundidade e para o qual se desce em rampa fácil, com árvores e arbustos dentro, olhando de fora é como uma ilha verde no meio do campo, de inverno enche-se de água, ainda tem um charco no fundo, Está a uns cem metros da margem do rio, disse Marta, Também a conheces, perguntou o pai, Conheço-a, descobri-a quando tinha dez anos, era realmente a cova ideal, de cada vez que ali entrava parecia-me que atravessava uma porta para outro mundo, Já lá estava quando eu tinha a tua idade, E quando a devia ter o meu avô, E quando a tinha o meu, Tudo acaba por se perder, pai, durante tantos anos aquela cova foi só uma cova, uma porta mágica também para alguns miúdos sonhadores, e agora, com o entulhamento da louça, nem uma coisa nem a outra, Os cacos não são assim tantos, mulher, em pouco tempo cobri-los-ão as silvas, nem se vai dar por isso, Deixou então lá tudo, Deixei, Ao menos ficam perto da povoação, qualquer dia um dos garotos daqui, se é que ainda são frequentadores da cova ideal, aparece em casa com um prato rachado, perguntam-lhe onde foi que o encontrou, e vai ver que toda a gente irá logo a correr buscar o que agora não quer, Somos feitos assim, não me admiraria. Cipriano Algor acabou a chávena de café que a filha lhe tinha posto diante ao chegar e perguntou, Deu sinal de vida o carpinteiro, Não, Tenho de lá ir apertar com ele, Creio que sim, que é o melhor. O oleiro levantou-se, Vou-me lavar, disse, deu dois passos, e logo parou, Que é isto, perguntou, Isto, quê, Isto, apontava um prato coberto por um guardanapo bordado, É um bolo, Fizeste um bolo, Não o fiz eu, trouxeram-no, foi um presente, De quem, Adivinhe, Não estou de humor para adivinhas, Olhe que esta é das fáceis. Cipriano Algor encolheu os ombros como para mostrar que se desinteressava do assunto, disse outra vez que se ia lavar, mas não se resolveu, não deu o passo que o faria sair da cozinha, na sua cabeça travara-se um debate entre dois oleiros, um que argumentava que é nossa obrigação comportar-nos com naturalidade em todas as circunstâncias da vida, que se alguém foi amável ao ponto de nos trazer a casa um bolo coberto por um guardanapo bordado, o próprio e normal é perguntar a quem se deveu a inesperada generosidade, e, se em resposta nos propõem que adivinhemos, mais do que suspeito será fingir que não ouvimos, estes pequenos jogos de família e de sociedade não têm importância de maior, ninguém se vai pôr a tirar conclusões precipitadas do facto de termos acertado, sobretudo porque as pessoas que creem ter motivos para nos contemplarem com um bolo nunca poderão ser muitas, às vezes uma só, isto era o que dizia um dos oleiros, mas o outro respondia que não estava disposto a desempenhar o papel de cúmplice em falsas adivinhações de circo, que ter a certeza de conhecer o nome da pessoa que havia trazido o bolo era precisamente a razão por que não o diria, e também que, pelo menos em alguns casos, o pior das conclusões não é tanto serem ocasionalmente precipitadas, mas serem, simplesmente, conclusões. Então, não quer adivinhar, insistiu Marta, sorrindo, e Cipriano Algor, ligeiramente enfadado com a filha e muito consigo mesmo, mas consciente de que a única maneira de escapar do buraco onde se metera por seu próprio pé seria reconhecer o fracasso e voltar para trás, disse, sacudidamente, e envolvendo-o em palavras, um nome, Foi a viúva, a vizinha, a Isaura Estudiosa, para agradecer o cântaro. Marta negou com um movimento lento da cabeça, Não se chama Isaura Estudiosa, corrigiu, o nome dela é Isaura Madruga, Ah, bom, fez Cipriano Algor, e pensou que já não precisaria de perguntar à interessada Afinal como é o seu nome de solteira, mas imediatamente recordou a si mesmo que, sentado no banco de pedra ao lado do forno e tendo o cão Achado por testemunha, havia tomado a decisão de dar por írritos e nulos todos os ditos e feitos expressados e acontecidos entre si e a viúva Estudiosa, não esqueçamos que a palavra pronunciada foi exatamente Acabou-se, não se remata de modo tão peremptório um episódio da vida sentimental para dois dias depois dar o dito por não dito. O efeito imediato destas reflexões foi tomar Cipriano Algor um ar desprendido e superior, e com tal convicção que, sem que a mão lhe tremesse, pôde ir levantar o guardanapo, Tem bom aspecto, disse. Foi neste momento que Marta entendeu por bem acrescentar, De certa maneira é uma lembrança de despedida. A mão baixou devagar, deixou cair delicadamente o guardanapo sobre o bolo em forma de coroa circular, Despedida, ouviu Marta perguntar, e respondeu, Sim, no caso de não conseguir trabalho aqui, Trabalho, Está a repetir as minhas palavras, pai, Não sou nenhum eco, não estou a repetir as tuas palavras. Marta não fez caso da resposta, Tomámos um café, eu queria encetar o bolo mas ela não permitiu, esteve cá mais de uma hora, conversámos, contou-me um pouco da vida, a história do seu casamento, não houve tempo para saber se aquilo era felicidade ou se estava a deixar de o ser, as palavras foram dela, não minhas, enfim, se não arranjar trabalho volta para o sítio donde veio e onde tem família, Aqui não há trabalho para ninguém, disse Cipriano Algor secamente, É também o que ela crê, por isso o bolo é como a primeira metade de uma despedida, Espero não estar em casa na altura da segunda, Porquê, perguntou Marta. Cipriano Algor não respondeu. Saiu da cozinha para o quarto, despiu-se rapidamente, lançou um relance de olhos ao que o espelho da cómoda lhe mostrava do seu corpo e meteu-se no duche. Um pouco de água salgada misturou-se à água doce que caía do chuveiro.

Com apreciável e tranquilizadora unanimidade sobre o significado da palavra, os dicionários definem como ridículo tudo quanto se mostre digno de riso e zombaria, tudo o que mereça escárnio, tudo o que seja irrisório, tudo o que se preste ao cómico. Para os dicionários, a circunstância parece não existir, se bem que, obrigatoriamente chamados a explicar em que consiste, lhe chamem estado ou particularidade que acompanha um facto, o que, entre parêntesis, claramente nos aconselha a não separar dos factos as suas circunstâncias e a não os julgar a eles sem as ponderar a elas. Seja no entanto ridículo em modo supino este Cipriano Algor que se extenua a descer a pendente da cova carregando nos braços as indesejadas louças em vez de simplesmente as lançar lá de cima ao acaso, reduzindo-as in continenti a cacos, que foi como depreciativamente as classificou quando descreveu à filha os trâmites e episódios da traumática operação de transbordo. Não há, porém, limites para o ridículo. Se algum dia, como Marta imaginou, um garoto da povoação resgatar do entulho e levar para casa um prato rachado, poderemos ter a certeza de que a inconveniente mazela já vinha do armazém, ou então, por causa do inevitável entrechocar dos barros, provocado pelas irregularidades da estrada, teria sucedido durante o transporte desde o Centro até à cova. Basta ver com que cuidados desce Cipriano Algor de cada vez o declive, com que atenção descansa no solo as diferentes peças de louça, como as arruma irmãs com irmãs, como as encaixa quando tal é possível e aconselhável, bastará ver a irrisória cena que aos nossos olhos se oferece para ficarmos habilitados a afirmar que aqui não se partiu um único prato, nem nenhuma chávena perdeu a asa, nem nenhum bule ficou sem bico. As louças empilhadas cobrem em filas regulares o recanto de chão escolhido, rodeiam os troncos das árvores, insinuam-se entre a vegetação baixa, como se em algum livro dos grandes estivesse escrito que só desta maneira é que deveriam ficar ordenadas até à consumação do tempo e à improvável ressurreição dos restos. Dir-se-á que o comportamento de Cipriano Algor é ridículo em absoluto, mas ainda neste caso seria bom que não esquecêssemos a importância decisiva do ponto de vista, estamos a referir-nos desta vez a Marçal Gacho que, na vinda a casa para o seu dia de repouso, e cumprindo o que é normal entender-se por deveres elementares de solidariedade familiar, não só ajudou o sogro na descarga da louça como também, sem dar qualquer mostra de estranheza ou duvidosa perplexidade, sem perguntas diretas ou rodeadas, sem olhares irónicos ou compassivos, lhe seguiu tranquilamente o exemplo, chegando ao extremo de por sua própria iniciativa ajustar um bambeamento periclitante, retificar um alinhamento defeituoso, reduzir uma altura excessiva. É portanto natural esperar que, no caso de que Marta venha a repetir aquela pejorativa e desafortunada palavra que empregou na conversação com o pai, o seu próprio marido, graças à irrecusável autoridade de quem com os seus olhos viu o que havia para ver, a corrija, Não é entulho. E se ela, a quem vimos conhecendo como alguém que de todas as coisas necessita explicação e clareza, insistir que sim senhor, que é entulho, que é esse o nome dado desde sempre aos detritos e materiais inúteis que são atirados para dentro das covas a fim de as encher, excluídas dessa designação as sobras humanas, que têm outro nome, certamente Marçal lhe dirá na sua voz séria, Não é entulho, eu estive lá. Nem ridículo, acrescentaria, se a questão se apresentasse.

Quando entraram em casa havia, cada uma no seu género, duas novidades de tomo. O carpinteiro tinha finalmente entregado as cofragens, e Marta lera no seu livro que, em caso de enchimento por via líquida, não é prudente esperar de um molde mais do que quarenta cópias satisfatórias, Quer dizer, disse Cipriano Algor, que iremos precisar de trinta moldes pelo menos, cinco para cada duzentos bonecos, será muito trabalho antes e muito trabalho depois, e não tenho a certeza de que com a nossa falta de experiência os moldes venham a sair-nos perfeitos, Quando calcula que terá retirado a louça toda do armazém do Centro, perguntou Marta, Creio que não chegarei a precisar da segunda semana inteira, talvez dois ou três dias sejam suficientes, A segunda semana é esta, corrigiu Marçal, Sim, segunda das quatro, mas primeira do transporte, a terceira será a segunda do fabrico, explicou Marta, Com tanta confusão de semanas que não e de semanas que sim, não admira que tu e o pai andem algo desnorteados, Cada um de nós pelas razões que lhe são próprias, eu, por exemplo, estou grávida e ainda não me habituei por completo à ideia, E o pai, O pai falará por si mesmo, se quiser, Não sofro de pior desnorte que ter de fabricar mil e duzentos bonecos de barro e não saber se o irei conseguir, cortou Cipriano Algor. Estavam na olaria, alinhados na bancada os seis bonecos pareciam aquilo que dramaticamente eram, seis objetos insignificantes, mais grotescos uns do que outros pelo que representavam, mas todos iguais na sua lancinante inutilidade. A fim de que o marido pudesse vê-los, Marta havia retirado os panos molhados que os envolviam, mas quase se arrependia de o ter feito, era como se aqueles obtusos manipanços não merecessem o trabalho que tinham dado, aquele repetido fazer e desfazer, aquele querer e não poder, aquele experimentar e emendar, não é verdade que só as grandes obras de arte sejam paridas com sofrimento e dúvida, também um simples corpo e uns simples membros de argila são capazes de resistir a entregar-se aos dedos que os modelam, aos olhos que os interrogam, à vontade que os requereu. Noutra ocasião pediria que me dessem as férias, poderia ajudar-vos em alguma coisa, disse Marçal. Apesar de aparentemente completa na sua formulação, a frase continha prolongamentos problemáticos que não precisaram de enunciação para serem percebidos por Cipriano Algor. O que Marçal tinha querido dizer, e que, sem o ter dito, acabara por dizer mesmo, era que, estando ele à espera de uma mais ou menos previsível promoção ao escalão de guarda residente, os seus superiores não ficariam satisfeitos se ele se ausentasse para férias precisamente nesta altura, como se a notícia pública da sua ascensão na carreira não passasse de um episódio banal, de somenos importância. Este prolongamento, porém, era óbvio e decerto o menos problemático de quantos outros mais houvesse. A questão essencial, involuntariamente subjacente às palavras ditas por Marçal, continuava a ser a preocupação sobre o futuro da olaria, sobre o trabalho que nela se fazia e sobre as pessoas que o executavam e que, melhor ou pior, dele tinham vivido até agora. Aqueles seis bonecos eram como seis irónicos e insistentes pontos de interrogação, cada um deles a querer saber de Cipriano Algor se era tão confiante que pensava dispor, e por quanto tempo, caro senhor, das forças necessárias para governar sozinho a olaria quando a filha e o genro fossem viver para o Centro, se era tão ingénuo ao ponto de considerar que poderia atender com satisfatória regularidade as encomendas seguintes, no caso providencial de virem a ser feitas, e, enfim, se era suficientemente estúpido para imaginar que daqui em diante as suas relações com o Centro e o chefe do departamento de compras, tanto as comerciais como as pessoais, seriam uma contínua e perene maré de rosas, ou, como com incómoda precisão e amargo ceticismo perguntava o esquimó, Crês tu que me vão querer sempre. Foi neste momento que a lembrança de Isaura Madruga passou pela mente de Cipriano Algor, pensou nela a ajudá-lo como empregada no trabalho da olaria, a acompanhá-lo ao Centro sentada ao seu lado na furgoneta, pensou nela em diversas e cada vez mais íntimas e apaziguadoras situações, almoçando à mesma mesa, conversando no banco de pedra, dando de comer ao cão Achado, colhendo os frutos da amoreira-preta, acendendo a lanterna que está por cima da porta, afastando a dobra do lençol da cama, eram sem dúvida demasiados pensamentos e demasiado aventurosos para quem nem sequer tinha querido provar do bolo. Claro está que as palavras de Marçal não requeriam resposta, não tinham sido mais do que a verificação de um facto a todos evidente, foi a mesma coisa que simplesmente ter dito Gostaria de vos ajudar, mas não é possível, no entanto Cipriano Algor achou que deveria dar expressão a uma parte dos pensamentos com que havia ocupado o silêncio subsequente ao dito de Marçal, não dos pensamentos íntimos, que mantém trancados na caixa-forte do seu patético orgulho de velho, mas aqueles que, de um modo ou outro, são comuns a quantos vivem nesta casa, quer os confessem, quer não, e que podem ser resumidos em pouco mais de meia dúzia de palavras, que será que nos reserva o dia de amanhã. Disse ele, É como se estivéssemos a caminhar na escuridão, o passo seguinte tanto poderá ser para avançar como para cair, já começaremos a saber o que nos espera quando a primeira encomenda estiver à venda, a partir daí poderemos deitar contas ao tempo que nos irão querer, se muito, se pouco, se nada, será como estar a desfolhar um malmequer a ver no que dá, A vida não é muito diferente disso, observou Marta, Pois não, mas o que tínhamos andado a jogar em anos passou a jogar-se em semanas ou em dias, de repente o futuro tornou-se curto, se não me engano já uma vez disse qualquer coisa parecida com isto. Cipriano Algor fez uma pausa, depois acrescentou com um encolher de ombros, Prova de que é mesmo verdade, Aqui só há dois caminhos, disse Marta, resoluta e impaciente, ou trabalhar como fizemos até agora, sem dar mais voltas à cabeça do que as necessárias para o bom acabamento da obra, ou suspender tudo, informar o Centro de que desistimos da encomenda e ficar à espera, À espera de quê, perguntou Marçal, De que te promovam, de que nos mudemos para o Centro, de que o pai decida de uma vez se quer ficar ou ir connosco, o que não podemos é continuar nesta espécie de era não era andava lavrando, que já leva semanas, Por outras palavras, disse Cipriano Algor, nem o pai morre nem a gente come o caldo, Perdoo-lhe o que acaba de dizer, respondeu Marta, porque sei o que se passa dentro da sua cabeça, Não se zanguem, por favor, pediu Marçal, para mau viver já me basta com o que tenho de aguentar na minha própria família, Calma, não te preocupes, disse Cipriano Algor, mesmo que aos olhos de qualquer pessoa o pudesse parecer, entre a tua mulher e mim nunca seria uma zanga real, Pois não, mas há ocasiões em que me dá vontade de lhe bater, ameaçou Marta sorrindo, e olhem que a partir de agora será pior, tenham os dois muito cuidado comigo, segundo me tem constado as mulheres grávidas passam facilmente por mudanças bruscas de humor, têm caprichos, manias, mimos, ataques de choro, rompantes de mau génio, preparem-se portanto para o que sair daqui, Por mim, estou resignado, disse Marçal, e logo para Cipriano Algor, E o pai, Eu já o estava há muitos anos, desde que ela nasceu, Finalmente, todo o poder à mulher, tremei varões, tremei e temei, exclamou Marta. O oleiro não acompanhou desta vez o tom jovial da filha, antes falou sério e sereno como se estivesse a recolher uma a uma palavras que tinham ficado lá atrás, no lugar em que haviam sido pensadas e deixadas a madurar, não, essas palavras não foram pensadas, nem tinham de amadurecer, emergiram naquele momento do seu espírito como raízes que tivessem subido subitamente à superfície do chão, O trabalho prosseguirá normalmente, disse, satisfarei os nossos compromissos enquanto me for possível, sem mais queixas nem protestos, e quando o Marçal for promovido considerarei a situação, Considerará a situação, perguntou Marta, que quer isso dizer, Vista a impossibilidade de manter a olaria em funcionamento, fecho-a e deixo de ser fornecedor do Centro, Muito bem, e de que é que irá viver depois, onde, como, com quem, picou Marta, Acompanharei a minha filha e o meu genro a viver no Centro, se ainda me quiserem com eles. A imprevista e terminante declaração de Cipriano Algor teve efeitos diferentes na filha e no genro. Marçal exclamou, Até que enfim, e foi abraçar-se com força ao sogro, Não pode imaginar a alegria que me dá, disse, era um espinho que eu trazia cravado cá dentro. Marta olhara o pai primeiro ceticamente, como quem não estivesse a acreditar no que ouvia, mas aos poucos o rosto foi-se-lhe iluminando de compreensão, era o trabalho prestimoso da memória a trazer-lhe à lembrança certas expressões populares correntes, certos restos de leituras clássicas, certas imagens tópicas, é verdade que não recordou tudo quanto haveria para recordar, por exemplo, queimar os barcos, cortar as pontes, cortar pelo são, cortar a direito, cortar as voltas, cortar o mal pela raiz, perdido por dez perdido por cem, homem perdido não quer conselhos, desistir à vista da meta, estão verdes não prestam, melhor um pássaro na mão que dois a voar, estas e muitas mais, e todas afinal para dizer uma só coisa, O que não quero é o que não posso, o que não posso é o que não quero. Marta aproximou-se do pai, passou-lhe a mão pela face com um afago demorado e terno, quase maternal, Será melhor assim, se isso é o que realmente deseja, murmurou, não mostrou mais satisfação do que a pouquíssima que palavras tão pobres, tão rasteiras, seriam capazes de comunicar, mas tinha a certeza de que o pai poderia compreender que não havia sido por indiferença que as escolhera, mas por respeito. Cipriano Algor pôs as mãos nos ombros da filha, depois puxou-a para si, deu-lhe um beijo na testa e, em voz baixa, pronunciou a breve palavra que ela queria ouvir ou ler-lhe nos olhos, Obrigado. Marçal não perguntou Obrigado porquê, aprendera há muito tempo que o território onde se moviam aquele pai e aquela filha, mais do que apenas familiarmente particular, era de algum modo sagrado e inacessível. Não o afetava um sentimento de ciúme, só a melancolia de quem se sabe definitivamente excluído, porém não deste território, que nunca poderia pertencer-lhe, mas de um outro em que, se eles lá estivessem ou se alguma vez pudesse lá estar com eles, encontraria e reconheceria, enfim, o seu próprio pai e a sua própria mãe. Deu por si a pensar, sem demasiada surpresa, que, uma vez que o sogro tinha decidido viver no Centro, a ideia de os pais venderem a casa da povoação e irem morar lá seria irremediavelmente posta de parte, por muito que lhes custasse e por muito que protestassem, em primeiro lugar porque é uma norma inflexível do Centro, determinada e imposta pelas próprias estruturas habitacionais internas, não admitir famílias numerosas, e em segundo lugar porque, não tendo havido nunca uma relação de entendimento entre os membros destas duas, facilmente se imagina o inferno em que se lhes iria tornar a vida se se vissem reunidas num mesmo reduzido espaço. Apesar de certas situações e de certos desabafos que poderiam induzir a uma opinião contrária, Marçal não mereceria que o considerássemos como um mau filho, as culpas do desencontro de sentimentos e vontades na sua família não são apenas suas, e no entanto, assim uma vez mais se demonstrando até que ponto a alma humana é um poço infectado de contradições, está contente por não ter de morar na mesma casa com aqueles que lhe deram o ser. Agora que Marta já engravidou, oxalá o ignoto destino não venha a confirmar nela e nele aquela antiga sentença que severamente reza, Filho és, pai serás, assim como fizeres, assim acharás. É bem certo, porém, que, de uma maneira ou outra, por uma espécie de infalível tropismo, a natureza profunda de filho impele os filhos a procurar pais de substituição sempre que, por bons ou maus motivos, por justas ou injustas razões, não possam, não queiram ou não saibam reconhecer-se nos próprios. Na verdade, apesar de todos os seus defeitos, a vida ama o equilíbrio, se fosse só ela a mandar faria que a cor de ouro estivesse permanentemente sobre a cor de azul, que todo o côncavo tivesse o seu convexo, que não acontecesse nenhuma despedida sem chegada, que a palavra, o gesto e o olhar se comportassem como gémeos inseparáveis que em todas as circunstâncias dissessem o mesmo. Seguindo vias para cuja caracterização pormenorizada não nos reconhecemos nem aptos nem idóneos, mas de cuja existência e intrínseca virtude comunicativa temos absoluta certeza, tanto como das nossas próprias, foi o conjunto de observações que acabam de ser expendidas que fez nascer em Marçal Gacho uma ideia, logo transmitida ao sogro com o filial alvoroço que se adivinha, É possível trazer o que falta da louça de uma só vez, anunciou, Nem sequer sabes quanta lá temos, penso que ainda umas poucas de furgonetas, objetou Cipriano Algor, Não falo de furgonetas, o que digo é que a louça não será tanta que uma camioneta vulgar não possa resolver o assunto em uma única carga, E onde é que iremos descobrir essa preciosa camioneta, perguntou Marta, Alugamo-la, Custa muito dinheiro, não terei que chegue, disse o oleiro, mas a esperança já lhe fazia tremer a voz, Um dia será bastante para este trabalho, se juntarmos os nossos dinheiros, o nosso e o seu, estou convencido de que conseguiremos, e além disso, sendo eu guarda interno, talvez me façam um desconto, não perderemos nada em tentar, Só um homem a carregar e a descarregar, não sei se serei capaz, mal posso já com os braços e as pernas, Não estará sozinho, eu vou consigo, disse Marçal, Isso não, podem reconhecer-te, e seria mau para ti, Não creio que haja perigo, só fui uma vez ao departamento de compras, se levar óculos escuros e uma boina na cabeça sou qualquer pessoa, A ideia é boa, muito boa, disse Marta, poderíamos atirar-nos já à fabricação dos bonecos, Foi o que eu pensei, disse Marçal, Também eu, confessou Cipriano Algor. Ficaram a olhar-se, calados, sorridentes, até que o oleiro perguntou, E quando, Amanhã mesmo, respondeu Marçal, aproveitamos a minha folga, outra ocasião só daqui a dez dias, para isso não valia a pena, Amanhã, repetiu Cipriano Algor, quer dizer que poderíamos começar a trabalhar em cheio logo a seguir, Assim é, disse Marçal, e ganhar quase duas semanas, Deste-me uma alma nova, disse o oleiro, depois perguntou, Como faremos, aqui na povoação não creio que haja camionetas para alugar, Alugamo-la na cidade, sairemos de manhã para termos tempo de procurar quem nos faça o melhor preço possível, Compreendo que assim convenha, disse Marta, mas acho que deverias almoçar com os teus pais, a última vez não foste lá e eles não devem estar nada satisfeitos. Marçal crispou-se, Não me apetece, e além disso, voltou-se para o sogro e perguntou, A que horas tem de comparecer no armazém, Às quatro, Ora aí está, almoçar com os meus pais, ir daqui depois para a cidade, o caminho todo até lá, alugar a camioneta e estar às quatro a recolher a louça, não dá tempo, Dizes-lhes que tens necessidade absoluta de almoçar mais cedo, Mesmo assim não vai dar tempo, e a par disso não me apetece, irei na próxima folga, Ao menos telefona à tua mãe, Telefonarei, mas não te admires se ela tornar a perguntar quando é que nos mudamos. Cipriano Algor deixara a filha e o genro a discutirem a momentosa questão do almoço familiar dos Gachos e aproximara-se da bancada onde estavam os seis bonecos. Com extremo cuidado retirou-lhes os panos molhados, observou-os com atenção, um a um, precisavam só de alguns ligeiros retoques nas cabeças e nos rostos, partes do corpo que, sendo as figuras de pequeno tamanho, pouco mais de um palmo de altura, inevitavelmente teriam de ressentir-se da pressão dos panos, Marta se encarregará de as pôr como novas, depois ficarão destapadas, a descoberto, a fim de perderem a humidade antes de serem metidas no forno. Pelo corpo dorido de Cipriano Algor passou um estremecimento de prazer, sentia-se como se estivesse para principiar o trabalho mais difícil e delicado da sua vida de oleiro, a aventurosa cozedura de uma peça de altíssimo valor estético modelada por um grande artista a quem não importou rebaixar o seu génio às precárias condições deste lugar humilde, e que não poderia admitir, da peça se fala, mas também do artista, as consequências ruinosas que resultariam da variação de um grau de calor, quer fosse por excesso quer fosse por defeito. Do que realmente aqui se irá tratar, sem grandezas nem dramas, é de levar ao forno e cozer meia dúzia de estatuetas insignificantes para que reproduzam, cada uma delas, duzentas suas insignificantes cópias, há quem diga que todos nascemos com o destino traçado, mas o que está à vista é que só alguns vieram a este mundo para fazerem do barro adões e evas ou multiplicarem os pães e os peixes. Marta e Marçal tinham saído da olaria, ela para tratar do jantar, ele para aprofundar as relações principiadas com o cão Achado, o qual, se bem que ainda renitente a aceitar sem protesto a presença de um uniforme na família, parece disposto a assumir uma postura de tácita condescendência desde que o dito uniforme seja substituído, logo à chegada, por qualquer vestimenta de corte civil, moderna ou antiga, nova ou velha, limpa ou suja, tanto lhe faz. Cipriano Algor está agora sozinho na olaria. Provou distraidamente a solidez de uma cofragem, mudou de sítio, sem necessidade, um saco de gesso, e, como se apenas o acaso, e não a vontade, lhe tivesse guiado os passos, achou-se diante das figuras que havia modelado, o homem, a mulher. Em poucos segundos o homem ficou transformado num amontoado informe de barro. Talvez a mulher tivesse sobrevivido se aos ouvidos de Cipriano Algor não soasse já a pergunta que Marta lhe faria amanhã, Porquê, porquê o homem e não a mulher, porquê um e não os dois. O barro da mulher amassou-se sobre o barro do homem, são outra vez um barro só.

O primeiro ato da função terminou, os adereços de cena foram retirados, os atores descansam do esforço da apoteose. Nos armazéns do Centro não resta uma única peça de louça fabricada pela olaria dos Algores, apenas alguma poeira vermelha esparzida nas prateleiras, nunca será de mais recordar que a coesão das matérias não é eterna, se o contínuo roce dos invisíveis dedos do tempo dá fácil conta de mármores e granitos, que não faria a simples argilas de composição precária e cozedura provavelmente irregular. A Marçal Gacho não o reconheceram no departamento de compras, efeito certo da boina e dos óculos escuros, mas também da cara por barbear, que ele de propósito havia deixado assim para rematar a eficacidade do disfarce protetor, uma vez que entre as diversas características que devem distinguir todo o guarda interno do Centro se inclui um perfeito e acabado escanhoamento. Não deixou em todo o caso o subchefe de estranhar a repentina melhoria do veículo transportador, atitude lógica em pessoa que mais do que uma vez se tinha permitido sorrir ironicamente à vista da vetusta furgoneta, mas já foi surpreendente, e esta é na presente circunstância a mínima denominação possível, o assomo de irritação mal contida que lhe subiu ao olhar e ao gesto quando Cipriano Algor o informou de que estava ali para levar o resto da louça, Toda, perguntou, Toda, respondeu o oleiro, trouxe uma camioneta e um ajudante. Se a este subchefe de demonstrado mau feitio esperasse futuro bastante no relato que vimos cursando, certamente um destes dias nos lembraríamos de lhe pedir que nos desvelasse o fundo dos seus sentimentos naquela ocasião, isto é, a razão última de uma contrariedade, a todas as luzes ilógica, que não tinha querido ocultar ou de tal não havia sido capaz. É bem provável que experimentasse enganar-nos dizendo, por exemplo, que se tinha habituado às visitas diárias de Cipriano Algor e que, embora por respeito à verdade não pudesse jurar que fossem amigos, em todo o caso lhe tinha ganho alguma simpatia, sobretudo por causa da pouco auspiciosa situação profissional em que o pobre diabo se encontrava. Falsidade das mais descaradas, como é evidente, porquanto, se do desvelamento do fundo passássemos à escavação do mais fundo logo nos aperceberíamos de que aquilo que a mostra de exasperação do subchefe afinal delatara fora a frustração de ver que se lhe tinha ido das mãos o gozo sobre todos perverso daqueles que degustam as derrotas alheias até mesmo quando não podem tirar nenhum proveito delas. Pretextando que levariam horas a fazer o trabalho e que estavam ali a dificultar as descargas de outros fornecedores, o péssimo homem ainda tentou impedir o carregamento da camioneta, mas Cipriano Algor pôs, como eloquentemente se costuma dizer, os pés à parede, perguntou quem se responsabilizaria pela despesa do aluguer do veículo no caso de ter de voltar para trás, exigiu o livro de reclamações, e, como golpe final e desesperado, protestou que dali não sairia sem falar ao chefe do departamento. É dos manuais elementares de psicologia aplicada, capítulo comportamentos, que as pessoas de mau carácter são com muita frequência cobardes, por isso não deverá surpreender-nos que o temor de ser desautorizado em público pelo seu superior hierárquico tenha feito mudar de um instante para outro a atitude do subchefe. Deixou sair pela boca fora uma insolência para disfarçar o desaire e retirou-se para o fundo do armazém, de onde só tornou a aparecer quando a camioneta, finalmente carregada, abandonou o subterrâneo. Nem própria nem figuradamente cantaram Cipriano Algor e Marçal Gacho vitória, estavam cansados de mais para gastarem o resto do fôlego em gorjeios e congratulações, o mais velho só disse, Vai-nos amargar a vida quando trouxermos a outra mercadoria, vai examinar os bonecos à lupa e rejeitá-los às dúzias, e o mais novo respondeu que talvez sim, mas que não era certo, que o chefe do departamento é que levava o assunto, desta já estamos livres, pai, a outra logo veremos, assim é que a vida deve ser, quando um desanima, o outro agarra-se às próprias tripas e faz delas coração. Tinham deixado a furgoneta arrumada na esquina de uma rua próxima, ainda ali ficará até voltarem de descarregar a última louça na cova que está perto do rio, depois irão levar a camioneta à garagem, e, exaustos, mais mortos do que vivos, um por ter perdido nos lisos corredores do Centro o salutar costume do esforço físico, o outro pelas sobejamente conhecidas desvantagens da idade, chegarão finalmente a casa, quando a tarde já estiver a decair. Descerá a recebê-los ao caminho o cão Achado, também ele dando os saltos e os latidos da sua condição, e Marta estará esperando à porta. Ela perguntará, Então, ficou tudo resolvido, e eles responderão que sim, que tudo ficou resolvido, e logo os três hão-de pensar, ou hão-de sentir, se há desigualdade e contradição entre o sentir e o pensar, que esta parte que acabou é a mesma que está impaciente por começar, que os primeiros, segundos e terceiros atos, tanto fazendo que sejam os das funções ou os das vidas, são sempre uma peça só. É verdade que alguns adereços foram retirados do palco, mas o barro de que vão ser feitos os adereços novos é o mesmo de ontem, e os atores, amanhã, quando acordarem do sono dos bastidores, pousarão o pé direito logo adiante de onde tinham deixado a marca do pé esquerdo, depois assentarão o esquerdo adiante do direito, e, façam mais o que fizerem, não sairão do caminho. Apesar da fadiga dele, Marta e Marçal repetirão, como se também esta vez fosse a primeira, os gestos, os movimentos, e os gemidos e suspiros do amor. E as palavras. Cipriano Algor dormirá sem sonhos na sua cama. Amanhã de manhã, como de costume, levará o genro ao trabalho. Talvez no regresso se lembre de passar pela cova perto do rio, por nenhum motivo especial, nem sequer por curiosidade, sabe perfeitamente o que lá foi deixar, mas apesar disso talvez se chegue à borda da depressão, e se o fizer olhará para baixo, então perguntará a si mesmo se não deveria cortar uns quantos ramos de árvores para cobrir melhor as louças, dá a ideia de querer que ninguém mais saiba o que aqui está, de querer que fiquem assim, ocultas, resguardadas, até ao dia em que novamente venham a ser precisas, ah que difícil é separarmo-nos daquilo que fizemos, seja coisa ou sonho, mesmo quando por nossas próprias mãos já o destruímos.

Vou limpar o forno, disse Cipriano Algor quando chegou a casa. As experiências anteriores do cão Achado fizeram-no pensar que o dono se dispunha a sentar-se outra vez no banco das meditações, ainda andaria o pobre com o espírito turvo de conflitos, a vida a correr-lhe às avessas, nestas ocasiões é quando os cães fazem mais falta, quando se vêm postar diante de nós com a infalível pergunta nos olhos, Queres ajuda, e sendo certo que, à primeira vista, não parece estar ao alcance de um animal destes dar remédio aos sofrimentos, angústias e mais aflições humanas, bem poderá suceder que a causa esteja no facto de não sermos nós capazes de perceber o que esteja além ou aquém da nossa humanidade, como se as outras aflições no mundo só pudessem lograr uma realidade apreensível desde que medíveis pelos padrões das nossas próprias, ou, para usar palavras mais simples, como se só o humano tivesse existência. Cipriano Algor não se sentou no banco de pedra, passou-lhe ao lado, depois, tendo movido um após outro os três grossos fechos de bronze instalados em alturas diferentes, em cima, ao meio, em baixo, abriu a porta do forno, que rangeu gravemente nos gonzos. Após os primeiros dias de indagações sensoriais que contentaram a curiosidade imediata de quem acabara de chegar a um novo lugar, o forno tinha deixado de atrair a atenção do cão Achado. Era uma construção velha e bruta de alvenaria, com uma porta alta e estreita, de finalidade desconhecida e onde ninguém vivia, uma construção que tinha na parte superior três coisas como chaminés, mas que certamente o não seriam, uma vez que delas nunca se havia desprendido qualquer instigador cheiro de comida. E agora a porta abrira-se sem esperar e o dono tinha entrado lá para dentro com tanto à vontade como se também aquilo fosse casa sua, como a outra de além. Deve um cão, por cautela e princípio, ladrar a quantas surpresas lhe surjam na vida, porque não poderá saber de antemão se as boas virão a tornar-se em más e se as más deixarão de ser o que foram, portanto Achado ladrou e ladrou, primeiro com inquietação quando a figura do dono pareceu desvair-se na última penumbra do forno, logo feliz ao vê-lo reaparecer inteiro e com a expressão mudada, são os pequenos milagres do amor, querer bem ao que se faz também deveria merecer esse nome. Quando Cipriano Algor tornou a entrar no forno, agora de vassoura em punho, Achado não se preocupou, um dono, bem vistas as coisas, é a modos como o sol e a lua, devemos ser pacientes quando desaparece, esperar que o tempo passe, se pouco se muito não o poderá dizer um cão, que não distingue durações entre a hora e a semana, entre o mês e o ano, para um animal destes não há mais que presença e ausência. Durante a limpeza do forno, Achado não fez menção de entrar, apartou-se a um lado para que não lhe caísse em cima a chuva dos pequenos fragmentos de barro cozido, dos cacos de louças partidas que a vassoura ia empurrando para fora, e deitou-se ao comprido, com a cabeça assente entre as patas. Parecia alheado, quase adormecido, mas até o menos experiente conhecedor de manhas caninas seria capaz de compreender, nada mais que pelo modo dissimulado como de vez em quando o sujeito abria e fechava os olhos, que o cão Achado estava simplesmente à espera. Terminada a tarefa de limpeza, Cipriano Algor saiu do forno e encaminhou-se para a olaria. Enquanto esteve à vista, o cão não se mexeu, logo levantou-se devagar, avançou de pescoço esticado até à entrada do forno e olhou. Era uma casa estranha e vazia, de teto em abóbada, sem móveis nem adornos, forrada de paralelepípedos esbranquiçados, mas o que mais impressionou o nariz do cão Achado foi a secura extrema do ar que lá dentro se respirava e também a picada intensa do único odor que nele se percebia, o cheiro final de um infinito calcinamento, que não vos surpreenda a flagrante e assumida contradição entre final e infinito, pois não era de sensações humanas que vínhamos tratando, mas do que humanamente nos foi praticável imaginar acerca do que um cão teria sentido quando entrou pela primeira vez num forno de olaria vazio. Ao contrário do que, por natureza, seria de esperar, Achado não deixou marcado de urina o novo sítio. É verdade que principiou por obedecer ao que o instinto lhe ordenava, é verdade que chegou a alçar ameaçadoramente a perna, mas venceu-se, conteve-se no último e derradeiro instante, quem sabe se amedrontado pelo silêncio mineral que o rodeava, pela rudeza tosca da construção, pelo tom branquicento e fantasmagórico do chão e das paredes, quem sabe se, muito mais simplesmente, apenas por suspeitar que o dono usaria de violência contra ele se viesse a encontrar conspurcado de um mijo infame o reino, o trono e o dossel do fogo, o cadinho onde a argila de cada vez sonha que se vai tornar em diamante. Com o pelo do dorso arripiado, de rabo entre as pernas como se viesse corrido de longe, o cão Achado saiu do forno. Não viu nenhum dos donos, a casa e o campo estavam como abandonados, e a amoreira-preta, decerto por efeito do ângulo de incidência do sol, parecia projetar uma sombra estranha, que se alastrava pelo solo como se viesse de uma árvore diferente. Ao contrário do que em geral se pensa, os cães, por muitos cuidados e mimos de que sejam alvo, não têm a vida fácil, em primeiro lugar porque até hoje ainda não conseguiram chegar a uma compreensão ao menos satisfatória do mundo a que foram trazidos, em segundo lugar porque essa dificuldade é agravada continuamente pelas contradições e pelas instabilidades de conduta dos seres humanos com quem partilham, por assim dizer, a casa, a comida, e às vezes a cama. Desapareceu o dono, não aparece a dona, o cão Achado desafoga a melancolia e a retenção da bexiga no banco de pedra que não tem mais utilidade do que a de servir para meditações. Foi nesse momento que Cipriano Algor e Marta saíram da olaria. Achado correu para eles, em momentos como este, sim, tem a impressão de que finalmente vai compreender tudo, mas a impressão não durou, nunca dura, o dono soltou-lhe um grito enorme, Fora daqui, a dona gritou alarmada, Quieto, quem poderá alguma vez entender esta gente, o cão Achado só daqui a pouco é que reparará que os donos levam umas figuras de barro em equilíbrio sobre umas pequenas tábuas, três cada um e em cada uma, imagine-se o desastre que sucederia se não me tivessem travado a tempo as efusões. Dirigem-se os equilibristas às longas pranchas de secagem que desde há semanas têm estado nuas de pratos, canecas, chávenas, pires, malgas, púcaros, bilhas, cântaros, vasos, e demais adereços de casa e jardim. Estes seis bonecos, que vão ficar a secar à aragem, protegidos pela sombra da amoreira-preta, mas tocados de vez em quando pelo sol que se insinua e move por entre as folhagens, são a guarda avançada de uma nova ocupação, a de centenas de figuras iguais que em batalhões cerrados virão cobrir as compridas pranchas, mil e duzentas figuras, seis vezes duzentas segundo as contas feitas na altura, mas as contas estavam erradas, a alegria da vitória nem sempre é boa conselheira, estes oleiros, apesar de três gerações de experiência, pareciam ter-se esquecido de que é indispensável reservar sempre, porque até a tesoura come o pano que corta, uma margem para as perdas, ele é o que cai e se parte, ele é o que se deformou, ele é o que se contraiu ou para mais ou para menos, ele é o que o calor rebentou por estar mal fabricada a peça, ele é o que saiu mal cozido por defeituosa circulação do ar quente, e a tudo isto, que tem que ver diretamente com as contingências físicas de um trabalho em que há muito de arte alquímica, a qual, como sabemos, não é uma ciência exata, a tudo isto, dizíamos, haverá que juntar o exame rigoroso a que, como de costume, o Centro irá sujeitar cada um dos bonecos, ainda por cima com aquele subchefe que parece tê-la jurada. Cipriano Algor só se lembrou das duas ameaças, a certa e a latente, quando varria o forno, é o que têm de bom as associações de ideias, umas vão puxando pelas outras, de carreirinha, a habilidade está em não deixar perder o fio à meada, em compreender que um caco no chão não é apenas o seu presente de caco no chão, é também o seu passado de quando o não era, é também o seu futuro de não saber o que virá a ser.

Conta-se que em tempos antigos houve um deus que decidiu modelar um homem com o barro da terra que antes havia criado, e logo, para que ele tivesse respiração e vida, lhe deu um sopro nas narinas. Alguns espíritos contumazes e negativos ensinam à boca pequena, quando não ousam proclamá-lo com escândalo, que, depois daquele ato criativo supremo, o tal deus não voltou nunca mais a dedicar-se às artes da olaria, maneira retorcida de denunciá-lo por ter, simplesmente, deixado de trabalhar. O assunto, pela transcendência de que se reveste, é sério de mais para que o tratemos simplistamente, exige ponderação, muita imparcialidade, muito espírito objetivo. É um facto histórico que o trabalho de modelagem, a partir daquele memorável dia, deixou de ser um atributo exclusivo do criador para passar à incipiente competência das criaturas, as quais, escusado seria dizer, não estão apetrechadas de suficiente sopro ventilador. O resultado foi ter-se assinado ao fogo a responsabilidade de todas as operações subsidiárias capazes de dar, tanto pela cor como pelo brilho, e até mesmo pelo som, uma razoável semelhança de coisa viva a quanto viesse a sair dos fornos. Era julgar pelas aparências. O fogo faz muito, isso não há quem o negue, mas não pode fazer tudo, tem sérias limitações, e até mesmo algum grave defeito, como seja, por exemplo, a insaciável bulimia de que padece e que o leva a devorar e reduzir a cinzas tudo quanto encontra pela frente. Voltando porém ao tema que nos ocupa, à olaria e seu funcionamento, todos sabemos que barro húmido metido no forno é barro estoirado em menos tempo do que aquele que levará a contar. Uma primeira e irrevogável condição estabelece o fogo se quisermos que faça o que dele esperamos, que o barro entre o mais possível seco no forno. E é aqui que humildes regressamos ao sopro nas narinas, é aqui que teremos de reconhecer a que ponto havíamos sido injustos e imprudentes quando perfilhámos e tomámos para nós a ímpia ideia de que o dito deus teria virado as costas, indiferente, à sua própria obra. Sim, é certo, depois disso ninguém mais o tornou a ver, mas deixou-nos o que talvez fosse o melhor de si mesmo, o sopro, a aragem, a viração, a brisa, o zéfiro, esses que já estão entrando suavemente pelas narinas dos seis bonecos de barro que Cipriano Algor e a filha acabam de colocar, com todo o cuidado, em cima de uma das pranchas de secagem. Escritor, afinal, além de oleiro, o dito deus também sabe escrever direito por linhas tortas, não estando cá ele para soprar pessoalmente, mandou quem fizesse o trabalho por sua conta, e tudo para que a ainda frágil vida destes barros não venha a extinguir-se amanhã no cego e brutal abraço do fogo. Dizermos amanhã é apenas, porém, uma maneira de falar, porque se é certo que um único sopro foi suficiente na inauguração para que o barro do homem ganhasse respiração e vida, muitos irão ser os sopros necessários para que dos bobos, dos palhaços, dos assírios de barbas, dos mandarins, dos esquimós e das enfermeiras, destes que aqui estão e dos que em filas cerradas virão alinhar-se nestas pranchas, se evapore pouco a pouco a água sem a qual não teriam chegado a ser o que são, e possam entrar seguros no forno para que se transformem naquilo que vão ter de ser. O cão Achado levantara-se nas patas traseiras e apoiara as mãos na borda da prancha para ver de mais perto os seis manipanços alinhados na sua frente. Fungou uma vez, duas vezes, e logo se desinteressou deles, mas não a tempo de evitar a palmada seca e dolorosa que o dono lhe disparou à cabeça nem a repetição das duras palavras que já ouvira antes, Fora daqui, como poderá ele explicar que não ia fazer mal nenhum aos bonecos, que apenas os queria ver melhor e cheirar, que não foi justo teres-me batido por tão pouco, parece que não sabes que os cães não se servem só dos olhos da cara para indagar do mundo exterior, o nariz é como um olho complementar, vê o que cheira, o que vale é que ela desta vez não gritou Quieto, felizmente sempre se encontra alguém capaz de compreender as razões alheias, mesmo as daqueles que, por mudez de natureza ou insuficiência vocabular, não souberam ou não lhes chegou a língua para explicá-las, Não era preciso bater-lhe, pai, ele só estava curioso, disse Marta. O mais provável é que o próprio Cipriano Algor não tenha querido fazer mal ao cão, saiu-lhe assim por força do instinto, cujo, ao contrário do que geralmente se pensa, os seres humanos ainda não perderam nem estão perto de perder. Convizinha ele paredes-meias com a inteligência, mas é infinitamente mais rápido do que ela, por isso a pobrezinha fica tantas vezes em pouco e é desconsiderada em tantas ocasiões, foi o que sucedeu neste caso, o oleiro reagiu ao medo de ver destruído o que tanto trabalho lhe tinha dado da mesma maneira que a leoa à ansiedade de ver em perigo a cria. Nem todos os criadores se distraem das suas criaturas, sejam elas cachorros ou bonecos de barro, nem todos se vão embora e deixam no seu lugar a inconstância de um zéfiro que só sopra de vez em quando, como se nós não tivéssemos esta necessidade de crescer, de ir ao forno, de saber quem somos. Cipriano Algor chamou o cão, Vem cá, Achado, vem cá, de facto não há quem consiga compreender estes bichos, batem e vão logo acariciar aquele a quem bateram, batem-lhes e vão logo beijar a mão que lhes bateu, se calhar tudo isto não é senão uma consequência dos problemas que vimos tendo, desde o remoto começo dos tempos, para nos conseguirmos entender uns aos outros, nós, os cães, nós, os humanos. Achado já está esquecido da pancada que recebeu, mas o dono não, o dono tem lembrança, esquecerá amanhã ou daqui a uma hora, mas por enquanto não pode, em casos assim a memória é como aquele toque instantâneo de sol na retina que deixa uma queimadura à superfície, coisa leve, sem importância, mas que molesta enquanto dura, o melhor será chamar o cão, dizer-lhe, Achado, vem cá, e o Achado irá, vai sempre, se está a lamber a mão que o acaricia é porque essa é a maneira de beijar dos cães, daqui a pouco a queimadura desaparece, a visão normaliza-se, e é como se nada tivesse acontecido.

    Cipriano Algor foi deitar contas à lenha e achou-a pouca. Durante anos tinha andado a comprazer-se na ideia de que haveria de chegar a hora em que o velho forno a lenha seria deitado abaixo para em seu lugar surgir um forno novo, dos modernos, desses que trabalham a gás, capazes de oferecer temperaturas altíssimas, rápidos no aquecimento e de excelentes resultados na cozedura. No íntimo de si mesmo, porém, sabia que nunca tal viria a suceder, em primeiro lugar por causa do muito dinheiro que a obra exigiria, fora do seu alcance, mas também por outras razões menos materiais, como saber de antemão que lhe daria pena abater aquilo que o avô havia construído e depois o pai aperfeiçoara, se o fizesse seria como se, em sentido próprio, os apagasse de vez da face da terra, pois precisamente sobre a face da terra o forno está. Uma outra razão tinha ainda, menos confessável, que despachava em cinco palavras, Já estou velho para isso, mas que objetivamente implicava o uso dos pirómetros, das tubagens, dos pilotos de segurança, dos queimadores, isto é, outras técnicas e outros cuidados. Não havia portanto mais remédio que continuar o forno velho a ser alimentado à maneira velha, com lenha e lenha e mais lenha, talvez isto seja o que mais custa aguentar nos mesteres do barro. Tal como o fogueiro das antigas locomotivas a vapor, que levava o tempo todo a atirar pazadas de carvão à boca da fornalha, o oleiro, pelo menos este Cipriano Algor, que não pode pagar a um ajudante, afadiga-se durante horas a meter o arcaico combustível pelo forno adentro, ramagens que o fogo envolve e devora num instante, ramos que a chama vai mordiscando e lambendo aos poucos até os fragmentar em brasas, o melhor ainda é quando podemos regalá-lo com pinhas e serrim, que ardem mais devagar e produzem mais calor. Cipriano Algor vai abastecer-se nos arredores da povoação, encomendar aos mateiros e agricultores umas quantas carradas de lenha para queimar, comprar nas serrações e carpintarias da Cintura Industrial umas quantas sacas de serradura, preferentemente de madeiras duras, como o carvalho, a nogueira e o castanheiro, e tudo isto terá ele de fazer sozinho, evidentemente não lhe passa pela cabeça pedir à filha, de mais a mais estando ela grávida, que o acompanhe e ajude a subir as sacas à furgoneta, apenas levará consigo o Achado para acabarem de fazer as pazes, o que parece significar que a queimadura na memória de Cipriano Algor, afinal, ainda não estava de todo sarada. A lenha que se encontra debaixo do alpendre seria mais do que suficiente para o cozimento das seis figuras que vão servir aos moldes, mas Cipriano Algor duvida, acha absurda, disparatada, um desbarato sem desculpa, a enorme desproporção dos meios a empregar em relação aos fins a atingir, isto é, que para cozer a ninharia material de meia dúzia de bonecos vá ser preciso usar o forno como se de uma carga até ao teto se tratasse. Disse-o a Marta, que lhe deu razão, e meia hora depois o remédio, Aqui o livro explica como se pode resolver o problema, até traz um desenho para que se compreenda melhor. É muito possível que o bisavô de Marta, sendo como era do tempo da outra senhora, tivesse usado alguma vez, nos primórdios da sua profissão de oleiro, o já nessa época antiquado processo de cozedura em cova, mas a instalação do primeiro forno deveria ter vindo dispensar e de algum modo feito esquecer a rústica prática, que já não passou ao pai de Cipriano Algor. Felizmente existem os livros. Podemos esquecê-los numa prateleira ou num baú, deixá-los entregues ao pó e às traças, abandoná-los na escuridão das caves, podemos não lhes pôr os olhos em cima nem tocar-lhes durante anos e anos, mas eles não se importam, esperam tranquilamente, fechados sobre si mesmos para que nada do que têm dentro se perca, o momento que sempre chega, aquele dia em que nos perguntamos, Onde estará aquele livro que ensinava a cozer os barros, e o livro, finalmente convocado, aparece, está aqui nas mãos de Marta enquanto o pai cava ao lado do forno uma pequena cova com meio metro de profundidade e outro tanto de largo, para o tamanho dos bonecos não é necessário mais, depois dispõe no fundo do buraco uma camada de pequenos ramos e pega-lhes fogo, as chamas sobem, afagam as paredes, reduzem-lhes a humidade superficial, logo a fogueira esmorecerá, só ficarão as cinzas quentes e umas diminutas brasas, e é sobre elas que Marta, tendo passado ao pai o livro aberto na página, faz descer, e com extremo cuidado vai pousando, um a um, os seis bonecos da prova, o mandarim, o esquimó, o assírio de barbas, o palhaço, o bobo, a enfermeira, dentro da cova o ar quente ainda estremece, toca as epidermes cinzentas de onde, e do interior maciço dos corpos, quase toda a água já se tinha evaporado por obra da viração e da aragem, e agora, sobre a boca da cavidade, na falta de uma grelha mais apropriada a este fim, coloca Cipriano Algor, nem demasiado juntas, nem demasiado separadas, como o livro ensina, umas barras estreitas de ferro, por onde hão-de cair as brasas resultantes da fogueira que o oleiro já começou a atear. De tão felizes que haviam ficado com o descobrimento do livro salvador, não repararam o pai e a filha que a hora quase crepuscular a que tinham começado o trabalho os obrigaria a alimentar a fogueira pela noite dentro, até que as brasas encham por completo a cova e a cozedura termine. Cipriano Algor disse para a filha, Tu deita-te, que eu fico a olhar pelo lume, e ela respondeu, Não perderia isto por todo o ouro do mundo. Sentaram-se no banco de pedra a contemplar as chamas, de vez em quando Cipriano Algor levanta-se e vai deitar mais lenha, ramos não demasiado grossos para que as brasas caiam pelos intervalos dos ferros, quando a altura de jantar chegou Marta foi a casa preparar uma refeição ligeira, tomada depois à luz vagueante que se movia sobre a parede lateral do forno como se também ele estivesse a arder por dentro. O cão Achado partilhou do que havia para comer, depois deitou-se aos pés de Marta, a olhar fixamente as chamas, na sua vida tinha estado perto de outras fogueiras, mas nenhuma como esta, provavelmente quereria dizer outra coisa, as fogueiras, maiores ou mais pequenas, parecem-se todas, são lenha a arder, centelhas, tições e cinzas, o que o Achado pensava era que nunca tinha estado assim, aos pés de duas pessoas a quem entregara para sempre o seu amor de cão, junto a um banco de pedra propício a sérias meditações, como ele próprio, a partir de hoje e por experiência pessoal direta, poderá testemunhar. Encher meio metro cúbico de brasas leva o seu tempo, sobretudo se a lenha, como está a suceder, não veio de todo seca, a prova é de que se lhe veem ferver as últimas seivas na extremidade dos troncos oposta àquela por onde estão a queimar-se. Seria interessante, se fosse possível, olhar lá para dentro, ver se as brasas já subiram até à altura da cintura dos bonecos, mas o que se pode é imaginar como deverá estar o interior da cova, vibrante e resplendente com a luz das múltiplas chamas breves que acabam de consumir os pequenos troços de lenha incandescente que vão caindo. Como a noite principiava a arrefecer, Marta foi a casa buscar um cobertor, sob o qual, deitando-o pelos ombros, pai e filha se abrigaram. Por diante não precisavam, sucedia agora o mesmo que quando, em tempos passados, subíamos à lareira para nos aquecermos nas noites de Inverno, as costas tiritavam de frio enquanto a cara, as mãos e as pernas escaldavam. As pernas sobretudo, por estarem mais perto do lume. Amanhã começa o trabalho duro, disse Cipriano Algor, Eu ajudo, disse Marta, Ajudarás, sem dúvida, nem tens outro remédio, por muito que me custe, Sempre ajudei, Mas agora estás grávida, De um mês, se tanto, ainda não faz diferença, sinto-me perfeitamente, Temo que não consigamos levar isto ao fim, Conseguiremos, Se ainda pudéssemos encontrar alguém que nos ajudasse, O pai mesmo o tem dito, ninguém quer trabalhar em olarias, além disso gastaríamos o tempo a ensinar quem viesse e os resultados seriam tudo menos compensadores, Claro, confirmou Cipriano Algor, subitamente distraído. Tinha-se lembrado de que a Isaura Estudiosa, ou Isaura Madruga, como parece que passou a chamar-se, andava à procura de trabalho, que se não o arranjasse se iria embora da povoação, mas este pensamento não chegou a perturbá-lo, de facto não poderia nem quereria imaginar a tal Madruga a trabalhar na olaria, metida no barro, as únicas luzes que ela mostra ter do ofício é aquela maneira de abraçar um cântaro contra o peito, mas isso não ajuda nada quando do que se trata é de fabricar manipanços, e não de os embalar. Para embalar, qualquer serve, pensou, mas sabia que isto não era verdade. Disse Marta, O que poderíamos era chamar alguém para se encarregar do trabalho da casa, de modo a deixar-me livre a mim para a olaria, Não temos dinheiro para pagar a uma criada, ou empregada doméstica, ou mulher a dias, ou lá como se chame, cortou bruscamente Cipriano Algor, Uma pessoa que esteja a precisar de uma ocupação e que não se importe de ganhar pouco durante um tempo, insistiu Marta.

Impaciente, o pai sacudiu o cobertor dos ombros, como se estivesse a sufocar, Se o que estás a pensar é o que eu imagino, acho melhor que a conversa fique por aqui, Falta saber se o pai o imaginou porque eu o pensei, disse Marta, ou se já o tinha pensado antes quando eu o imaginei, Não jogues com as palavras, por favor, tu tens essa habilidade, mas eu não, não a herdaste de mim, Alguma coisa nossa terá de ser de lavra própria, em todo o caso, isso a que chamou jogar com as palavras é simplesmente um modo de as tornar mais visíveis, Pois então a essas podes voltar a tapá-las, não me interessam. Marta repôs o cobertor no seu lugar, aconchegou-o aos ombros do pai, Já estão tapadas, disse, se um dia alguém as puser outra vez à vista, garanto-lhe que não serei eu. Cipriano Algor desfez-se do cobertor, Não tenho frio, disse, e foi deitar mais lenha à fogueira. Marta sentiu-se comovida ao reparar na meticulosidade com que ele colocava os troncos novos sobre as achas a arder, aplicado e escrupuloso como quem se obrigou, para expulsar incómodos pensamentos, a concentrar todo o seu poder de atenção num pormenor sem importância. Não deveria ter voltado ao assunto, disse consigo mesma, muito menos agora, quando já disse que irá connosco para o Centro, além disso, supondo que eles se entendessem ao ponto de quererem viver juntos, arranjaríamos um problema de difícil ou mesmo impossível solução, uma coisa é ir para o Centro com a filha e o genro, outra levar a própria mulher, em vez de uma família seriam duas, estou convencida de que não nos aceitariam lá, o Marçal já me disse que os apartamentos são pequenos, portanto teriam de ficar aqui, e viveriam de quê, duas pessoas que mal se conhecem, quanto tempo iria durar o entendimento, mais do que jogar com as palavras, o que estou é a jogar com os sentimentos dos outros, com os sentimentos do meu próprio pai, que direito tenho eu, que direito tens tu, Marta, experimenta pôr-te no lugar dele, não podes, claro, então se não podes cala-te, diz-se que cada pessoa é uma ilha, e não é certo, cada pessoa é um silêncio, isso sim, um silêncio, cada uma com o seu silêncio, cada uma com o silêncio que é. Cipriano Algor regressou ao banco de pedra, ele próprio puxou o cobertor para os ombros apesar de ainda trazer na roupa o calor da fogueira, Marta chegou-se para ele, Pai, meu pai, disse, Que é, Nada, não faça caso. Passava muito da uma hora quando a cova acabou de se encher. Já não somos precisos aqui, disse Cipriano Algor, de manhã, quando tiverem arrefecido, retiraremos as peças, vamos a ver como sairão. O cão Achado acompanhou-os até à porta da casa. Depois voltou para junto da fogueira e deitou-se. Sob a finíssima película de cinza, irradiando uma luz ténue, o brasido ainda palpitava. Foi só quando as brasas se apagaram de todo que o Achado fechou os olhos para dormir.

Cipriano Algor sonhou que estava dentro do seu novo forno. Sentia-se feliz por ter podido convencer a filha e o genro de que o repentino crescimento da atividade da olaria exigia mudanças radicais nos processos de elaboração e uma pronta atualização dos meios e estruturas de fabrico, começando pela urgente substituição do velho forno, remanescente arcaico de uma vida artesanal que nem sequer como ruína de museu ao ar livre mereceria ser conservado. Deixemo-nos de saudosismos que só prejudicam e atrasam, dissera Cipriano com inusitada veemência, o progresso avança imparável, é preciso que nos decidamos a acompanhá-lo, ai daqueles que, com medo de possíveis inquietações futuras, se deixam ficar sentados à beira do caminho a chorar um passado que nem sequer havia sido melhor do que o presente. De tão redonda, perfeita e acabada que saiu, a frase reduziu os relutantes jovens. Em todo o caso, há que reconhecer que as diferenças tecnológicas entre o forno novo e o forno velho não foram nada do outro mundo, o que o primeiro havia tido em antiquado, em moderno o tinha agora o segundo, a única modificação que saltava realmente à vista consistia no tamanho da obra, na sua capacidade duas vezes maior, sendo certo também, embora não se notasse tanto, que eram diferentes, e mesmo algo anormais, as relações de proporção que a altura, o comprimento e a largura do respectivo vão interno estabeleciam entre si. Uma vez que se trata de um sonho, não há que estranhar este último ponto. Estranhável, sim, por muitas liberdades e exageros que a lógica onírica autorize ao sonhador, é a presença de um banco de pedra lá dentro, um banco exatamente igual ao das meditações, e de que Cipriano Algor só pode ver a parte de trás do recosto, porquanto, insolitamente, este banco está virado para a parede do fundo, a não mais que cinco palmos dela. Deviam tê-lo aqui os pedreiros para descansarem à hora do almoço, depois esqueceram-se de o levar, pensou Cipriano Algor, mas sabia que não podia ser certo, os pedreiros, e este dado é rigorosamente histórico, sempre gostaram de comer ao ar livre, até mesmo quando tiveram de trabalhar no deserto, por maioria de razões num lugar tão agradavelmente campestre como este, com as pranchas de secagem debaixo da amoreira-preta, e a bela aragenzinha do meio-dia soprando. Viesses donde viesses, passarás a fazer companhia ao que está lá fora, disse Cipriano Algor, o problema será levar-te daqui, para ires em braços pesas demasiado, e de arrasto dar-me-ias cabo do pavimento, não percebo que ideia foi esta de te trazerem para dentro de um forno e te colocarem desta maneira, uma pessoa sentada ficará com o nariz quase pegado à parede. Para demonstrar a si mesmo que tinha razão, Cipriano Algor deslizou suavemente entre uma das extremidades do banco e a parede lateral que lhe correspondia, e sentou-se. Teve de aceitar que o seu nariz, afinal, não corria o menor risco de esfolar-se nos tijolos refratários, e que os joelhos, embora mais avançados no plano horizontal, também se encontravam a salvo de roçaduras incómodas. A mão, essa sim, podia chegar à parede sem nenhum esforço.

Ora, no instante preciso em que os dedos de Cipriano Algor lhe iam tocar, uma voz vinda de fora disse, Não vale a pena acenderes o forno. A inesperada ordem era de Marçal, como foi também dele a sombra que durante um segundo perpassou na parede do fundo para logo desaparecer. A Cipriano Algor pareceu um abuso e uma absoluta falta de respeito o tratamento usado pelo genro, Nunca lhe dei semelhante confiança, pensou. Fez um movimento para voltar-se e perguntar por que motivo não valia a pena acender o forno e que vem a ser isso de me tratares por tu, mas não conseguiu virar a cabeça, sucede muito nos sonhos, queremos correr e percebemos que as pernas não obedecem, em geral são as pernas, desta vez foi o pescoço que se negou a dar a volta. A sombra já não estava, a ela não podia fazer perguntas, na vã e irracional suposição de que uma sombra tenha língua para articular respostas, mas os harmónios suplementares das palavras que Marçal havia proferido ainda continuavam a ressoar entre a abóbada e o chão, entre uma parede e a outra parede. Antes de que as vibrações se extinguissem de todo e a dispersa substância do silêncio quebrado tivesse tempo de se reconstituir, Cipriano Algor queria conhecer as misteriosas razões por que não valia a pena acender o forno, se efetivamente fora isso o que a voz do genro dissera, agora até lhe parecia que as palavras tinham sido outras, e ainda mais enigmáticas, Não vale a pena que se sacrifique, como se Marçal julgasse que o sogro, a quem, pelos vistos, não tinha tuteado, decidira provar no próprio corpo os poderes do fogo, antes de lhes entregar a obra das suas mãos. Está doido, murmurou consigo mesmo o oleiro, é preciso que este meu genro esteja doido rematado para imaginar tais coisas, se eu entrei no forno foi apenas porque, a frase teve de interromper-se, de facto Cipriano Algor não sabia por que ali estava, nem é de estranhar, se tantas vezes isso nos acontece quando nos encontramos despertos, não saber por que fazemos ou fizemos isto ou aquilo, o que não será quando, dormindo, sonhamos. Cipriano Algor pensou que o melhor, o mais fácil, seria levantar-se simplesmente do banco de pedra e ir lá fora perguntar ao genro que diabo de conversa era aquela, mas sentiu que o corpo lhe pesava como chumbo, ou nem sequer isso, que em verdade nunca será o peso do chumbo tanto que o não consiga erguer uma força maior, o que ele estava era atado ao recosto do banco, atado sem cordas nem cadeias, mas atado. Experimentou outra vez virar a cabeça, mas o pescoço não lhe obedeceu, Sou como uma estátua de pedra sentada num banco de pedra olhando um muro de pedra, pensou, embora soubesse que não era rigorosamente assim, o muro, pelo menos, como os seus olhos de entendido em matérias minerais podiam perceber, não tinha sido construído com pedras, mas com tijolos refratários. Foi neste momento que a sombra de Marçal voltou a projetar-se na parede, Trago-lhe aquela boa notícia por que ansiávamos há tanto tempo, disse a voz dele, fui promovido, finalmente, a guarda residente, de modo que não vale a pena continuar com o fabrico, explica-se ao Centro que fechámos a olaria e eles entenderão, mais tarde ou mais cedo teria de acontecer, portanto saia daí, a camioneta já está à porta para levar os móveis, mal empregado o dinheiro que se gastou nesse forno. Cipriano Algor abriu a boca para responder, mas a sombra já se tinha ido embora, o que o oleiro queria dizer era que a diferença entre a palavra do artesão e um mandamento divino está em ter este precisado de que o passassem a escrito, e mesmo assim com os lamentáveis resultados que se conhecem, e mais, que se tinha assim tanta pressa podia ir andando, expressão algo grosseira que contradizia a solene declaração feita por si ainda não há muitos dias, quando prometera à filha e ao genro que iria viver com eles se Marçal fosse promovido, uma vez que a mudança de ambos para o Centro tornaria impossível manter em funcionamento a olaria. Estava Cipriano Algor ralhando consigo mesmo por ter assegurado o que a honra nunca lhe permitiria cumprir, quando uma sombra nova apareceu sobre a parede do fundo. A fraca luz que consegue entrar pela estreita porta de um forno deste tamanho, duas sombras humanas são muito fáceis de confundir, mas o oleiro soube logo de quem se tratava, nem a sombra, mais escura, nem a voz, mais espessa, pertenciam ao genro, Senhor Cipriano Algor, vim só para informá-lo de que a nossa encomenda de bonecos de barro acaba de ser cancelada, disse o chefe do departamento de compras, não sei nem quero saber por que se meteu aí, se foi para se dar ares de herói romântico à espera de que uma parede lhe revele os segredos da vida, a mim parece-me simplesmente ridículo, mas se a sua intenção vai mais longe, se a sua intenção é imolar-se pelo fogo, por exemplo, saiba desde já que o Centro se recusará a assumir qualquer responsabilidade pela defunção, é que não faltaria mais, virem culpar-nos a nós dos suicídios cometidos por pessoas incompetentes e levadas à falência por não terem sido capazes de perceber as regras do mercado. Cipriano Algor não virou a cabeça para a porta, embora tivesse a certeza de que já o poderia fazer, sabia que o sonho tinha terminado, que nada o impediria de se levantar do banco de pedra quando quisesse, só uma dúvida o perturbava ainda, é certo que absurda, é certo que estúpida, no entanto compreensível se tomarmos em consideração o estado de perplexidade mental em que o deixou o sonho de que teria de ir viver para o mesmíssimo Centro que acabava de lhe desprezar o trabalho, e essa dúvida, a ela vamos, não estávamos esquecidos, tem que ver com o banco de pedra. Cipriano Algor pergunta-se se teria levado um banco de pedra para a cama ou se irá acordar coberto de orvalho no outro banco de pedra, o das meditações, os sonhos humanos são assim, às vezes pegam em coisas reais e transformam-nas em visões, outras vezes põem o delírio a jogar às escondidas com a realidade, por isso é tão frequente confessarmos que não sabemos a quantas andamos, o sonho a puxar de um lado, a realidade a empurrar do outro, em boa verdade a linha reta só existe na geometria, e ainda assim não passa de uma abstração. Cipriano Algor abriu os olhos. Estou na cama, pensou com alívio, e nesse instante percebeu que a memória do sonho lhe estava a fugir, que só iria conseguir reter uns quantos pedaços dele, e não soube se deveria alegrar-se com o pouco ou entristecer-se com o excessivo, também muitas vezes sucede isto depois de termos sonhado. Ainda era noite, mas a primeira mudança do céu, prenunciadora da madrugada, não tardaria a manifestar-se. Cipriano Algor não voltou a adormecer. Pensou em muitas coisas, pensou que o seu trabalho se tornara definitivamente inútil, que a existência da sua pessoa deixara de ter justificação suficiente e medianamente aceitável, Sou um trambolho para eles, murmurou, nesse instante um fragmento do sonho apareceu-lhe com toda a nitidez, como se tivesse sido recortado e colado numa parede, era o chefe do departamento de compras que lhe dizia, Se a sua intenção é imolar-se pelo fogo, caro senhor, que lhe faça muito bom proveito, aviso-o, porém, de que não faz parte das extravagâncias do Centro, se algumas tem, mandar representantes e coroas de flores aos funerais dos seus ex-fornecedores. Cipriano Algor voltara a cair no sono por momentos, registe-se, a propósito, e antes que nos seja apontada a aparente contradição, que cair no sono por momentos não é o mesmo que ter adormecido, o oleiro não fizera mais do que sonhar de relance com o sonho que havia tido, e se as segundas palavras do chefe do departamento de compras não saíram exatamente iguais às primeiras foi pela razão simples de que não é só na vida acordada que as palavras que dizemos dependem do humor da ocasião. Aquela antipática e em tudo deslocada referência a uma hipotética imolação pelo fogo teve, no entanto, o mérito de desviar o pensamento de Cipriano Algor para as estatuetas de barro deixadas a cozer na cova, e logo, por caminhos e travessas do cérebro que nos seria impossível reconstituir e descrever com suficiente precisão, para o súbito reconhecimento das vantagens do boneco oco em comparação com o boneco maciço, quer no tempo a gastar quer na argila a consumir. Esta frequente relutância das evidências a manifestarem-se sem se fazerem demasiado rogadas deveria ser objeto de uma profunda análise por parte dos entendidos, que certamente andam por aí, nas distintas, mas seguramente não opostas, naturezas do visível e do invisível, no sentido de averiguar se no interior mais íntimo daquilo que se dá a ver existirá, como parece haver fortes motivos para suspeitar, algo de químico ou de físico com uma tendência perversa para a negação e para o apagamento, um deslizar ameaçador na direção do zero, um sonho obsessivo de vazio. Seja como for, Cipriano Algor está satisfeito consigo mesmo. Ainda há poucos minutos se considerava um trambolho para a filha e para o genro, um empecilho, um estorvo, um inútil, palavra esta que diz tudo quando temos de classificar o que supostamente já não serve para nada, e ei-lo que foi capaz de produzir uma ideia cuja bondade intrínseca está de antemão demonstrada pelo facto de outros a terem tido antes e posto muitas vezes em execução. Nem sempre é possível ter ideias originais, já basta tê-las simplesmente praticáveis. Cipriano Algor gostaria de alargar o remanso da cama, aproveitar o bom sono da manhã, que, talvez porque dele temos uma consciência vaga, é, de todos os sonos, o mais reparador, mas a excitação causada pela ideia que lhe havia ocorrido, a lembrança das estatuetas sob as cinzas decerto ainda quentes, e também, por que não o confessar, aquela precipitada informação anterior de que não tinha voltado a adormecer, tudo isto junto o fez afastar as cobertas e escorregar rapidamente para o chão, tão fresco e ágil como nos seus verdes anos. Vestiu-se sem fazer ruído, saiu do quarto levando as botas na mão e, pé ante pé, dirigiu-se à cozinha. Não queria que a filha acordasse, mas acordou-a, ou ela já estaria desperta, ocupada a colar fragmentos dos seus próprios sonhos ou de ouvido à escuta do trabalho cego que a vida, segundo a segundo, carpinteirava dentro do seu útero. A voz soou nítida e clara no silêncio da casa, Pai, aonde vai tão cedo, Não posso dormir, vou ver como saiu a cozedura, mas tu deixa-te estar, não te levantes. Marta apenas disse, Pois sim, não era nada difícil, conhecendo-o, pensar que o pai desejava estar sozinho durante a grave operação de retirar as cinzas e as estatuetas da cova, tal como uma criança que, pela calada da noite, tremendo de susto e de excitação, avança às apalpadelas pelo corredor escuro para ir descobrir que sonhados brinquedos e prendas lhe foram postos no sapato. Cipriano Algor calçou-se, abriu a porta da cozinha e saiu. A folhagem compacta da amoreira-preta retinha a noite firmemente, não a deixaria ir-se dali tão cedo, o primeiro lusco-fusco do amanhecer ainda tardaria pelo menos meia hora. Olhou para a casota, depois girou os olhos em redor, admirado por não ver surgir o cão. Assobiou baixinho, mas o Achado não se manifestou. O oleiro passou da surpresa perplexa a uma inquietação explícita, Não acredito que se tenha ido embora, não acredito, murmurou. Podia gritar o nome do cão, mas não o fez porque não queria alarmar a filha. Andará por aí, andará por aí a farejar algum bicho noturno, disse para se tranquilizar a si mesmo, mas a verdade é que, enquanto atravessava a eira em direção ao forno, era mais no Achado que pensava do que nas ansiadas estatuetas de barro. Encontrava-se já a poucos passos da cova quando viu sair o cão de debaixo do banco de pedra, Pregaste-me um valente susto, meu maroto, por que é que não vieste quando te chamei, repreendeu, mas o Achado não deu resposta, estava ocupado a espreguiçar-se, a pôr os músculos no seu lugar, primeiro esticou com força as mãos para a frente, baixando em plano inclinado a cabeça e a coluna vertebral, logo executou o que se supõe ser, no seu entendimento, um indispensável exercício de ajuste e compensação, rebaixando e esticando a tal ponto os quartos traseiros que mais parecia querer separar--se das patas lá atrás. Toda a gente nos sabe dizer que os animais deixaram de falar há muito muito tempo, porém o que nunca se poderá demonstrar é que eles não tenham continuado a fazer uso secreto do pensamento. Veja-se, por exemplo, o caso deste cão Achado, como apesar da escassa claridade que aos poucos começa a descer do céu se lhe pode ler na cara o que está a pensar, nem mais nem menos A palavras loucas, orelhas moucas, quer ele dizer na sua que Cipriano Algor, com a longa experiência de vida que tem, ainda que pouco variada, não deveria precisar que lhe explicassem o que são os deveres de um cão, é conhecido que as sentinelas humanas só vigiam a sério se para isso lhes for dada uma ordem terminante, ao passo que os cães, e este em particular, não estão à espera de que se lhes diga Ficas aí a olhar pelo lume, poderemos ter a certeza de que, enquanto as brasas não se extinguirem, eles irão permanecer de olhos abertos. Em todo o caso haverá que fazer justiça ao pensamento humano, a sua consabida lentidão nem sempre o impede de chegar às conclusões certas, como dentro da cabeça de Cipriano Algor acabou agora mesmo de suceder, acendeu-se-lhe uma luz de repente e foi graças a ela que pôde ler e logo em voz alta pronunciar as palavras de reconhecimento de que o cão Achado era justamente merecedor, Enquanto eu dormia no quente dos lençóis, estavas tu aqui de sentinela alerta, não importa que a tua vigilância de nada valesse à cozedura, o que conta realmente é o gesto. Quando Cipriano Algor terminou o louvor, Achado correu a alçar a pata e a aliviar a bexiga, depois regressou abanando a cauda e deitou-se a pouca distância da cova, pronto para assistir à operação de desenfornagem dos bonecos. Nesse momento a luz da cozinha acendeu-se, Marta tinha-se levantado. O oleiro voltou a cabeça, não via claro no seu espírito se preferia estar sozinho ou se desejava que a filha viesse fazer-lhe companhia, mas soube-o um minuto depois, quando percebeu que ela decidira deixá-lo com o papel principal até ao último momento. Semelhante ao rebordo de uma abóbada luminosa que viesse empurrando a escura cúpula da noite, a fronteira da manhã movia-se devagar para ocidente. Uma súbita viração rasteira fez rodopiar, como um espojinho, as cinzas da superfície da cova. Cipriano Algor ajoelhou-se, afastou para um lado as barras de ferro e, servindo-se da mesma pequena pá com que a cova tinha sido aberta, começou a retirar as cinzas, à mistura com pequenos troços de carvão não consumidos. Quase imponderáveis, as brancas partículas pegavam-se-lhe aos dedos, algumas, levíssimas, aspiradas pela respiração, subiram-lhe até ao nariz e obrigaram-no a fungar, tal como o Achado faz às vezes. Consoante a pá se ia aproximando do fundo da cova, as cinzas tornavam-se mais quentes, mas não tanto que queimassem, estavam simplesmente tépidas, como pele humana, e macias e suaves como ela. Cipriano Algor pôs de parte a pá e afundou as duas mãos nas cinzas. Tocou a fina e inconfundível aspereza dos barros cozidos. Então, como se estivesse a ajudar a um nascimento, segurou entre o polegar e os dedos indicador e médio a cabeça ainda oculta de um boneco e puxou para cima. Calhou ser a enfermeira. Sacudiu-lhe as cinzas do corpo, soprou-lhe na cara, parecia que estava a dar-lhe uma espécie de vida, a passar para ela o hausto dos seus próprios pulmões, o pulsar do seu próprio coração. Depois, um a um, os restantes manipanços, o assírio de barbas, o mandarim, o bobo, o esquimó, o palhaço, foram retirados da cova e postos ao lado da enfermeira, mais ou menos limpos das cinzas, mas sem a benfeitoria suplementar do sopro vital. Não estava ali ninguém para perguntar ao oleiro os motivos da diferença de tratamento, determinados, à primeira vista, pela diferença de sexo, salvo se a intervenção demiúrgica resultou simplesmente de a figura da enfermeira ter sido a primeira a sair do buraco, sempre, desde que o mundo é mundo, sucedeu assim, cansarem-se da criação os criadores logo que ela passou a não ser novidade. Recordando, porém, os complexos problemas de modelação com que Cipriano Algor teve de lutar quando trabalhava o peito da enfermeira, não será demasiado temerário presumir que a razão última do assopro se encontre, ainda que de modo obscuro e impreciso, nesse seu imenso esforço por chegar ao que a própria ductilidade da argila lhe estava negaceando. Vá lá a saber-se. Cipriano Algor tornou a encher o buraco com a terra que por natural direito lhe pertencia, calcou-a bem para que nem um punhado dela ficasse fora, e, com três bonecos em cada mão, dirigiu-se a casa. Curioso, de cabeça levantada, Achado saltitava ao lado dele. A sombra da amoreira-preta tinha-se despedido da noite, o céu começava a abrir-se todo com o primeiro azul da manhã, o sol não tardaria a aparecer num horizonte que dali não se podia alcançar.

Que tal saíram, perguntou Marta quando o pai entrou, Parece que bem, afinal, mas há que limpá-los da cinza que ainda trazem agarrada. Marta deitou água num pequeno alguidar de barro, Lave-os aqui, disse. Primeira a entrar na água, primeira a sair das cinzas, casualidade ou coincidência, esta enfermeira poderá vir a ter no futuro algumas razões de queixa, mas não por falta de atenções. Como está esse, perguntou Marta, alheia ao debate sobre géneros que tem vindo a travar-se, Bem, repetiu o pai brevemente. Estava de facto bem, com a cozedura toda por igual, uma bela cor vermelha, sem defeito, sem a mínima rachadura, e estavam igualmente perfeitas as outras estatuetas, com exceção do assírio de barbas, que apareceu com uma mancha negra nas costas, efeito felizmente restrito de um incipiente processo de carbonização provocado por uma indesejada entrada de ar. Não tem importância, não sofrerá por isso, disse Marta, e agora faça o favor de se sentar a descansar enquanto lhe preparo o pequeno-almoço, que boa madrugada leva já nesse corpo, Tocou-me a espertina, não consegui adormecer outra vez, Os bonecos podiam esperar que se fizesse dia, Mas eu não, Como diz o ditado antigo, quem tem cuidados não dorme, Ou dorme para sonhar com os cuidados que tem, Foi para não sonhar que acordou tão cedo, perguntou Marta, Há sonhos de que o melhor seria sair rapidamente, respondeu o pai, Foi o caso desta noite, Sim, foi o caso desta noite, Quer contar, Não merece a pena, Nesta casa, os cuidados de um sempre têm sido os cuidados de todos, Mas não os sonhos, Exceto se são de cuidados, Contigo não se pode discutir, Se é assim, não perca mais tempo, conte, Sonhei que o Marçal havia sido promovido e que a encomenda era cancelada, O mais provável daí não será o cancelamento da encomenda, Também o creio, mas as preocupações engancham-se como as cerejas, uma puxa outra, e as duas um cesto cheio, quanto à promoção do Marçal, sabemos que poderá suceder de um momento para o outro, É certo, O sonho foi um aviso para trabalhar depressa, Os sonhos não avisam, A não ser quando os que sonham se sentem avisados, Acordou sentencioso o meu querido pai, Cada idade tem os seus defeitos, e este tem vindo a agravar-se-me nos últimos tempos, Ainda bem, gosto das suas sentenças, vou aprendendo com elas, Mesmo quando não passam de meros jogos de palavras, como agora, perguntou Cipriano Algor, Penso que as palavras só nasceram para poderem jogar umas com as outras, que não sabem mesmo fazer outra coisa, e que, ao contrário do que se diz, não existem palavras vazias, Sentenciosa, É doença de família. Marta pôs o pequeno-almoço na mesa, o café, o leite, uns ovos mexidos, pão torrado e manteiga, alguma fruta. Sentou-se em frente do pai, a vê--lo comer. E tu, perguntou Cipriano Algor, Não tenho apetite, respondeu ela, Mau sinal, no estado em que estás, Dizem que estes fastios são bastante comuns nas grávidas, Mas precisas de te alimentar bem, pela lógica deverias comer por dois, Ou por três, se levo gémeos, Estou a falar a sério, Não se preocupe, ainda me hão-de vir os enjoos e não sei quantas incomodidades mais. Houve um silêncio. O cão enroscou-se debaixo da mesa, finge-se indiferente aos cheiros da comida, mas é só resignação, ele sabe que a sua vez ainda tarda algumas horas. Vai já começar a trabalhar, perguntou Marta, Assim que acabe de comer, respondeu Cipriano Algor. Outro silêncio. Pai, disse Marta, imagine que o Marçal telefona hoje a comunicar que foi promovido, Tens algum motivo para pensar que isso irá suceder, Nenhum, é só uma hipótese, Muito bem, imaginemos então que o telefone está a tocar neste momento, que tu te levantas e vais atender, que é o Marçal a informar-nos de que passou ao grau de guarda residente, Que faria o pai nesse caso, Acabaria de comer, levaria os bonecos para a olaria e começaria a fazer os moldes, Como se nada tivesse acontecido, Como se nada tivesse acontecido, Crê que seria uma decisão sensata, não se lhe afiguraria mais consequente desistir do fabrico, virar a página,

Amada filha, é muito possível que a insensatez e a inconsequência sejam para os novos um dever, para os velhos são um direito absolutamente respeitável, Tomo nota pela parte que me toca, Mesmo que tu e Marçal tenham de mudar-se para o Centro antes, eu ficarei até terminar o trabalho que me encomendaram, depois lá irei ter convosco, como prometi, É uma loucura, pai, Loucura, inconsequência, insensatez, fraca opinião tens de mim, É loucura querer fazer sozinho um trabalho destes, diga-me como imagina que me vou sentir sabendo o que se está a passar aqui, E como imaginas tu que me sentiria eu se largasse o trabalho em meio, não compreendes que nesta altura da vida não tenho muitas coisas mais a que me agarrar, Tem-me a mim, vai ter o seu neto, Desculpa-me, mas não basta, Terá de bastar quando for viver connosco, Suponho que assim será, mas ao menos haverei terminado o meu último trabalho, Não seja dramático, pai, sabe lá qual vai ser e quando o seu último trabalho. Cipriano Algor levantou-se da mesa. Perdeu o apetite de repente, perguntou a filha, vendo que sobrara comida no prato, Custa-me a engolir, aperta-se-me a garganta, São nervos, Deve ser isso, nervos. O cão tinha-se levantado também, preparado para ir atrás do dono. Ah, fez Cipriano Algor, esquecia-me dizer que o Achado ficou toda a noite debaixo do banco de pedra a vigiar o lume, Pelos vistos também com os cães se pode aprender alguma coisa, Sim, aprende-se sobretudo a não discutir o que deve ser feito, algumas vantagens o simples instinto haveria de ter, Está a querer dizer que é também o instinto que lhe manda terminar o trabalho, que nos seres humanos, ou em alguns, existe um fator de comportamento parecido ao instinto, perguntou Marta, O que eu sei é que a razão só teria um conselho para me dar, Qual, Que não fosse parvo, que o mundo não se acabaria pelo facto de eu não acabar os bonecos, Realmente, que importância poderiam ter para o mundo uns quantos bonecos de argila a mais ou a menos, Aposto que não mostrarias tanta indiferença se em vez de bonecos de argila se tratasse de nonas ou quintas sinfonias, infelizmente, minha filha, o teu pai não nasceu para músico, Se realmente crê que estava a mostrar indiferença, fico triste, Claro que não, desculpa. Cipriano Algor ia a sair, mas parou ainda um momento no limiar da porta, Em todo o caso, há que reconhecer que a razão também é capaz de produzir ideias aproveitáveis, esta noite, ao acordar, ocorreu-me que se poderá economizar muito tempo e algum material se fizermos as estatuetas ocas, secam e cozem mais depressa, e poupamos no barro, Viva a razão, afinal, Olha que não sei, as aves também fazem os ninhos ocos e não andam por aí a gabar-se.

A partir desse dia, Cipriano Algor só interrompeu o trabalho na olaria para comer e dormir. A sua pouca experiência das técnicas fê-lo desentender-se das proporções de gesso e água na fabricação dos tacelos, piorar tudo quando se equivocou nas quantidades de barro, água e desfloculante necessárias a uma mistura equilibrada da barbotina de enchimento, verter com excessiva rapidez a calda obtida, criando bolhas de ar no interior do molde. Os três primeiros dias foram gastos a fazer e a desfazer, a desesperar-se com os erros, a maldizer o seu desajeitamento, a estremecer de alegria sempre que lograva sair-se bem de uma operação delicada. Marta foi oferecer ajuda, mas ele pediu-lhe que o deixasse em paz, maneira de se expressar em verdade nada condizente com a realidade do que se estava a viver dentro da velha oficina, entre gessos que endureciam cedo de mais e águas que chegavam tarde ao encontro, entre pastas que não estavam suficientemente secas e caldas demasiado espessas que se recusavam a deixar-se coar, muito mais acertado teria ele sido se dissesse Deixa-me em paz com a minha guerra. Na manhã do quarto dia, como se os maliciosos e esquivos duendes que eram os diferentes materiais se tivessem arrependido do modo cruel como haviam tratado o inesperado principiante na nova arte, Cipriano Algor começou a encontrar suavidades onde antes só havia enfrentado asperezas, docilidades que o enchiam de gratidão, segredos que se desvelavam. Tinha o manual auxiliar em cima da bancada, húmido, manchado de dedadas, pedia-lhe conselho de cinco em cinco minutos, às vezes entendia mal o que havia lido, outras vezes uma súbita intuição iluminava-lhe a página inteira, não será despropositado afirmar que Cipriano Algor oscilava entre a infelicidade mais dilaceradora e a mais completa das bem-aventuranças. Levantava-se da cama ao primeiro alvor, despachava a desjejua em dois tempos e metia-se na olaria até à hora do almoço, depois trabalhava durante a tarde toda e pelo serão adentro, fazendo apenas um intervalo rápido para jantar, com uma frugalidade que nada ficava a dever às outras refeições. A filha protestava, Vai-me cair doente, a trabalhar dessa maneira e a comer tão pouco, Estou bem, respondia ele, nunca me senti tão bem na vida. Era certo e não o era. À noite, quando finalmente se ia deitar, lavado dos cheiros do esforço e das sujidades do trabalho, sentia que as articulações lhe rangiam, que o seu corpo era uma pegada dor. Já não posso o que podia, dizia consigo mesmo, mas, lá muito ao fundo da sua consciência, uma voz que também era sua contrariava, Nunca pudeste tanto, Cipriano, nunca pudeste tanto. Dormia como se imagina que uma pedra deverá dormir, sem sonhos, sem estremecimentos, parecia até que sem respiração, descansando sobre o mundo o peso todo da sua infinita fadiga. Algumas vezes, como uma mãe inquieta, antecipando, sem nisso ter pensado, desassossegos futuros, Marta se levantou a meio da noite para ir ver como estava o pai. Entrava silenciosamente no quarto, aproximava-se devagarinho da cama, inclinava-se um pouco a escutar, depois saía com os mesmos cuidados.

Aquele homem grande, de cabelos brancos e rosto castigado, seu pai, era também como um filho, saberá pouco da vida quem isto se recuse a entender, as teias que enredam as relações humanas, em geral, e as de parentesco, em particular, sobretudo as próximas, são mais complexas do que parecem à primeira vista, dizemos pais, dizemos filhos, cremos que sabemos perfeitamente de que estamos a falar, e não nos interrogamos sobre as causas profundas do afeto que ali há, ou a indiferença, ou o ódio. Marta sai do quarto e vai pensando Dorme, eis uma palavra que aparentemente não fez mais do que expressar uma verificação de facto, e contudo, em cinco letras, em duas sílabas, foi capaz de traduzir todo o amor que num certo momento pôde caber num coração humano. Convém dizer, para ilustração dos ingénuos, que, em assuntos de sentimento, quanto maior for a parte de grandiloquência, menor será a parte de verdade.

O quarto dia calhou ser aquele em que havia que ir buscar Marçal ao Centro para o seu descanso, a que naturalmente chamaríamos semanal se não fosse, como sabemos, decimal, isto é, de dez em dez. Marta disse ao pai que iria ela, que não interrompesse o trabalho, mas Cipriano Algor respondeu-lhe que não, que nem pensasse em tal coisa, Os roubos na estrada diminuíram, é certo, mas há sempre um risco, Se há perigo para mim, também o haverá para si, Em primeiro lugar, sou homem, em segundo lugar, não estou grávido, Respeitáveis razões que só lhe ficam bem, Falta ainda a terceira razão, que é a importante, Diga, Não poderia trabalhar enquanto não regressasses, por isso o trabalho não será prejudicado, além disso a viagem vai servir-me para espairecer a cabeça, que bem precisada está, só consigo pensar em moldes, tacelos e caldas, Também servirá para me espairecer a mim, portanto iremos ambos buscar o Marçal, o Achado fica a guardar o castelo, Se é assim que queres, Deixe lá, estava a brincar consigo, o pai costuma ir buscar o Marçal, eu costumo ficar em casa, viva pois o costume, A sério, vamos, A sério, vá. Sorriram os dois e o debate da questão central, isto é, as razões objetivas e subjetivas do costume, ficou adiado. À tarde, chegada a hora, e sem ter mudado a roupa de trabalho para não perder tempo, Cipriano Algor meteu-se a caminho. Quando já ia a sair da povoação deu por que não tinha virado a cabeça ao passar diante da rua onde mora a Isaura Madruga, e quando aqui se diz virar a cabeça, tanto se entende para um lado como para o outro, pois Cipriano Algor, em dias passados, umas vezes tinha olhado para ver se via, outras vezes para onde tinha a certeza de que não veria. Passou-lhe pela ideia perguntar a si mesmo como interpretava a desconcertante indiferença, mas uma pedra que estava no meio da estrada distraiu-o, e a ocasião perdeu-se. A viagem para a cidade decorreu sem dificuldades, só teve de sofrer um atraso causado por uma barragem da polícia que fazia parar um carro sim um carro não a fim de examinar os documentos dos condutores. Enquanto esperava que lhos devolvessem, Cipriano Algor teve tempo de observar que a linha de limite das barracas parecia ter-se deslocado um pouco em direção à estrada, Qualquer dia tornam a empurrá-los lá para trás, pensou.

Marçal já estava à espera. Desculpa ter-me atrasado, disse o sogro, devia ter saído mais cedo de casa, e logo a polícia quis meter o nariz na papelada, Como está a Marta, perguntou Marçal, ontem não pude telefonar, Acho que está bem, em todo o caso deverias falar-lhe, anda a comer pouco, sem apetite, ela diz que nas mulheres grávidas é normal, pode ser que seja, dessas coisas não entendo, mas se eu fosse a ti, não me fiava, Falarei, descanse, se calhar está assim por ser o princípio da gravidez, Não sabemos nada, diante destas coisas somos como uma criança perdida, tens é de levá-la ao médico. Marçal não respondeu. O sogro calou-se. O mais certo era estarem os dois a pensar o mesmo, que no hospital do Centro a observariam como em nenhum outro lugar, pelo menos é o que proclama a voz corrente, aliás, sendo mulher de um empregado, nem é condição residir lá para ser competentemente atendida. Passado um minuto, Cipriano Algor disse, Quando quiseres eu trago a Marta. Tinham saído da cidade, podiam circular mais depressa. Marçal perguntou, Como vai o trabalho, Ainda estamos no princípio, já cozemos as estatuetas que tínhamos modelado, agora estou às voltas com os moldes, E que tal, A gente ilude-se, julga que todo o barro é barro, que quem faz uma coisa faz outra, e depois percebe que não é assim, que temos de aprender tudo desde o princípio. Fez uma pausa, para depois acrescentar, Mas estou contente, é um bocado como se estivesse a tentar nascer outra vez, descontando o exagero, Amanhã dou-lhe uma ajuda, disse Marçal, sei menos que pouco, mas para alguma coisa hei-de servir, Não, vais estar é com a tua mulher, saiam, vão dar uma volta por aí, Uma volta, não, mas amanhã teremos de ir almoçar a casa dos meus pais, eles ainda não sabem que a Marta está grávida, qualquer dia começa-se a notar, imagine o que eu teria de ouvir, E com razão, há que ser justo, disse Cipriano Algor. Outro silêncio. O tempo está bom, observou Marçal, Oxalá se aguente assim duas ou três semanas, disse o sogro, os bonecos têm de ir para o forno o mais secos que se puder. Novo silêncio, este demorado. A polícia já tinha levantado a barragem, a estrada estava livre. Por duas vezes Cipriano Algor fez menção de ir falar, à terceira falou mesmo, Há alguma novidade sobre a tua promoção, perguntou, Nada, por enquanto, respondeu Marçal, Crês que terão mudado de ideias, Não, trata-se apenas de uma questão de trâmites, o aparelho burocrático do Centro é tão coca-bichinhos como o deste mundo cá fora, Com patrulhas da polícia a verificar cartas de condução, apólices de seguro e certificados de saúde, É mais ou menos isso, Parece que não sabemos viver doutra maneira, Talvez não haja outra maneira de viver, O que talvez seja é demasiado tarde para haver outra maneira. Não voltaram a falar até entrarem na povoação. Marçal pediu ao sogro que parasse à porta da casa dos pais, É só o tempo de os avisar de que viremos almoçar amanhã. A espera, de facto, não foi longa, mas, uma vez mais, Marçal não parecia satisfeito quando entrou na furgoneta, O que foi que se passou agora, perguntou Cipriano Algor, O que se passou é que tudo me anda a sair mal com os meus pais, Não exageres, homem, a vida das famílias nunca foi o que se poderia chamar um mar de rosas, vivemos algumas horas boas, algumas horas más, e ainda muita sorte por quase todas serem assim-assim, Entrei, em casa só estava a minha mãe, o meu pai não tinha chegado, expliquei ao que ia, e para animar a conversa pus um ar ao mesmo tempo solene e alegre para prevenir que lhes faria amanhã uma grande surpresa, E depois, É capaz de adivinhar qual foi a resposta da minha mãe, A tanto não alcançam os meus dotes adivinhatórios, Perguntou-me se a grande surpresa era irem viver comigo para o Centro, E tu, que disseste, Que não, que afinal não valia a pena estar a guardar a surpresa para amanhã, ficam já a saber, disse eu, a Marta está grávida, vamos ter um filho, Ficou contente, claro, Ficou, não parava de me abraçar e beijar, De que te queixas, então, É que com eles sempre há-de haver uma nuvem escura no céu, agora é aquela ideia fixa de quererem morar no Centro, Bem sabes que não me importaria de ceder o meu lugar, Nem pense, isso está fora de questão, e não é porque eu troque os pais pelo sogro, mas porque os pais têm-se um ao outro, ao passo que o sogro iria ficar sozinho, Não seria a única pessoa neste mundo a viver só, Para a Marta, sim, garanto-lhe que o iria ser, Deixas-me sem saber como responder, Há coisas que são tanto aquilo que são, que não precisam que as expliquemos. Perante uma tão categórica manifestação de sabedoria básica, o oleiro achou-se pela segunda vez sem resposta. Outro motivo teria contribuído também para a repentina mudeza, a circunstância de estarem a passar, nesse preciso instante, em frente da rua da Isaura Madruga, facto a que a consciência de Cipriano Algor, ao contrário do que tinha sucedido na viagem de ida, não encontrou maneira de ficar indiferente. Quando chegaram à olaria, Marçal teve o prazer inesperado de ver-se recebido pelo Achado como se em lugar do seu intimidador uniforme de guarda do Centro levasse postas em cima as mais pacíficas e paisanas de todas as vestimentas. Ao sensível coração do moço, ainda sofrido da malsucedida conversação com a progenitora, tanto o comoveram as efusivas demonstrações do animal, que se abraçou a ele como à pessoa a quem mais amasse. São momentos especiais, não será preciso lembrar que a pessoa a quem Marçal mais ama na vida é a sua mulher, esta que ao lado dele espera com um terno sorriso a sua vez de ser abraçada, mas assim como há ocasiões em que uma simples mão no ombro quase nos faz derreter em lágrimas, também pode acontecer que a alegria desinteressada de um cão nos reconcilie por um minuto breve com as dores, as decepções e os desgostos que o mundo nos causou. Como o Achado sabe pouco de sentimentos humanos, cuja existência, tanto no positivo quanto no negativo, se encontra satisfatoriamente provada, e Marçal menos ainda de sentimentos caninos, sobre os quais são poucas as certezas e miríades as dúvidas, alguém terá de explicar-nos um dia por que diabo de razões, compreensíveis a um lado e a outro, estiveram estes dois aqui abraçados, quando nem sequer à mesma espécie pertencem. Como a fabricação de moldes era na olaria uma novidade absoluta, Cipriano Algor não poderia furtar-se a mostrar ao genro o que nestes dias havia feito, mas o seu amor-próprio, que já o levara a recusar a ajuda da filha, sofria com a ideia de que ele se poderia aperceber de algum erro, de alguma inépcia mal emendada, de qualquer dos inúmeros sinais que facilmente denunciariam a agonia mental em que tinha vivido no interior daquelas quatro paredes. Embora Marçal estivesse demasiado ocupado com Marta para prestar atenção a barros, silicatos de sódio, gessos, cofragens e moldes, o oleiro decidiu não trabalhar depois da ceia, fazer-lhes companhia ao serão, o que acabou por dar-lhe campo para discorrer com bastante exatidão teórica sobre uma matéria em que, melhor do que ninguém, sabia até que ponto e com que desastrosas consequências lhe tinha falhado a prática. Marçal avisou Marta de que no dia seguinte almoçariam com os pais, mas nem ao de leve tocou no penoso diálogo que havia travado com a mãe, com o que dava a pensar ao sogro que se tratava de um assunto que passara ao foro privado, um problema para analisar na intimidade do quarto do casal, não para repisar e esmiuçar numa conversa a três, salvo se, com a mais louvável das prudências, o que Marçal pretendeu foi simplesmente evitar que se caísse outra e outra vez no debate sobre a espinhosa questão da mudança para o Centro, avonde temos visto como começa, avonde temos visto como costuma terminar.

    Na manhã seguinte, já Cipriano Algor estava entregue ao seu labor, Marçal entrou na olaria, Bons dias, disse, apresenta-se o praticante. Marta vinha com ele, mas não se ofereceu para trabalhar, ainda que estivesse segura de que o pai não a mandaria embora desta vez. A olaria era como um campo de batalha onde uma só pessoa tivesse andado durante quatro dias a pelejar contra si mesma e contra tudo o que a rodeava. Isto está um bocado desarrumado, desculpou-se Cipriano Algor, não é nada como antes, quando fazíamos louça tínhamos uma norma, uma rotina estabelecida, É apenas uma questão de tempo, disse Marta, com o tempo as mãos e as coisas acabam por se habituar umas às outras, a partir desse dia nem as coisas atrapalham nem as mãos se deixam atrapalhar, À noite sinto-me tão cansado que me caem os braços só de pensar que deveria pôr uma arrumação neste caos, Com todo o gosto me encarregaria eu da tarefa se não estivesse proibida de aqui entrar, disse Marta, Não te proibi, protestou o pai, Com essas precisas e exatas palavras, não, É que não quero que te canses, quando for o momento de começar a pintar será diferente, trabalharás sentada, não terás de fazer esforços, Vamos a ver se nessa altura não se lembrará de me dizer que o cheiro das tintas prejudica a criança, Está visto que com esta mulher não é possível conversar, disse Cipriano Algor para Marçal como quem se resignou a pedir ajuda, Conhece-a há mais tempo do que eu, aguente-se, mas lá que isto está a precisar de uma limpeza a sério e de uma arrumação capaz, não há dúvida, Posso ter uma ideia, perguntou Marta, autorizam-me os senhores a ter uma ideia, Já a tiveste, rebentarias se não a deitasses cá para fora, resmungou o pai, Qual é, perguntou Marçal, Esta manhã o barro descansa, vamos pôr tudo isto em condições decentes, e como o meu querido pai não quer que me canse a trabalhar, darei eu as ordens. Cipriano Algor e Marçal olharam um para o outro, a ver qual deles falava primeiro, e como nem um nem outro se decidiam a tomar a palavra, acabaram por dizer em coro, Pois sim. Antes da hora de Marçal e Marta terem de sair para o almoço, a olaria e tudo quanto nela se continha estava tão limpo e asseado quanto se poderia esperar de um lugar de trabalho em que a lama é a matéria-prima do produto fabricado. Em verdade, se juntarmos e misturarmos água e barro, ou água e gesso, ou água e cimento, poderemos dar as voltas que quisermos à imaginação para lhes inventar um nome menos grosseiro, menos prosaico, menos ordinário, mas sempre, mais cedo ou mais tarde, acabaremos por ir à palavra justa, à palavra que diz o que há para dizer, lama. Muitos deuses, dos mais conhecidos, não quiseram outro material para as suas criações, mas é duvidoso se essa preferência representa hoje para a lama um ponto a favor ou um ponto contra.

Marta deixou preparado o almoço do pai, É só aquecer, disse ao sair com Marçal. O ruído fraco do motor da furgoneta diminuiu e desvaneceu-se rapidamente, o silêncio tomou conta da casa e da olaria, durante um pouco mais de uma hora Cipriano Algor irá estar sozinho. Aliviado da excitação nervosa dos últimos tempos, não tardou muito a notar que o estômago começava a dar-lhe sinais de insatisfação. Foi levar primeiro a comida ao Achado, depois entrou na cozinha, destapou o tacho e cheirou. Cheirava bem e ainda estava quente. Não havia nenhuma razão para esperar. Quando acabou de comer, já sentado na sua cadeira de repouso, sentiu-se em paz. É por de mais conhecido que o contentamento do espírito não é de todo insensível a uma alimentação suficiente do corpo, porém, se neste momento Cipriano Algor se sentia em paz, se experimentava uma espécie de transporte quase jubiloso em todo o seu ser, não era apenas devido ao facto material de haver comido. Pela ordem, contribuíam também para esse venturoso estado de ânimo o seu inegável avanço no domínio das técnicas de moldagem, a esperança de que a partir de agora se acabem a valer os problemas ou passem a mostrar-se menos intratáveis, o excelente entendimento de Marta e Marçal, que, como é costume dizer-se, entra pelos olhos dentro de qualquer, e, finalmente, mas não de menor importância, a limpeza a fundo da olaria. As pálpebras de Cipriano Algor desceram devagar, ergueram-se ainda uma vez, depois outra com maior esforço, a terceira não passou de uma tentativa inteiramente desprovida de convicção. Com a alma e o estômago em estado de plenitude, Cipriano Algor deixou-se deslizar para o sono. Lá fora, à sombra da amoreira-preta, o Achado também dormia. Poderiam ficar assim até ao regresso de Marçal e Marta, mas de repente o cão ladrou. O tom não era de ameaça nem de susto, não passava de um alerta convencional, um quem vem lá por dever de cargo, Embora conheça a pessoa que acaba de chegar, tenho de ladrar porque é isso o que se espera que eu faça. Não foram, no entanto, os latidos desenfadados do Achado que acordaram Cipriano Algor, mas sim uma voz, uma voz de mulher que lá fora chamava, Marta, e logo perguntava, Marta, estás em casa. O oleiro não se levantou da cadeira, apenas endireitou o corpo, como se estivesse a preparar-se para fugir. O cão já não ladrava. A porta da cozinha estava aberta, a mulher vinha aí, aproximava-se cada vez mais, ia aparecer, se este novo encontro não é efeito de um acaso fortuito, de uma mera e casual coincidência, se estava previsto e registado no livro dos destinos, nem mesmo um terremoto lhe poderá impedir o caminho. Abanando o rabo, o Achado foi o primeiro a entrar, logo apareceu Isaura Madruga. Ah, fez ela, surpreendida. Não foi fácil a Cipriano Algor levantar-se, a cadeira baixa e as pernas subitamente frouxas tiveram a culpa da figura triste que sabia estar a fazer. Disse ele, Boas tardes. Disse ela, Boas tardes, bons dias, nem sei bem a hora que é. Disse ele, Já passa do meio-dia. Disse ela, Pensei que fosse mais cedo. Disse ele, A Marta não está, mas faça o favor de entrar. Disse ela, Não quero incomodá-lo, venho noutra altura, o que me trazia cá não tem urgência. Disse ele, Foi com o Marçal almoçar a casa dos sogros, não se deve demorar. Disse ela, Só vinha para dizer à Marta que consegui arranjar trabalho. Disse ele, Arranjou trabalho onde. Disse ela, Aqui mesmo, na povoação, felizmente. Disse ele, E em que é que vai trabalhar. Disse ela, Numa loja, a atender ao balcão, podia ser pior. Disse ele, Gosta desse trabalho. Disse ela, Na vida nem sempre podemos fazer aquilo de que gostamos, o principal, para mim, era ficar cá, a isto não respondeu Cipriano Algor, ficou calado, confundido pelas perguntas que, quase sem pensar, lhe tinham saído da boca, salta à vista de qualquer que se uma pessoa pergunta é porque quer saber, e se quis saber é porque algum motivo teve para isso, agora a questão de princípio que Cipriano Algor tem para deslindar na desordem dos seus sentimentos é o motivo de perguntas que, entendidas literalmente, e não se vê que possa existir neste caso outro modo de entendê-las, demonstram um interesse pela vida e pelo futuro desta mulher que excede em muito o que seria natural esperar de um bom vizinho, interesse esse, por outro lado, como por de mais o sabemos, em contradição radical e inconciliável com decisões e pensamentos que, ao longo destas páginas, o mesmo Cipriano Algor tem vindo a tomar e a produzir em relação a Isaura, primeiro Estudiosa e atualmente Madruga. O problema é sério e exigiria uma extensa e aturada reflexão, mas a lógica ordenativa e a disciplina do relato, ainda que uma vez ou outra possam ser desrespeitadas, ou até, quando assim convenha, o devam ser, não nos permitem que deixemos por mais tempo Isaura Madruga e Cipriano Algor nesta aflitiva situação, constrangidos, calados um diante do outro, com um cão que olha para eles e não compreende o que se passa, com um relógio de parede que deverá estar a perguntar-se, no seu tiquetaque, para que quererão estes dois o tempo se não o aproveitam. É preciso, portanto, fazer alguma coisa. Sim, fazer alguma coisa, mas não qualquer coisa. Poderemos e deveremos faltar ao respeito à lógica ordenativa e à disciplina do relato, mas nunca por nunca àquilo que constitui o carácter exclusivo e essencial de uma pessoa, isto é, a sua personalidade, o seu modo de ser, a sua própria e inconfundível feição. Admitem-se na personagem todas as contradições, mas nenhuma incoerência, e neste ponto insistimos particularmente porque, ao contrário do que soem preceituar os dicionários, incoerência e contradição não são sinónimos. É no interior da sua própria coerência que uma pessoa ou uma personagem se vão contradizendo, ao passo que a incoerência, por ser, bem mais do que a contradição, uma constante de comportamento, repele de si a contradição, elimina-a, não se entende a viver com ela. Deste ponto de vista, ainda que arriscando--nos a cair nas teias paralisadoras do paradoxo, não deveria ser excluída a hipótese de a contradição ser, afinal, e precisamente, um dos mais coerentes contrários da incoerência. Ai de nós, estas especulações, quiçá não de todo desfalcadas de interesse para aqueles que não se satisfaçam com o aspecto superficial e consuetudinário dos conceitos, distraíram-nos ainda mais da difícil situação em que havíamos deixado Cipriano Algor e Isaura Madruga, agora a sós um com o outro, porquanto o Achado, percebendo que ali não se atava nem desatava, teve por bem afastar-se e regressar à sombra da amoreira-preta para prosseguir o sono interrompido. É pois tempo de procurar uma solução para este inadmissível estado de coisas, fazendo, por exemplo, com que Isaura Madruga, mais resoluta pelo facto de ser mulher, pronuncie umas poucas palavras só para ver no que dá, servirão estas tão bem como outras, Bom, então cá vou, muitas vezes não é preciso mais, basta romper o silêncio, mover ligeiramente o corpo como quem faz menção de retirar-se, pelo menos neste caso foi remédio abençoado, embora ao oleiro Cipriano Algor, lamentavelmente, não lhe tivesse ocorrido depois nada melhor do que deixar sair uma pergunta que mais tarde o irá fazer dar murros na própria cabeça, julgue cada um de nós se terá sido caso para tanto, Que notícias me dá do nosso cântaro, perguntou ele, continua a prestar bom serviço. Cipriano Algor infligir-se-á os murros como castigo do que considerou uma estupidez sem perdão, mas esperemos que mais tarde, quando lhe passar a fúria autopunitiva, recorde que Isaura Madruga não soltou uma insultante gargalhada de troça, não se riu despiedosamente, não sorriu sequer aquele mínimo sorriso de ironia que a situação parecia estar a pedir, e que, pelo contrário, se pôs muito séria, cruzou os braços sobre o peito como se estivesse ainda a abraçar o cântaro, esse a que Cipriano Algor, sem se dar conta do deslize verbal, tinha chamado nosso, talvez logo à noite, enquanto o sono não chega, esta palavra o interrogue sobre que intenção efetiva tinha ele tido quando a disse, se o cântaro era nosso só porque um dia tinha passado de uma mão à outra e porque dele se falava naquele momento, ou nosso por nosso ser, nosso sem rodeios, nosso apenas, nosso de nós dois, nosso e ponto final. Cipriano Algor não responderá, resmungará como doutras vezes, Que estupidez, mas fá-lo-á de maneira automática, em tom assaz veemente, decerto, mas sem real convicção. Agora que Isaura Madruga já se retirou depois de ter dito num murmúrio Até qualquer dia, agora que saiu por aquela porta como uma sombra subtil, agora que o Achado, depois de lhe ter feito companhia até ao princípio da rampa que leva à estrada, acaba de entrar na cozinha com uma expressão claramente interrogativa na inclinação da cabeça, no meneio da cauda e no levantar das orelhas, é que Cipriano Algor se apercebeu de que nenhuma palavra tinha respondido à sua pergunta, nem um sim, nem um não, apenas aquele gesto de abraçar o próprio corpo, talvez para encontrar-se nele, talvez para o defender ou dele se defender. Cipriano Algor olhou em redor perplexo, como se estivesse perdido, tinha as mãos húmidas, o coração disparado no peito, a ansiedade de quem acaba de escapar a um perigo de cuja gravidade não chegou a ter uma noção clara. E então deu o primeiro murro na cabeça.

Quando Marta e Marçal regressaram do almoço, foram encontrá-lo na olaria, a deitar gesso líquido para um molde, Passou por cá bem sem nós, perguntou Marta, Não cheguei a morrer de saudades, se era isso que querias dizer, dei de comer ao cão, almocei, descansei um pouco, e aqui estou outra vez, e lá por casa, como correram as coisas, Nada de especial, disse Marçal, como eu já lhes tinha dito de Marta, não houve grandes festas, os beijos e os abraços que são da praxe nestas ocasiões, do resto não se falou, Melhor assim, disse Cipriano Algor, e continuou a verter a calda de gesso para dentro do molde. Tremiam-lhe um pouco as mãos. Já o venho ajudar, vou mudar de roupa, disse Marçal. Marta não seguiu o marido. Um minuto depois, Cipriano Algor, sem olhar para ela, perguntou, Queres alguma coisa, Não, não quero nada, estava apenas a ver o seu trabalho. Outro minuto passou, e foi a vez de Marta perguntar, Não se sente bem, Claro que me sinto bem, Acho-o estranho, diferente, Isso é dos teus olhos, Em geral, os meus olhos estão de acordo comigo, Tens sorte, eu nunca sei com quem estou de acordo, respondeu o pai secamente. Marçal não poderia demorar-se muito. Marta voltou a perguntar, Passou-se alguma coisa na nossa ausência. O pai largou o balde no chão, limpou as mãos a um trapo, e respondeu olhando a filha a direito, Apareceu aí a Isaura, essa Estudiosa, ou Madruga, ou lá como se chame, vinha para falar contigo, A Isaura veio cá, Em mais palavras, creio ter sido o que acabei de dizer, Nem todos temos as suas capacidades analíticas, e que queria ela, se se pode saber, Dar-te a notícia de que tinha encontrado trabalho, Onde, Aqui, Fico contente, fico muito contente, logo mais vou a casa dela. Cipriano Algor tinha passado a ocupar-se doutro molde, Pai, começou a dizer Marta, mas ele interrompeu-a, Se é sobre este assunto, peço-te que não continues, o que me pediram que te transmitisse já o sabes, sobram quaisquer outras palavras, Às sementes também as enterram, e elas acabam por nascer, desculpe se o assunto é o mesmo. Cipriano Algor não respondeu. Entre a saída da filha e o regresso do genro daria outro murro na cabeça.

Que muitos dos mitos antropogenéticos não prescindiram do barro na criação material do homem, é um facto já mencionado aqui e ao alcance de qualquer pessoa medianamente interessada em almanaques eu-sei-tudo e enciclopédias quase-tudo. Não será este, regra geral, o caso dos crentes das diferentes religiões, uma vez que é pelas vias orgânicas da igreja de que fazem parte que eles recebem e incorporam aquela e muitas outras informações de igual ou similar importância. Há no entanto um caso, um caso pelo menos, em que o barro precisou de ir ao forno para que a obra fosse considerada acabada. E mesmo assim depois de tentativas. Este singular criador a que nos estamos referindo e cujo nome esquecemos ignoraria provavelmente, ou não teria suficiente confiança na eficácia taumatúrgica do sopro nas narinas a que um outro criador recorreu antes ou viria a recorrer depois, como nos nossos dias, aliás, o fez também Cipriano Algor, embora sem mais intenção que a modestíssima de limpar de cinzas a cara da enfermeira. Voltando, porém, ao tal criador que precisou de levar o homem ao forno, o episódio passou-se da maneira que vamos passar a explicar, por onde se verá que as frustradas tentativas a que nos referimos resultaram do insuficiente conhecimento que o dito criador tinha das temperaturas de cozedura. Começou ele por fazer com barro uma figura humana, de homem ou de mulher é pormenor de somenos, meteu-a no forno e atiçou-lhe o necessário lume. Passado o tempo que lhe pareceu certo, tirou-a de lá, e, meu Deus, caiu-lhe a alma aos pés. A figura tinha saído negra retinta, nada parecida com a ideia que ele tinha do que deveria ser o seu homem. No entanto, talvez porque ainda estava em começo de atividade, não teve ânimo de destruir o falhado produto da sua falta de jeito. Deu-lhe vida, supõe-se que com um piparote na cabeça, e mandou-o embora. Tornou a modelar outra figura, meteu-a no forno, mas desta vez teve o cuidado de se acautelar com o lume. Conseguiu-o, sim, mas demasiado, pois a figura apareceu-lhe branca como a mais branca de todas as coisas brancas. Ainda não era o que ele queria. Contudo, apesar do novo falhanço, não perdeu a paciência, deve mesmo ter pensado, indulgente, Coitado, a culpa não foi dele, enfim, deu também vida a este e pô-lo a andar. No mundo havia já portanto um preto e um branco, mas o canhestro criador ainda não tinha logrado a criatura que sonhara. Pôs uma vez mais mãos à obra, outra figura humana foi ocupar lugar no forno, o problema, mesmo não existindo ainda o pirómetro, devia ser mais fácil de solucionar a partir de agora, isto é, o segredo era não aquecer o forno nem de mais nem de menos, nem tanto nem tão pouco, e, sendo esta conta de três, deveria ser de vez. Não foi. É certo que a nova figura não saiu preta, é certo que não saiu branca, mas, oh céus, saiu amarela. Outro qualquer talvez tivesse desistido, teria despachado à pressa um dilúvio para acabar com o preto e o branco, teria partido o pescoço ao amarelo, o que até se poderia considerar como a conclusão lógica do pensamento que lhe passou pela mente em forma de pergunta, Se eu próprio não sei fazer um homem capaz, como poderei amanhã pedir-lhe contas dos seus erros. Durante uns quantos dias o nosso improvisado oleiro não teve coragem de entrar na olaria, mas depois, como se costuma dizer, o bichinho da criação tornou a entrar com ele e ao cabo de algumas horas a quarta figura estava modelada e pronta a ir ao forno. Na suposição de que então houvesse acima deste criador outro criador, é muito provável que do menor ao maior se tivesse elevado algo assim como um rogo, uma prece, uma súplica, qualquer coisa no género, Não me deixes ficar mal. Enfim, com mãos ansiosas introduziu a figura de barro no forno, depois escolheu com minúcias e pesou a quantidade de lenha que lhe pareceu conveniente, eliminou a verde e a demasiado seca, tirou de uma que ardia mal e sem graça, acrescentou de outra que dava uma chama alegre, calculou com a aproximação possível o tempo e a intensidade do calor, e, repetindo a imploração, Não me deixes ficar mal, chegou um fósforo ao combustivo. Nós, humanos de agora, que temos passado por tantas situações de ansiedade, um exame difícil, uma namorada que faltou ao encontro, um filho que se fazia esperar, um emprego que nos foi negado, podemos imaginar o que este criador teria sofrido enquanto aguardava o resultado da sua quarta tentativa, os suores que provavelmente só a proximidade do forno impediu que fossem gelados, as unhas roídas até ao sabugo, cada minuto que ia passando levava consigo dez anos de existência, pela primeira vez na história das diversas criações do universo mundo ficou o próprio criador a conhecer os tormentos que nos aguardam na vida eterna, por eterna ser, não por ser vida. Mas valeu a pena. Quando o nosso criador abriu a porta do forno e viu o que lá se encontrava dentro, caiu de joelhos extasiado. Este homem já não era nem preto, nem branco, nem amarelo, era, sim, vermelho, vermelho como são vermelhos a aurora e o poente, vermelho como a ígnea lava dos vulcões, vermelho como o fogo que o havia feito vermelho, vermelho como o mesmo sangue que já lhe estava correndo nas veias, porque a esta humana figura, por ser a desejada, não foi preciso dar-lhe o piparote na cabeça, bastou ter-lhe dito, Vem, e ela por seu próprio pé saiu do forno. Quem desconheça o que se passou nas posteriores idades, dirá que, não obstante tal cópia de erros e ansiedades, ou, pela virtude instrutiva e educativa da experimentação, graças a eles, a história acabou por ter um final feliz. Como em todas as coisas deste mundo, e certamente de todos os outros, o juízo dependerá do ponto de vista do observador. Aqueles a quem o criador rejeitou, aqueles a quem, embora com benevolência de agradecer, afastou de si, isto é, os de pele preta, branca e amarela, prosperaram em número, multiplicaram-se, cobrem, por assim dizer, todo o orbe terráqueo, ao passo que os de pele vermelha, aqueles por quem se tinha esforçado tanto e por quem sofrera um mar de penas e angústias, são, nestes dias de hoje, as evidências impotentes de como um triunfo pôde vir a transformar-se, passado tempo, no prelúdio enganador de uma derrota. A quarta e última tentativa do primeiro criador de homens que levou as suas criaturas ao forno, essa que aparentemente lhe trouxe a vitória definitiva, veio a ser, afinal, a do definitivo desbarato. Cipriano Algor, também leitor assíduo de almanaques e enciclopédias eu-sei-tudo ou quase-tudo, havia lido esta história quando era ainda rapaz e, tendo esquecido tanta coisa na vida, desta não se esqueceu, vá lá saber-se porquê. Era uma lenda índia, dos chamados peles-vermelhas, para sermos mais exatos, com a qual os remotos criadores do mito deviam ter pretendido provar a superioridade da sua raça sobre quaisquer outras, incluindo aquelas de cuja efetiva existência não tinham então notícia. Sobre este último ponto, antecipe-se a objeção, seria vão e inútil o argumento de que, uma vez que eles não tinham conhecimento doutras raças, também não as poderiam ter imaginado brancas, ou pretas, ou amarelas, ou furta-cores. Puro engano. Quem assim argumentasse só demonstraria ignorar que estamos a lidar aqui com um povo de oleiros, de caçadores também, a quem o penoso trabalho de transformar o barro numa vasilha ou num ídolo havia ensinado que dentro de um forno todas as coisas podem suceder, tanto o desastre como a glória, tanto a perfeição como a miséria, tanto o sublime como o grotesco. Quantas e quantas vezes, durante quantas gerações, teriam tido eles que retirar do forno peças torcidas, rachadas, feitas em carvão, cruas ou meio-cruas, todas inservíveis. Em verdade, não existe uma grande diferença entre o que se passa no interior de um forno de olaria e de um forno de padaria. A massa de pão não é mais do que um barro diferente, feito de farinha, fermento e água, e, tal como o outro, vai sair cozido do forno, ou cru, ou queimado. Lá dentro talvez não haja diferença, desabafava Cipriano Algor, mas, cá fora, garanto que nesta altura daria tudo para ser padeiro.

Os dias e as noites sucediam-se, e as tardes e as manhãs. É dos livros e da vida que os trabalhos dos homens sempre foram mais longos e pesados que os dos deuses, veja-se o caso já falado do criador dos peles-vermelhas que, ao todo, não fez mais do que quatro imagens humanas, e por este pouco, ainda que com escasso êxito de público interessado, teve entrada na história dos almanaques, ao passo que Cipriano Algor, a quem certamente não esperam as retribuições de um registo biográfico e curricular em letra de forma, terá de desentranhar das profundezas do barro, só nesta primeira fase, cento e cinquenta vezes mais, isto é, seiscentos bonecos de origens, características e situações sociais diferentes, três deles, o bobo, o palhaço e a enfermeira, mais facilmente definíveis também pelas atividades que exercem, o que não sucede com o mandarim e com o assírio de barbas, que, apesar da razoável informação colhida na enciclopédia, não foi possível averiguar o que fizeram na vida. Quanto ao esquimó, supõe-se que continuará a caçar e a pescar. É certo que a Cipriano Algor já tanto lhe faz. Quando as estatuetas começarem a sair dos moldes, iguais em tamanho, atenuadas pela uniformidade da cor as diferenças de indumento que as distinguem, precisará de fazer um esforço de atenção para não as confundir e misturar. De tão entregado ao trabalho, algumas vezes se esquecerá de que os moldes de gesso têm um limite de uso, algo assim como umas quarenta utilizações, a partir das quais os contornos principiarão a esbater-se, a perder vigor e nitidez, como se a figura se fosse a pouco e pouco cansando de ser, como se estivesse a ser atraída a um estado original de nudez, não apenas a sua própria como representação humana, mas a nudez absoluta do barro antes de que a primeira forma expressada de uma ideia o tivesse começado a vestir. Para não perder tempo, tinha começado por atirar os bonecos imprestáveis para um canto, mas depois, movido por um estranho e inexplicável sentimento de piedade e de culpa, foi buscá-los, deformados e confundidos pela queda e pelo choque a maior parte deles, e arrumou-os cuidadosamente numa prateleira da olaria. Poderia ter voltado a amassá-los para lhes conceder uma segunda possibilidade de vida, poderia tê-los achatado sem dó como àquelas duas figuras de homem e mulher que ao princípio modelou, ainda está aqui o barro delas, seco, gretado, informe, e no entanto foi levantar do lixo os malformados engendros, protegeu-os, abrigou-os, como se menos quisesse aos seus acertos do que aos erros que não tinha sabido evitar. Não levará esses bonecos ao forno, mal-empregada seria a lenha que para eles ardesse, mas vai deixá-los ficar até que o barro se rache e desagregue, até que, os fragmentos se desprendam e caiam, e, se o tempo der para tanto, até que o pó que eles serão se transforme de novo em argila ressurreta. Marta perguntar-lhe-á, Que fazem ali aquelas peças defeituosas, ao que ele apenas responderá, Gosto deles, não dirá Gosto delas, se o tivesse dito expulsá-los-ia definitivamente do mundo para que tinham nascido, deixaria de os reconhecer como obra sua para os condenar a uma última e definitiva orfandade. Obra sua, e fatigosa obra, também são as dezenas de bonecos acabados que todos os dias vão sendo transferidos para as pranchas de secagem, lá fora, à sombra da amoreira-preta, mas esses, por serem tantos e mal se distinguirem uns dos outros, não pedem mais cuidados e atenções do que os indispensáveis para que não se aleijem à última hora. Ao Achado não houve mais remédio que atá-lo para que não subisse às pranchas, onde sem nenhuma dúvida cometeria o maior estropício jamais visto na turbulenta história da olaria, pródiga, como se sabe, em cacos e indesejáveis amalgamações. Recordemos que quando os primeiros seis bonecos, os outros, os protótipos, aqui foram postos a secar, e o Achado quis averiguar, por contacto direto, o que aquilo era, o brado e a palmada instantânea de Cipriano Algor bastaram para que o seu instinto de caçador, ainda por cima excitado pela insolente imobilidade dos objetos, se retraísse sem chegar a causar danos, mas reconheçamos que seria desrazoável esperar agora de um animal destes que resistisse impávido à provocação de uma horda de palhaços e mandarins, de bobos e enfermeiras, de esquimós e assírios de barbas, todos malamente disfarçados de peles-vermelhas. Durou uma hora a privação de liberdade. Impressionada pela expressão sentida, e mesmo de melindre, com que o Achado se tinha deixado submeter ao castigo, Marta foi dizer ao pai que a educação para alguma coisa terá de servir, mesmo quando se trate de cães, A questão é adaptar os métodos, declarou, E como vais fazer isso, O primeiro que há que fazer é soltá-lo, E depois, Se tentar subir para as pranchas, ata-se outra vez, E depois, Solta-se e ata-se tantas vezes quantas as que forem necessárias, até que aprenda, À primeira vista, pode dar resultado, em todo o caso não te deixes iludir se te parecer que já aprendeu a lição, claro que não se atreverá a subir estando tu presente, mas, quando se apanhar sozinho, sem ter ninguém a vigiá-lo, temo que os teus métodos educativos não tenham suficiente força para disciplinar os instintos do avô chacal que está à espreita na cabeça do Achado, O avozinho chacal do Achado nem sequer se daria ao trabalho de cheirar os bonecos, passaria de largo e continuaria o seu caminho, à procura de algo que realmente pudesse ser comido, Bom, só te peço que penses no que sucederá se o cão subir para as pranchas, a quantidade de trabalho que vamos perder, Será muito, será pouco, logo se verá, mas, se tal acontecer, comprometo-me a refazer os bonecos que ficarem estragados, talvez seja essa a maneira de o convencer a deixar que o ajude, Disso não falamos, vai lá à tua experiência pedagógica. Marta saiu da olaria e, sem dizer uma palavra, soltou a corrente da coleira. Depois, deu uns passos na direção da casa, parou como distraída. O cão olhou-a e deitou-se. Marta avançou mais alguns passos, parou outra vez, e logo, decidida, entrou na cozinha, deixando a porta aberta. O cão não se moveu. Marta fechou a porta. O cão esperou um pouco, depois levantou-se e, devagar, foi-se aproximando das pranchas. Marta não abriu a porta. O cão olhou na direção da casa, hesitou, tornou a olhar, depois assentou as patas no bordo da prancha onde estavam a secar os assírios de barbas. Marta abriu a porta e saiu. O cão baixou rapidamente as patas e ficou parado no mesmo sítio, à espera. Não tinha motivos para fugir, não o acusava a consciência de ter feito algum mal. Marta agarrou-o pela coleira e, novamente sem pronunciar palavra, foi prendê-lo à corrente. Depois tornou a entrar na cozinha e fechou a porta. A sua aposta era que o cão tivesse ficado a pensar no que sucedera, a pensar, ou lá o que seja que ele costuma fazer numa situação destas. Passados dois minutos, foi libertá-lo outra vez da corrente, convinha não dar ao animal tempo para esquecer--se, a relação entre a causa e o efeito tinha de ser instalada na sua memória. O cão demorou mais tempo a pôr as patas na prancha, mas por fim resolveu-se, dir-se-ia que com menos convicção do que antes. Daí a pouco estava novamente atado. A partir da quarta vez começou a dar sinais de perceber o que se pretendia dele, mas continuava a subir as patas à prancha, como para acabar de ter a certeza de que não as deveria lá pôr. Durante todo este atar e desatar, Marta não havia proferido uma única palavra, entrava e saía da cozinha, fechava e abria a porta, a cada movimento do cão, o mesmo sempre, respondia com o seu próprio movimento, sempre o mesmo, numa cadeia de ações sucessivas e recíprocas que só terminaria quando um deles, graças a um movimento distinto, rompesse a sequência. Na oitava vez que Marta fechou atrás de si a porta da cozinha, Achado avançou de novo para as pranchas, mas, chegado lá, não levantou as patas para fingir que queria alcançar os assírios de barbas, ficou a olhar para a casa, imóvel, esperando, como se estivesse a desafiar a dona a ser mais ousada do que ele, como se lhe perguntasse Que resposta tens tu agora para contrapor a esta genial jogada minha, a que me vai dar a vitória, e a ti te derrotará. Marta murmurava, satisfeita consigo mesma, Ganhei, tinha a certeza absoluta de que ganharia. Foi para o cão, fez-lhe umas festas na cabeça, disse gentilmente, Achado bonito, Achado simpático, o pai tinha vindo à porta da olaria assistir ao feliz desenlace, Muito bem, só falta saber se é definitivo, Ponho as mãos no fogo em como nunca subirá às pranchas, disse Marta. São pouquíssimas as palavras humanas que os cães conseguem incorporar no seu vocabulário próprio de rosnidos e latidos, só por isso, por não as entender, é que o Achado não protestou contra a irresponsável satisfação de que os seus donos estavam a dar mostras, porquanto qualquer pessoa competente nestas matérias e capaz de apreciar de maneira isenta o que aqui se passou, diria que o vencedor da contenda não foi Marta, a dona, por muito convencida que disso esteja, mas sim o cão, embora também devamos reconhecer que diriam precisamente o contrário aquelas pessoas que só pelas aparências sabem julgar. Gabe-se pois cada um da vitória que supôs ter alcançado, até mesmo os assírios de barbas e os seus colegas, felizmente a salvo de agressões. Quanto ao Achado, não nos resignaremos a deixá-lo por aí com uma injusta reputação de perdedor. A prova provada de que a vitória foi sua é o facto de ele se ter convertido, a partir daquele dia, no mais cuidadoso dos guardiães que alguma vez protegeram manipanços de barro. Valia a pena tê-lo ouvido ladrar a chamar os donos quando um inesperado golpe de vento deitou abaixo meia dúzia de enfermeiras.

A primeira fornada foi de trezentas estatuetas, ou melhor, de trezentas e cinquenta, já a contar com a probabilidade de estragos. Não cabiam mais. Calhou coincidir com o dia de descanso de Marçal, calhou portanto ser para Marçal um duro dia de trabalho. Paciente, prestável, ajudou o sogro a arrumar os bonecos nas prateleiras interiores, encarregou-se da alimentação do forno, tarefa para gente robusta, tanto pelo esforço físico de transportar e introduzir a lenha na fornalha como pelas horas que tinha de durar, pois um forno como este, antigo, rudimentar à luz das novas tecnologias, necessita bastante tempo para atingir a temperatura ótima de cozedura, sem esquecer que, depois de se lá ter chegado, será preciso mantê-la o mais possível estável. Marçal vai trabalhar pela noite dentro, até à hora em que o sogro, terminada a obra que se impôs a si mesmo apressar na olaria, possa vir substituí-lo. Marta levou a ceia ao pai, depois trouxe-a a Marçal e, sentados ambos no banco que tem servido para as meditações, comeu com ele. Nenhum dos dois tinha apetite, cada qual por seus motivos. Não te vejo comer, deves estar muito cansado, disse ela, Bastante, sim, perdi o hábito do esforço, por isso custa-me mais, disse ele, A ideia do fabrico destas estatuetas foi minha, Bem o sei, Foi minha, mas nestes últimos dias tem-me andado a atormentar uma espécie de remorso, a toda a hora me pergunto se terá valido a pena meter-nos a fabricar bonecos, se não será tudo isto pateticamente inútil, Neste momento, o mais importante para o teu pai é o trabalho que faz, não a utilidade que tenha, se lhe tirares o trabalho, qualquer trabalho, tirar-lhe-ás, de certa maneira, uma razão de viver, e se lhe disseres que o que ele está a fazer não serve para nada, o mais provável, mesmo que a evidência do facto lhe esteja a rebentar os olhos, será não acreditar, simplesmente por não poder, O Centro deixou de nos comprar a louça e ele conseguiu aguentar o choque, Porque tu tiveste logo a seguir a ideia de fazer os bonecos, Pressinto que estão para chegar dias maus, ainda piores do que estes, A minha passagem a guarda residente, que já não deverá tardar, será um dia mau para o teu pai, Ele disse que viveria connosco no Centro, É verdade, mas disse-o daquela mesma maneira com que todos dizemos que um dia teremos de morrer, há uma parte da nossa mente que se recusa a admitir aquilo que sabe ser destino de todos os seres vivos, faz de conta que não é nada com ela, assim está o teu pai, diz-nos que irá viver connosco, mas, lá no fundo, é como se não acreditasse, Como se estivesse à espera de que lhe apareça no último instante um desvio que o leve por outro caminho,

Deveria saber que para o Centro só existe um caminho, o que leva do Centro ao Centro, trabalho lá, sei do que falo, Não falta quem diga que a vida no Centro é um milagre de todas as horas. Marçal não respondeu logo. Deu um bocado de carne ao cão, que desde o princípio tinha esperado pacientemente que algum resto de comida sobrasse para ele, e só depois respondeu, Sim, tal como ao Achado deveria ter parecido obra de milagre, a estas horas da noite, a carne que acabei de lhe dar. Passou a mão pelo lombo do animal, duas vezes, três vezes, a primeira por simples e habitual carinho, as outras com insistência angustiada, como se fosse indispensável sossegá-lo sem perda de tempo, mas a quem necessitava tranquilizar era a si mesmo, afastar uma ideia que lhe surgira de repente do lugar da memória onde se havia escondido, No Centro não admitem cães. É certo, não admitem cães no Centro, nem gatos, apenas aves de gaiola ou peixes de aquário, e mesmo estes usam-se cada vez menos desde que foram inventados os aquários virtuais, sem peixes que tenham cheiro de peixe nem água que seja preciso mudar. Lá dentro nadam graciosamente cinquenta exemplares de dez espécies diferentes que, para não morrerem, terão de ser cuidados e alimentados como se fossem seres vivos, à qualidade da água inexistente há que vigiá-la, há também que fiscalizar-lhe a temperatura, e, para que nem tudo tenham de ser obrigações, não só o fundo do aquário poderá ser decorado com vários tipos de rochas e de plantas, como o feliz possuidor desta maravilha terá ao seu dispor uma gama de sons que lhe permitirá, enquanto contempla os seus peixes sem tripas nem espinhas, rodear-se de ambientes sonoros tão diversos como uma praia caribenha, uma selva tropical ou uma tormenta no mar. No Centro não querem cães, pensou novamente Marçal, e notou que esta preocupação estava, por instantes, a fazer desaparecer a outra, Falo-lhe nisto, não falo, começou por inclinar-se para o sim, depois achou que seria preferível deixar a questão para mais tarde, quando tiver mesmo de ser, quando não houver outro remédio. Tomou pois a decisão de se calar, mas, tão verdade é flutuar inconstante a vontade no aquário virtual da nossa cabeça, daí a menos de um minuto estava a dizer a Marta, Lembrei-me agora de que não vamos poder levar o Achado para o Centro, não aceitam lá cães, vai ser um problema sério, coitado do bicho, ter de o deixar por aí ao abandono, Talvez se consiga arranjar uma solução, disse Marta, Concluo que já tinhas pensado no caso, surpreendeu-se Marçal, Sim, tinha pensado, há muito tempo, E essa solução, qual seria, Pensei que a Isaura não se importaria de tomar conta do Achado, acho até que seria para ela uma grande alegria, além disso já se conhecem, A Isaura, Sim, a Isaura, aquela do cântaro, recordas-te, a que nos trouxe um bolo, a que veio cá para falar comigo na última vez que fomos almoçar a casa dos teus pais, A ideia parece-me boa, Creio que para o Achado será a melhor, Falta saber se o teu pai dará o seu acordo, Já se sabe que uma metade dele vai protestar, dirá que não senhor, que uma mulher sozinha não é boa companhia para um cão, imagino que é capaz de nos inventar uma teoria de desafinidades como esta, que com certeza haverá outras pessoas que não se importarão de acolher o animal, mas também sabemos que a outra metade dele desejará, com todas as forças do desejo, que a primeira não ganhe, Como vão esses amores, perguntou Marçal, Pobre Isaura, pobre pai, Por que dizes pobre Isaura, pobre pai, Porque está claro que ela o quer, mas não consegue passar por cima da barreira que ele levantou, E ele, Ele, ele é uma vez mais a história das duas metades, há uma que provavelmente não pensa senão nisso, E a outra, A outra tem sessenta e quatro anos, a outra tem medo, Realmente, as pessoas são muito complicadas, É verdade, mas se fôssemos simples não seríamos pessoas. O Achado não estava ali, lembrara-se de súbito de que não havia na casa mais ninguém para ir fazer companhia ao dono velho, sozinho lá na olaria e já às voltas com os segundos trezentos bonecos da primeira entrega de seiscentos, um cão vê estas coisas e fazem-lhe uma confusão enorme, percebe-as mas não consegue compreendê-las, tanto trabalho, tanto esforço, tanto suor, e agora não estou a referir-me à quantidade de dinheiro que se venha a ganhar no negócio, será pouco, será assim-assim, muito não será certamente, é sobretudo por aquilo que Marta disse ainda há pedaço, se não será tudo isto pateticamente inútil. Como já se tinha visto antes, e agora, graças ao extenso e profundo diálogo acontecido entre Marta e Marçal, tivemos ocasião de ver confirmado, o banco de pedra justifica amplamente o grave e ponderoso nome que lhe pusemos, o de banco das meditações, mas eis que a necessidade obriga, é tempo de virar as atenções para o forno, meter-lhe mais lenha pela bocarra da fornalha, com cuidado, porém, Marçal, não te esqueças de que a fadiga entorpece os reflexos de defesa, aumenta-lhes o tempo que demoram a atuar, não seja que te salte outra vez lá de dentro, como sucedeu naquele malfadado dia, a víbora de fogo uivante que te marcou a mão esquerda para sempre. Foi também isto, mais ou menos, o que Marta disse, Vou lavar a louça e deitar-me, tem tu cuidado, Marçal.

    No dia seguinte, de manhã muito cedo, como sempre, Cipriano Algor levou Marçal ao Centro na furgoneta. Tinha-lhe dito ao saírem de casa, Nem sei como te agradecer a ajuda que me deste, e Marçal respondeu-lhe, Fiz o melhor que sabia, oxalá tudo continue a correr bem, Estou convencido de que os próximos bonecos darão menos que fazer, arranjei uns quantos truques para simplificar o trabalho, é a vantagem de ir ganhando experiência, creio que os trezentos da nova fornada poderão estar nas pranchas de secagem em uma semana, Se daqui a dez dias, na próxima folga, já estiverem em condições de ir para o forno, conte comigo, Obrigado, queres que te diga uma coisa, tu e eu, se não fosse esta maldita crise do barro, poderíamos formar uma boa parceria, largavas isso de ser guarda do Centro e dedicavas-te à olaria, Poderia ser, mas é tarde para pensar em tal, aliás, lembre-se de que se o tivéssemos feito, estaríamos agora os dois sem trabalho, Eu ainda tenho trabalho, Pois tem. Mais adiante, já na estrada para a cidade, e depois de um longo silêncio, Cipriano Algor disse, Tive uma ideia, quero saber o que pensas dela, Diga, Levar ao Centro, logo que estiverem prontos de pintura, estes primeiros trezentos bonecos, assim o Centro veria que estamos a trabalhar a sério, e começaria a vender antes da data prevista, seria bom para eles e ainda melhor para nós, escusávamos de ficar tanto tempo a aguardar os resultados, e, correndo tudo como se espera, poderíamos preparar com mais tranquilidade os fabricos futuros, não de afogadilho, como teve de ser desta vez, que tal te parece a ideia, Acho que sim, acho que é uma ideia boa, disse Marçal, e nesse momento lembrou-se de que também tinha achado boa a ideia de Marta de deixar o cão entregue aos cuidados da vizinha do cântaro, Depois de te pôr no teu serviço vou falar com o chefe do departamento de compras, tenho a certeza de que estará de acordo, disse Cipriano Algor, Oxalá, respondeu Marçal, e outra vez reparou que repetira uma palavra que havia dito pouco antes, é o que está sempre a acontecer-nos com as palavras, repetimo-las constantemente, mas em alguns casos, não se sabe bem porquê, nota-se mais. Quando a furgoneta entrava na cidade Marçal perguntou, Quem vai pintar agora os bonecos, Marta insiste em querer pintá-los, argumenta que eu não poderei estar, ao mesmo tempo, a dizer a missa e a tocar o sino, não o disse por estas palavras, mas o sentido era o mesmo, Pai, as tintas intoxicam, Pois intoxicam, E no estado em que Marta se encontra parece-me inconveniente, Eu tratarei da subcapa, uso a pistola, é certo que dispersa a tinta no ar mas compensa pela rapidez, E depois, Depois a pintura passa a ser a pincel, não prejudica, Devia ter-se comprado ao menos uma máscara, Era cara, murmurou Cipriano Algor, como se tivesse vergonha das suas próprias palavras, Se conseguimos arranjar dinheiro para alugar a camioneta que levou do Centro o que restava da louça, também se arranjaria o necessário para comprar a máscara, Não pensámos, disse Cipriano Algor, depois emendou, contrito, Não pensei. Já iam na avenida que levava em linha reta ao Centro, apesar da distância podiam ler-se as palavras do gigantesco anúncio que lá estava afixado, VOCÊ É O NOSSO MELHOR CLIENTE, MAS, POR FAVOR, NÃO O VÁ DIZER AO SEU VIZINHO. Cipriano Algor não fez qualquer comentário, a Marçal surpreendeu-o um pensamento, Divertem-se à nossa custa. Quando a furgoneta parou em frente da porta do serviço de segurança, Marçal disse, Depois de ter falado com o chefe do departamento passe por aqui, vou ver se lhe consigo uma máscara, Para mim não é preciso, já to disse, e a Marta só se servirá dos pincéis, Conhece-a tão bem como eu, na primeira ocasião apanha-o distraído na olaria e quando der pelo que sucedeu será tarde, Não sei quanto tempo me irei demorar no departamento de compras, pergunto depois aqui por ti, ou então entro e procuro-te, Não entre, não vale a pena entrar, deixarei a máscara ao meu colega da porta, Como queiras, Até daqui a dez dias, Até daqui a dez dias, Cuide-me da Marta, pai, Cuidarei, sim, vai descansado, olha que não lhe queres mais do que eu, Se é mais ou se é menos não sei, quero-lhe da outra maneira, Marçal, Diga, Dá-me um abraço, por favor. Quando Marçal saiu da furgoneta levava os olhos húmidos. Cipriano Algor não deu nenhum murro na cabeça, só disse para si mesmo com um meio sorriso triste, A isto pode chegar um homem, ver-se a implorar um abraço como uma criança carecida de amor. Pôs a furgoneta em andamento, deu a volta ao quarteirão, agora mais extenso em consequência do alargamento do Centro, Daqui a pouco tempo já ninguém se lembrará do que existia aqui antes, pensou. Quinze minutos mais tarde, estranho como alguém que, tendo regressado, após longa ausência, a um lugar, nele não encontra mudanças que objetivamente justifiquem esse sentimento, mas que apesar disso não pode furtar-se a ele, descia a rampa do subterrâneo. Depois de avisar o guarda da entrada de que viera pedir uma informação, e não para descarregar, arrumou a furgoneta na via lateral. Já havia uma fila comprida de camiões à espera, alguns deles enormes. Ainda faltavam quase duas horas para que o serviço de recepção de mercadorias abrisse. Cipriano Algor acomodou-se no assento e tentou dormir. O último olhar que tinha deitado pela vigia, antes de vir para a cidade, mostrara que o processo de cozedura já havia terminado, agora só tinham que deixar o forno arrefecer a seu gosto, sem pressas, paulatinamente, como quem vai pelo seu próprio pé. Para adormecer, pôs-se a contar os bonecos como se estivesse a contar carneiros, principiou pelos bobos e contou-os a todos, depois passou aos palhaços e conseguiu levá-los também ao fim, cinquenta daqueles, cinquenta destes, pelos que sobejavam, os da provisão para estragos, não se interessou, logo quis passar aos esquimós, mas meteram-se-lhe à frente, sem explicação, as enfermeiras, e, na luta que teve de travar para as repelir, adormeceu. Não era a primeira vez que vinha terminar o seu sono da manhã no subterrâneo do Centro, não era a primeira vez que o acordava, amplificado e multiplicado pelos ecos, o estrondo dos motores dos camiões. Desceu da furgoneta e avançou para o balcão de atendimento pessoal, disse quem era, disse que vinha para um esclarecimento, falar com o chefe, se for possível, É um assunto importante, acrescentou. O empregado que o atendia olhou-o com ar de dúvida, era mais do que evidente que não poderiam ser importantes nem o assunto nem a pessoa que estava na sua frente, saída de uma miserável furgoneta que dizia por fora Olaria, por isso respondeu que o chefe estava ocupado, Em reunião, precisou, e ocupado iria continuar toda a manhã, que dissesse portanto ao que vinha. O oleiro explicou o que havia a explicar, não se esqueceu, para impressionar o interlocutor, de aludir à conversa telefónica que havia tido com o chefe do departamento, e finalmente ouviu o outro dizer, Vou perguntar a um subchefe. Temeu Cipriano Algor que lhe saísse o malvado que lhe tinha amargado a vida, mas o subchefe que apareceu era educado e atento, concordou que se tratava uma excelente ideia, Bem lembrado, sim senhor, é bom para vocês e ainda melhor para nós, enquanto vão fabricando a segunda entrega de trezentos e preparando a produção dos restantes seiscentos, quer o façam em duas entregas, como no presente caso, quer de uma só vez, iremos nós observando o acolhimento do público comprador, as reações ao novo produto, os comentários explícitos e implícitos, dar-nos-á até tempo para promovermos uns inquéritos, orientados segundo duas vertentes, em primeiro lugar, a situação prévia à compra, isto é, o interesse, a apetência, a vontade espontânea ou motivada do cliente, em segundo lugar, a situação decorrente do uso, isto é, o prazer obtido, a utilidade reconhecida, a satisfação do amor-próprio, tanto de um ponto de vista pessoal como de um ponto de vista grupal, seja ele familiar, profissional ou qualquer outro, a questão, para nós essencialíssima, consiste em averiguar se o valor de uso, elemento flutuante, instável, subjetivo por excelência, se situa demasiado abaixo ou demasiado acima do valor de troca, E quando isso sucede, que fazem, perguntou Cipriano Algor por perguntar, ao que o subchefe respondeu em tom condescendente, Meu caro senhor, suponho que não está à espera de que eu lhe vá descobrir aqui o segredo da abelha, Sempre ouvi que o segredo da abelha não existe, que é uma mistificação, um falso mistério, uma fábula que ficou por inventar, um conto que podia ter sido e não foi, Tem razão, o segredo da abelha não existe, mas nós conhecemo-lo. Cipriano Algor retraiu-se como se tivesse sido vítima de uma agressão inesperada. O subchefe sorria, insistia complacente que a ideia era boa, mesmo muito boa, que ficava à espera da primeira entrega e que depois já lhe daria notícias. Oprimido, sob uma inquietante impressão de ameaça, Cipriano Algor entrou na furgoneta e saiu do subterrâneo. A última frase do subchefe dava-lhe voltas na cabeça, O segredo da abelha não existe, mas nós conhecemo-lo, não existe, mas conhecemo-lo, conhecemo-lo, conhecemo-lo. Vira cair uma máscara e percebera que por trás dela estava outra exatamente igual, compreendia que as máscaras seguintes seriam fatalmente idênticas às que tivessem caído, é verdade que o segredo da abelha não existe, mas eles conhecem-no. Não poderia falar desta sua perturbação a Marta e a Marçal porque eles não entenderiam, e não entenderiam porque não tinham estado ali com ele, do lado de fora do balcão, a ouvir um subchefe de departamento explicar o que é valor de troca e valor de uso, possivelmente o segredo da abelha reside em criar e impulsionar no cliente estímulos e sugestões suficientes para que os valores de uso se elevem progressivamente na sua estimação, passo a que se seguirá em pouco tempo a subida dos valores de troca, imposta pela argúcia do produtor a um comprador a quem foram sendo retiradas pouco a pouco, subtilmente, as defesas interiores resultantes da consciência da sua própria personalidade, aquelas que antes, se alguma vez existiu um antes intacto, lhe proporcionaram, embora precariamente, uma certa possibilidade de resistência e autodomínio. A culpa desta laboriosa e confusa explanação é toda de Cipriano Algor, que, sendo aquilo que é, um simples oleiro sem carta de sociólogo nem preparo de economista, se atreveu, dentro da sua rústica cabeça, a correr atrás de uma ideia, acabando por se reconhecer, em resultado da falta de um vocabulário adequado e por causa das graves e patentes imprecisões na propriedade dos termos que teve de utilizar, incompetente para a transpor a uma linguagem bastantemente científica que talvez nos permitisse, finalmente, compreender o que ele tinha querido dizer na sua. Ficará para as recordações de Cipriano Algor este outro momento de desconcerto de vida e de desacerto do seu entendimento dela, quando, tendo ido um dia ao departamento de compras do Centro a fazer a mais simples das perguntas, de lá regressou com a mais complexa e obscura das respostas, e tão tenebrosa e obscura era, que nada poderia ter sido mais natural que perder-se ele nos labirintos do seu próprio cérebro. Ao menos fica salva a intenção. Em seu abono Cipriano Algor sempre poderá alegar que fez tudo o que estava ao alcance da sua condição de oleiro para tentar desenredar o sentido oculto da sibilina frase do subchefe sorridente, e se mesmo para si era evidente que não o tinha conseguido, ao menos deixara ficar bem claro a quem atrás viesse que, pelo caminho que ele havia tomado, não se chegava a nenhuma parte. Estas coisas são para quem sabe, pensou Cipriano Algor, sem conseguir calar o seu desassossego interior. Em todo o caso, dizemos nós, outros fizeram menos e presumiram de mais.

O embrulho que Marçal tinha deixado ao guarda da porta continha duas máscaras, não uma. Para o caso de se avariar o sistema purificador do ar em alguma delas, dizia o bilhete. E novamente o pedido, Cuide-me da Marta, por favor. Era quase a hora do almoço. Uma manhã perdida, pensou Cipriano Algor, lembrando-se dos moldes, do barro que esperava, do forno que perdia calor, das filas de bonecos lá dentro. Depois, no meio da avenida, conduzindo de costas viradas para a parede do Centro onde a frase, Você é o nosso melhor cliente mas não o vá dizer ao seu vizinho, traçava com descaro irónico o diagrama relacional em que se consumava a cumplicidade inconsciente da cidade com o enganamento consciente que a manipulava e absorvia, passou-lhe pela cabeça, a Cipriano Algor, a ideia de que não fora só esta manhã a perder-se, que a obscena frase do subchefe havia feito desaparecer o que restava da realidade do mundo em que aprendera e se acostumara a viver, que a partir de hoje tudo seria pouco mais que aparência, ilusão, ausência de sentido, interrogações sem resposta. Dá vontade de atirar com a furgoneta contra um muro, pensou. Perguntou-se por que não o fazia e por que nunca, provavelmente, o viria a fazer, depois pôs-se a enumerar as suas razões. Apesar de esta se encontrar deslocada no contexto da análise, pelo menos em princípio é precisamente por se encontrarem ainda com vida que as pessoas se suicidam, a primeira das razões fortes de Cipriano Algor para não o fazer era o facto de estar vivo, logo a seguir apareceu a sua filha Marta, e tão junta, tão cingida à vida do pai, que foi como se tivesse entrado ao mesmo tempo, depois veio a olaria, o forno, e também o genro Marçal, claro, que é tão bom moço e gosta tanto da Marta, e o Achado, ainda que a muita gente pareça escandaloso dizê-lo, e objectivamente não se possa explicar, até um cão é capaz de fazer agarrar uma pessoa à vida, e mais, e mais, e mais quê, Cipriano Algor não encontrava nenhumas outras razões, no entanto tinha a impressão de que ainda lhe estava a faltar uma, que será, que não será, de súbito, sem avisar, a memória atirou-lhe à cara o nome e o rosto da mulher falecida, o nome e o rosto de Justa Isasca, porquê, se Cipriano Algor do que estava à procura era de razões para não atirar a furgoneta contra um muro e se já as tinha encontrado em número e substância bastantes, a saber, ele próprio, Marta, a olaria, o forno, Marçal, o cão Achado, e ainda a amoreira-preta, por esquecimento não mencionada antes, era absurdo que a última delas, essa inesperada razão de cuja existência ele inquietamente se havia apercebido como uma sombra ou uma negaça, fosse alguém que tinha deixado de pertencer a este mundo, é verdade que não se trata de uma pessoa qualquer, sempre é a mulher com quem esteve casado, a companheira de trabalho, a mãe da sua filha, mas, ainda assim, por muito talento dialético que se deite na panela, será difícil de sustentar que a recordação de um morto possa ser razão para que um vivo decida continuar vivo. Um amador de provérbios, adágios, anexins e outras máximas populares, desses já raros excêntricos que imaginam saber mais do que aquilo que lhes ensinaram, diria que anda aqui gato escondido com o rabo de fora. Com desculpa do inconveniente e desrespeitoso da comparação, diremos que a cauda do felino, no caso em exame, é a falecida Justa, e que para encontrar o que falta do gato não seria preciso mais do que dar a volta à esquina. Cipriano Algor não o fará. No entanto, quando chegar à povoação, deixará a furgoneta à porta do cemitério, onde não tinha voltado a entrar desde aquele dia, e dirigir-se-á à sepultura da mulher. Estará ali uns minutos a pensar, talvez para agradecer, talvez a perguntar, Por que foi que apareceste, talvez a ouvir perguntar, Por que foi que apareceste, depois levantará a cabeça e olhará em redor como a procurar alguém. Com este sol, hora de almoçar, não será provável.

A primeira meia centúria a sair do forno foi a dos esquimós, que eram os que estavam mais à mão, logo à entrada. Uma afortunada casualidade, na imediata opinião de Marta, Para treinar não poderia ter melhor começo, são fáceis de pintar, mais fáceis do que estes só as enfermeiras, que vão de branco vestidas. Quando as estatuetas arrefeceram de todo, transportaram-nas para as pranchas de secagem, onde Cipriano Algor, armado com a pistola de pulverizar e resguardado por trás do filtro da máscara, metodicamente as veio cobrir com a brancura mate da sobrecapa. De si para si, resmungou que não valia a pena andar com aquilo a tapar-lhe a boca e o nariz, Bastava que me pusesse a favor do vento, e a tinta iria para longe, não me tocaria, mas logo pensou que estava a ser injusto e desagradecido, sem esquecer que com este bom tempo que vem fazendo não faltarão aí dias em que não correrá uma aragem. Terminada a sua parte de trabalho, Cipriano Algor ajudou a filha a instalar as tintas, o recipiente do petróleo, os pincéis, os desenhos coloridos que serviram de modelo, trouxe o banco onde ela se deveria sentar, e mal a viu dar a primeira pincelada observou, Isto foi mal pensado, com os bonecos postos assim em fileira, como estão, terás de deslocar constantemente o banco ao longo da prancha, vais-te cansar, o Marçal disse, Que é que o Marçal disse, perguntou Marta, Que deves ter muito cuidado, evitar as fadigas, A mim o que me cansa é ter de ouvir tantas vezes a mesma recomendação, É para teu bem, Repare, se eu puser diante de mim uma dúzia de bonecos, vê, ficam todos ao meu alcance e só terei de mudar o banco quatro vezes, aliás até me faz bem mexer-me, e agora que já lhe expliquei o funcionamento desta cadeia de montagem ao contrário, lembro-lhe que não há nada mais prejudicial a quem trabalha do que a presença dos que nada fazem, como nesta ocasião me parece ser o seu caso, Não me esquecerei de te dizer o mesmo quando estiver a trabalhar, Já o disse, isto é, fez pior, expulsou-me, Vou-me embora, não se pode falar contigo, Duas coisas antes de que se vá, a primeira é que se existe alguém com quem pode falar, é precisamente comigo, E a segunda, Dê-me um beijo. Ainda ontem Cipriano Algor pediu um abraço ao genro, agora é Marta que pede um beijo ao pai, algo estará para suceder a esta família, só falta que comecem a aparecer no céu cometas, auroras boreais e bruxas a galope nas vassouras, que o Achado uive toda a noite à lua, mesmo sem haver lua, que de uma hora para a outra se torne estéril a amoreira-preta. Salvo se tudo isto não é mais do que um efeito de sensibilidades excessivamente impressionáveis, a de Marta porque está grávida, a de Marçal porque está grávida Marta, a de Cipriano Algor por todas as razões que conhecemos e algumas que só ele sabe. Enfim, o pai beijou a filha, a filha beijou o pai, ao Achado concederam-lhe um pouco das atenções que pedia, não se poderá queixar. Como é costume dizer, não há-de ser nada. Entrou Cipriano Algor na olaria para dar começo à moldagem dos trezentos bonecos da segunda entrega, e Marta, à sombra da amoreira-preta, sob o olhar consciencioso do Achado, que regressara às suas responsabilidades de guardião, preparou-se para levar por diante a pintura dos esquimós. Não podia, tinha-se esquecido de que primeiro era necessário lixar os bonecos, desbastar-lhes as rebarbas, as irregularidades de superfície, os defeitos de acabamento, depois limpá-los do pó, e, como um azar nunca vem só e um esquecimento em geral faz lembrar outro, também não os poderia pintar como pensara, passando de uma cor a outra, sucessivamente, sem interrupção, até à última pincelada. Recordava a página do manual, lá onde claramente ensinava que só quando uma cor estiver bem seca é que se deverá aplicar a seguinte, Agora, sim, fazia-me arranjo uma cadeia de montagem a sério, disse, os bonecos a passarem na minha frente uma vez para receberem o azul, outra vez para o amarelo, logo para o violeta, logo para o preto, e o vermelho, e o verde, e o branco, e a bênção final, aquela que traz dentro de si todas as cores do arco-da-velha, Que Deus te ponha a virtude, que eu, por mim, fiz o que pude, e não será tanto pela virtude adicional com que Deus, sujeito como qualquer comum mortal a esquecimentos e imprevidências, contribua para a coroação dos esforços cometidos, mas pela consciência humilde de que se não chegámos a fazer melhor foi simplesmente porque de tal não éramos capazes. Argumentar com o que tem de ser foi sempre uma perda de tempo, para o que tem de ser os argumentos não passam de conjuntos mais ou menos casuais de palavras que esperam receber da ordenação sintática um sentido que elas próprias não estão seguras de possuir. Marta deixou o Achado a olhar pelos bonecos e, sem mais debates com o inevitável, foi à cozinha buscar a única folha de lixa fina que sabia haver em casa, Isto gasta-se num instante, pensou, terei de comprar umas quantas mais. Se tivesse espreitado à porta da olaria, veria que as coisas não estavam a correr bem por ali. Cipriano Algor gabara-se a Marçal de ter inventado uns quantos truques para apressar a obra, o que, de um ponto de vista, por assim dizer, global, era verdade, mas a rapidez não tardara a mostrar-se incompatível com a perfeição, do que viria a resultar um número de bonecos defeituosos muito maior do que o verificado na primeira série. Quando Marta voltou ao seu trabalho já os primeiros estropiados tinham sido recolhidos à prateleira, mas Cipriano Algor, feitas as contas entre o tempo que ganhava e os bonecos que perdia, decidiu não renunciar aos seus fecundos mas não irrepreensíveis nem alguma vez explicados truques. E assim foram passando os dias. Aos esquimós seguiram-se os palhaços, depois saíram as enfermeiras, e logo os mandarins, e os assírios de barbas, e finalmente os bobos, que eram os que estavam junto à parede do fundo. Marta descera no segundo dia à povoação para comprar duas dúzias de folhas de lixa. Era neste estabelecimento que Isaura tinha começado a trabalhar, como Marta sabia já desde que a fora visitar logo após o perturbador encontro, emocionalmente falando, entenda-se, que a vizinha tivera com o pai. Estas mulheres não se veem muito, mas há motivos de sobra para que venham a tornar-se grandes amigas. Com discrição, de modo que as palavras não pudessem chegar aos ouvidos do dono da loja, Marta perguntou a Isaura se estava a sentir-se bem naquele trabalho e ela respondeu-lhe que sim, que se sentia bem, A gente habitua-se, disse. Falara sem contentamento, mas com firmeza, como se quisesse deixar claro que o gosto nada tinha que ver com a questão, que fora a vontade, e só ela, o que pesara na sua decisão de aceitar o emprego. Marta recordava o que lhe ouvira tempos atrás, Qualquer trabalho, desde que possa continuar a viver aqui. A pergunta que Isaura fez depois, enquanto ia enrolando as folhas de lixa, frouxamente como é aconselhável, percebeu-a Marta como um eco, distorcido mas ainda assim reconhecível, daquelas palavras, E lá em casa, como vão todos, Cansados, com muito trabalho, mas no geral bem, o Marçal, coitado, teve de trabalhar no forno no dia de folga, suponho que ainda andará por lá com os rins arrasados. As folhas de lixa estavam enroladas. Enquanto recebia o dinheiro e fazia o troco, Isaura, sem levantar os olhos, perguntou, E o pai. Marta só conseguiu responder que o pai estava bem, um pensamento angustioso atravessara-lhe de súbito o cérebro, Que vai esta mulher fazer da vida quando nos formos embora. Isaura despedia-se, tinha de atender outro cliente, Dê lá cumprimentos, disse, se naquele momento Marta lhe tivesse perguntado, Que vai fazer da sua vida quando nós nos formos embora, talvez respondesse como ainda há pouco, sossegadamente, A gente habitua-se. Sim, ouvimos dizer muitas vezes, ou dizemo-lo nós próprios, A gente habitua-se, dizemo-lo, ou dizem-no, com uma serenidade que parece autêntica, porque realmente não existe, ou ainda não se descobriu, outro modo de deitar cá para fora com a dignidade possível as nossas resignações, o que ninguém pergunta é à custa de quê se habitua a gente. Marta saiu da loja quase desfeita em lágrimas. Com uma espécie de remordimento desesperado, como se estivesse a acusar-se de haver enganado Isaura, pensava, Mas ela não sabe nada, nem sequer sabe que estamos prestes a ir-nos daqui.

 Por duas vezes esqueceram-se de pôr de comer ao cão. Lembrando-se dos seus tempos de indigência, quando a esperança no dia de amanhã era o único conduto que lhe restava nas muitas horas em que o estômago ansiara por alimento, o Achado não reclamou, desinteressado das suas obrigações de vigilante, estendeu-se ao lado da casota, é da sabedoria antiga que corpo deitado aguenta muita fome, à espera, pacientemente, de que um dos donos desse uma palmada na testa e exclamasse, Ó diabo, esquecemo-nos do cão. Não é caso para admirar, uma vez que, durante aqueles dias, até de si próprios se tinham esquecido. Mas foi graças a essa total entrega às respectivas tarefas, roubando horas ao sono, ainda que Cipriano Algor nunca tivesse deixado de protestar contra Marta, Tens de descansar, tens de descansar, foi graças a esse esforço paralelo que os trezentos bonecos saídos do forno estavam lixados, escovados, pintados e secos, todos eles, quando chegou o dia em que Cipriano Algor devia ir buscar o genro ao Centro, e que os outros trezentos, escorreitos e aprumados no seu barro cru, sem mazelas visíveis, estavam, também eles, com a ajuda do calor e da brisa, livres de humidades e preparados para a cozedura. A olaria parecia descansar de uma grande fadiga, o silêncio tinha-se deitado a dormir. À sombra da amoreira-preta, pai e filha olhavam os seiscentos bonecos alinhados nas pranchas e parecia-lhes que tinham produzido obra asseada. Cipriano Algor disse, Amanhã não trabalho na olaria, o Marçal não terá de se ver sozinho com o serviço todo do forno, e Marta disse, Acho que deveríamos descansar alguns dias antes de nos lançarmos à segunda parte da encomenda, e Cipriano Algor perguntou, Que tal três dias, e Marta respondeu, Será melhor do que nada, e Cipriano Algor tornou a perguntar, Como te sentes, e Marta respondeu, Cansada, mas bem, e Cipriano Algor disse, Pois eu sinto-me como nunca, e Marta disse, Deve ser isso que costumamos designar por satisfação do dever cumprido. Ao contrário do que poderia ter parecido, não havia nenhuma ironia nestas palavras, o que nelas soava era tão-só um cansaço a que teria apetecido chamar infinito se não fosse de tal maneira manifesto e desproporcionado o exagero da qualificação. Seja como for, não era tanto do corpo que ela se sentia cansada, mas de assistir impotente, sem recurso, ao desconsolo amargo e à mal escondida tristeza do pai, aos seus altos e baixos de humor, aos seus patéticos arremedos de segurança e de autoridade, à afirmação categórica e obsessiva das próprias dúvidas, como se acreditasse que dessa maneira as conseguiria tirar da cabeça. E havia aquela mulher, a Isaura, a Isaura Madruga, a vizinha do cântaro, a quem no outro dia não respondera mais que Está bem à pergunta que ela tinha murmurado, de olhos baixos, enquanto contava as moedas, E o pai, quando o que deveria ter feito era levá-la dali por um braço, subir com ela à olaria, entrar com ela onde o pai trabalhava, dizer, Aqui está, e depois fechar a porta e deixá-los lá dentro até que as palavras lhes pudessem servir para alguma coisa, uma vez que os silêncios, coitados deles, não passam disso mesmo, de silêncios, ninguém ignora que, muitas vezes, até os que pareceram eloquentes deram azo, com as mais sérias e às vezes fatais consequências, a erradas interpretações. Somos demasiado medrosos, demasiado cobardes para nos aventurarmos a um ato desses, pensou Marta contemplando o pai que parecia ter adormecido, estamos demasiado presos na rede das chamadas conveniências sociais, na teia de aranha do próprio e do impróprio, se se soubesse que eu o tinha feito logo me viriam dizer que atirar uma mulher à cara de um homem, a expressão seria esta, é uma absoluta falta de respeito pela identidade alheia, e ainda por cima uma irresponsável imprudência, sabe-se lá o que lhes iria suceder no futuro, a felicidade das pessoas não é uma coisa que se fabrique hoje e de que possamos ter a certeza de que ainda durará amanhã, um dia encontramos por aí desunido algum daqueles a quem havíamos unido e arriscamo-nos a que nos digam A culpa foi sua. Marta não quis render-se a este discurso do senso comum, fruto consequente e cético das duras batalhas da vida, É uma estupidez deixar perder o presente só pelo medo de não vir a ganhar o futuro, disse consigo mesma, e logo acrescentou, Aliás, nem tudo está para suceder amanhã, há coisas que só depois de amanhã, Que disseste, perguntou o pai rapidamente, Nada, respondeu, tenho estado quietinha e calada para não o acordar, Não dormia, Pois parecia-me que sim, Disseste que há coisas que só depois de amanhã, Que estranho, eu disse realmente isso, perguntou Marta, Não sonhei, Então sonhei eu, devo ter adormecido e acordado logo, os sonhos são assim, sem pés nem cabeça, ou antes, têm cabeça e têm pés, mas quase sempre os pés vieram de um lado e a cabeça do outro, é o que explica que os sonhos sejam tão difíceis de interpretar. Cipriano Algor levantou-se, Está a chegar-se a hora de recolher o Marçal, mas estive aqui a pensar que talvez valha a pena ir um pouco mais cedo e passar pelo departamento de compras, aviso-os de que os primeiros trezentos já estão prontos e combinamos a entrega, Parece-me bem, disse Marta. Cipriano Algor foi mudar de roupa, pôs uma camisa lavada, trocou de sapatos, e em menos de dez minutos estava a entrar na furgoneta, Até logo, disse, Até logo, pai, vá com cuidado, E volte com mais cuidado ainda, escusas de o dizer, Sim, ainda com mais cuidado, porque passam a ser dois, É o que sempre digo e sempre hei-de dizer, contigo não se pode discutir nem argumentar, encontras resposta para tudo. O Achado veio perguntar ao dono se desta vez poderia ir com ele, mas Cipriano Algor disse-lhe que não, que tivesse paciência, as cidades não são o melhor que há para os cães.

Uma depois de tantas, a viagem não teria tido história se não fosse o inquieto pressentimento do oleiro de que algo de mau estava para suceder. Casualmente tinha-se lembrado do que ouvira à filha, Há coisas que só depois de amanhã, umas quantas palavras soltas, sem causa nem sentido aparentes, que ela não tinha sabido ou não tinha querido explicar, Duvido que estivesse a dormir, mas não percebo o que a terá levado a sugerir que sonhara, pensou, e logo, na continuação da frase recordada, deixou que o seu pensamento prosseguisse por aquele mesmo caminho e começasse a entoar dentro da cabeça uma ladainha obsessiva, Há coisas que só depois de amanhã, há coisas que só amanhã, há coisas que já hoje, depois retomava a sequência invertendo-a, Há coisas que já hoje, há coisas que só amanhã, há coisas que só depois de amanhã, e tantas vezes o foi repetindo e repetindo que acabou por perder o som e o sentido, o significado de amanhã e de depois de amanhã, ficou-lhe só na cabeça, como uma lâmpada de alarme a acender e apagar, Já hoje, já hoje, já hoje, hoje, hoje, hoje. Hoje, quê, perguntou-se com violência, tentando reagir contra o absurdo nervosismo que lhe fazia tremer as mãos no volante, estou a ir para a cidade para recolher o Marçal, vou ao departamento de compras para informar que a primeira parte da encomenda está pronta para ser entregue, tudo isto que estou a fazer é habitual, é corrente, é lógico, não tenho nenhum motivo para inquietações, e vou a conduzir com cuidado, o trânsito é pouco, os assaltos na estrada acabaram, pelo menos não se tem ouvido falar deles, portanto nada poderá suceder-me que não seja a monotonia de sempre, os mesmos passos, as mesmas palavras, os mesmos gestos, o balcão das compras, o subchefe sorridente ou o outro mal-educado, ou então o chefe, se não está em reunião e lhe dá o capricho para me receber, depois a porta da furgoneta que se abre, o Marçal que entra, Boas tardes, pai, Boas tardes, Marçal, que tal te foi o trabalho esta semana, não sei se a dez dias se poderá chamar semana, mas não conheço outra maneira, Na forma do costume, dirá ele, Acabámos a primeira série de bonecos, já combinei a entrega com o departamento de compras, direi eu, Como está a Marta, perguntará ele, Cansada, mas bem, responderei eu, e estas palavras também as andamos a dizer constantemente, não me admiraria nada que ao passar-nos deste mundo para o outro ainda consigamos arranjar forças para responder a alguém que se tivesse saído com a imbecil ideia de nos perguntar como nos sentimos, A morrer, mas bem, é o que diremos. Para se distrair da companhia dos aziagos pensamentos que teimavam em importuná-lo, Cipriano Algor experimentou dar atenção à paisagem, fazia-o em desespero de causa porque sabia muito bem que nada de tranquilizador lhe poderia ser oferecido pelo deprimente espetáculo das estufas de plástico estendidas a perder de vista, de um lado e do outro, até ao horizonte, como melhor se distinguia do alto da pequena lomba que a furgoneta neste momento trepava. E é a isto que chamam Cintura Verde, pensou, a esta desolação, a este espécie de acampamento soturno, a esta manada de blocos de gelo sujo que derretem em suor os que trabalham lá dentro, para muita gente estas estufas são máquinas, máquinas de fazer vegetais, realmente não tem nenhuma dificuldade, é como uma receita, misturam-se os ingredientes adequados, regula-se o termóstato e o higrómetro, carrega-se num botão e daí a pouco sai uma alface. Claro que o desagrado de Cipriano Algor não o impede de reconhecer que foi graças a estas estufas que passou a ver verduras no prato durante todo o ano, o que ele não pode suportar é que se tenha batizado com a designação de Cintura Verde um lugar onde essa cor, precisamente, não se encontra, salvo nas poucas ervas que se deixam crescer do lado de fora das estufas. Por acaso ficarias mais feliz se os plásticos fossem verdes, perguntou-lhe de chofre o pensamento que labuta no patamar inferior do cérebro, aquele irrequieto pensamento que nunca se dará por satisfeito com o que pensou e decidiu o do patamar de cima, mas Cipriano Algor, a esta pergunta pertinentíssima, preferiu não dar resposta, fez de conta que não tinha ouvido, talvez por causa de um certo tom de impertinência que as perguntas pertinentes, só pelo facto de terem sido feitas, e por muito que se pretenda disfarçá-las, automaticamente tomam. A Cintura Industrial, semelhante, cada vez mais, a uma construção tubular em expansão contínua, a uma armação de tubos projetada por um furioso e executada por um alucinado, não lhe beneficiou a disposição, embora, vá lá, do mal o menos, o seu inquieto e turvo pressentimento tivesse passado a rosnar em surdina. Notou que o alinhamento visível dos bairros de barracas estava agora muito mais perto da estrada, como um formigueiro que voltasse ao carreiro depois da chuva, pensou, com um encolher de ombros, que os assaltos aos camiões não tardariam a recomeçar, e, enfim, fazendo um esforço enorme para arredar a sombra que viera sentada ao seu lado, entrou no trânsito confuso da cidade. Ainda não eram horas de recolher Marçal, tinha tempo de sobejo para ir ao departamento de compras. Não pediu para falar ao chefe, sabia bem que o assunto que ali o levava não era mais do que um pretexto para se fazer lembrado, um recado de passagem para que não se esquecessem de que existia, de que a uns trinta quilómetros dali havia um forno a cozer barro diligentemente, e uma mulher a pintar, e o pai dela a moldear, todos com os olhos postos no Centro, e não me venha dizer a mim que os fornos não têm olhos, têm-nos sim senhor, se não os tivessem não saberiam o que estão a fazer, olhos pois, o que não se parecem é com os nossos. Atendeu-o o subchefe do outro dia, aquele simpático e sorridente, Então o que o traz por cá hoje, perguntou, Os trezentos bonecos estão prontos, vinha perguntar quando quer que os traga, Quando quiser, amanhã mesmo, Amanhã não sei se poderei, o meu genro estará em casa a gozar a folga, aproveita para me ajudar a enfornar os outros trezentos, Então depois de amanhã, o mais depressa que possa, tive uma ideia que quero pôr em prática rapidamente, Refere-se aos meus bonecos, Exatamente, lembra-se de que lhe tinha falado de um inquérito, Lembro-me, sim senhor, aquele sobre a situação prévia à compra e sobre a situação decorrente do uso, Parabéns, tem boa memória, Para a minha idade não está mal, Pois esta ideia, aliás aplicada já a outros casos com resultados muito apreciáveis, consistirá em distribuir por um determinado número de potenciais compradores, consoante o universo social e cultural que vier a ser definido, uma certa quantidade de bonecos, e averiguar depois que opinião lhes mereceu o artigo, digo assim para simplificar, o esquema das nossas perguntas é mais complexo, como deve calcular, Não tenho experiência, senhor subchefe, nem nunca perguntei, nem nunca me perguntaram, Estou até a pensar em utilizar no inquérito estes seus primeiros trezentos, seleciono cinquenta clientes, faculto grátis a cada um a coleção completa de seis, e em poucos dias estarei ciente da opinião que formaram sobre o produto, Grátis, perguntou Cipriano Algor, quer dizer que não mos vão pagar, De modo algum, caro senhor, a experiência é da nossa conta, seremos nós, portanto, a assumir os custos, não queremos o seu prejuízo. O alívio sentido por Cipriano Algor fez retirar-se, de momento, a preocupação que irrompera bruscamente no seu espírito, isto é, Que sucederá se o resultado do inquérito me for desfavorável, se a maioria dos clientes inquiridos, ou todos eles, resolverem as perguntas todas em uma única e definitiva resposta, Isto não interessa. Ouviu-se a si mesmo dizendo, Obrigado, não só por educação, também por justiça tinha de o dizer, pois não é todos os dias que aparece alguém a tranquilizar-nos com a benévola informação de que não quer o nosso prejuízo. A inquietação tinha voltado a mordê-lo no estômago, mas agora era ele próprio que não deixaria sair a pergunta da boca, iria dali como se levasse no bolso uma carta de prego para ser aberta no alto-mar e em que o seu destino já havia sido apontado, traçado, escrito, hoje, amanhã, depois de amanhã. O subchefe tinha perguntado, O que o traz por cá hoje, depois dissera, Amanhã mesmo, depois concluíra, Então seja depois de amanhã, é certo que as palavras são assim mesmo, vão e voltam, e vão, e voltam, e voltam, e vão, mas porquê estavam estas aqui à minha espera, porquê saíram comigo de casa e não me largaram em todo o caminho, não amanhã, não depois de amanhã, mas hoje, agora mesmo. De súbito, Cipriano Algor detestou o homem que se encontrava na sua frente, este subchefe simpático e cordial, quase afetuoso, com quem no outro dia tinha podido conversar praticamente de igual para igual, salvadas, claro está, as óbvias distâncias e diferenças de idade e condição social, nenhuma delas, porém, ao que havia parecido então, impedientes de uma relação fundada no respeito mútuo. Se te espetam uma faca na barriga, ao menos que tenham a decência moral de te mostrarem uma cara que seja conforme com a ação assassina, uma cara que ressumbre ódio e ferocidade, uma cara de furor demente, até mesmo de frieza desumana, mas, por amor de Deus, que não te sorriam enquanto te estiverem a rasgar as tripas, que não te desprezem a esse ponto extremo, que não te deem esperanças falsas, dizendo por exemplo, Não se preocupe, isto não é nada, com meia dúzia de pontos ficará fino como antes, ou então, Desejo sinceramente que o resultado do inquérito lhe seja favorável, poucas coisas me dariam maior satisfação, creia-me. Cipriano Algor acenou vagamente com a cabeça, num gesto que tanto poderia significar sim como não, que talvez nem significado tivesse, depois disse, Tenho de ir buscar o meu genro.

Saiu do subterrâneo, deu a volta ao Centro e foi estacionar a furgoneta à vista da porta do serviço de segurança. Marçal tardou mais do que era habitual, parecia nervoso ao entrar no carro, Boas tardes, pai, disse, e Cipriano Algor disse, Boas tardes, que tal te foi o trabalho esta semana, Na forma do costume, respondeu Marçal, e Cipriano Algor disse, Acabámos a primeira série de bonecos, já combinei a entrega com o departamento de compras, Como está a Marta, Cansada, mas bem. Não voltaram a falar até à saída da cidade. E foi só quando já iam à altura das barracas que Marçal disse, Pai, acabam de me informar que fui promovido, sou guarda residente do Centro a partir de hoje. Cipriano Algor virou a cabeça para o genro, olhou-o como se o estivesse a ver pela primeira vez, hoje, não depois de amanhã, nem amanhã, hoje, tinha razão o pressentimento. Hoje, quê, perguntou-se, a ameaça que se vai esconder nas perguntas do inquérito, ou esta de agora, finalmente consumada depois de ter andado a prometer durante tanto tempo. Tem-se visto, embora menos na vida real do que nos livros em que se contam histórias, que uma surpresa súbita pode tirar por momentos a voz à pessoa surpreendida, mas uma meia surpresa que se deixou ficar em silêncio, porventura a fingir, porventura a querer que a tomem por surpresa completa, não deverá, em princípio, ser tomada em consideração. Atenção, só em princípio. Desde sempre sabemos que este homem que vai a conduzir a furgoneta não tinha nenhuma dúvida de que a temida notícia acabaria por chegar um dia, mas é compreensível que hoje, colocado como o puseram entre dois fogos, se tenha visto de repente sem forças para decidir a qual deles deveria ir acudir em primeiro lugar. Revelemos, porém, desde já, embora sabendo que prejudicaremos a regularidade da ordem a que os acontecimentos devem submeter-se, que Cipriano Algor não comunicará, nestes dias próximos, quer ao genro quer à filha, uma só palavra acerca da inquietante conversa que teve com o subchefe do departamento de compras. Virá a falar do assunto, sim, mas mais para diante, quando tudo estiver perdido. Agora apenas diz ao genro, Parabéns, calculo que estarás satisfeito, palavras banais e quase indiferentes que não deveriam ter necessitado tanto tempo para manifestar-se, e Marçal não as agradecerá, como não confirmará se está satisfeito como o sogro calculou, ou um pouco menos, ou um pouco mais, o que ele diz é tão sério como uma mão estendida, Para si não é uma boa notícia. Cipriano Algor compreendeu o propósito, olhou de lado com um meio sorriso que parecia burlar-se da sua própria resignação, e disse, Nem sequer as melhores notícias são boas para toda a gente, Verá como tudo se há-de resolver da melhor maneira, disse Marçal, Não te preocupes, ficou resolvido no dia em que vos disse que iria viver convosco no Centro, a palavra está dada, foi dita e não volta atrás, Viver no Centro não é nenhum degredo, disse Marçal, Não sei como será viver no Centro, sabê-lo-ei quando para lá for, mas tu, sim, tu já o sabes, e da tua boca nunca se ouviu uma explicação, um relato, uma descrição que me fizesse perceber, o que se chama realmente perceber, isso que, tão seguro de ti, afirmaste não ser um degredo, O pai já esteve no Centro, Poucas vezes, e sempre de passagem, apenas como um comprador que sabia o que queria, Creio que a melhor explicação do Centro ainda seria considerá-lo como uma cidade dentro de outra cidade, Não sei se será a melhor explicação, de qualquer modo não é suficiente para que eu perceba o que há dentro do Centro, O que há é o mesmo que se encontra numa cidade qualquer, lojas, pessoas que passam, que compram, que conversam, que comem, que se distraem, que trabalham, Queres tu dizer, exactamente como na aldeola atrasada em que vivemos, Mais ou menos, no fundo trata-se de uma questão de tamanho, A verdade não pode ser tão simples, Suponho que há algumas verdades simples, É possível, mas não acredito que as possamos reconhecer dentro do Centro. Houve uma pausa, depois Cipriano Algor disse, E já que estamos a falar de tamanhos, é curioso que de cada vez que olho cá de fora para o Centro tenho a impressão de que ele é maior do que a própria cidade, isto é, o Centro está dentro da cidade, mas é maior do que a cidade, sendo uma parte é maior que o todo, provavelmente será porque é mais alto que os prédios que o cercam, mais alto que qualquer prédio da cidade, provavelmente porque desde o princípio tem estado a engolir ruas, praças, quarteirões inteiros. Marçal não respondeu logo, o sogro tinha acabado de dar expressão quase visual à confusa sensação de perdimento que se apoderava dele de cada vez que regressava ao Centro depois da folga, sobretudo durante as rondas noturnas com a iluminação reduzida, percorrendo as galerias desertas, descendo e subindo nos elevadores, como se vigiasse o nada para que continuasse a ser nada. No interior de uma grande catedral vazia, se levantarmos os olhos para as abóbadas, para as obras superiores, temos a impressão de que ela é mais alta do que a altura a que vemos o céu num campo aberto. Ao cabo de um silêncio, Marçal disse, Creio que compreendo a sua ideia, e deixou-se ficar por ali, não queria alimentar no espírito do sogro uma corrente de pensamentos que o poderia levar a fechar-se por trás de uma nova linha de resistência desesperada. Mas as preocupações de Cipriano Algor tinham-se encaminhado noutra direção, Quando fazem a mudança, O mais breve possível, já vi o apartamento que me foi destinado, é mais pequeno do que a nossa casa, mas isso compreende-se, por muito grande que o Centro seja, o espaço não é infinito, tem de ser racionalizado, Achas que caberemos lá todos, perguntou o oleiro desejando que o genro não se apercebesse do tom de melancólica ironia que no último momento se entremetera nas palavras, Cabemos, fique descansado, para uma família como a nossa o apartamento chega à vontade, respondeu Marçal, não precisaremos de dormir à vez. Cipriano Algor pensou, Aborreci-o, teria sido preferível não lhe fazer a pergunta. Até chegarem a casa não voltaram a falar. Marta recebeu a notícia sem manifestar qualquer sentimento. O que se sabe que irá acontecer, de uma certa maneira é como se tivesse acontecido já, as expectativas fazem mais do que anular simplesmente as surpresas, embotam as emoções, banalizam-nas, tudo o que se desejava ou temia já havia sido vivido enquanto se desejou ou temeu. Foi durante o jantar que Marçal deu uma importante informação de que se havia esquecido, e essa desagradou francamente a Marta, Queres dizer que não poderemos levar daqui as nossas coisas, Algumas sim, as de decoração da casa, por exemplo, mas não as mobílias, nem as louças, nem os vidros, nem os talheres, nem as toalhas, nem as cortinas, nem as roupas de cama, o apartamento já tem tudo o que se necessita, Portanto mudança, mudança, aquilo a que chamamos uma mudança, não haverá, disse Cipriano Algor, Mudam-se as pessoas, é essa a mudança, Vamos deixar esta casa com tudo o que tem dentro, disse Marta, Bem vês que não há outro remédio. Marta pensou um pouco, depois teve de aceitar o inevitável, Virei cá uma vez por outra para abrir as janelas, arejar os quartos, uma casa fechada é como uma planta que se esqueceram de regar, morre, seca, estiola. Quando acabaram de comer, e antes que Marta se levantasse para retirar os pratos, Cipriano Algor disse, Tenho estado aqui a pensar. A filha e o genro entreolharam-se, como se transmitissem um ao outro palavras de alarme, Nunca se sabe o que pode sair dali quando ele se põe a pensar. A minha primeira ideia, continuou o oleiro, tinha sido que o Marçal me ajudasse amanhã no trabalho do forno, Peço licença para lhe recordar que ficou combinado que teríamos três dias de descanso, lembrou Marta, Os teus começam amanhã já, E os seus, Os meus também não vão tardar, só terão de esperar um pouco, Bem, essa foi a primeira ideia, e a segunda qual é, ou a terceira, perguntou Marta, Arrumamos no forno, logo de manhã, os bonecos que estão por cozer, mas não o acendemos, depois tratarei eu disso, a seguir vocês ajudam-me a carregar na furgoneta os bonecos já prontos, e enquanto eu os levo ao Centro e volto, ficam tranquilos aqui, sem um pai e um sogro a meter-se onde não é chamado, Foi esse o acordo que fez com o departamento de compras, entregar os bonecos amanhã, perguntou Marçal, não foi essa a impressão com que fiquei, pensei que os levaríamos connosco depois, quando formos os três, Assim é melhor, respondeu Cipriano Algor, ganha-se tempo, Ganha-se por um lado e perde-se por outro, os outros bonecos vão-se atrasar, Não se atrasarão muito, acendo o forno logo que chegar a casa depois de regressar do Centro, sabe-se lá se não será a última vez, Que ideia a sua, ainda temos seiscentos bonecos para fazer, disse Marta, Não estou tão certo disso, Porquê, Em primeiro lugar, a mudança, o Centro não é pessoa para ficar à espera de que o sogro do guarda residente Marçal Gacho termine uma encomenda, embora haja que dizer que, com tempo, supondo que o houvesse, eu poderia acabá-la sozinho, e em segundo lugar, Em segundo lugar, quê, perguntou Marçal, Na vida, há sempre alguma coisa que vem de trás do que aparece em primeiro lugar, às vezes temos a impressão de saber o que é, mas quereríamos ignorá-lo, outras vezes nem sequer imaginamos o que poderá ser, mas sabemos que está lá, Deixe de falar como um oráculo, por favor, disse Marta, Muito bem, cale-se o oráculo, fiquemo-nos então por aquilo que vinha em primeiro lugar, o que pretendi dizer foi que se a mudança tiver de ser feita com brevidade não haverá tempo para resolver o problema dos seiscentos bonecos que faltam, Seria uma questão a conversar com o Centro, disse Marta dirigindo-se ao marido, mais três ou quatro semanas não devem fazer-lhes diferença, fala com eles, se levaram tanto tempo a decidir a tua promoção, bem podem agora ajudar-nos nisto, aliás seria ajudarem-se a si próprios porque ficariam com a encomenda completa, Não falo, não vale a pena, disse Marçal, temos dez dias exatos para fazer a mudança, nem mais uma hora, é do regulamento, o próximo dia de descanso já terei de o passar no apartamento, Também o poderias vir passar aqui, disse Cipriano Algor, à tua casa de campo, Pareceria mal, ser promovido a guarda residente e ausentar-me do Centro logo na primeira folga, Dez dias é pouco tempo, disse Marta, Talvez fosse pouco tempo se tivéssemos de levar os móveis e o resto, mas as únicas coisas que realmente vamos mudar são os corpos com as roupas que vestimos, e esses estariam a entrar no apartamento em menos de uma hora se fosse preciso, Sendo assim, que faremos ao que está por cumprir da encomenda, perguntou Marta, O Centro o sabe, o Centro o anunciará quando achar que é a ocasião, disse o oleiro. Auxiliada pelo marido, Marta levantou a mesa, depois foi à porta para sacudir a toalha, demorou-se um pouco a olhar para fora, e quando voltou disse, Há ainda uma questão que está por resolver e que não poderá ser deixada para a última hora, Que questão é essa, perguntou Marçal, O cão, respondeu ela, O Achado, retificou Cipriano Algor, e Marta continuou, Uma vez que não somos pessoas para o matar, ou para o deixar ao abandono, há que dar-lhe um destino, confiá-lo a alguém, É que no Centro não se aceitam animais, esclareceu Marçal com vista ao sogro, Nem um cágado familiar, nem sequer um canário, nem ao menos uma terna rolinha, quis saber Cipriano Algor, Parece que de repente deixou de lhe interessar a sorte do cão, disse Marta, Do Achado, Do cão, do Achado, é a mesma coisa, o que importa é decidir o que iremos fazer com ele, por mim, digo já que tenho uma proposta, E eu uma intenção, cortou

Cipriano Algor, ato contínuo levantou-se e foi para o quarto. Reapareceu passados alguns minutos, atravessou a cozinha sem pronunciar palavra e saiu. Chamou o cão, Anda daí, vamos dar uma volta, disse. Desceu com ele a rampa, chegado à estrada virou para a esquerda, na direção oposta à da povoação, e meteu-se pelo campo. O Achado não largava os calcanhares do dono, devia estar a lembrar-se dos seus tempos de infeliz vagabundagem, quando o escorraçavam dos quintais e até mesmo uma sede de água lhe negavam. Embora não tenha nada de medroso, embora não o assustem as sombras da noite, preferiria estar agora deitado na casota, ou, melhor ainda, enroscado na cozinha, aos pés de um deles, não diz um deles por indiferença, como se tanto fizesse, mas sim porque aos outros dois também os guardaria ao alcance da vista e do olfato, e porque poderia trocar de sítio quando lhe apetecesse sem que a harmonia e a felicidade do momento sofressem com a mudança. Não foi muito longe o passeio. A pedra em que Cipriano Algor acabou de se sentar vai fazer as vezes do banco das meditações, foi para isso que ele saiu de casa, se tivesse ido acolher-se ao autêntico a filha vê-lo-ia da porta da cozinha e não tardaria a acudir a perguntar-lhe se estava bem, são cuidados que evidentemente se agradecem, mas a natureza humana está feita de tão estranha maneira que até os mais sinceros e espontâneos movimentos do coração se podem tornar importunos em certas circunstâncias. Do que Cipriano Algor pensou não merece a pena falar porque já o tinha pensado em outras ocasiões e desse pensar se deixou informação mais do que suficiente. Se algo de novo aqui aconteceu foi ele ter deixado escorregar pela cara abaixo umas quantas custosas lágrimas, há um ror de tempo que elas andavam lá represadas, sempre vai não vai a ponto de se derramarem, afinal estavam prometidas para esta hora triste, para esta noite sem lua, para esta solidão que não se resignou. O que realmente não foi nenhuma novidade, porque já tinha sucedido uma outra vez na história das fábulas e dos prodígios da gente canina, foi ter-se chegado o Achado a Cipriano Algor para lhe lamber as lágrimas, gesto de consolação suprema que, em todo o caso, por muito comovente que nos pareça, capaz até de tocar os corações menos propensos a manifestações de sensibilidade, não nos deveria fazer esquecer a crua realidade de que o sabor a sal que nelas está tão presente é apreciado em grado sumo pela generalidade dos cães. Uma coisa, porém, não tira a outra, se perguntarmos ao Achado se foi por causa do sal que ele lambeu a cara de Cipriano Algor, provavelmente responder-nos-á que não merecemos o pão que comemos, que somos incapazes de ver mais longe que a ponta do nosso nariz. Ali ficaram por mais de duas horas o cão e o seu dono, cada qual com os seus pensamentos, já sem lágrimas que um chorasse e o outro secasse, quem sabe se à espera de que a rotação do mundo voltasse a pôr todas as coisas nos seus lugares, sem esquecer algumas que até agora ainda não conseguiram encontrar sítio.

Na manhã seguinte, como tinham decidido, Cipriano Algor levou os bonecos acabados ao Centro. Os outros já se encontravam no forno, à espera da sua vez. Cipriano Algor levantara-se cedo, ainda a filha e o genro dormiam, e quando finalmente Marçal e Marta, estremunhados, se mostraram à porta da cozinha, metade do serviço estava feito. Tomaram o pequeno-almoço juntos trocando frases de circunstância, quer mais café, passa-me aí o pão, ainda há marmelada, depois Marçal foi ajudar o sogro ao que faltava, logo se ocupou do delicado trabalho de acomodar os trezentos bonecos prontos nas caixas que dantes eram usadas no transporte da louça. Marta disse ao pai que iria com Marçal a casa dos sogros, era preciso informá-los da próxima mudança, vamos a ver como receberão a notícia, de qualquer modo não ficariam lá para comer, Provavelmente já estaremos aqui quando voltar do Centro, concluiu. Cipriano Algor disse que levaria o Achado consigo, e Marta perguntou-lhe se era em alguém da cidade que estava a pensar quando ontem à noite disse que também tinha uma ideia para resolver o problema do cão, e ele respondeu que não, mas que seria um caso a estudar, dessa maneira o Achado ficaria perto deles, poderiam vê-lo sempre que quisessem. Marta observou que não constava dos seus conhecimentos que o pai tivesse amigos chegados na cidade, pessoas de tanta confiança que merecessem, disse com intenção a palavra merecessem, ficar com um animal a quem naquela casa se estimava como a uma pessoa. Cipriano Algor respondeu que não se lembrava de haver dito alguma vez que tinha amigos chegados na cidade, e que se levava o cão consigo era para se distrair de pensamentos que não queria ter. Marta disse que se ele tinha pensamentos desses deveria partilhá-los com a filha que ali estava, ao que Cipriano Algor respondeu que falar-lhe dos pensamentos que tinha seria como chover no molhado, porque ela os conhecia tão bem ou melhor do que ele próprio, não palavra a palavra, claro está, como o registo de um gravador, mas no mais profundo e essencial, e então ela disse que, em sua humilde opinião, a realidade era precisamente ao contrário, que de essencial e profundo nada sabia e que muitas das palavras que lhe ouvira não passavam de cortinas de fumo, circunstância por outro lado nada estranhável porque as palavras, muitas vezes, só para isso servem, mas há pior ainda, que é quando elas se calam de todo e se convertem num muro de silêncio compacto, diante desse muro não sabe uma pessoa o que há-de fazer, Ontem à noite fiquei aqui à sua espera, ao cabo de uma hora o Marçal foi para a cama, e eu esperando, esperando, enquanto o meu senhor pai andava a passear com o cão lá não sei por onde, Por aí, pelo campo, Claro, pelo campo, realmente não há nada mais agradável do que andar pelo campo à noite, sem ver onde estamos a pôr os pés, Devias ter-te deitado, Foi o que acabei por fazer, naturalmente, antes que me transformasse em estátua, Então está tudo certo, não se fala mais no assunto, Não está tudo certo, não senhor, Porquê, Porque o pai me roubou o que eu mais desejava naquele momento, E que era, Vê-lo voltar, apenas isso, vê-lo voltar, Um dia compreenderás, Espero bem que sim, mas não com palavras, por favor, estou farta de palavras. Os olhos de Marta brilhavam rasos de água, Não faça caso, disse, ao que parece, nós, as frágeis mulheres, não sabemos comportar-nos doutra maneira quando estamos grávidas, vivemos tudo de maneira exagerada. Marçal gritou da eira que a carga já estava terminada, que podia ir quando quisesse. Cipriano Algor saiu, subiu para a furgoneta e chamou o Achado. O cão, a quem não tinha passado pela cabeça a possibilidade de semelhante fortuna, saltou como um raio para o lado do dono e ali ficou, sentado, sorridente, de boca aberta e língua de fora, feliz pela viagem que começava, nisto, como em tantas outras coisas, são os seres humanos como os cães, põem todas as suas esperanças no que vem aí a virar a esquina, e depois dizem que logo se verá. Quando a furgoneta desapareceu por trás das primeiras casas da povoação, Marçal perguntou, Zangaste-te com ele, É o mesmo problema de sempre, se não falamos somos infelizes, e se falamos desentendemo-nos, Há que ter paciência, não é necessária uma excepcional agudeza de visão para perceber que o teu pai está a ver-se a si mesmo como se vivesse numa ilha que se vai tornando mais pequena em cada dia que passa, um pedaço, outro pedaço, repara que acaba de ir levar os bonecos ao Centro, depois voltará a casa para acender o forno, mas estas coisas anda a fazê-las como se duvidasse da razão de ser que tiveram alguma vez, como se desejasse que lhe apareça um obstáculo impossível de transpor para poder dizer enfim acabou-se, Creio que tens razão, Não sei se tenho razão, o que tento é pôr-me no seu lugar, dentro de uma semana tudo quanto estamos a ver aqui perderá grande parte do significado que tinha, a casa continuará a ser nossa, mas nela não viveremos, o forno não manterá o seu nome de forno se não houver quem lho dê todos os dias, a amoreira-preta persistirá em criar as suas amoras, mas não terá ninguém que venha apanhá-las, se nem a mim mesmo, que não nasci nem me criei debaixo daquele teto, me vai ser fácil separar-me disto, que não se dirá do teu pai, Viremos aqui muitas vezes, Sim, à casa de campo, como ele lhe chamou ironicamente, Existirá outra solução, perguntou Marta, desistes de ser guarda e vens trabalhar na olaria connosco, a fazer louça que ninguém quer, ou bonecos que ninguém vai querer por muito tempo, Tal como estão as coisas, para mim também só existe uma solução, a de ser guarda residente do Centro, Tens o que querias ter, Quando pensava que era isso o que queria, E agora, Nos últimos tempos aprendi com o teu pai algo do que me faltava conhecer, talvez não te tenhas apercebido, mas é meu dever avisar-te de que o homem com quem estás casada é muito mais velho do que parece, Não me dás nenhuma novidade, tive o privilégio de assistir ao envelhecimento, disse Marta, sorrindo. Mas depois o rosto tornou-se-lhe grave, É verdade que se nos aperta o coração pensando que vai ser preciso deixar tudo isto, disse. Estavam debaixo da amoreira-preta, sentados, juntos, numa das pranchas de secagem, olhavam na sua frente a casa, a olaria que a ela se encostava, se virassem um pouco a cabeça veriam por entre a folhagem a porta do forno aberta, a manhã está bonita, de sol, mas fresca, talvez o tempo vá mudar. Sentiam-se bem, apesar da tristeza, sentiam-se quase felizes, daquela melancólica maneira que a felicidade, não raro, escolhe para manifestar-se, mas de súbito Marçal levantou-se da prancha de secagem e exclamou, Já me tinha esquecido, os meus pais, temos de ir falar com os meus pais, aposto dobrado contra singelo que vão tornar à ideia de que eles é que deveriam ir viver no Centro, e não o teu pai, Estando eu presente, o mais provável é não falarem disso, é uma questão de delicadeza, de bom gosto, Espero que sim, espero que venhas a ter razão.

Não a teve. Quando Cipriano Algor, regressando de levar os bonecos ao Centro, atravessava a povoação em direção a casa, viu a filha e o genro que caminhavam à sua frente. Ele tinha posto um braço por cima dos ombros dela e parecia consolá-la. Cipriano Algor parou a furgoneta, Entrem, disse, não mandou o Achado para o banco de trás porque sabia que eles quereriam estar juntos. Marta tentava enxugar as lágrimas enquanto Marçal lhe ia dizendo, Não te rales, sabes como eles são, se eu adivinhasse que isto se ia passar não te teria trazido, Que foi que aconteceu, perguntou Cipriano Algor, O mesmo que no outro dia, que querem ir viver para o Centro, que o merecem mais do que outras pessoas, que já é tempo de desfrutarem da vida, não lhes importou nada que Marta ali estivesse, foi uma cena realmente deplorável, peço desculpa por eles. Desta vez Cipriano Algor não repetiu que estava disposto a fazer a troca, seria como escarafunchar uma dor nova sobre uma ferida velha, apenas perguntou, E como acabou a discussão, Disse-lhes que o apartamento que me está atribuído é, basicamente, para um casal com um filho, que quando muito se poderá admitir a presença de mais uma pessoa da família, desde que para a sua acomodação seja utilizado um pequeno compartimento que em princípio foi destinado a arrecadações, mas duas pessoas nunca, porque não caberiam lá, E eles, Quiseram saber o que sucederia se viéssemos a ter outros filhos, e eu respondi-lhes com a verdade, que nesse caso o Centro nos mudaria para um apartamento maior, e eles perguntaram por que motivo, então, não o podem fazer já, tendo em conta que os pais do guarda residente também pretendem ir viver com ele, E tu, Disse-lhes que a pretensão não havia sido apresentada em devido tempo, que há regras, prazos, regulamentos a cumprir, mas que talvez lá mais para diante seja possível voltar a estudar o assunto, Conseguiste convencê-

-los, Não creio, em todo o caso a ideia de que mais tarde poderão vir a mudar-se para o Centro melhorou-lhes ligeiramente o humor, Até à próxima ocasião, Sim, a prova é que não deixaram de me ir dizendo que a culpa de o assunto não ter sido tratado a tempo não era deles, Os teus pais não têm nada de parvos, Sobretudo a minha mãe, no fundo esta guerra é muito mais dela que dele, sempre foi dura de roer. Marta tinha deixado de chorar, E tu, como te sentes, a pergunta era de Cipriano Algor, Humilhada e envergonhada, primeiro foi a humilhação de ter de assistir a uma discussão que ia contra mim diretamente, mas em que não podia intervir, agora é vergonha o que tenho, Explica-te, Queiramo-lo, ou não, o direito deles é igual ao nosso, somos nós quem está a torcer as coisas para que eles não possam mudar-se para o Centro, Nós, não, eu, cortou Marçal, sou eu que não quero viver com os meus pais, tu e o teu pai não têm nada que ver com isto, Mas somos cúmplices de uma injustiça, Eu sei que a minha atitude parecerá censurável vista de fora, mas foi de livre e consciente vontade que a tomei para evitar maiores males, se eu próprio não quero viver com os meus pais, muito menos quererei que a minha mulher e o meu filho os tenham de sofrer, o amor une, mas não a todos, e pode até suceder que os motivos de uns para a união sejam precisamente os motivos de outros para a desunião, E como irás tu ter a certeza de que os nossos motivos vão inclinar-se para o lado da união, perguntou Cipriano Algor, Só há uma razão para que eu esteja feliz por não ser seu filho, respondeu Marçal, Deixa-me adivinhar, Não é difícil, Porque se o fosses não estarias casado com Marta, Exatamente, adivinhou. Riram-se ambos. E Marta disse, Espero que nesta altura o meu filho já tenha tomado a sábia decisão de nascer filha, Porquê, perguntou Marçal, Porque a pobre mãe não teria forças para suportar sozinha e desamparada a suficiência do pai e do avô. Repetiu-se o riso, felizmente não andavam por ali os pais de Marçal, pensariam que os Algores se riam à sua custa, enganando o filho a tal ponto que o faziam rir também daqueles que lhe haviam dado o ser. As últimas casas da povoação tinham ficado já para trás. O Achado ladrou de contentamento ao ver surgir no alto da encosta o telhado da olaria, a amoreira-preta, a parte de cima de uma parede lateral do forno. Dizem os entendidos que viajar é importantíssimo para a formação do espírito, no entanto não é preciso ser-se uma luminária do intelecto para perceber que os espíritos, por muito viajeiros que sejam, precisam de voltar de vez em quando a casa porque só nela é que conseguem ganhar e conservar uma ideia passavelmente satisfatória acerca de si mesmos. Marta disse, Vamos aqui a falar de incompatibilidades familiares, de vergonhas, de humilhações, de vaidades, de monótonas e mesquinhas ambições, e não temos um pensamento para este pobre animal que não pode imaginar que daqui a dez dias já não estará connosco. Eu penso, disse Marçal. Cipriano Algor não falou. Soltou a mão direita do volante e, como faria a uma criança, passou-a pela cabeça do cão. Quando a furgoneta parou junto ao alpendre da lenha, Marta foi a primeira a sair, Vou fazer o almoço, disse. O Achado não esperou que lhe abrissem a porta do seu lado, esgueirou-se entre os dois assentos da frente, saltou por cima das pernas de Marçal e disparou na direção do forno, com a bexiga subitamente sobressaltada a reclamar urgente satisfação. Marçal disse, Agora que ficámos sozinhos, conte-me como foi a entrega da mercadoria, Sem novidade, na forma do costume, entreguei as guias, descarreguei as caixas, fez-se a contagem, o empregado que atendia examinou os bonecos um por um e não achou nada de mal, nenhum estava partido e as pinturas não tinham uma beliscadura, fizeste um excelente trabalho quando os embalaste, Nada mais, Por que perguntas, Desde ontem que tenho a impressão de que o pai anda a esconder alguma coisa, Contei-te o que se passou, não escondi nada, Neste momento não me estava a referir à entrega da mercadoria, ando com esta ideia desde que me foi buscar ao Centro, Referias-te a quê, então, Não sei, estou à espera de que me explique, por exemplo, os enigmáticos subentendidos da conversação de ontem à noite, durante o jantar. Cipriano Algor ficou calado, tamborilava com os dedos sobre o arco do volante como se estivesse a decidir, consoante viesse a ser par ou ímpar o número final do rufo, que resposta daria. Finalmente disse, Vem comigo. Saiu da furgoneta e, seguido de Marçal, avançou para o forno. Tinha já a mão posta num dos manípulos dos fechos, mas deteve-se um instante e pediu, Não dirás a Marta uma única palavra do que vais ouvir, Prometo, Nem uma só palavra, Já prometi. Cipriano Algor abriu a porta do forno. A claridade do dia fez aparecer bruscamente as estatuetas agrupadas e alinhadas, cegas pela escuridão, antes, cegas pela luz, agora. Cipriano Algor disse, É possível, é mesmo até muito provável, que estes trezentos bonecos não cheguem a sair daqui, Ora essa, porquê, perguntou Marçal, O departamento de compras resolveu fazer um inquérito para avaliar o grau de interesse dos clientes, os bonecos que lhes levei hoje servirão para isso, Um inquérito por causa de uns bonecos de barro, perguntou Marçal, Assim me foi explicado por um dos subchefes, Aquele que embirrava consigo, Não, outro, um com ares de simpático, sorridente, um que fala connosco como se nos quisesse meter no coração. Marçal pensou um pouco e disse, No fundo, é indiferente, tanto nos faz, de qualquer modo já estaremos a viver no Centro daqui por dez dias, Crês, de facto, que é indiferente, que tanto nos faz, perguntou o sogro, Repare, se o resultado do inquérito vier a sair positivo, ainda haverá tempo para acabar estes bonecos e entregá-los, quanto ao resto da encomenda, como é lógico, ficará automaticamente cancelado pelo facto irrefutável de a olaria deixar de fabricar, E se o resultado sair negativo, Pois então dá vontade de dizer que melhor ainda, poupa-lhes, a si e a Marta, o trabalho de terem de cozer os bonecos e pintá-los. Cipriano Algor fechou devagar a porta do forno e disse, Esqueces alguns aspectos da questão, é certo que insignificantes, Quais, Esqueces a bofetada de veres que te rejeitam o fruto do teu trabalho, esqueces que se não fosse o acaso de estes nefastos sucessos coincidirem com a mudança para o Centro ficaríamos na mesma situação em que nos encontrámos quando eles deixaram de comprar a louça, e então sem a esperança absurda de que uns ridículos bonecos de barro ainda nos pudessem salvar a vida, É com o que é que temos de viver, não com o que seria ou poderia ter sido, Admirável e pacífica filosofia, essa tua, Desculpe-me se não sou capaz de alcançar mais, Eu também não alcanço muito longe, mas nasci com uma cabeça que sofre da incurável doença de justamente se preocupar com o que seria ou com o que poderia ter sido, E que foi que ganhou com essa preocupação, perguntou Marçal, Tens razão, nada, como tu muito bem me fizeste lembrar é com o que é que temos de viver, não com as fantasias do que poderia ter sido, se fosse. Aliviado já da urgência fisiológica e com as pernas desentorpecidas pelas correrias desatinadas que dera pelas cercanias, o Achado aproximou-se com o rabo a abanar, mostra habitual de contentamento e de cordialidade, mas que, desta vez, tendo em conta a aproximação da hora do almoço, significava outra instante necessidade do corpo. Cipriano Algor acariciou-o, torcendo-lhe levemente uma orelha, Temos de esperar que a Marta nos chame, rapaz, não parece bem que o cão da casa coma antes dos donos dela, há que respeitar a hierarquia, disse. Depois, para Marçal, como se a ideia lhe tivesse ocorrido naquele instante, Acenderei o forno hoje, Tinha dito que só o acenderia amanhã, quando regressasse do Centro, Pensei melhor, será uma maneira de estar ocupado enquanto vocês descansam, ou, se preferirem, peguem na furgoneta e vão dar por aí um passeio, provavelmente, depois da mudança, não lhes apetecerá sair da nova casa tão cedo, e ainda menos para estas bandas, Se viremos cá, ou não, e quando, é assunto para ver depois, o que quero que me diga é se realmente acredita que sou homem para ir dar uma volta com a Marta e deixá-lo aqui sozinho a atirar lenha à fornalha, Posso fazê-lo sem ajuda, Claro que sim, mas, já agora, se não se importa, eu também gostaria de ser parte ativa nesta última vez que o forno é acendido, se vai mesmo ser a última vez, Começamos depois do almoço, se é assim que queres, De acordo, Recorda, por favor, nem uma palavra sobre o assunto do inquérito, Esteja sossegado. Com o cão atrás, encaminharam-se para casa, e estavam a poucos metros quando Marta apareceu à porta da cozinha, Vinha chamá-los, disse, o almoço está pronto, Primeiro vou dar de comer ao cão, a viagem deve ter-lhe aberto o apetite, disse o pai, A comida dele está ali, apontou Marta. Cipriano Algor agarrou no tacho e disse, Vem comigo, Achado, o que te salva é não seres uma pessoa, se o fosses já tinhas começado a desconfiar dos cuidados e atenções com que ultimamente andamos a tratar-te. A tigela do Achado estava, como sempre, ao lado da casota, e foi para lá que Cipriano Algor se dirigiu. Deitou o conteúdo do tacho para dentro dela e ficou um momento a ver o cão comer. Na cozinha, Marçal dizia, Vamos acender o forno depois do almoço, Hoje, estranhou Marta, O teu pai não quer deixar o trabalho para amanhã, Não havia pressa, tínhamos três dias de descanso, Ele lá tem as suas razões, E, como de costume, as razões que ele tem, só ele as conhece. Marçal achou preferível não responder, a boca é um órgão que será tanto mais de confiança quanto mais silencioso se mantiver. Daí a pouco Cipriano Algor entrou na cozinha. A comida já estava na mesa, Marta servia. Daí a pouco o pai dirá, Acenderemos o forno hoje, e Marta responderá, Bem sei, o Marçal disse-me.

    Por estas ou outras palavras já aqui foi lembrado que todos os dias passados foram vésperas e todos os dias futuros o hão-de ser. Tornar a ser véspera, ao menos por uma hora, é o desejo impossível de cada ontem que passou e de cada hoje que está passando. Nenhum dia conseguiu ser véspera durante todo o tempo que sonhava. Ainda ontem estiveram Cipriano Algor e Marçal Gacho a meter lenha na fornalha, alguém que andasse por aqueles sítios e não estivesse a par da realidade dos factos poderia muito bem ter pensado, julgando que acertava, Lá estão eles novamente, vão levar a vida toda naquilo, e agora ei-los na furgoneta que ainda tem a palavra Olaria escrita nas chapas laterais da carroçaria, a caminho da cidade e do Centro, e com eles está Marta, sentada ao lado do condutor, que desta vez é o seu marido. Cipriano Algor vai sozinho no banco de trás, o Achado não veio, ficou a guardar a casa. É manhã, mas muito cedo, o sol ainda não nasceu, a Cintura Verde não tardará a aparecer, logo será a Cintura Industrial, logo os bairros de barracas, logo a terra de ninguém, logo os prédios em construção na periferia, enfim a cidade, a grande avenida, o Centro finalmente. Qualquer caminho que se tome vai dar ao Centro. Nenhum dos passageiros da furgoneta abrirá a boca durante toda a viagem. Pessoas no geral tão loquazes, como são estas, parece agora que não têm nada para dizer umas às outras. De facto, compreende-se que não valha a pena falar, perder tempo e gastar saliva a articular discursos, frases, palavras e sílabas quando aquilo que um está a pensar também já está a ser pensado pelos outros. Se Marçal, por exemplo, disser, Vamos ao Centro para ver a casa onde passaremos a morar, Marta dirá, Curiosa coincidência, eu ia a pensar o mesmo, e ainda que Cipriano Algor negasse, Pois eu não, o que eu ia a pensar é que não entrarei, que ficarei cá fora à vossa espera, mesmo assim, por mais peremptório que o tom nos soasse aos ouvidos, não lhe deveríamos fazer maior caso, Cipriano Algor tem sessenta e quatro anos, já lhe passou a idade dos amuos de criança e ainda tem bastante para viver antes que lhe chegue o tempo dos amuos de velho. O que Cipriano Algor pensa realmente é que não terá outro remédio senão acompanhar a filha e o genro, mostrar a melhor cara possível aos comentários de ambos, dar opiniões se lhas pedirem, enfim, como se dizia nos antigos romances e dramas, esgotar o cálice da amargura até às fezes. Graças à hora matutina, Marçal encontrou sítio para deixar a furgoneta apenas a uns duzentos metros do Centro, será outra vida quando já estiverem a morar, os guardas residentes têm direito ao usufruto de seis metros quadrados de garagem lá dentro. Chegámos, disse sem necessidade Marçal quando puxou o travão da furgoneta. O Centro não se via dali, mas apareceu-lhes logo pela frente ao virarem a esquina da rua onde haviam deixado o carro. Quis a casualidade que este fosse o lado, a parte, a face, o extremo, o topo em que habitam os residentes. A visão não constituía novidade para nenhum dos três, mas há uma grande diferença entre olhar apenas por olhar, e olhar ao mesmo tempo que alguém nos está a dizer, Duas daquelas janelas são nossas, Só duas, perguntou Marta, Não nos podemos queixar, há apartamentos que só têm uma, disse Marçal, isto sem falar dos que as têm para o interior, O interior de quê, O interior do Centro, claro, Queres tu dizer que há apartamentos cujas janelas dão para o interior do próprio Centro, Fica sabendo que há muitas pessoas que os preferem, acham que a vista dali é infinitamente mais agradável, variada e divertida, ao passo que do outro lado são sempre os mesmos telhados e o mesmo céu, Seja como for, quem viva nesses apartamentos só conseguirá ver o andar do Centro que coincidir com a altura a que mora, notou Cipriano Algor, mas menos por interesse real próprio do que para não parecer que se tinha retirado ostensivamente da conversa, O pé-direito dos pavimentos comerciais é alto, os espaços são desafogados e amplos, o que tenho ouvido dizer é que as pessoas não se cansam do espetáculo, sobretudo as mais idosas, Nunca dei pela existência dessas janelas, precipitou-se a dizer Marta para estorvar o previsível comentário do pai sobre as distrações que mais convêm aos velhos, Estão disfarçadas pela pintura, disse Marçal. Seguiam ao longo da frontaria onde se encontrava a entrada reservada ao pessoal de segurança, Cipriano Algor caminhava dois relutantes passos atrás, como se estivesse a ser puxado por um fio invisível. Sinto-me nervosa, disse Marta baixinho para que o pai não percebesse, Verás como depois de cá estarmos tudo será fácil, é questão de nos habituarmos, respondeu Marçal também em voz baixa. Um pouco mais adiante, já natural, Marta perguntou, Em que andar é o apartamento, No trigésimo quarto, Tão alto, Ainda há mais catorze andares por cima de nós, Um pássaro numa gaiola pendurada à janela poderá imaginar que está em liberdade, Estas janelas não se podem abrir, Porquê, Por causa do ar condicionado, Evidentemente. Tinham chegado à porta. Marçal entrou adiante, deu os bons-dias aos dois vigilantes de plantão, disse de passagem, A minha mulher, o meu sogro, e abriu o guarda-vento que dava acesso ao interior. Entraram num ascensor, Vamos buscar a chave, disse Marçal. Saíram no segundo andar, percorreram um corredor comprido e estreito, de paredes cinzentas, com portas espaçadas de um lado e do outro. Marçal abriu uma delas. Aqui é a minha secção, disse. Saudou aos colegas de piquete, apresentou novamente, A minha mulher, o meu sogro, depois acrescentou, Viemos ver o apartamento. Dirigiu-se a um armário onde estava escrito o seu nome, abriu-o, pegou num molho de chaves e disse para Marta, Estas são. Entraram noutro ascensor. Tem duas velocidades, explicou Marçal, começaremos pela lenta. Premiu o botão respectivo, depois o que tinha o número vinte, Vamos primeiro até ao vigésimo andar para terem tempo de apreciar, disse. A parte do ascensor virada para o interior era toda envidraçada. O ascensor ia atravessando vagarosamente os pavimentos, mostrando sucessivamente os andares, as galerias, as lojas, as escadarias de aparato, as escadas rolantes, os pontos de encontro, os cafés, os restaurantes, os terraços com mesas e cadeiras, os cinemas e os teatros, as discotecas, uns ecrãs enormes de televisão, infinitas decorações, os jogos eletrónicos, os balões, os repuxos e outros efeitos de água, as plataformas, os jardins suspensos, os cartazes, as bandeirolas, os painéis publicitários, os manequins, os gabinetes de provas, uma fachada de igreja, a entrada para a praia, um bingo, um casino, um campo de ténis, um ginásio, uma montanha-russa, um zoológico, uma pista de automóveis elétricos, um ciclorama, uma cascata, tudo à espera, tudo em silêncio, e mais lojas, e mais galerias, e mais manequins, e mais jardins suspensos, e coisas de que provavelmente ninguém conhece os nomes, como uma ascensão ao paraíso. E esta velocidade para que serve, para gozar as vistas, perguntou Cipriano Algor, A esta velocidade os elevadores são usados apenas como meio complementar de vigilância, disse Marçal, Não chegam para isso os guardas, os detectores, as câmaras de vídeo, e o resto da tralha bisbilhoteira, tornou a perguntar Cipriano Algor, Passam por aqui todos os dias muitas dezenas de milhares de pessoas, é necessário manter a segurança, respondeu Marçal com o rosto tenso e um reproche de contrariedade na voz, Pai, disse Marta, deixe de espicaçar, por favor, Não te preocupes, disse Marçal, nós sempre nos entendemos, mesmo quando pareça que não. O ascensor continuava a subir lentamente. A iluminação dos andares ainda está reduzida ao mínimo, veem-se poucas pessoas, algum empregado que madrugou por necessidade ou por gosto, falta pelo menos uma hora para que as portas sejam abertas ao público. Os habitantes que trabalham no Centro não precisam de se apressar, os que têm de sair não atravessam os espaços comerciais e de lazer, descem diretamente dos seus apartamentos às garagens subterrâneas. Marçal carregou no botão rápido quando o ascensor parou, daí a poucos segundos estavam no trigésimo quarto andar. Enquanto percorriam o corredor que levava à parte residencial, Marçal explicou que havia elevadores para uso exclusivo dos moradores, e que se hoje tinham utilizado este fora por terem tido que passar a recolher a chave. A partir deste momento, as chaves ficam connosco, são nossas, disse. Ao contrário do que Marta e o pai teriam esperado encontrar, não havia apenas um corredor a separar os blocos de apartamentos com vista para fora daqueles que tinham vista para dentro. Havia, sim, dois corredores, e, entre eles, um outro bloco de apartamentos, mas este com o dobro da largura dos restantes, o que, trocada a explicação em miúdos, quer dizer que a parte habitada do Centro é constituída por quatro sequências verticais paralelas de apartamentos, dispostas como placas de baterias ou de colmeias, as interiores ligadas costas com costas, as exteriores ligadas à parte central pelas estruturas das passagens. Marta disse, Estas pessoas não veem a luz do dia quando estão em casa, As que moram nos apartamentos voltados para o interior do Centro também não, respondeu Marçal, Mas essas, como tu disseste, sempre se podem distrair com as vistas e o movimento, ao passo que estas daqui estão praticamente enclausuradas, não deve ser nada fácil viver nestes apartamentos, sem luz do sol, a respirar ar enlatado durante todo o dia, Pois olha que não falta aí quem os prefira, acham-nos muito mais cómodos, mais apetrechados de facilidades, só para dar-te alguns exemplos, todos eles têm aparelhagens de raios ultra-violeta, regeneradores atmosféricos, e reguladores de temperatura e de humidade tão rigorosos que é possível ter em casa, de noite e de dia, em qualquer estação do ano, uma humidade e uma temperatura constantes, Felizmente que não nos calhou um apartamento destes, não sei se conseguiria viver muito tempo dentro dele, disse Marta, Os guardas residentes têm de dar-se por satisfeitos com um apartamento comum, dos que têm janelas, Jamais imaginaria eu que ser sogro de um guarda residente do Centro seria a melhor das fortunas e o maior dos privilégios que a vida me tinha reservado, disse Cipriano Algor. Os apartamentos estavam identificados como se fossem habitações de hotel, com a diferença da introdução de um hífen entre o número do andar e o número da porta. Marçal meteu a chave, abriu e afastou-se para o lado, Façam o favor de entrar, chegámos a casa, disse em voz alta, fingindo um entusiasmo que não sentia. Não estavam contentes nem excitados pela novidade. Marta deteve-se no limiar, depois deu três passos inseguros, olhou em redor. Marçal e o pai deixaram-se ficar atrás dela. Após uns momentos de hesitação, como se tivesse dúvidas sobre o que seria mais conveniente fazer, dirigiu-se sozinha à porta mais próxima, olhou para dentro e seguiu adiante. O seu primeiro conhecimento da casa foi assim, passando rapidamente do quarto de dormir à cozinha, da cozinha ao quarto de banho, da sala de estar que será também comedor ao pequeno compartimento que foi destinado ao pai, Não há lugar para a criança, pensou, e logo, Enquanto for pequena ficará connosco, depois veremos, provavelmente passar-nos-ão para outra casa. Voltou à entrada, onde Marçal e Cipriano Algor tinham ficado à espera. Já a tinhas visto, perguntou ao marido, Já, Que te pareceu, A mim, bem, deves ter reparado que as mobílias são novas, é tudo novo, como te tinha dito, E a si, pai, que lhe parece, Não posso dar opinião acerca do que não vi, Então venha, eu sirvo-lhe de guia. Notava-se que estava tensa, nervosa, tão fora do seu estado de espírito habitual que foi anunciando as designações dos compartimentos como se lhes proclamasse os louvores, Aqui é o quarto do casal, aqui é a cozinha, aqui é o quarto de banho, aqui é a sala de estar que também servirá de sala de jantar, aqui é o confortável e espaçoso aposento em que o meu querido pai dormirá e gozará um merecido descanso, não se vê sítio para pôr a menina quando for crescidinha, mas enquanto cresce e não cresce há-de encontrar-se uma solução. Não gostas da casa, perguntou Marçal, É a casa que vamos ter, não adianta ficar a discutir se se gosta muito, ou pouco, ou nada, como quem desfolha malmequeres. Marçal voltou-se para o sogro a pedir-lhe ajuda, não disse nada, apenas pôs nele os olhos, Há que reconhecer que a casa não parece nada mal, disse Cipriano Algor, está como nova, a mobília é de boa madeira, obviamente os móveis teriam de ser diferentes dos nossos, agora usam-se assim, de tons claros, não são como aqueles que temos lá, que parecem ter sido passados pelo forno, quanto ao resto a gente sempre se habitua, a gente habitua-se sempre. Marta franziu as sobrancelhas enquanto escutava a arenga do pai, deu aos lábios um jeito de sorriso e foi começar outra volta à casa, desta vez abrindo e fechando gavetas e armários, a avaliar os conteúdos. Marçal fez um gesto de agradecimento ao sogro, depois olhou o relógio e avisou, Está a aproximar-se a hora de me apresentar ao serviço. Marta disse lá de dentro, Não tardo, vou já, são estas as vantagens dos pequenos apartamentos, solta-se com todas as cautelas um suspiro que se trazia cá dentro e ato contínuo alguém no outro extremo da casa denuncia, Suspiraste, não negues. E ainda se encontra quem se queixe dos guardas, das câmaras de vídeo, dos detectores e restante tralha. A visita à casa estava feita, e, pela diferença entre o ar com que tinham entrado e o ar com que estavam a sair, sem que pretendamos devassar o segredo dos corações, parecia ter valido a pena. Desceram diretamente do trigésimo quarto andar ao piso térreo porque, não estando ainda Marta e o pai providos dos documentos que os haveriam de habilitar como residentes, Marçal tinha de acompanhá-los à saída. Mal ainda haviam dado os primeiros passos depois de as portas do elevador se terem fechado, Cipriano Algor disse, Que sensação tão estranha, parece-me sentir o chão a vibrar debaixo dos pés. Parou, apurou a orelha e acrescentou, E tenho a impressão de que ouço qualquer coisa como um ruído de máquinas escavadoras, De facto são escavadoras, disse Marçal apressando o passo, trabalham em turnos seguidos de seis horas, sem parar, estão a uns bons metros da superfície, Alguma obra, disse Cipriano Algor, Sim, corre que vão ser instalados novos armazéns frigoríficos, e algo mais possivelmente, talvez outros parques de estacionamento, aqui nunca se acabam as obras, o Centro cresce todos os dias mesmo quando não se dá por isso, se não é para os lados, é para cima, se não é para cima, é para baixo, Calculo que daqui a pouco, quando tudo começar a funcionar, não se dará pelo ruído das escavadoras, disse Marta, Com a música, os anúncios dos artigos nos altifalantes, os rumores das conversas das pessoas, as escadas rolantes a subir e a descer sem parar, será como se lá não estivessem. Tinham chegado à porta. Marçal disse que telefonaria logo que houvesse novidades, que entretanto conviria ir adiantando o necessário para a mudança, apartando para trazer só o que seja estritamente indispensável, Agora que já viram o espaço de que dispomos, devem ter percebido que não sobra lugar para muita coisa. Estavam no passeio, iam despedir-se, mas Marta ainda disse, Na realidade, é como se não houvesse mudança, a casa da olaria continua a ser nossa, o que podemos trazer de lá é o mesmo que nada, o que está a suceder é algo como despirmo-nos de uma roupa para vestir outra, uma espécie de carnaval mascarado, Sim, observou o pai, aparentemente é assim, mas, ao contrário daquilo que geralmente se cria e sem pensar se afirmava, o hábito faz realmente o monge, a pessoa também é feita pela roupa que leva, poderá não se notar logo, mas é só questão de dar tempo ao tempo. Adeus, adeus, disse Marçal enquanto se despedia da mulher com um beijo, têm o caminho todo para filosofar, aproveitem. Marta e o pai dirigiram-se para onde tinham deixado a furgoneta. Na fachada do Centro, por cima das suas cabeças, um novo e gigantesco cartaz proclamava, VENDER-LHE-ÍAMOS TUDO QUANTO VOCÊ NECESSITASSE SE NÃO PREFERÍSSEMOS QUE VOCÊ PRECISASSE DO QUE TEMOS PARA VENDER-LHE.

Durante o regresso a casa, ou, como Marta havia dito para a diferençar da outra, à casa da olaria, pai e filha, apesar da instigação meio zombeteira meio carinhosa de Marçal, falaram pouco, pouquíssimo, embora o mais simples exame das múltiplas probabilidades decorrentes da situação sugira que tenham pensado muito. Adiantar-nos, por temerárias suposições, ou por aventurosas deduções, ou, pior ainda, por inconsideradas adivinhações, ao que eles pensaram, não seria, em princípio, se considerarmos a presteza e o descaro com que em relatos desta natureza se desrespeita o segredo dos corações, não seria, dizíamos, tarefa impossível, mas, uma vez que esses pensamentos, mais cedo ou mais tarde, terão de vir a expressar-se em atos, ou em palavras que a atos conduzam, pareceu-nos preferível passar adiante e aguardar tranquilamente que sejam os atos e as palavras a manifestar os pensamentos. Para o primeiro deles nem tivemos de esperar muito. Pai e filha tinham almoçado calados, o que significará que novos pensamentos se estiveram a juntar aos do caminho, e de repente ela decidiu quebrar o silêncio, Aquela sua ideia de descansarmos três dias era excelente e, além de ser de agradecer, tinha toda a justificação na altura, mas a promoção do Marçal veio alterar completamente a situação, repare que não temos mais do que uma semana para organizar a mudança e pintar as trezentas estatuetas já cozidas que estão no forno, ao menos essas temos obrigação de entregá-las, Também pensei na bonecagem, mas cheguei a uma conclusão diferente da tua, Não compreendo, O Centro já lá tem uma avançada de trezentos bonecos, por agora deverão ser suficientes, estatuetas de barro não são jogos de computador nem pulseiras magnéticas, as pessoas não se empurram aos gritos de quero o meu esquimó, quero o meu assírio de barbas, quero a minha enfermeira, Muito bem, calculo que os clientes do Centro não irão andar à pancada por causa do mandarim, ou do bobo, ou do palhaço, mas isso não quer dizer que não devamos acabar o trabalho, Claro que não, o que não me parece, no entanto, é que mereça a pena precipitarmo-nos, Torno a recordar-lhe que só temos uma semana para tudo, Não me tinha esquecido, Então, Então, tal como tu própria disseste à saída do Centro, no fundo é como se não fosse haver mudança nenhuma, a casa da olaria, assim lhe chamaste, está aqui, e, estando a casa, evidentemente está a olaria com ela, Eu sei que o pai é grande apreciador de enigmas, Não sou apreciador de enigmas, gosto das coisas claras, Tanto me faz, não aprecia enigmas, mas é enigmático, de modo que lhe ficaria muito reconhecida se me explicasse aonde quer chegar, Quero chegar precisamente onde já estamos neste momento, onde estaremos por uma semana mais e espero que por muitas outras depois, Não me faça perder a paciência, por favor, Por favor digo eu, é tão simples como dois e dois serem quatro, Na sua cabeça, dois e dois sempre foram cinco, ou três, ou qualquer número, tudo menos quatro, Vais-te arrepender, Duvido, Imagina então que não pintamos as estatuetas, que nos mudamos para o Centro e as deixamos ficar no forno tal como se encontram, Já imaginei, Morar no Centro, como o Marçal explicou com muita clareza, não é um desterro, as pessoas não estão lá encarceradas, são livres de sair quando quiserem, passar o dia todo na cidade ou no campo e voltar à noite. Cipriano Algor fez uma pausa e olhou curiosamente a filha sabendo que ia assistir ao despertar da sua compreensão. Assim sucedeu, Marta disse sorrindo, Dou a mão à palmatória, na sua cabeça dois e dois também podem ser quatro, Eu disse que era simples, Viremos acabar o trabalho quando for preciso, e desta maneira não teremos de cancelar a encomenda das seiscentas estatuetas que ainda faltam, é só questão de combinar com o Centro uns prazos de entrega que convenham a ambos os lados, Exatamente. A filha aplaudiu o pai, o pai agradeceu o aplauso. E até, disse Marta, de súbito entusiasmada pelo oceano de possibilidades positivas que se lhe abrira diante, supondo que o Centro continua a manter o interesse pelos bonecos, poderemos prosseguir com a laboração, não teremos de fechar a olaria, Exatamente, E quem diz bonecos, também dirá alguma outra ideia que nos ocorra e os convença a eles, ou acrescentar outras figuras às seis que temos, Assim é. Enquanto pai e filha saboreiam as fagueiras perspectivas que uma vez mais acabam de demonstrar-nos que o diabo nem sempre está atrás da porta, aproveitemos nós a pausa para examinar a real valia e o real significado dos pensamentos de um e do outro, desses dois pensamentos que, após tão prolongado silêncio, finalmente se expressaram. Prevenimos, porém, desde já, que não será possível chegar a uma conclusão, ainda que provisória, como o são todas, se não começarmos por admitir uma premissa inicial certamente chocante para as almas retas e bem formadas, mas não por isso menos verdadeira, a premissa de que, em muitos casos, o pensamento manifestado foi, por assim dizer, atirado para a linha da frente por um outro pensamento que não considerou oportuno manifestar-se. Quanto a Cipriano Algor, não será nada difícil perceber que alguns dos seus insólitos procedimentos estão a ser motivados pelas preocupações que o atormentam sobre o resultado do inquérito, e que, portanto, ao recordar à filha que, mesmo estando a viver no Centro, poderiam vir trabalhar na olaria, o que quis foi simplesmente dissuadi-la de pintar os bonecos, não venha a dar-se o caso de chegar aí amanhã ou depois uma ordem do subchefe sorridente ou do seu superior máximo a anular a entrega, e ela tenha de sofrer o desgosto de deixar o trabalho por acabar, ou, se acabado, imprestável. Mais surpreendente seria o comportamento de Marta, a impulsiva e de certo modo desconforme alegria perante a duvidosa suposição de vir a olaria a manter-se em atividade, se não fosse possível estabelecer uma relação entre esse comportamento e o pensamento que lhe deu origem, um pensamento que tem vindo a persegui-la tenazmente desde que entrou no apartamento do Centro e que ela já jurou a si mesma não confessar a ninguém, nem mesmo ao pai, apesar de o ter aqui tão próximo, nem, imagine-se, ao seu próprio marido, apesar de todo o bem que lhe quer. O que passou pela cabeça de Marta e lá ganhou raiz ao cruzar a soleira da porta do seu novo lar, naquele altíssimo trigésimo quarto andar de móveis claros e duas vertiginosas janelas a que não tinha tido a coragem de chegar-se, foi que não suportaria viver ali dentro para o resto da sua vida, sem mais certezas que ser a mulher do guarda residente Marçal Gacho, sem mais amanhã que a filha que crê trazer dentro de si. Ou o filho. Pensou nisto durante todo o caminho até chegarem à casa da olaria, continuou a pensar enquanto ia preparando o almoço, ainda pensava quando, por falta de apetite, empurrava com o garfo, de um lado para outro, a comida no prato, continuava a pensar quando disse ao pai que, antes de se mudarem para o Centro, tinham a obrigação estrita de terminar as estatuetas que estavam à espera no forno. Terminar as estatuetas era pintá-las, e pintar era justamente o trabalho que lhe competia a ela fazer, ao menos que lhe fossem dados ainda três ou quatro dias para estar sentada debaixo da amoreira-preta, com o Achado deitado ao seu lado, a rir de boca aberta e língua de fora. Como se de uma última e desesperada vontade ditada por um condenado se tratasse, não pedia nada mais do que isto, e de repente, com uma simples palavra, o pai abrira-lhe a porta para a liberdade, afinal poderia vir do Centro sempre que quisesse, abrir a porta da sua casa com a chave da sua casa, reencontrar nos mesmos lugares tudo quanto aqui tivesse deixado, entrar na olaria para verificar se o barro tinha a humidade conveniente, depois sentar-se ao torno, confiar as mãos à argila fresca, só agora é que compreendia que amava estes lugares como uma árvore, se pudesse, amaria as raízes que a alimentam e levantam no ar. Cipriano Algor olhava a filha, lia no seu rosto como nas páginas de um livro aberto, e o coração doía-lhe do engano com que a teria estado iludindo se os resultados do inquérito viessem a ser a tal ponto negativos que levassem o departamento de compras do Centro a desistir dos bonecos de uma vez para sempre. Marta tinha-se levantado da cadeira, viera dar-lhe um beijo, um abraço, Que será daqui a uns dias, pensou Cipriano Algor, retribuindo-lhe os carinhos, porém as palavras que pronunciou foram outras, foram aquelas de sempre, Como os nossos avós mais ou menos acreditavam, enquanto houver vida, teremos garantida a esperança. O tom conformado com que as deixou sair teria talvez feito reconsiderar Marta se ela não estivesse tão entregue às suas próprias e felizes expectativas. Desfrutemos então em paz os nossos três dias de descanso, disse Cipriano Algor, em verdade bem os tínhamos merecido, não estamos a roubá-los a ninguém, depois começaremos a organizar a mudança, Dê o exemplo e vá dormir uma sesta, disse Marta, ontem andou todo o santíssimo dia a trabalhar no forno, hoje teve de se levantar cedo, mesmo para um pai como o meu a resistência tem limites, quanto à mudança, lá chegaremos, isso é assunto da dona da casa. Cipriano Algor retirou-se para o quarto, despiu-se em lentos gestos de uma fadiga que não era só do corpo e estendeu-se na cama soltando um fundo suspiro. Não se conservou assim muito tempo. Soergueu-se na almofada e olhou à sua volta como se fosse a primeira vez que tinha entrado neste quarto e precisasse de fixá-lo na lembrança por alguma obscura razão, como se esta fosse também a última vez que aqui viria e pretendesse que a memória lhe servisse de alguma coisa mais no futuro que recordar-lhe aquela mancha na parede, aquela risca de luz no soalho, aquele retrato de mulher sobre a cómoda. Lá fora o Achado ladrou como se tivesse ouvido um desconhecido a subir a rampa, mas logo se calou, o mais provável era ter apenas respondido, sem especial interesse, ao ladrar de qualquer cão distante, ou então quis simplesmente fazer-se lembrado, deve pressentir que anda no ar alguma coisa que não é capaz de entender. Cipriano Algor fechou os olhos para convocar o sono, mas a vontade deles foi outra. Não há nada mais triste, mais miseravelmente triste do que um velho a chorar.

A notícia chegou ao quarto dia. O tempo havia mudado, de vez em quando caía uma chuvada forte que alagava em um minuto a eira e rufava nas folhas crespas da amoreira-preta como dez mil baquetas de tambor. Marta tinha andado a fazer a lista de coisas que em princípio deveriam ser levadas para o apartamento, mas com a consciência vivíssima, em cada momento, da contradição entre dois impulsos que jogavam dentro de si, um que lhe dizia a mais perfeita das verdades, isto é, que uma mudança não será mudança se não houver algo para mudar, outro que simplesmente a aconselhava a deixar tudo como estava, Tanto mais, recorda, que tornarás cá muitas vezes para trabalhares e respirares o ar do campo. Quanto a Cipriano Algor, com o propósito de limpar da cabeça a teia das inquietações que o levavam durante o dia a olhar para o relógio dezenas de vezes, ocupara-se a varrer e lavar a olaria de uma ponta à outra, recusando de novo a ajuda que Marta lhe tinha vindo oferecer, Logo seria eu quem teria de ouvir o Marçal, disse. O Achado foi mandado há bocado para a casota depois de ter sujado lamentavelmente o chão da cozinha com a lama que trouxe agarrada às patas na primeira incursão que decidiu fazer lá fora para aproveitar uma aberta. A água nunca será tanta que lhe vá entrar em casa, mas, pelo sim pelo não, o dono meteu-lhe debaixo quatro tijolos, transformando em palafita pré-histórica um atual e corriqueiro refúgio canino. Estava-se nisto quando a campainha do telefone tocou. Marta atendeu, no primeiro instante, ao ouvir a voz dizer de lá, Fala do Centro, pensou que fosse Marçal, pensou que lhe fossem passar a chamada, mas não foram essas as palavras que se seguiram, O senhor chefe do departamento de compras quer falar com o senhor Cipriano Algor. Em geral, uma secretária conhece o assunto que o seu patrão vai tratar quando lhe pede que faça uma ligação telefónica, mas uma telefonista propriamente dita não sabe nada de nada, por isso é que tem aquela voz neutra, indiferente, de quem deixou de pertencer a este mundo, em todo o caso façamos-lhe a justiça de pensar que algumas vezes teria carpido lágrimas de pena se pudesse adivinhar o que sucedeu depois que tivesse dito mecanicamente, Podem falar. O que Marta começou por imaginar foi que o chefe do departamento de compras vinha exprimir a sua contrariedade pela demora na entrega das trezentas estatuetas em falta, quem sabe se também das seiscentas nem sequer ainda começadas, e quando, após dizer à telefonista, Um momento, correu a chamar o pai à olaria, levava a ideia de soltar-lhe de passagem uma rápida palavra crítica sobre o erro que se cometera não prosseguindo o trabalho assim que a primeira série de bonecos ficara terminada. A palavra recriminatória, porém, ficou-lhe presa na língua quando viu como o rosto do pai se transtornava ao ouvi-la anunciar, É o chefe do departamento de compras, quer falar consigo. Cipriano Algor não achou que devesse correr, já deveria reconhecer-se mérito bastante na firmeza dos passos que o levavam à barra do tribunal onde ia ser lida a sua sentença. Pegou no telefone que a filha tinha deixado sobre a mesa, Sou eu, Cipriano Algor, a telefonista disse, Muito bem, vou pô-lo em comunicação, houve um silêncio, um zumbido ténue, um estalido, e a voz do chefe do departamento de compras, sonora, cheia, soou do outro lado, Boas tardes, senhor Cipriano Algor, Boas tardes, senhor, Suponho que calcula por que motivo lhe estou a telefonar hoje, Supõe bem, senhor, queira continuar, Tenho diante de mim os resultados e as conclusões do inquérito acerca dos seus artigos, que um dos subchefes do departamento, com a minha aprovação, decidiu promover, E esses resultados quais foram, senhor, perguntou Cipriano Algor, Lamento informá-lo de que não foram tão bons quanto desejaríamos, Se assim é, ninguém o poderá lamentar mais do que eu, Temo que a sua participação na vida do nosso Centro tenha chegado ao fim, Em todos os dias se começam coisas, mas, tarde ou cedo, todas acabam, Não quer que lhe leia daqui os resultados, Interessam-me mais as conclusões, e essas já fiquei a conhecê-las, o Centro não comprará mais as nossas estatuetas. Marta, que tinha escutado com ansiedade cada vez maior as palavras do pai, levou as mãos à boca como para segurar uma exclamação. Cipriano Algor fez-lhe gestos a pedir calma, ao mesmo tempo que ia respondendo a uma pergunta do chefe do departamento de compras, Compreendo o seu desejo de que não fique nenhuma dúvida no meu espírito, estou de acordo com o que acaba de dizer, que apresentar conclusões sem a exposição prévia dos motivos que levaram a elas, poderia ser entendido como uma maneira pouco habilidosa de disfarçar uma decisão arbitrária, o que não seria nunca, evidentemente, o caso do Centro, Ainda bem que concorda comigo, É difícil não concordar, senhor, Vá tomando então nota dos resultados, Queira dizer, O universo de clientes sobre o qual viria a incidir o inquérito ficou definido à partida pela exclusão daquelas pessoas que pela idade, pela posição social, pela educação e pela cultura, e também pelos seus hábitos conhecidos de consumo, fossem previsível e radicalmente contrárias à aquisição de artigos deste tipo, é bom saber que se tomámos esta decisão, senhor Algor, foi para não o prejudicar logo de entrada, Muito obrigado, senhor, Dou-lhe um exemplo, se tivéssemos selecionado cinquenta jovens modernos, cinquenta rapazes e raparigas do nosso tempo, pode ter a certeza, senhor Algor, de que nem um único quereria levar para casa um dos seus bonecos, ou se os levasse seria para os usar em coisas como o tiro ao alvo, Compreendo, Escolhemos vinte e cinco pessoas de cada sexo, de profissões e rendimentos médios, pessoas de antecedentes familiares modestos, ainda ligadas a gostos tradicionais, e em cujas casas a rusticidade do produto não fosse destoar demasiado, E mesmo assim, É verdade, senhor Algor, mesmo assim os resultados foram maus, Paciência, senhor, Vinte homens e dez mulheres responderam que não gostavam de bonecos de barro, quatro mulheres disseram que talvez comprassem se fossem maiores, três poderiam comprar se fossem mais pequenos, dos cinco homens que restavam, quatro disseram que já não estavam em idade de brincar e o outro protestou pelo facto de três das estatuetas representarem estrangeiros, ainda por cima exóticos, e quanto às oito mulheres que ainda falta mencionar, duas declararam-se alérgicas ao barro, quatro tinham más recordações desta espécie de objetos, e só as duas últimas responderam agradecendo muito a possibilidade que lhes tinha sido proporcionada de decorarem gratuitamente a sua casa com uns bonequitos tão simpáticos, há que acrescentar que se trata de pessoas idosas que vivem sós, Gostaria de conhecer os nomes e as direções dessas senhoras para lhes agradecer, disse Cipriano Algor, Lamento, mas não estou autorizado a revelar dados pessoais dos inquiridos, é uma condição estrita de qualquer averiguação deste tipo, respeitar o anonimato das respostas, Talvez possa dizer-me, em todo o caso, se essas pessoas vivem no Centro, A quem se refere, a todas as pessoas, perguntou o chefe do departamento de compras, Não senhor, apenas às duas que tiveram a bondade de achar simpáticos os nossos bonecos, disse Cipriano Algor, Tratando-se de um dado não particularmente substancial, suponho que não estarei a trair a deontologia que preside aos inquéritos se lhe disser que essas duas mulheres vivem fora do Centro, na cidade, Muito obrigado pela informação, senhor, Serviu-lhe de algo, Infelizmente não, senhor, Então para que queria saber, Podia ser que tivesse a oportunidade de as encontrar e agradecer-lhes pessoalmente, vivendo elas na cidade será quase impossível, E se vivessem aqui, Quando, logo ao princípio desta conversa, me disse que a minha participação na vida do Centro tinha chegado ao fim, estive quase a interrompê-lo, Porquê, Porque, ao contrário do que pensa, e apesar de não quererem ver mais as louças e os bonecos deste oleiro, a minha vida continuará ligada ao Centro, Não percebo, faça o favor de se explicar melhor, Dentro de cinco ou seis dias estarei a residir aí, o meu genro foi promovido a guarda residente e eu irei viver com a minha filha e com ele, Alegra-me essa notícia e dou-lhe os meus parabéns, afinal o senhor é um homem de muita sorte, não se poderá queixar, acaba por ganhar tudo quando julgava que tinha perdido tudo, Não me queixo, senhor, Será caso para proclamar que o Centro escreve direito por linhas tortas, se alguma vez lhe sucede ter de tirar com uma mão, logo acode a compensar com a outra, Se bem me lembro, isso das linhas tortas e de escrever direito por elas era o que se dizia de Deus, observou Cipriano Algor, Nos tempos de hoje vai dar praticamente no mesmo, não exagerarei nada afirmando que o Centro, como perfeito distribuidor de bens materiais e espirituais que é, acabou por gerar de si mesmo e em si mesmo, por necessidade pura, algo que, ainda que isto possa chocar certas ortodoxias mais sensíveis, participa da natureza do divino, Também se distribuem lá bens espirituais, senhor, Sim, e nem pode imaginar até que ponto, os detratores do Centro, aliás cada vez menos numerosos e cada vez menos combativos, estão absolutamente cegos para o lado espiritual da nossa atividade, quando a verdade é que foi graças a ela que a vida pôde ganhar um novo sentido para milhões e milhões de pessoas que andavam por aí infelizes, frustradas, desamparadas, e isto, quer se queira quer não, acredite em mim, não foi obra da matéria vil, mas de espírito sublime, Sim senhor, Apraz-me dizer-lhe, senhor Algor, que encontrei na sua pessoa alguém com quem, mesmo em situações difíceis como a de agora, sempre me deu prazer conversar sobre estas e outras questões sérias, tomo-as muito a peito pela dimensão transcendente que, de algum modo, acrescentam ao meu trabalho, espero que a partir da sua próxima mudança para o Centro nos possamos ver outras vezes e continuar a trocar ideias, Eu também, senhor, Boas tardes, Boas tardes. Cipriano Algor pousou o telefone no descanso e olhou para a filha. Marta estava sentada, com as mãos no regaço, como se de súbito tivesse precisado de aconchegar a primeira e ainda mal perceptível redondez do ventre. Deixam de comprar, perguntou, Sim, fizeram um inquérito entre os clientes e o resultado saiu negativo, Já não comprarão sequer os trezentos bonecos que estão no forno, Não. Marta levantou-se, foi até à porta da cozinha, olhou a chuva que não parava de cair, e de lá, virando um pouco a cabeça, perguntou, Não tem nada para me dizer, Tenho, respondeu o pai, Então fale, sou toda ouvidos. Cipriano Algor veio encostar-se à ombreira da porta, respirou fundo, depois principiou, Não estava desprevenido, sabia que isto poderia acontecer, foi um dos próprios subchefes do departamento que me disse que iriam fazer um inquérito para avaliar a disposição dos clientes em relação às estatuetas, o mais provável, até, é que a ideia tenha nascido do próprio chefe, Portanto, andei enganada nestes três dias, enganada por si, meu pai, a sonhar com uma olaria em funcionamento, a imaginar-nos a sair do Centro de manhã cedo, chegar aqui e arregaçar as mangas, respirar o cheiro do barro, trabalhar ao seu lado, ter o Marçal comigo nos dias de folga, Não quis que sofresses, Estou a sofrer duas vezes, a sua boa intenção não me poupou nenhuma delas, Peço perdão, E, por favor, não perca tempo a pedir-me que lhe perdoe, sabe bem que sempre estará perdoado por mim, faça o que fizer, Se a decisão fosse ao contrário, se o Centro decidisse afinal comprar os bonecos, nunca virias a conhecer o risco em que tínhamos estado, Agora já deixou de ser um risco, é uma realidade, Temos a casa, poderemos vir quando quisermos, Sim, temos a casa, uma casa com vista para o cemitério, Que cemitério, A olaria, o forno, as pranchas de secagem, a parga da lenha, o que era e já deixou de ser, quer maior cemitério do que esse, perguntou Marta, à beira das lágrimas. O pai pôs-lhe a mão sobre o ombro, Não chores, reconheço que foi um erro não te ter contado o que se passava. Marta não respondeu, recordava a si mesma que não tinha o direito de censurar o pai, que ela também tinha um segredo que guardava do marido, que nunca lhe contaria, Como vais conseguir agora, perdida que está a esperança, viver naquele apartamento, perguntava-se. O Achado tinha saído da casota, caíam-lhe em cima as grossas gotas de água que escorregavam da amoreira-preta, mas não se afoitava. Tinha as patas sujas, o pelo a pingar e a certeza de não ser bem recebido. E, contudo, era dele que precisamente se falava na porta da cozinha. Quando o viu aparecer e parar a olhar, Marta tinha perguntado, Que vamos fazer com aquele cão. Tranquilamente, como se se tratasse de um assunto já mil vezes discutido e ao qual não teria valido a pena voltar, o pai respondeu, Perguntarei à vizinha Isaura Madruga se quer ficar com ele, Não sei se o estou a ouvir bem, repita, por favor, o pai disse mesmo que irá perguntar à vizinha Isaura Madruga se quer ficar com o Achado, Ouviste perfeitamente, foi isso o que eu disse, À Isaura Madruga, Se fazes muita questão nisso, eu responderei À Isaura Madruga, então tu tornarás a perguntar À Isaura Madruga, e ficaremos assim o resto da tarde, Foi uma surpresa enorme, A surpresa não pode ser assim tão grande, é a mesma pessoa a quem tu pensavas deixá-lo, A surpresa não é a pessoa, para mim a surpresa é que tenha sido o pai a ter essa ideia, Não há mais ninguém na povoação, nem se calhar no mundo, a quem eu deixasse o Achado, preferiria matá-lo. Expectante, abanando o rabo lentamente, o animal continuava a olhar de longe. Cipriano Algor baixou-se e chamou, Achado, vem aqui. Esparrinhando água para todos os lados, o cão começou por se sacudir todo, como se só decente e apresentável é que estivesse autorizado a ir ao dono, depois deu uma rápida corrida para se achar, no instante seguinte, com a cabeçorra apoiada ao peito de Cipriano Algor, com tanta força que parecia querer passar-lhe para o lado de dentro. Foi então que Marta perguntou ao pai, Para que tudo seja perfeito, para que não seja só ter o Achado abraçado a si, diga-me se falou ao Marçal da questão do inquérito, Falei, Ele não me contou nada, Pela mesma razão por que eu não to tinha contado. Chegado o diálogo a este ponto, talvez se esteja à espera de que Marta responda, Realmente, pai, parece impossível, ter-lho dito a ele, e a mim deixar-me na ignorância dos factos, as pessoas em geral reagem assim, ninguém gosta de ser deixado à margem, desconsiderado no seu direito à informação e ao conhecimento, no entanto, lá muito de longe em longe, ainda se vai topando com alguma rara exceção neste fastidioso mundo de repetições, como lhe poderiam ter chamado os sábios órficos, pitagóricos, estoicos e neoplatónicos se não tivessem preferido, com poética inspiração, dar-lhe o mais bonito e sonoro nome de eterno retorno. Marta não protestou, não fez uma cena, limitou-se a dizer, Ficaria zangada consigo se não tivesse contado ao Marçal. Cipriano Algor despegou-se do cão, mandou-o regressar à casota, e disse, Uma vez por outra, acerto. Ficaram a olhar a chuva que não parava de cair, a ouvir o monólogo da amoreira-preta, e então Marta perguntou, Que poderíamos fazer por aqueles bonecos que estão no forno, e o pai respondeu, Nada. Seca, cortante, a palavra não deixou dúvidas, Cipriano Algor não proferiu, no lugar dela, uma daquelas frases correntias que, por quererem assumir-se como definitivamente negativas, não se importam de levar dentro de si duas negações, o que, segundo a abalizada opinião dos gramáticos, a converteria em rotunda afirmação, como se uma dessas frases, esta por exemplo, Não podemos fazer nada, estivesse a dar-se ao incómodo de se negar a si mesma para significar que, afinal de contas, ainda seria possível fazer alguma coisa.

Marçal telefonou depois do jantar, Estou a falar-te de casa, disse, deixei hoje a camarata do pessoal da segurança e esta noite já dormirei na nossa cama, Melhor assim, estarás satisfeito, claro, Sim, e tenho notícias para dar, Nós também, disse Marta, Por quais principiamos, pelas minhas ou pelas vossas, perguntou ele, O melhor seria começar talvez pelas más, e deixar as boas, se as houver, para o final, As minhas não são boas nem más, são notícias, simplesmente, Então começarei pelas daqui, esta tarde comunicaram-nos do Centro que não compram as estatuetas, fizeram um inquérito e a conclusão foi negativa. Houve um silêncio do outro lado. Marta esperou. Depois Marçal disse, Sabia desse inquérito, Sei que sabias, o pai contou-me, Eu temia que o resultado viesse a ser esse, O temor confirmou-se, Estás aborrecida comigo por não te ter dito o que se passava, Nem contigo nem com ele, as coisas são assim, há que fazer um esforço para as compreender e aceitar, o que mais me custou foi ter perdido a ilusão de que, mesmo estando nós a viver no Centro, poderíamos continuar a trabalhar na olaria, Nunca pensei nessa possibilidade, Não foi uma ideia que nascesse da minha cabeça, saiu em conversa com o pai, Mas ele não poderia estar seguro de que os bonecos fossem aceites, Quis poupar-me, como tu, o resultado do engano foi eu ter andado feliz como uma avezinha durante estes dias, é motivo para dizer que não se perdeu tudo, enfim, não choremos aquele leite derramado que tantas lágrimas tem feito correr no mundo, fala-me das notícias que tinhas para nos dar, Concederam-me três dias para a mudança, incluindo o da folga, que desta vez vai calhar a uma segunda-feira, portanto irei daqui na sexta-feira ao fim da tarde, de táxi, não vale a pena que o teu pai me venha buscar, preparamos tudo no sábado, e no domingo de manhã içamos as velas, O que é preciso levar já está apartado, disse Marta com uma voz distraída. Houve um novo silêncio. Não estás contente, perguntou Marçal, Estou, estou contente, respondeu Marta. Depois repetiu, Estou, estou contente. Lá fora, o cão Achado ladrou, alguma sombra da noite se devia ter movido.

A furgoneta estava carregada, as janelas e as portas da olaria e da casa já tinham sido fechadas, só faltava, como havia dito Marçal dias antes, içar as velas. Contraído, com a expressão tensa, parecendo subitamente mais velho, Cipriano Algor chamou o cão. Apesar do tom de angústia que um ouvido atento poderia distinguir nela, a voz do dono fez alterar para melhor o ânimo do Achado. Andara por ali, perplexo, inquieto, a correr de um lado a outro, a cheirar as malas e os embrulhos que eram trazidos da casa, latia com força para chamar a atenção, e aí estava como os seus pressentimentos tinham saído certos, algo de singular, de fora do comum, se estivera preparando nos últimos tempos, e agora chegara a hora em que a sorte, ou o destino, ou o acaso, ou a instabilidade das vontades e sujeições humanas, iriam decidir da sua existência. Deitara-se ao pé da casota, com a cabeça alongada sobre as patas, à espera. Quando o dono disse, Achado, vem, julgou que o estivessem a chamar para subir à furgoneta como outras vezes havia sucedido, sinal de que afinal nada teria mudado na sua vida, de que o dia de hoje iria ser igual ao de ontem, como é sonho constante dos cães. Estranhou que lhe pusessem a trela, não era costume quando viajavam, mas a estranheza aumentou, tornou-se confusão, quando a dona e o dono mais novo lhe vieram passar a mão pela cabeça, ao mesmo tempo que murmuravam palavras incompreensíveis e em que o seu próprio nome de Achado soava de maneira inquietadora, embora o que estavam a dizer-lhe não fosse tão mau assim, Viremos ver-te qualquer dia. Um puxão leve fê-lo entender que tinha de seguir o dono, a situação voltara a tornar-se clara, a furgoneta era para os outros donos, com este o passeio seria a pé. Mesmo assim, a trela continuava a surpreendê-lo, mas tratava-se de um pormenor sem importância. Quando chegassem ao campo, o dono iria deixá-lo solto para correr atrás de qualquer bicho vivente que lhe aparecesse pela frente, mesmo que não fosse mais que a bagatela de uma sardanisca. A manhã está fresca, o céu nublado, mas sem ameaçar chover. Chegados à estrada, em lugar de virar à esquerda, para o campo aberto, como esperava, o dono virou à direita, iriam portanto à povoação. Por três vezes, no caminho, o Achado teve de travar bruscamente o passo. Cipriano Algor ia como em geral todos vamos em circunstâncias parecidas a estas, quando nos pomos a discutir ociosamente com o nosso ser íntimo se queremos ou não queremos o que obviamente se tornou claro que de facto queremos, começa-se uma frase e não se termina, para-se de repente, corre-se como se se fosse salvar o pai da forca, para-se outra vez, o mais paciente e dedicado dos cães acabará por perguntar-se se não lhe convirá um dono mais resoluto. Mal sabe este, porém, como é terminante a resolução que o leva. Cipriano Algor já está à porta de Isaura Madruga, avança a mão para chamar, hesita, avança outra vez, nesse instante a porta abre-se como se tivesse estado à sua espera, e não era certo, Isaura Madruga ouviu a campainha e veio ver quem era. Bons dias, senhora Isaura, disse o oleiro, Bons dias, senhor Algor, Desculpe ter vindo incomodá-la em sua casa, mas tenho um assunto que queria tratar consigo, um grande favor a pedir-lhe, Entre, Poderíamos falar aqui mesmo, não é preciso entrar, Ora essa, passe, não faça cerimónia, O cão também pode entrar, perguntou Cipriano Algor, tem as patas sujas, O Achado é como se fosse da família, somos velhos conhecidos. A porta fechou-se, a penumbra da pequena sala fechou-se sobre eles. Isaura fez um gesto a indicar uma cadeira, sentou-se ela própria. Tenho a impressão de que já sabe ao que venho, disse o oleiro enquanto fazia deitar o cão aos seus pés, É possível, Talvez a minha filha tenha tido alguma conversa consigo, Acerca de quê, Acerca do Achado, Não, nunca falámos do Achado nesse sentido que diz, Que sentido, Esse que disse, termos tido uma conversa, falou-se com certeza do Achado mais do que uma vez, mas não para ter propriamente uma conversa sobre ele. Cipriano Algor baixou os olhos, O que lhe venho pedir é que fique com o Achado na minha ausência, Vão-se embora, perguntou Isaura, Agora mesmo, como calcula não podemos levar o cão, no Centro não admitem animais, Eu fico com ele, Sei que o cuidará como se fosse seu, Cuidá-lo-ei melhor do que se fosse meu, porque é seu. Sem pensar no que fazia, talvez para aliviar os nervos, Cipriano Algor tinha tirado a trela ao cão. Creio que lhe deveria pedir desculpa, disse, Porquê, Porque nem sempre fui bem-educado consigo, A minha memória recorda outras coisas, a tarde em que o encontrei no cemitério, o que falámos sobre a asa do cântaro que se soltara, a sua vinda a minha casa de propósito para me trazer um cântaro novo, Sim, mas depois disso tornei-me incorreto, grosseiro, e não foi uma vez nem duas que tal aconteceu, Não tinha importância, Tinha, A prova de que não a teve é estar agora aqui, Mas a ponto de deixar de estar, Sim, a ponto de deixar de estar. Nuvens escuras deviam ter tapado o céu, a penumbra dentro de casa tornou-se mais densa, o natural seria Isaura levantar-se agora da cadeira para ir acender a luz. Contudo, não o fez, não por indiferença ou por qualquer razão subterrânea, somente porque não se tinha apercebido de que mal conseguia distinguir as feições de Cipriano Algor, sentado ali mesmo à sua frente, à curta distância do seu braço se se inclinasse um pouco para diante. O cântaro continua a provar bem, a fazer a água fresca, perguntou Cipriano Algor, Como no primeiro dia, respondeu Isaura, e foi neste momento que percebeu como estava escura a sala, Devia acender a luz, disse a si mesma, mas não se levantou. Nunca lhe tinham dito que a muitas pessoas no mundo se lhes mudou radicalmente o destino por esse gesto tão simples que é o de acender ou apagar a luz, quer fosse uma candeia antiga, ou uma vela, ou um candeeiro de petróleo, ou uma lâmpada das modernas, é certo ter pensado que deveria levantar-se, que assim o estavam impondo as conveniências, mas o corpo negava-se, não se movia, recusava-se a cumprir a ordem da cabeça. Esta era a penumbra que havia faltado a Cipriano Algor para que se atrevesse finalmente a declarar, Gosto de si, Isaura, e ela respondeu com uma voz que parecia dorida, E no dia em que se vai embora é que mo vem dizer, Seria inútil tê-lo feito antes, tanto, no fim de contas, como estar a fazê-lo agora, E no entanto acabou de o dizer, Era a última ocasião, tome-o como uma despedida, Porquê, Não tenho nada para lhe oferecer, sou uma espécie a caminho da extinção, não tenho futuro, não tenho sequer presente, Presente tem-no, esta hora, esta sala, a sua filha e o seu genro que o vão levar, esse cão aí deitado aos seus pés, Mas não essa mulher, Não perguntou, Nem quero perguntar, Porquê, Repito, porque não tenho nada para lhe oferecer, Se o que disse ainda há pouco foi sentido e pensado, tem o amor, O amor não é casa, nem roupa, nem comida, Mas comida, roupa e casa, por si sós, não são amor, Não joguemos com as palavras, um homem não vai pedir a uma mulher que se case com ele se não tem meios para ganhar a vida, É o seu caso, perguntou Isaura, Sabe bem que sim, a olaria fechou e eu não aprendi a fazer outra coisa, Mas vai viver às sopas do seu genro, Não tenho mais remédio, Também poderia viver do que a sua mulher ganhasse, Quanto tempo duraria o amor nesse caso, perguntou Cipriano Algor, Não trabalhei enquanto estive casada, vivi do que o meu marido ganhava, Ninguém achava mal, era esse o costume, mas ponha um homem nessa situação e conte-me o que se passar depois, Teria então o amor forçosamente de morrer por causa disso, perguntou Isaura, é por razões tão simples como essa que o amor se acaba, Não estou em situação de lhe poder responder, falta-me a experiência. Discretamente, o Achado levantou-se, em sua opinião a visita de cortesia já se estava a prolongar demasiado, agora queria voltar à casota, à amoreira-preta, ao banco das meditações. Cipriano Algor disse, Tenho de ir, estão à minha espera, Assim nos despedimos, perguntou Isaura, Viremos de vez em quando, saber como está o Achado, ver se a casa ainda está de pé, não é um adeus até nunca mais. Tornou a enganchar a trela e passou-a às mãos de Isaura, Aqui lho deixo, é apenas um cão, porém. Nunca saberemos que ontológicas considerações se dispunha Cipriano Algor a desenvolver depois da conjunção que deixou suspensa no ar, porque a sua mão direita, aquela que segurava a ponta da trela, perdeu-se ou deixou-se encontrar entre as mãos de Isaura Madruga, essa mulher que ele não tinha querido incluir no seu presente e que, não obstante, lhe dizia agora, Gosto de si, Cipriano, sabe que gosto muito de si. A trela escorregou para o chão, sentindo-se livre o Achado afastou-se para ir fungar um rodapé, quando daí a pouco virou a cabeça percebeu que a visita se tinha desviado do caminho, que já não é simples cortesia aquele abraço, nem aqueles beijos, nem aquela respiração entrecortada, nem aquelas palavras que, embora por muito diferente razão, também começam mas não conseguem acabar. Cipriano Algor e Isaura tinham-se levantado, ela chorava de alegria e mágoa, ele balbuciava, Voltarei, voltarei, é realmente uma pena que a porta da rua não se abra de par em par para que a vizinhança possa verificar e passar palavra de como a viúva do Estudioso e o velho da olaria se amam de um verdadeiro e finalmente confessado amor. Com voz que recuperara algo do seu tom natural, Cipriano Algor repetiu, Voltarei, voltarei, há-de haver uma solução para nós, A única solução é ficares, disse Isaura, Sabes bem que não posso, Estaremos aqui à tua espera, o Achado e eu. O cão não compreendia por que motivo estaria a mulher a segurar a trela que o prendia, estando os três a andar em direção à porta, sinal evidente de que o dono e ele iriam enfim sair, não compreendia por que razão a trela ainda não tinha passado à mão de quem, por direito, lha tinha posto. O pânico subia-lhe das tripas à garganta, mas, ao mesmo tempo, os membros tremiam-lhe por causa da excitação resultante do plano que o instinto de súbito lhe delineara, livrar-se com um estição violento quando a porta fosse aberta e, logo, triunfante, esperar lá fora que o dono fosse ao seu encontro. A porta só se abriu depois doutros abraços e doutros beijos, doutras palavras murmuradas, porém a mulher segurava-o com firmeza, enquanto dizia, Tu ficas, tu ficas, assim são as coisas do falar, o mesmo verbo que havia sido incapaz de reter Cipriano Algor era o que não deixava agora que o Achado se escapasse. A porta fechou-se, separou o animal do seu amo, mas, assim são as coisas do sentir, a angústia do desarrimo de um não podia, ao menos neste momento, esperar simpatia nem correspondência na lacerada felicidade do outro. Não vem longe o dia em que saberemos como foi que se passou a vida do Achado na sua nova casa, se lhe foi cómodo ou custoso adaptar-se à sua nova dona, se o bom trato e o afeto sem limites que ela lhe ofereceu bastaram para fazê-lo esquecer a tristeza de haver sido abandonado injustamente. Agora a quem teremos de seguir é a Cipriano Algor, nada mais que segui-lo, ir atrás dele, acompanhar o seu passo sonâmbulo. Quanto a imaginar como é possível juntarem-se em uma pessoa sentimentos tão contrapostos como, no caso que temos vindo a apreciar, a mais profunda das alegrias e o mais pungente dos desgostos, para depois descobrir ou criar aquele único nome com que passaria a ser designado o sentimento particular consequente a essa junção, é uma tarefa que muitas vezes foi empreendida no passado e que em cada uma delas se resignou, como um horizonte que se vai incessantemente deslocando, a não alcançar sequer o limiar da porta das inefabilidades que esperam deixar de o ser. A expressão vocabular humana não sabe ainda, e provavelmente não o saberá nunca, conhecer, reconhecer e comunicar tudo quanto é humanamente experimentável e sensível. Há quem afirme que a causa principal desta seriíssima dificuldade reside no facto de os seres humanos serem no fundamental feitos de argila, a qual, como as enciclopédias prestimosamente nos explicam, é uma rocha sedimentar detrítica formada por fragmentos minerais minúsculos, do tamanho de um/duzentos e cinquenta e seis avos de milímetro. Até hoje, por mais voltas que se dessem às linguagens, não se conseguiu achar um nome para isto.

Entretanto, Cipriano Algor chegou ao fim da rua, virou para a estrada que dividia a povoação ao meio e, nem andando nem arrastando-se, nem correndo nem voando, como se estivesse a sonhar que queria libertar-se de si mesmo e esbarrasse continuamente com o seu próprio corpo, chegou ao alto da rampa onde a furgoneta o esperava com o genro e a filha. O céu, antes, parecera não estar para aguadas, mas agora tinha começado a cair uma chuva indecisa, indolente, que talvez não viesse para durar, mas que exacerbava a melancolia destas pessoas apenas a uma volta de roda de se separarem dos lugares queridos, o próprio Marçal sentia que se lhe contraía de inquietação o estômago. Cipriano Algor entrou na furgoneta, sentou-se ao lado do condutor, no lugar que lhe tinha sido deixado, e disse, Vamos. Não pronunciaria outra palavra até chegarem ao Centro, até entrarem no monta-cargas que os levou com as malas e os embrulhos ao trigésimo quarto andar, até abrirem a porta do apartamento, até Marçal exclamar, Cá estamos, só nessa altura abriu a boca para emitir uns poucos sons organizados, contudo não lhe saiu nada que fosse da sua lavra, limitou-se a repetir, com um pequeno aditamento retórico, a frase do genro, É verdade, cá estamos. Por sua vez, Marta e Marçal pouco tinham dito entre eles durante o caminho. As únicas palavras merecedoras de registo nesta história, e ainda assim por alto, de modo puramente acidental, por se reportarem a pessoas de quem apenas temos ouvido falar, foram as que trocaram quando a furgoneta ia a passar em frente da casa dos pais de Marçal, Avisaste-os de que íamos hoje, perguntou Marta, Sim, anteontem, quando vim do Centro, estive cá pouco tempo, tinha o táxi à espera, Não queres parar, tornou ela a perguntar, Estou cansado de discussões, farto até à ponta dos cabelos, Mesmo assim, Lembra-te da maneira como se comportaram quando viemos os dois, com certeza não quererás que a cena se repita, disse Marçal, É uma pena, seja como for são os teus pais, É uma expressão muito curiosa, essa, Qual, Seja como for, Diz-se assim, Pois diz, palavras que à primeira vista parecem não passar de um adorno de frase em todos os sentidos dispensável, acabam por meter medo quando nos pomos a pensar nelas e compreendemos aonde querem chegar, Seja como for, disse Marta, é outra maneira disfarçada de dizer que remédio, que lhes havemos de fazer, já que assim tem de ser, ou simplesmente resignação, que é a palavra forte, Enfim, sempre teremos de viver com os pais que temos, disse Marçal, Sem nos esquecermos de que alguém vai viver com os pais que seremos, concluiu Marta. Foi então que Marçal olhou para a sua direita e disse, sorrindo, Claro que esta conversa de pais e filhos mal-avindos não tem nada que ver consigo, mas Cipriano Algor não respondeu, limitou-se a acenar a cabeça vagamente. Sentada atrás do marido, Marta via o pai quase de perfil. Que se terá passado com a Isaura, pensou, com certeza não foi apenas chegar lá, deixar o Achado e voltar, pela demora algo mais terão dito um ao outro, daria não sei o quê para saber em que vai a cismar, o rosto parece sereno, mas ao mesmo tempo é o de alguém que não está completamente em si, de alguém que escapou a um perigo e se surpreende de ainda estar vivo. Ficaria a saber muito mais se pudesse olhar o pai de frente, então talvez dissesse, Conheço essas lágrimas que não caem e se consomem nos olhos, conheço essa dor feliz, essa espécie de felicidade dolorosa, esse ser e não ser, esse ter e não ter, esse querer e não poder. Mas ainda seria cedo para que Cipriano Algor lhe respondesse. Tinham saído da povoação, deixado já para trás as três casas em ruínas, agora cruzavam a ponte sobre a ribeira de águas escuras e malcheirosas. Lá adiante, no meio do campo, onde se avistam aquelas árvores juntas, escondido pelas moitas de silvas, é que está o tesouro arqueológico da olaria de Cipriano Algor. Qualquer diria que passaram dez mil anos desde que ali foram descarregadas as derradeiras sobras de uma antiga civilização.

Quando na manhã seguinte ao seu dia de folga Marçal desceu do trigésimo quarto andar para se apresentar ao serviço como guarda já para todos os efeitos residente, o apartamento estava arrumado, limpo, posto em ordem, com os objetos trazidos da outra casa nos seus lugares próprios e à espera de que os habitantes comecem, sem resistência, a ocupar também os lugares que no conjunto lhes competem. Não vai ser fácil, uma pessoa não é como uma coisa que se larga num sítio e ali se deixa ficar, uma pessoa mexe-se, pensa, pergunta, duvida, investiga, quer saber, e se é verdade que, forçada pelo hábito da conformação, acaba, mais tarde ou mais cedo, por parecer que se submeteu aos objetos, não se julgue que tal submissão é, em todos os casos, definitiva. A primeira questão que os novos habitantes terão de resolver, com exceção de Marçal Gacho que continuará no seu conhecido e rotineiro trabalho de velar pela segurança das pessoas e dos bens institucionalmente ou ocasionalmente relacionados com o Centro, a primeira questão, dizíamos, será encontrar uma resposta satisfatória para a pergunta, E agora o que é que vou fazer. Marta leva às suas costas o governo da casa, quando lhe chegar a hora terá um filho para criar, e isso será mais do que bastante para a manter ocupada durante muitas horas do dia e algumas das da noite. No entanto, sendo as pessoas, como acima ficou assinalado, além de sujeitos de um fazer, sujeitos também de um pensar, não deveremos surpreender-nos se ela vier a perguntar a si mesma, no meio de um trabalho que já lhe tivesse ocupado uma hora e ainda tivesse de ocupar-lhe mais duas, E agora o que é que eu vou fazer. Em todo o caso, é Cipriano Algor quem se encontra confrontado com a pior das situações, a de olhar para as mãos e saber que não servem para nada, a de olhar para o relógio e saber que a hora que vem será igual a esta em que está, a de pensar no dia de amanhã e saber que será tão vazio como o de hoje. Cipriano Algor não é um adolescente, não pode passar o dia estendido numa cama que mal cabe no seu pequeníssimo quarto, a pensar em Isaura Madruga, a repetir as palavras que disseram um ao outro, a reviver, se se pode dar tão ambicioso nome às imateriais operações da memória, os beijos e os abraços que se tinham dado. Não faltará quem pense que a melhor medicina para os males de Cipriano Algor seria ele descer agora mesmo à garagem, meter-se na furgoneta e ir fazer uma visita a Isaura Madruga, que, mais do que certo, estará a passar, lá longe, por iguais ansiedades do corpo e do espírito, e que para um homem na situação em que ele se encontra e a quem a vida já não reserva triunfos industriais e artísticos de primeira ou segunda importância, ter ainda uma mulher de quem goste e que já confessou retribuir-lhe o gosto, é a mais excelsa das bênçãos e das sortes. Será não conhecer Cipriano Algor. Assim como já nos tinha dito que um homem não vai pedir a uma mulher que se case com ele se nem sequer tem meios para garantir a sua própria subsistência, também agora nos diria que não nasceu para se aproveitar de circunstâncias beneficiosas e comportar-se como se um suposto direito às satisfações resultantes desse aproveitamento, além de justificado pelas qualidades e virtudes que o exornam, lhe fosse igualmente devido pelo facto de ser homem e de ter posto a sua atenção de homem e os seus desejos numa mulher. Por outras palavras, mais francas e diretas, aquilo a que Cipriano Algor não está disposto, ainda que tenha de vir a custar-lhe todas as penas e amarguras da solidão, é a representar perante si mesmo o papel do sujeito que periodicamente vai visitar a amásia e regressa de lá sem mais sentimentais recordações que as de uma tarde ou uma noite passadas a agitar o corpo e a sacudir os sentidos, deixando à saída um beijo distraído numa cara que perdeu a maquilhagem, e, no caso particular que nos vem ocupando, uma festa na cabeça de um canino, Então até à próxima, Achado. Contudo, ainda tem Cipriano Algor dois recursos para escapar à prisão em que de súbito viu converter-se o apartamento, não falando do mero e pouco duradouro paliativo que seria ir de vez em quando até à janela e olhar o céu por trás das vidraças. O primeiro recurso é a cidade, isto é, Cipriano Algor, que sempre viveu na insignificante aldeia que mal ficámos a conhecer e que da cidade não conhece mais do que aquilo que lhe ficava no trajeto, poderá agora gastar o seu tempo a passear, a vadiar, a dar ar à pluma, expressão figurada e caricatural que deve ter vindo de um tempo passado, quando os fidalgos e senhores da corte usavam penas nos chapéus e saíam a arejar-se com eles e com elas. Também tem ao seu dispor os parques e jardins públicos da cidade onde se costumam reunir homens de idade pelas tardes, homens que têm a cara e os gestos típicos dos reformados e dos desempregados, que são dois modos distintos de dizer o mesmo. Poderá juntar-se e acamaradar com eles, e entusiasticamente jogar as cartas até ao lusco-fusco, até já não ser possível aos seus olhos míopes distinguir se as pintas ainda são vermelhas ou já se tornaram pretas. Pedirá a desforra, se perder, concedê-la-á, se ganhar, as regras no jardim são simples e aprendem-se depressa. O segundo recurso, escusado seria dizê-lo, é este próprio Centro em que vive. Conhece-o, evidentemente, desde antes, em todo o caso menos bem do que conhece a cidade, porque nunca conseguiu guardar na memória os trajetos das poucas vezes que aqui entrou, sempre com a filha, para fazer algumas compras. Agora, por assim dizer, o Centro é todo seu, foi-lhe posto numa bandeja de som e luz, pode vaguear por ele tanto quanto lhe apeteça, regalar-se de música fácil e de vozes convidativas. Se, quando aqui vieram para conhecer o apartamento, tivessem utilizado um ascensor do lado oposto, teriam podido apreciar, durante a vagarosa subida, além de novas galerias, lojas, escadas rolantes, pontos de encontro, cafés e restaurantes, muitas outras instalações que em interesse e variedade nada ficam a dever às primeiras, como sejam um carrocel com cavalos, um carrocel com foguetes espaciais, um centro dos pequeninos, um centro da terceira idade, um túnel do amor, uma ponte suspensa, um comboio fantasma, um gabinete de astrólogo, uma recepção de apostas, uma carreira de tiro, um campo de golfe, um hospital de luxo, outro menos luxuoso, um boliche, um salão de bilhares, uma bateria de matraquilhos, um mapa gigante, uma porta secreta, outra com um letreiro que diz experimente sensações naturais, chuva, vento e neve à discrição, uma muralha da china, um taj-mahal, uma pirâmide do egito, um templo de karnak, um aqueduto das águas livres que funciona as vinte e quatro horas do dia, um convento de mafra, uma torre dos clérigos, um fiorde, um céu de verão com nuvens brancas vogando, um lago, uma palmeira autêntica, um tiranossáurio em esqueleto, outro que parece vivo, um himalaia com o seu everest, um rio amazonas com índios, uma jangada de pedra, um cristo do corcovado, um cavalo de troia, uma cadeira elétrica, um pelotão de execução, um anjo a tocar trombeta, um satélite de comunicações, um cometa, uma galáxia, um anão grande, um gigante pequeno, enfim, uma lista a tal ponto extensa de prodígios que nem oitenta anos de vida ociosa bastariam para os desfrutar com proveito, mesmo tendo nascido a pessoa no Centro e não tendo saído dele nunca para o mundo exterior.

 Excluída por manifesta insuficiência a contemplação da cidade e dos seus telhados por trás das janelas do apartamento, eliminados os parques e os jardins por não ter Cipriano Algor chegado ainda a um estado de ânimo que se possa classificar como de desespero a boca fechada ou de náusea absoluta, postas de lado, pelas poderosas razões já expendidas, as tentadoras mas problemáticas visitas de desafogo sentimental e físico a Isaura Madruga, o que restava ao pai de Marta, se não queria passar o resto da vida a bocejar e a dar, figuradamente, com a cabeça nas paredes do seu cárcere interior, era lançar-se à descoberta e à investigação metódica da ilha maravilhosa para onde o tinham trazido depois do naufrágio. Todas as manhãs, portanto, depois da desjejua, Cipriano Algor lança à filha um Até logo apressado, e, como quem vai para o seu trabalho, umas vezes subindo ao último teto, outras vezes descendo ao nível do chão, utilizando dos ascensores, consoante as suas necessidades de observação, ora a velocidade máxima, ora a velocidade mínima, avançando por corredores e passadiços, atravessando salões, rodeando enormes e complexos conjuntos de vitrinas, montras, expositores e escaparates com tudo o que existe para comer e para beber, para vestir e para calçar, para o cabelo e para a pele, para as unhas e para os pelos, para o de cima e para o de baixo, para suspender do pescoço, para pendurar das orelhas, para enfiar nos dedos, para tilintar nos pulsos, para fazer e para desfazer, para cozer e para coser, para pintar e para despintar, para aumentar e para diminuir, para engrossar e para adelgaçar, para estender e para encolher, para encher e para esvaziar, e dizer isto é o mesmo que nada ter dito, uma vez que também não seriam suficientes oitenta anos de vida ociosa para ler e analisar os cinquenta e cinco volumes de mil e quinhentas páginas de formato a-quatro cada um que constituem o catálogo comercial do Centro. Evidentemente, não são os artigos expostos o que mais interessa a Cipriano Algor, aliás, comprar não é assunto da sua responsabilidade e competência, para isso lá está quem o dinheiro ganha, isto é, o genro, e quem depois o gere, administra e aplica, isto é, a filha. Ele é o que vai de mão nas algibeiras, parando aqui e ali, perguntando o caminho a um guarda, porém, mesmo que tropece com ele, nunca a Marçal, para que não transpareçam os laços de família, e, sobretudo, aproveitando-se da mais preciosa e invejada das vantagens de morar no Centro, que é a de poder gozar grátis ou a preços reduzidos das múltiplas atrações que se encontram à disposição dos clientes. Fizemos já dessas atrações dois sóbrios e condensados relatos, o primeiro sobre aquilo que se viu do ascensor do lado de cá, o segundo sobre aquilo que se poderia ter visto do ascensor do lado de lá, porém, por um escrúpulo de objetividade e de rigor informativo, recordaremos que, tanto num caso como no outro, nunca fomos além do trigésimo quarto andar. Por cima deste, como se recordarão, ainda assenta um universo de mais catorze. Tratando-se de pessoa com um espírito razoavelmente curioso, quase não seria preciso dizer que os primeiros passos da investigação de Cipriano Algor se encaminharam à misteriosa porta secreta, que no entanto misteriosa teve de continuar a ser, uma vez que, apesar dos insistentes toques de campainha e de alguns repeniques com os nós dos dedos, ninguém apareceu lá de dentro a indagar o que pretendia. A quem teve de dar prontas e completas explicações foi a um guarda que, atraído pelo ruído ou, mais provavelmente, guiado pelas imagens do circuito interno de vídeo, lhe foi perguntar quem era e o que fazia naquele local. Cipriano Algor explicou que morava no trigésimo quarto andar e que, andando por ali a passear, sentira a sua atenção despertada pelo letreiro da porta, Simples curiosidade, senhor, simples curiosidade de quem não tem mais nada que fazer. O guarda pediu-lhe o cartão oficial de identidade, o cartão que o acreditava como residente, comparou a cara ao retrato incorporado em cada um, examinou à lupa as impressões digitais apostas nos documentos, e, para terminar, recolheu uma impressão do mesmo dedo, que Cipriano Algor, após ter sido devidamente industriado, premiu contra o que seria um leitor do computador portátil que o guarda extraíra de uma bolsa que levava a tiracolo, ao mesmo tempo que ia dizendo, Não se preocupe, são formalidades, em todo o caso aceite-me um conselho, não torne a aparecer por aqui, poderia arranjar complicações para a sua vida, ser curioso uma vez basta, de resto nem vale a pena, não há nada de secreto por trás desta porta, em tempos, sim, houve-o, agora já não, Se é como diz, por que é que não retiram a chapa, perguntou Cipriano Algor, Serve de chamariz para ficarmos a saber quem são as pessoas curiosas que moram no Centro. O guarda esperou que Cipriano Algor se afastasse uma dezena de metros, depois seguiu-o até que encontrou um colega, a quem, para evitar ser reconhecido, passou a missão, Que fez ele, perguntou o guarda Marçal Gacho, disfarçando a preocupação, Estava a chamar à porta secreta, Não é grave, isso acontece várias vezes todos os dias, disse Marçal, com alívio, Sim, mas a gente tem de aprender a não ser curiosa, a passar de largo, a não meter o nariz aonde não foi chamada, é uma questão de tempo e de habilidade, Ou de força, disse Marçal, A força, salvo em casos muito extremos, deixou de ser precisa, claro que eu podia tê-lo detido para interrogatório, mas o que fiz foi dar-lhe bons conselhos, usar a psicologia, Tenho de ir atrás dele, disse Marçal, não seja que se me escape, Se notares algo de suspeito, informa-me, para anexar ao relatório, assinaremos os dois. Foi-se embora o outro guarda, e Marçal, depois de ter acompanhado de longe o deambular do sogro até dois andares acima, deixou-o ir. Perguntava a si mesmo o que seria mais adequado, se falar com ele e recomendar-lhe todo o cuidado no seu divagar pelo Centro, ou simular que não havia tido conhecimento do pequeno incidente e fazer votos por que não sucedessem outros mais graves. A decisão que tomou foi esta, mas como Cipriano Algor, ao jantar, lhe contou, rindo, o que se tinha passado, não teve outro remédio que assumir o papel de mentor e pedir-lhe que se comportasse de modo a não atrair as atenções de quem quer que fosse, guardas ou não guardas, É a única maneira correta de proceder para quem aqui vive. Então Cipriano Algor tirou do bolso um papel, Copiei estas frases de alguns cartazes expostos, disse, espero não ter chamado a atenção de nenhum espia ou observador, Também o espero, disse Marçal de mau humor, É suspeito copiar frases que estão expostas para os clientes lerem, perguntou Cipriano Algor, Lê-las é normal, copiá-las não, e tudo o que não seja normal é, pelo menos, suspeito de anormalidade. Marta, que até aí não tinha participado na conversa, pediu ao pai, Leia lá as frases. Cipriano Algor alisou o papel em cima da mesa e começou a ler, Seja ousado, sonhe. Olhou para a filha e para o genro, e como eles não pareciam dispostos a comentar, continuou, Viva a ousadia de sonhar, esta é uma variante da primeira, e agora vêm as outras, uma, ganhe operacionalidade, duas, sem sair de casa os mares do sul ao seu alcance, três, esta não é a sua última oportunidade mas é a melhor, quatro, pensamos todo o tempo em si é a sua altura de pensar em nós, cinco, traga os seus amigos desde que comprem, seis, connosco você nunca quererá ser outra coisa, sete, você é o nosso melhor cliente mas não o diga ao seu vizinho, Essa esteve lá fora, na fachada, disse Marçal, Agora está dentro, os clientes devem ter gostado, respondeu o sogro. Que mais encontrou nessa sua aventurosa exploração, perguntou Marta, Acabarás por adormecer se me ponho a falar, Então, adormeça-me, O que mais me divertiu, começou Cipriano Algor, foram as sensações naturais, Que é isso, Tenta imaginar, Tentarei, Entras numa sala de acolhimento, pagas o teu bilhete, a mim cobraram-me só dez por cento, fizeram-me um desconto de quarenta e cinco por cento por ser residente e outro desconto igual por ter mais de sessenta anos, Parece que é estupendo ter-se mais de sessenta anos, disse Marta, Exatamente, quanto mais velho fores, mais lucras, quando morreres estás rico, E que aconteceu depois, perguntou Marçal impaciente, Nunca lá entraste, estranhou o sogro, Sabia que existia, mas nunca entrei, não tive tempo, Então não fazes ideia do que tens andado a perder, Se não conta vou dormir para a cama, ameaçou Marta, Bom, depois de teres pago e de te darem um impermeável, um gorro, umas botas de plástico e um guarda-chuva, tudo colorido, também podes ir de negro, mas terás de pagar um extra, passas a um vestiário onde uma voz no altifalante te manda pôr as botas, o impermeável e o gorro, e logo entras numa espécie de corredor onde as pessoas se alinham em filas de quatro, mas com bastante espaço entre elas para se poderem mover à vontade, éramos uns trinta, havia alguns que se estreavam, como eu, outros que, segundo julguei perceber, iam ali de vez em quando, e pelo menos cinco deles deviam ser veteranos, a um ouvi mesmo dizer Isto é como uma droga, prova-se e fica-se enganchado. E depois, perguntou Marta, Depois começou a chover, primeiro umas gotitas, depois um pouco mais forte, todos abrimos os guarda-chuvas, e aí a voz do altifalante deu-nos ordem para que avançássemos, e não se pode descrever, é preciso tê-lo vivido, a chuva começou a cair torrencialmente, de repente arma-se uma ventania, vem uma rajada, outra, há guarda-chuvas que se viram, gorros que se escapam da cabeça, as mulheres a gritar para não rirem, os homens a rir para não gritarem, e o vento aumenta, é como um tufão, as pessoas escorregam, caem, levantam-se, tornam a cair, a chuva torna-se dilúvio, gastámos uns bons dez minutos a percorrer calculo eu que uns vinte e cinco ou trinta metros, E depois, perguntou Marta bocejando, Depois voltámos para trás e logo começou a cair neve, ao princípio uns flocos dispersos que pareciam fiapos de algodão, depois mais e mais grossos, caíam na nossa frente como uma cortina que mal deixava ver os colegas, alguns continuavam com os guarda-chuvas abertos, o que só servia para atrapalhar ainda mais, finalmente chegámos ao vestiário e ali havia um sol que era um resplendor, Um sol no vestiário, duvidou Marçal, Nessa altura já não era vestiário, mas assim como uma campina, E essas foram as sensações naturais, perguntou Marta, Sim, Não é nada que não se veja todos os dias lá fora, Esse foi precisamente o meu comentário quando estávamos a devolver o material, mas teria sido melhor deixar-me ficar calado, Porquê, Um dos veteranos olhou para mim com desdém e disse Tenho pena de si, nunca poderá compreender. Ajudada pelo marido, Marta começou a levantar a mesa. Amanhã ou depois vou à praia, anunciou Cipriano Algor, Aí já eu estive uma vez, disse Marçal, E como é aquilo, Género tropical, faz muito calor e a água é tépida, E a areia, Não há areia, o piso é de plástico a fazer as vezes, de longe até parece autêntico, Mas ondas não há, claro, Pois aí é que se engana, tem lá no interior um mecanismo que produz uma ondulação igualzinha à do mar, Não me digas, Digo, As coisas que os homens são capazes de inventar, Sim, disse Marçal, é um bocado triste. Cipriano Algor levantou-se, deu duas voltas por ali, pediu um livro à filha e quando ia a entrar no seu quarto disse, Estive lá em baixo, o chão já não vibra, e não se ouve o ruído das escavadoras, e Marçal respondeu, Devem ter terminado o trabalho.

Marta tinha proposto ao marido que o primeiro dia de folga desde que estavam a viver no Centro fosse aproveitado em ir buscar à casa da olaria umas quantas coisas que, segundo ela, estavam a fazer falta, Numa mudança normal leva-se tudo o que se tem, mas o nosso caso não foi esse, aliás, estou convencida de que teremos de lá ir outras vezes, e no fundo até tem certa graça, podemos passar a noite na nossa cama e vir na manhã seguinte, como fazias dantes. Marçal respondeu que não lhe parecia bem estarem a criar uma situação em que acabariam por não saber onde realmente moravam, O teu pai parece querer dar-nos a impressão de que anda muito divertido a descobrir os segredos do Centro, mas eu conheço-o, atrás daquela cara a cabeça continua a trabalhar, Não me disse uma única palavra sobre o que se passou em casa da Isaura, fechou-se totalmente, e não foi esse nunca o seu costume, de uma maneira ou outra, mesmo irritado, mesmo com maus modos, sempre acabava por se abrir comigo, penso que se fôssemos agora a casa talvez lhe servisse de ajuda, com certeza quereria ver como está o Achado, conversaria outra vez com ela, Muito bem, se essa é a tua ideia, iremos, mas lembra-te do que te vou dizer, ou moramos aqui, ou moramos na olaria, pretender viver como se os dois lugares fossem um só, será como morar em parte nenhuma, Talvez para nós vá ter de ser assim, Assim, como, Morar em parte nenhuma, Todas as pessoas precisam de uma casa, e nós não somos exceção, A casa que tínhamos foi-nos tirada, Continua a ser nossa, Mas não como o foi antes, Agora a casa é esta. Marta olhou em redor e disse, Não creio que o venha a ser alguma vez. Marçal encolheu os ombros, pensou que estes Algores são gente difícil de compreender, mas que, ainda assim, por nada deste mundo os trocaria. Dizemos ao teu pai, perguntou, Só à última hora, para não ficar a moer-se por dentro durante muito tempo e a envenenar o sangue.

    Cipriano Algor não chegou a saber que a filha e o genro tinham projetos para ele. O dia de folga de Marçal Gacho foi cancelado, e o mesmo sucedeu aos seus colegas de turno. Sob sigilo absoluto, aos guardas residentes, e só a eles, por serem considerados mais dignos de confiança, foi comunicado que as obras para a construção dos novos depósitos frigoríficos tinham posto à mostra no piso zero-cinco algo que iria exigir uma cuidadosa e demorada investigação, Por agora, o acesso ao lugar está condicionado, disse o comandante aos guardas, dentro de alguns dias uma equipa mista de especialistas estará a trabalhar lá, haverá geólogos, arqueólogos, sociólogos, antropólogos, médicos legistas, técnicos de publicidade, disseram-me mesmo que fazem parte do grupo dois filósofos, não me perguntem porquê. Fez uma pausa, passou os olhos pelos vinte homens alinhados na sua frente, e continuou, Estão proibidos de falar seja a quem for do que acabei de lhes comunicar nem do que vierem a ter conhecimento no futuro, e quando digo seja a quem for é mesmo seja a quem for, mulher, filhos, pais, segredo total e absoluto é o que vos estou a exigir, entendido, Sim senhor, responderam em coro os homens, Muito bem, a entrada da gruta, tinha-me esquecido de dizer que se trata de uma gruta, estará guardada dia e noite, sem interrupção, em turnos de quatro horas, neste quadro podem ver a ordem por que será feita a vigilância, são cinco horas da tarde, às seis começamos. Um dos homens levantou a mão, queria saber, se era possível, quando tinha sido descoberta a gruta e quem estivera a guardá-la desde então, A responsabilidade pela segurança, disse, só passará a ser nossa a partir das seis horas, portanto não se nos poderá responsabilizar por algo incorreto que tiver sucedido antes, A entrada da gruta foi descoberta hoje de manhã quando se estava a mover manualmente a terra, o trabalho foi interrompido ato contínuo e a administração informada, a partir desse momento três engenheiros da direção de obras mantiveram-se no local todo o tempo, Há alguma coisa dentro da gruta, quis saber outro guarda, Sim, respondeu o comandante, tereis ocasião de ver do que se trata com os vossos próprios olhos, É perigoso, convém irmos armados, perguntou o mesmo guarda, Tanto quanto se sabe, não existe qualquer perigo, no entanto, por precaução, não deveis tocar nem chegar-vos demasiado perto, ignoramos as consequências que poderiam resultar de um contacto, Para nós ou para o que lá está, decidiu-se Marçal a perguntar, Para uns e para outros, Há mais do que um na gruta, Sim, disse o comandante, e o seu rosto mudou de expressão. Depois, parecendo fazer um esforço sobre si mesmo, continuou, E agora, se não têm outras questões a pôr, tomem nota do seguinte, em primeiro lugar, quanto à dúvida de ir armado ou não, considero suficiente que levem o bastão, não porque pense que tenham necessidade de o usar, mas para que se sintam mais confiantes, o bastão é como uma peça de roupa fundamental, sem ele o guarda fardado sente-se nu, em segundo lugar, quem não estiver de vigia deverá vestir-se à paisana e circular por todos os andares a fim de escutar conversas que tenham ou pareçam ter alguma relação com a gruta, no caso de tal suceder, embora as probabilidades sejam praticamente inexistentes, o serviço central deverá ser informado de imediato, tomaremos as providências necessárias. O comandante fez uma pausa e concluiu, É tudo quanto precisavam de saber, e, uma vez mais, atenção à palavra de ordem, sigilo absoluto, é a vossa carreira que está em jogo. Os guardas aproximaram-se do quadro em que se encontravam estabelecidos os turnos de vigilância, Marçal viu que o seu era o nono, portanto estaria de plantão entre as duas da madrugada e as seis da manhã do segundo dia depois deste. Lá em baixo, a trinta ou quarenta metros de profundidade, não se notaria a diferença entre o dia e a noite, certamente não haveria mais do que trevas cortadas pela luz crua dos projetores e das gambiarras. Enquanto o elevador o levava ao trigésimo quarto andar, ia pensando no que poderia dizer a Marta sem faltar demasiado ao compromisso que assumira, a proibição parecia-lhe absurda, uma pessoa tem, mais do que o direito, a obrigação de confiar na sua própria família, porém, isto são teorias, por mais voltas que der ao assunto não terá outro remédio que acatar o mandado, ordens são ordens. O sogro não estava em casa, devia andar nas suas explorações de criança curiosa, à procura dos sentidos das coisas e com astúcia suficiente para os encontrar por mais escondidos que estivessem. Disse a Marta que tinha mudado temporariamente de serviço, agora devia ir à paisana, não seria para sempre, uns dias apenas. Marta perguntou porquê e ele respondeu que não estava autorizado a dizer, que era confidencial, Dei a minha palavra de honra, justificou, e não era verdade, o comandante não lhe havia exigido que se comprometesse pela honra, são fórmulas de outro tempo e de outro costume que de vez em quando nos saem sem pensar, como acontece com a memória, que sempre tem mais para nos dar do que o pouquíssimo que lhe reclamamos. Marta não respondeu, abriu o guarda-roupa e retirou do cabide um dos dois fatos que o marido tinha, Suponho que este servirá, disse, Serve perfeitamente, disse Marçal, satisfeito por estarem de acordo sobre este importante ponto. Pensou que o melhor seria avisá-la já do resto, resolver a questão de uma vez, se se encontrasse no lugar do colega que daqui a pouco entrará de vigia teria de estar a comunicar a Marta neste preciso momento, Tenho um serviço das seis às dez, não me perguntes nada, é segredo, esta mesma frase serve, só é preciso mudar-lhe as horas e os dias, Tenho um serviço depois de amanhã, das duas da madrugada às seis da manhã, não me perguntes nada, é segredo. Marta olhou-o intrigada, A essa hora o Centro está fechado, Bem, não vai ser propriamente no Centro, Então vai ser fora, É dentro, mas não é no Centro, Não compreendo, Preferiria que não me fizesses perguntas, Só estou a dizer que não percebo como pode alguma coisa acontecer, ao mesmo tempo, dentro e fora de um lugar, É nas escavações destinadas aos armazéns frigoríficos, mas não direi mais nada, Encontraram petróleo, uma mina de diamantes ou a pedra que marca o sítio do umbigo do mundo, perguntou Marta, Não sei o que encontraram, E quando o virás a saber, Quando for o meu turno de guarda, Ou quando perguntares aos teus colegas que tiverem lá estado antes, Fomos proibidos de falar uns com os outros sobre o assunto, disse Marçal, desviando os olhos porque estas não eram palavras que merecessem o nome de verdadeiras, mas sim uma versão interessada das ordens e recomendações do comandante, livremente adaptada às suas dificuldades retóricas de ocasião, Grande mistério, pelos vistos, disse Marta, Parece que sim, condescendeu Marçal, enquanto tentava acertar com preocupação exagerada os punhos da camisa para que aparecessem com a largura justa por baixo das mangas do casaco. Vestido à civil mostrava mais idade do que realmente tinha. Vens jantar, perguntou Marta, Não tenho nenhuma ordem em contrário, mas, se não puder vir, telefono. Saiu antes que a mulher se lembrasse de fazer outras perguntas, aliviado por ter conseguido escapar à insistente curiosidade dela, mas também desgostoso porque a conversação não tinha sido, da sua parte, um recomendável modelo de lealdade, Fui leal, sim senhor, protestou consigo mesmo, avisei-a logo de que se tratava de um segredo. Apesar da veemência e da razão que assistia ao seu protesto, Marçal não conseguiu convencer-se. Quando, passada mais de uma hora, Cipriano Algor, ainda mal recuperado dos sustos do comboio fantasma, regressou a casa, Marta perguntou-lhe, Viu o seu genro, Não, não vi, Provavelmente, mesmo que o visse, não seria capaz de o reconhecer, Porquê, Veio mudar de roupa, agora anda a fazer vigilância vestido à civil, Essa é nova, Foram as ordens que recebeu, Vigilância à civil não é vigilância, é espionagem, sentenciou o pai. Marta contou-lhe o que sabia, que era quase nada, mas foi quanto bastou para que Cipriano Algor sentisse esfumar-se-lhe o interesse pelo rio amazonas com índios aonde tinha feito tenção de viajar no dia seguinte, É estranho, desde o princípio que tive como um pressentimento de que alguma coisa se estava a preparar aqui, Que quer dizer com isso, desde o princípio, perguntou Marta, Aquele chão que senti tremer, vibrar, o barulho das máquinas escavadoras, recordas-te, quando viemos ver o apartamento, Estávamos bem arranjados se tivéssemos pressentimentos de cada vez que ouvimos uma máquina escavadora a trabalhar, como aquele ruído de máquina de costura que críamos ouvir na parede da cozinha e que a mãe dizia ser o sinal da condenação de uma costureira, pobre coitada, pelo pecado de ter trabalhado ao domingo, Mas desta vez parece que bateu certo, Parece que sim, disse Marta, repetindo palavras do marido, Veremos o que ele terá para contar quando vier, disse Cipriano Algor. Não ficaram a saber mais. Marçal fechou-se nas respostas que já havia dado, repetiu-as uma e outra vez, e por fim resolveu pôr ponto final no assunto, Serei o primeiro, se insistirem, a achar que a ordem é disparatada, mas foi a que recebi, e sobre isto não há mais que falar, Ao menos diz-nos por que foi que de repente passaram a patrulhar à paisana, pediu o sogro, Nós não fazemos patrulhas, velamos pela segurança no Centro, nada mais, Muito bem, seja isso, Não tenho nada a acrescentar, não pergunte, por favor, cortou Marçal, irritado. Olhou para a mulher como a perguntar-lhe por que motivo estava calada, por que não o defendia, e ela disse, O Marçal tem razão, pai, não insista, e, dirigindo-se a ele, ao mesmo tempo que o beijava na testa, Desculpa-nos, nós, os Algores, somos um pouco brutos. Depois do jantar, viram um programa de televisão transmitido pelo canal interno do Centro, exclusivo para os residentes, depois recolheram-se aos quartos. Já com as luzes apagadas, Marta tornou a pedir desculpa, Marçal deu-lhe um beijo, e se não seguiu adiante com segundos e terceiros foi por ter percebido a tempo que, por esse caminho, acabaria por lhe contar tudo. Sentado na sua cama, com a luz acesa, Cipriano Algor pensara e tornara a pensar, para concluir que tinha de descobrir o que se passava nas profundezas do Centro, que, se havia ali outra porta secreta, ao menos desta vez não poderiam dizer-lhe que do outro lado dela não havia nada. Voltar à carga com Marçal não valia a pena, além disso era uma injustiça que estavam a fazer ao pobre moço, se tinha ordens para não falar e as cumpria, devia era ser felicitado por isso, não submetê-lo às variadas e impudicas modalidades de chantagem sentimental em que as famílias são exímias, eu sou teu sogro, tu és meu genro, conta-me tudo, Marta tinha razão, pensou, nós, os Algores, somos bastante brutos. Amanhã deixaria tranquilo o rio amazonas com índios e dedicar-se-ia a percorrer o Centro de uma ponta à outra a ouvir as conversas da gente. No essencial, um segredo é mais ou menos como a combinação de um cofre, embora não tenhamos conhecimento dela sabemos que se compõe de seis dígitos, que é possível até que se repita algum ou alguns deles, e que por muito numerosas que sejam as sequências possíveis, não são infinitas. Como em todas as coisas da vida é uma questão de tempo e de paciência, uma palavra aqui, outra palavra acolá, um subentendido, uma troca de olhares, um súbito silêncio, pequenas gretas dispersas que se vão abrindo no muro, a arte do devassador está em saber aproximá-las, em eliminar as arestas que as separam, chegará sempre um momento em que nos perguntaremos se o sonho, a ambição, a esperança secreta dos segredos não serão, afinal, a possibilidade, ainda que vaga, ainda que longínqua, de deixarem de o ser. Cipriano Algor despiu-se, apagou a luz, pensou que iria ter uma noite de insónia, mas ao cabo de cinco minutos já dormia num sono tão espesso, tão opaco, que nem sequer a Isaura Madruga havia podido vir espreitar à última porta que nele se cerrava.

Quando Cipriano Algor saiu do quarto, mais tarde do que era seu hábito, o genro já tinha saído para o trabalho. Ainda meio sonolento, deu os bons-dias à filha, sentou-se para tomar o pequeno-almoço, e nesse instante o telefone tocou. Marta foi atender e voltou logo, É para si. O coração de Cipriano Algor deu um salto, Para mim, quem é que pode querer falar comigo, perguntou, já certíssimo de que a filha lhe iria responder, É a Isaura, mas o que ela disse foi, É do departamento de compras, um subchefe. Indeciso entre a decepção de a chamada não vir de quem gostaria e o alívio de não ter de explicar à filha a razão destas intimidades com a vizinha, embora não devamos esquecer que poderia simplesmente tratar-se de algum assunto referente ao Achado, a tristeza da ausência, por exemplo, Cipriano Algor dirigiu-se ao telefone, disse quem era e daí pouco tinha no outro extremo da linha o subchefe simpático, Foi uma surpresa para mim saber que tinha passado a viver no Centro, como vê, o diabo nem sempre está atrás da porta, é um ditado velho, mas muito mais verdadeiro do que se imagina, De facto assim é, disse Cipriano Algor, O motivo desta chamada é pedir-lhe que passe por aqui hoje à tarde para lhe pagarmos as estatuetas, Que estatuetas, As trezentas que nos tinha entregado para o inquérito, Mas esses bonecos não foram vendidos, portanto não há nada a pagar, Meu caro senhor, disse o subchefe com inesperada severidade na voz, permita-nos que sejamos nós os juízes dessa questão, seja como for fique desde já sabendo que ainda quando um pagamento represente um prejuízo de mais de cem por cento, como aconteceu neste caso, o Centro liquida sempre as suas contas, é uma questão de ética, uma vez que agora vive connosco poderá começar a compreender melhor, Muito bem, só não percebo como um prejuízo sobe a mais de cem por cento, Por não pensarem nestas coisas é que as economias familiares vão à ruína, Foi pena não o ter sabido antes, Aponte lá, em primeiro lugar vamos pagar as estatuetas pelo exato valor que nos foi debitado, nem um centavo menos, Até aí já alcançou o meu entendimento, Em segundo lugar, obviamente, também teremos de pagar o inquérito, isto é, os materiais usados, as pessoas que analisaram os dados, o tempo que tudo isso levou, ora, se quiser pensar que esses materiais, essas pessoas e esse tempo poderiam estar a ser aplicados em tarefas rentáveis, não necessitará ser dotado de grande inteligência para chegar à conclusão de que se tratou de facto de uma perda superior a cem por cento, considerando aquilo que não se vendeu e aquilo que se gastou para concluir que não o deveríamos vender, Lamento ter dado tanto prejuízo ao Centro, São os ossos do ofício, umas vezes perde-se, outras vezes ganha-se, de qualquer modo não foi grave, tratava-se de um negócio minúsculo, Eu poderia, disse Cipriano Algor, invocar também os meus próprios escrúpulos éticos para me negar a receber por um trabalho que as pessoas se recusaram a comprar, mas o dinheiro faz-me arranjo, É uma boa razão, a melhor delas, Passarei por aí à tarde, Não precisa de perguntar por mim, vá diretamente à caixa, esta é a última operação comercial que fazemos com a sua extinta empresa, queremos que fique com as melhores recordações, Muito obrigado, E agora desfrute do resto da vida, está no lugar ideal para isso, Também me tem parecido, senhor, Aproveite a maré de sorte, É o que estou a fazer. Cipriano Algor pousou o telefone, Pagam-nos os bonecos, disse, não perdemos tudo. Marta fez um gesto de cabeça que poderia significar qualquer coisa, conformidade, discordância, indiferença, e retirou-se para a cozinha. Não te sentes bem, perguntou o pai, assomando-se à porta, Só um pouco cansada, será da gravidez, Encontro-te apática, alheada, deverias distrair-te, dar umas voltas por aí, Como o pai, Sim, como eu, Interessa-lhe muito tudo o que aí há fora, perguntou Marta, pense duas vezes antes de me responder, Bastou-me pensar uma, não me interessa nada, apenas finjo, Consigo mesmo, claro, Já és bastante crescida para saberes que não há outra maneira, embora o pareça, não é com os outros que fingimos, é sempre com nós próprios, Alegra-me estar a ouvi-lo da sua boca, Porquê, Porque confirma o que andava a pensar de si no assunto da Isaura Madruga, A situação modificou-se, Ainda mais me alegra, Se a ocasião chegar direi, agora sou como o Marçal, uma boca fechada.

A expedição auricular de Cipriano Algor não obteve qualquer resultado, depois, durante o almoço, por uma espécie de acordo tácito, nenhum dos três ousou tocar no melindroso assunto das escavações e do que lá teria sido encontrado. Sogro e genro saíram ao mesmo tempo, Marçal para retomar o seu trabalho de escuta e espionagem, tão infrutífero, provavelmente, como havia sido, a um e a outro, o da manhã, e Cipriano Algor para perguntar, pela primeira vez, como do interior do Centro se chegava ao departamento de compras. Percebeu que o seu distintivo de residente, também ele com retrato e impressão digital, lhe proporcionaria certas facilidades de circulação, quando o guarda a quem fez a pergunta lhe indicou o caminho como se da coisa mais natural do mundo se tratasse, Vá por este corredor, sempre a direito, quando chegar ao fim dele só terá de seguir as indicações, não tem nada que errar, disse. Estava no piso térreo, em algum ponto do percurso teria de baixar ao nível do subterrâneo onde, em tempos mais felizes, juízo que de certeza o subchefe simpático não partilharia, se apresentava para descarregar os seus pratos e as suas canecas. Uma seta e uma escada rolante disseram-lhe por onde ir. Estou a descer, pensou. Estou a descer, estou a descer, repetia, e logo, Que estupidez, é evidente que estou a descer, para isso é que as escadas servem quando não estão a servir para subir, numa escada, aqueles que não descem, sobem, e aqueles que não sobem, descem. Parecia ter alcançado uma conclusão irrespondível, daquelas para que não existe qualquer possibilidade de contestação lógica, mas de súbito, com a fulgurância e a instantaneidade do relâmpago, um outro pensamento lhe cruzou a cabeça, Descer, descer até lá. Sim, descer lá. A decisão que Cipriano Algor acaba de tomar é de que esta noite intentará ir aonde Marçal está a fazer a sua guarda, entre as duas da madrugada e as seis da manhã, não esqueçamos. O bom senso e a prudência, que nestas situações sempre têm uma palavra a dizer, já lhe perguntaram como imagina ele que, sem conhecer os caminhos, conseguirá chegar a um lugar tão recôndito, e ele respondeu que as combinações e composições dos acasos, sendo efetivamente muitíssimas, não são infinitas, e que sempre valerá mais arriscar-nos a subir à figueira para tentar alcançar o figo do que deitar-nos à sombra dela e esperar que ele nos caia na boca. O Cipriano Algor que se apresentou na caixa do departamento de compras depois de por duas vezes se ter perdido, apesar da ajuda das setas e dos letreiros, não foi aquele que já nos havíamos acostumado a conhecer. Se as mãos lhe tremeram tanto, não foi pela excitação mesquinha de estar a receber pelo seu trabalho um dinheiro com que não tinha contado, mas porque as ordens e as orientações do cérebro, ocupado agora em assuntos de mais transcendente importância, chegavam desconexas, confusas, contraditórias aos respectivos terminais. Quando regressou à área comercial do Centro parecia um pouco mais tranquilo, a agitação tinha-lhe passado para o lado de dentro. Dispensado de preocupar-se com as mãos, o cérebro maquinava sucessivamente astúcias, manhas, ardis, estratagemas, tramas, subtilezas, ia mesmo ao ponto de admitir a possibilidade de recorrer à telecinesia para, num ápice, transportar do trigésimo quarto andar à misteriosa escavação este corpo impaciente que tanto lhe anda a custar a governar.

Embora ainda tivesse por diante largas horas de espera, Cipriano Algor resolveu ir para casa. Quis dar à filha o dinheiro que recebera, mas ela disse, Guarde-o para si, não me faz falta, e depois perguntou, Quer um café, Pois sim, é uma boa ideia. O café foi feito, passado para uma chávena, bebido, tudo indica que por agora não vai haver mais palavras entre eles, parece, como Cipriano Algor tem pensado algumas vezes, embora destes seus pensamentos não tenhamos deixado registo na altura própria, que a casa, esta onde agora vivem, tem o dom maligno de fazer calar as pessoas. No entanto, ao cérebro de Cipriano Algor, que já teve de pôr de lado, por carência de adestramento suficiente, o recurso à telecinesia, é-lhe indispensável uma certa e determinada informação sem a qual o seu plano para a incursão noturna irá, pura e simplesmente, por água abaixo. Por isso lança a pergunta, enquanto, como se estivesse distraído, vai mexendo com a colher o resto de café que ficou no fundo da chávena, Sabes a que profundidade se encontra a escavação, Por que quer sabê-lo, Simples curiosidade, nada mais, Marçal não falou disso. Cipriano Algor disfarçou o melhor que pôde a contrariedade e disse que ia dormir uma sesta. Passou a tarde toda no quarto e só saiu quando a filha o foi chamar para comer, já Marçal estava sentado à mesa. Até ao final do jantar, tal como sucedera no almoço, não se falou da escavação, foi só quando Marta lembrou ao marido, Devias dormir até à hora de desceres, vais passar a noite em claro, e ele respondeu, É demasiado cedo, não tenho sono, que Cipriano Algor, aproveitando a deixa inesperada, repetiu a sua pergunta, A que profundidade está essa escavação, Por que quer saber, Para ter uma ideia, por mera curiosidade. Marçal hesitou antes de responder, mas pareceu-lhe que a informação não devia fazer parte do grupo das estritamente confidenciais, O acesso faz-se pelo piso zero-cinco, disse por fim, Pensei que as escavadoras tivessem andado a trabalhar muito mais fundo, Em todo o caso sempre são quinze ou vinte metros abaixo do chão, disse Marçal, Tens razão, é uma boa profundidade. Não se tornou a falar do assunto. Marçal não dera a impressão de ficar contrariado por causa da rápida conversa, pelo contrário, dir-se-ia até que havia ficado algo aliviado por ter podido, sem entrar em matérias perigosas e reservadas, falar um pouco de uma questão que o traz preocupado, como facilmente se lhe nota. Marçal não é mais medroso do que o comum das pessoas, mas não lhe agrada nada a perspectiva de passar quatro horas metido num buraco, em absoluto silêncio, sabendo o que tem atrás de si. Não fomos treinados para uma situação destas, dissera-lhe um dos seus colegas, oxalá os especialistas de que falou o comandante se apresentem rapidamente para sermos tirados deste serviço, Tiveste medo, perguntou Marçal, Medo, o que se chama medo, talvez não, mas aviso-te já de que te vais sentir, a cada momento, como se alguém atrás de ti te fosse pôr uma mão no ombro, Não seria o pior que poderia acontecer, Depende da mão, se queres que te fale com toda a franqueza, são quatro horas a lutar com um desejo louco de fugir, de escapar, de desaparecer dali, Homem prevenido vale por dois, assim já fico a saber o que me espera, Não sabes, só imaginas, e mal, corrigiu o colega. Agora é uma e meia da madrugada, Marçal está a despedir-se de Marta com um beijo, ela pede-lhe, Não te demores depois de acabares o turno, Virei a correr, amanhã conto-te tudo, prometo. Marta acompanhou-o à porta, beijaram-se ainda uma vez, depois voltou para dentro, arrumou primeiro algumas coisas, e foi-se deitar. Não tinha sono. Dizia a si mesma que não havia motivo para preocupações, que já outros guardas tinham estado de plantão ao sítio e nada acontecera, quantas vezes sucedeu armarem-se por dá cá aquela palha uns mistérios terríveis, como se fossem autênticas bichas de sete cabeças, e quando lá se foi ver ao pé não eram mais do que fumo, vento, ilusão, vontade de acreditar no incredível. Os minutos passavam, o sono andava por longe, Marta tinha acabado de dizer a si mesma que faria melhor em acender a luz e pôr-se a ler um livro, quando lhe pareceu ouvir que se abria a porta do quarto do pai. Como ele não tinha o hábito de se levantar durante a noite, apurou o ouvido, provavelmente queria ir ao quarto de banho, porém, os passos, daí a pouco, começaram a soar, cautelosos mas perceptíveis, na pequena sala de entrada. Talvez vá à cozinha beber água, pensou. O ruído inconfundível do trinco da fechadura fê-la levantar-se rapidamente. Enfiou à pressa a bata e saiu. O pai tinha a mão no puxador da porta. Aonde vai a estas horas, perguntou Marta, Por aí, disse Cipriano Algor, Tem o direito de ir aonde quiser, é maior e vacinado, mas não pode ir-se sem uma palavra, como se não houvesse mais ninguém na casa, Não me faças perder tempo, Porquê, tem medo de chegar depois das seis, perguntou Marta, Se já sabes aonde quero ir, não precisas de mais explicações, Ao menos pense que pode vir a criar problemas ao seu genro, Como tu própria disseste, sou maior e vacinado, o Marçal não pode ser responsabilizado pelos meus atos, Talvez os patrões dele viessem a ser de outra opinião, Ninguém me verá, e no caso de aparecer alguém a mandar-me para trás digo-lhe que padeço de sonambulismo, As suas graças vêm totalmente fora de propósito neste momento, Então falarei a sério, Espero bem que sim, Passa-se lá em baixo algo que preciso de saber, Seja o que for que haja não poderá ficar secreto por toda a vida, o Marçal disse-me que nos contaria tudo, quando voltasse do turno, Muito bem, mas a mim uma descrição não me basta, quero ver com os meus próprios olhos, Sendo assim, vá, vá, e não me atormente mais, disse Marta, já a chorar. O pai aproximou-se dela, passou-lhe um braço pelos ombros, abraçou-a, Por favor, não chores, disse, o pior de tudo, sabes, é já não sermos os mesmos desde que nos mudámos para aqui. Deu-lhe um beijo, depois saiu fechando a porta devagar. Marta foi buscar uma manta e um livro, sentou-se num dos pequenos sofás da sala, cobriu os joelhos. Não sabia quanto tempo iria durar a espera.

    O plano de Cipriano Algor não podia ser mais simples. Tratava-se de descer num monta-cargas até ao piso zero-cinco e a partir daí entregar-se à sorte e ao acaso. Com muito menos armas se ganharam batalhas, pensou. E com muito mais se perderam, acrescentou por escrúpulo de imparcialidade. Tinha reparado que os monta-cargas, provavelmente pelo facto de se destinarem quase em exclusivo ao transporte de materiais, não estavam providos de câmaras de vídeo, pelo menos que se desse por elas, e se alguma houvesse, daquelas minúsculas e disfarçadas, o mais certo era que a atenção dos vigilantes da central se encontrasse fixada nos acessos exteriores e nos andares comerciais e de atrações. Se estivesse equivocado, não tardaria a sabê-lo. Em primeiro lugar, supondo que os andares de habitação acima do nível do solo formavam um bloco com os dez andares subterrâneos, convinha-lhe usar o monta-cargas que mais perto estivesse da fachada interior para não ter de perder tempo à procura de um caminho entre os mil contentores de todo o tipo e tamanho que imaginava guardados abaixo do chão, em particular no tal piso zero-cinco que lhe interessava. No entanto, não ficou demasiado surpreendido quando se encontrou com um espaço amplo, aberto, despejado de mercadorias, que obviamente se destinava a facilitar o acesso ao lugar da escavação. Um pano da parede mestra, entre dois pilares, tinha sido demolido, por ali se entrava. Cipriano Algor olhou o relógio, eram duas horas e quarenta e cinco minutos. Apesar de reduzida, a iluminação permanente do piso subterrâneo não deixava perceber se alguma luz no interior da escavação amortecia o negrume da bocarra que o ia engolir. Deveria ter trazido uma lanterna, pensou. Então lembrou-se de ter lido um dia que a melhor maneira de aceder a um lugar às escuras, se se quiser ver imediatamente o que está lá dentro, é fechar os olhos antes de entrar e abri-los depois. Sim, pensou, é mesmo o que devo fazer, fecho os olhos e caio por ali abaixo, até ao centro da terra. Não caiu. Quase rente ao chão, à sua esquerda, havia uma luminosidade ténue que não tardou a substancializar-se, passos andados, numa fiada de lâmpadas dispostas em gambiarra. Iluminavam uma rampa de terra que ia formar ao fundo um patamar donde nascia outro lanço. Tão espesso, tão denso era o silêncio que Cipriano Algor podia ouvir o bater do seu próprio coração. Vamos lá, pensou, o Marçal vai levar o maior susto da sua vida. Começou a descer a rampa, chegou ao patamar, desceu a rampa seguinte, um patamar mais, aí parou. Lá adiante, dois focos colocados num extremo e no outro, de modo que a luz não fosse dar em cheio no interior, mostravam a forma oblonga da entrada de uma gruta. Num terrapleno à direita encontravam-se duas pequenas escavadoras. Marçal estava sentado num escabelo, ao lado dele uma mesa sobre a qual havia uma lanterna. Ainda não tinha visto o sogro. Cipriano Algor saiu da meia penumbra do último patamar e disse em voz alta, Não te assustes, sou eu. Marçal levantou-se precipitadamente, quis falar mas a garganta não deu passagem às palavras, não era caso para menos, que lhe atire a primeira pedra quem achar que diria com toda a calma do mundo, Olá, então por cá. Foi só quando o sogro se encontrava na sua frente que Marçal, ainda que a custo, conseguiu articular, Que faz aqui, que estúpida ideia foi essa de vir cá abaixo, porém, ao contrário do que mandaria a lógica, não havia zanga na voz, o que nela se notava, além do alívio natural de quem finalmente não está a ser ameaçado por uma assombração nefasta, era uma espécie de satisfação envergonhada, algo assim como um emocionado sentimento de gratidão que talvez algum dia venha a confessar-se. Que faz aqui, repetiu, Vim ver, disse Cipriano Algor, E não pensou nos problemas que me cairão em cima se se chega a saber, não pensou que isto pode custar-me o emprego, Dirás que o teu sogro é um idiota chapado, um irresponsável que deveria estar internado numa casa de doidos, metido numa camisa de força, Ganharia muito com essas explicações, não há dúvida. Cipriano Algor virou os olhos para a cavidade e perguntou, Viste o que há ali dentro, Vi, respondeu Marçal, Que é, Avalie por si mesmo, tem aqui uma lanterna, se quiser, Vens comigo, Não, eu também fui sozinho, Há algum carreiro traçado, alguma passagem, Não, o que tem é de seguir sempre pela esquerda e não perder o contacto com parede, lá ao fundo encontrará o que veio procurar. Cipriano Algor acendeu a lanterna e entrou. Esqueci-me de fechar os olhos, pensou. A luz indireta dos focos ainda permitia ver uns três ou quatro metros de chão, o resto era negro como o interior de um corpo. Havia um declive não muito pronunciado, mas irregular. Cautelosamente, roçando a parede com a mão esquerda, Cipriano Algor começou a descer. Em certa altura pareceu-lhe perceber que havia à sua direita algo que poderia ser uma plataforma e um muro. Disse para si mesmo que quando voltasse averiguaria de que se tratava, Provavelmente é uma obra que fizeram para reter as terras, e continuou a descer. Tinha a impressão de que já andara muito, talvez uns trinta ou quarenta metros. Olhou para trás, para a boca da gruta. Recortada contra a luz dos focos, parecia realmente distante, Não andei tanto, pensou, o que estou é a ficar desorientado. Percebia que o pânico tinha começado, insidiosamente, a raspar-lhe os nervos, tão valente que se imaginara, tão superior a Marçal, e agora estava quase a ponto de virar costas e correr aos tropeções pela pendente acima. Encostou-se à rocha, respirou fundo, Nem que tenha de morrer aqui, disse, e recomeçou a andar. De repente, como se tivesse girado sobre si mesma em ângulo reto, a parede apresentou-se na sua frente. Havia alcançado o final da gruta. Baixou o foco da lanterna para se certificar da firmeza do solo, deu dois passos e ia a meio do terceiro quando o joelho direito foi chocar em algo duro que o fez soltar um gemido. Com o choque a luz oscilou, diante dos olhos surgiu-lhe, num instante, o que parecia um banco de pedra, e logo, no instante seguinte, alinhados, uns vultos mal definidos apareceram e desapareceram. Um violento tremor sacudiu os membros de Cipriano Algor, a sua coragem fraquejou como uma corda a que se estivessem rompendo os últimos fios, mas dentro de si ouviu um grito que o chamava à ordem, Recorda, nem que morras. A luz trémula da lanterna varreu devagar a pedra branca, tocou ao de leve uns panos escuros, subiu, e era um corpo humano sentado o que ali estava. Ao lado dele, cobertos com os mesmos panos escuros, mais cinco corpos igualmente sentados, eretos todos como se um espigão de ferro lhes tivesse entrado pelo crânio e os mantivesse atarraxados à pedra. A parede lisa do fundo da gruta estava a dez palmos das órbitas encovadas, onde os globos oculares teriam sido reduzidos a um grão de poeira. Que é isto, murmurou Cipriano Algor, que pesadelo é este, quem eram estas pessoas. Aproximou-se mais, passou lentamente o foco da lanterna sobre as cabeças escuras e ressequidas, este é homem, esta é mulher, outro homem, outra mulher, e outro homem ainda, e outra mulher, três homens e três mulheres, viu restos de ataduras que pareciam ter servido para lhes imobilizar os pescoços, depois baixou a luz, ataduras iguais prendiam-lhes as pernas. Então, devagar, muito devagar, como uma luz que não tivesse pressa de aparecer, mas que viesse para mostrar a verdade das coisas até aos seus mais escuros e recônditos desvãos, Cipriano Algor viu-se a entrar outra vez no forno da olaria, viu o banco de pedra que os pedreiros lá tinham deixado esquecido e sentou-se nele, e outra vez escutou a voz de Marçal, porém estas palavras agora são diferentes, chamam e tornam a chamar, inquietas, lá de longe, Pai, está a ouvir-me, responda-me. A voz retumba no interior da gruta, os ecos vão de parede a parede, multiplicam-se, se Marçal não se cala por um minuto não será possível ouvirmos a voz de Cipriano Algor a dizer, distante, como se ela própria já fosse também um eco, Estou bem, não te preocupes, não me demoro. O medo havia desaparecido. A luz da lanterna acariciou uma vez mais os míseros rostos, as mãos só pele e osso cruzadas sobre as pernas, e, mais do que isso, guiou a própria mão de Cipriano Algor quando ela foi tocar, com respeito que seria religioso se não fosse humano simplesmente, a fronte seca da primeira mulher. Não havia mais que fazer ali, Cipriano Algor tinha compreendido. Como o caminho circular de um calvário, que sempre irá encontrar um calvário adiante, a subida foi lenta e dolorosa. Marçal descera ao seu encontro, estendeu-lhe a mão para o ajudar, ao saírem da escuridão para a luz vinham abraçados e não sabiam desde quando. Exaurido de forças, Cipriano Algor deixou-se cair no escabelo, inclinou a cabeça sobre a mesa e, sem ruído, mal se lhe notava o estremecer dos ombros, começou a chorar. Deixe lá, pai, eu também chorei, disse Marçal. Daí a pouco, mais ou menos recomposto da emoção, Cipriano Algor olhou o genro em silêncio, como se naquele momento não tivesse maneira melhor de lhe dizer que o estimava, depois perguntou, Sabes o que é aquilo, Sei, li alguma coisa em tempos, respondeu Marçal, E também sabes que o que ali está, sendo o que é, não tem realidade, não pode ser real, Sei, E contudo eu toquei com esta mão na testa de uma daquelas mulheres, não foi uma ilusão, não foi um sonho, se agora lá voltasse iria encontrar os mesmos três homens e as mesmas três mulheres, as mesmas cordas a atá-los, o mesmo banco de pedra, a mesma parede em frente, Se não são os outros, uma vez que eles não existiram, quem são estes, perguntou Marçal, Não sei, mas depois de os ver fiquei a pensar que talvez o que realmente não exista seja aquilo a que damos o nome de não existência. Cipriano Algor levantou-se devagar, as pernas ainda lhe tremiam, mas, no geral, as forças do corpo tinham voltado. Disse, Quando descia tive a impressão de ver em certa altura algo que poderia ser um muro e uma plataforma, se tu pudesses mudar a orientação de um desses focos, não precisou de terminar a frase, Marçal pôs-se a girar um volante, a acionar um manípulo, e logo a luz se estendeu pelo chão fora até ir bater na base de um muro que atravessava a gruta de lado a lado, mas sem chegar às paredes. Não havia qualquer plataforma, apenas uma passagem ao longo do muro. Só falta uma coisa, murmurou Cipriano Algor. Avançou alguns passos e de repente estacou, Aqui está, disse. No chão via-se uma grande mancha negra, a terra estava requeimada naquele local, como se durante muito tempo tivesse ardido ali uma fogueira. Deixou de valer a pena continuar a perguntar se eles existiram ou não, disse Cipriano Algor, as provas estão aqui, cada qual tirará as conclusões que achar justas, eu já tirei as minhas. O foco voltou ao seu lugar, a escuridão também, depois Cipriano Algor perguntou, Queres que fique a fazer-te companhia, Não, obrigado, disse Marçal, volte para casa, a Marta deve de estar por lá aflita, a pensar o pior, Até logo, então, Até logo, pai, fez uma pausa, e logo, com um sorriso meio constrangido, como o de um adolescente que no mesmo instante em que se entrega se retrai, acrescentou, Obrigado por ter vindo.

 Cipriano Algor olhou o relógio quando chegou ao piso zero-cinco. Eram quatro e meia. O monta-cargas levou-o ao trigésimo quarto andar. Ninguém o tinha visto. Marta abriu-lhe a porta silenciosamente, com os mesmos cuidados tornou a fechá-la, Como está o Marçal, perguntou, Está bem, não te preocupes, tens ali um grande homem, que to digo eu, Que há lá em baixo, Deixa que me sente primeiro, estou como se tivesse levado uma tareia, estes esforços já não são para a minha idade, Que há lá em baixo, tornou a perguntar

Marta depois de se terem sentado, Lá em baixo há seis pessoas mortas, três homens e três mulheres, Não me surpreende, era exatamente o que eu calculava, que deveria tratar-se de restos humanos, sucede com frequência nas escavações, o que não compreendo é por que foram todos estes mistérios, tanta segredo, tanta vigilância, os ossos não fogem, e não creio que roubar esses merecesse o trabalho que daria, Se tivesses descido comigo compreenderias, aliás ainda estás a tempo de ir lá abaixo, Deixe-se de ideias, Não é fácil deixar-se de ideias depois de se ter visto o que eu vi, Que foi que viu, quem são essas pessoas, Essas pessoas somos nós, disse Cipriano Algor, Que quer dizer, Que somos nós, eu, tu, o Marçal, o Centro todo, provavelmente o mundo, Por favor, explique-se, Dá-me atenção, escuta. A história levou meia hora a ser contada. Marta ouviu-a sem interromper uma única vez. No fim, apenas disse, Sim, creio que tem razão, somos nós. Não falaram mais até chegar Marçal. Quando ele entrou, Marta abraçou-se-lhe com força, Que vamos fazer, perguntou, mas Marçal não teve tempo de responder. Em voz firme, Cipriano Algor dizia, Vocês decidirão a vossa vida, eu vou-me embora.

As suas coisas estão aqui, disse Marta, não era muito, cabem à larga na mala mais pequena, até parece que sabia que viria apenas por três semanas, Chega uma altura da vida em que deveria bastar ser ainda capaz de levar às costas o próprio corpo, disse Cipriano Algor, A frase é bonita, sim senhor, mas o que eu gostaria era que me dissesse de que vai viver, Olhai os lírios do campo, que não fiam nem tecem, Também é bonita essa frase, por isso é que eles nunca conseguiram passar de lírios, És uma cética raivosa, uma repugnante cínica, Pai, por favor, estou a falar a sério, Desculpa, Eu compreendo que tenha sido um choque para si, como também, mesmo sem ter lá estado, o foi para mim, compreendo que aqueles homens e aquelas mulheres são muito mais do que simples pessoas mortas, Não continues, por eles serem muito mais do que simples pessoas mortas é que não quero continuar a viver aqui, E nós, e eu, perguntou Marta, Decidireis da vossa vida, eu já decidi da minha, não vou ficar o resto dos dias atado a um banco de pedra e a olhar para uma parede, E como viverá, Tenho o dinheiro que pagaram pelos bonecos, dará para um ou dois meses, depois logo verei, Não me referia ao dinheiro, de uma maneira ou outra não lhe faltará o necessário para se alimentar e vestir, o que quero dizer é que terá de viver sozinho, Tenho o Achado, e vocês irão fazer-me uma visita de vez em quando, Pai, Que é, A Isaura, Que tem que ver a Isaura com isto, O pai disse-me que a situação entre ambos tinha mudado, não explicou como nem porquê, mas disse-mo, E é verdade, Sendo assim, Sendo assim, quê, Poderiam viver juntos, quero eu dizer. Cipriano Algor não respondeu. Agarrou na mala, Cá vou então, disse. A filha abraçou-se a ele, Iremos lá na primeira folga do Marçal, entretanto vá dando notícias, quando chegar telefone-me para me dizer como encontrou a casa, e o Achado, não se esqueça do Achado. Com um pé fora da porta, Cipriano Algor disse ainda, Dá um abraço ao Marçal, Já lho tinha dado, já se tinha despedido dele, Sim, mas dá-lhe outro. Quando chegou ao fim do corredor, voltou-se para trás. A filha estava lá ao fundo, entreportas, fazia-lhe um gesto de adeus com uma mão enquanto tapava a boca com a outra para não estalar em soluços. Até breve, disse, mas ela não o ouviu. O monta-cargas levou-o à garagem, agora era preciso ver onde tinham deixado estacionada a furgoneta e se ela arrancava depois de três semanas sem se mexer, às vezes as baterias pregam partidas, Era o que faltava, pensou, inquieto. Não aconteceu o que temia, a furgoneta fez a sua obrigação. É certo que não conseguiu pegar à primeira nem à segunda, mas às três arrancou com um ruído digno doutro motor. Minutos depois Cipriano Algor estava na avenida, não tinha propriamente o caminho aberto à sua frente, mas poderia ter sido muito pior, apesar da lentidão era a própria corrente do tráfego que o levava. Não admirava que o trânsito fosse intenso, os automóveis gostam imenso dos domingos e para o dono de um carro torna-se quase impossível resistir à chamada pressão psicológica, ao automóvel basta-lhe estar ali, não precisa falar. Enfim, a cidade ficou para trás, os bairros da periferia já lá vão, daqui a pouco aparecerão as barracas, em três semanas terão chegado à estrada, não, ainda lhes faltam uns trinta metros, e logo está a Cintura Industrial, quase tudo parado, só umas poucas fábricas que parecem fazer da laboração contínua a sua religião, e agora a triste Cintura Verde, as estufas pardas, cinzentas, lívidas, por isso é que os morangos devem ter perdido a cor, não falta muito para que sejam brancos por fora como já o vão sendo por dentro e tenham o sabor de qualquer coisa que não saiba a nada. Viremos agora à esquerda, lá ao longe, onde se veem aquelas árvores, sim, aquelas que estão juntas como se fossem um ramalhete, há uma importante estação arqueológica ainda por explorar, sei-o de fonte limpa, não é todos os dias que se tem a sorte de receber diretamente uma informação destas da boca do próprio fabricante. Cipriano Algor já perguntou a si mesmo como foi possível que se tivesse deixado encerrar durante três semanas sem ver o sol e as estrelas, a não ser, torcendo o pescoço, de um trigésimo quarto andar com janelas que não se podiam abrir, quando tinha aqui este rio, é certo que malcheiroso e minguado, esta ponte, é certo que velha e mal-amanhada, e estas ruínas que foram casas de gente, e a aldeia onde tinha nascido, crescido e trabalhado, com a sua estrada ao meio e a praça à desbanda, aqueles que ali vão, aquele homem e aquela mulher, são os pais de Marçal, ainda não os tínhamos visto em tanto tempo que leva esta história, à vista ninguém dirá que têm o mau feitio que se lhes atribui e de que deram bastas provas, é esse o perigo das aparências, quando nos enganem será sempre para pior. Cipriano Algor passara o braço para fora da janela da furgoneta e acenava-lhes como se fossem os seus melhores amigos, teria sido melhor que o não fizesse, agora o mais provável é irem a pensar que fez pouco deles, e não foi verdade, a intenção não era essa, o que sucede é que Cipriano

Algor vai contente, daqui a três minutos verá a Isaura e terá o Achado nos braços, se não for precisamente ao contrário o acontecimento, quer dizer, a Isaura nos braços e o Achado aos saltos, à espera de que lhe deem atenção. A praça ficou para trás, de repente, sem avisar, apertou-se-lhe o coração a Cipriano Algor, ele sabe da vida, ambos o sabem, que nenhuma doçura de hoje será capaz de minorar o amargor de amanhã, que a água desta fonte não poderá matar-te a sede naquele deserto, Não tenho trabalho, não tenho trabalho, murmurou, e essa era a resposta que deveria ter dado, sem mais adornos nem subterfúgios, quando Marta lhe perguntou de que iria viver, Não tenho trabalho. Nesta mesma estrada, neste mesmo lugar, como no dia em que vinha do Centro com a notícia de que não lhe comprariam mais louça, Cipriano Algor diminuiu a velocidade da furgoneta. Não queria chegar, queria já ter chegado, e entre uma coisa e outra aí está a esquina da rua onde mora a Isaura Madruga, a casa é aquela além, de súbito a furgoneta teve muita pressa, de súbito estacou, de súbito irrompeu dela Cipriano Algor, de súbito subiu os degraus, de súbito tocou à campainha. Tocou uma vez, duas, três vezes. Ninguém apareceu a abrir a porta, ninguém deu sinal lá de dentro, não veio a Isaura, não ladrou o Achado, o deserto que era para amanhã tinha-se adiantado para hoje. E deviam de estar aqui os dois, hoje é domingo, não se trabalha, pensou. Desconcertado regressou à furgoneta, cruzou os braços sobre o volante, o normal seria ir falar com os vizinhos, mas ele nunca tinha gostado de dar a saber a sua vida, na verdade, quando estamos a perguntar por alguém estamos a dizer acerca de nós próprios muito mais do que se poderia imaginar, o que nos vale é que as pessoas perguntadas, na sua maioria, não têm o ouvido preparado para perceber o que se oculta por trás de palavras aparentemente tão inocentes como estas, Viu por acaso a

Isaura Madruga. Dois minutos depois reconhecia que, refletindo bem, tão suspeito deveria ser estar parado à espera em frente da casa como ir, com ademane de falsa naturalidade, perguntar ao primeiro vizinho se, por casualidade, tinha dado pela saída de Isaura. Vou procurar por aí, pensou, pode ser que os encontre. O giro pela povoação resultou inútil, a Isaura e o Achado pareciam ter-se sumido da face da terra. Cipriano Algor resolveu ir para casa, voltaria a tentar ao fim da tarde, Foram a algum lado, pensou. O motor da furgoneta cantou a canção do regresso ao lar, o condutor já via as frondes mais altas da amoreira, e de repente, como um relâmpago negro, o Achado veio lá de cima, a ladrar, a correr pela ladeira abaixo como se tivesse enlouquecido, o coração de Cipriano Algor esteve a uma pulsação do desfalecimento, e não foi por causa do animal, este amor, por muito grande que seja, não chega a tanto, foi por pensar que o Achado não estaria sozinho, e que, se não estava sozinho, só havia uma pessoa no mundo que poderia estar com ele. Abriu a porta da furgoneta, de um salto o cão subiu-lhe aos braços, sempre era certo que seria ele o primeiro, e lambia-lhe a cara e não o deixava ver o caminho, esse no alto do qual aparece atónita Isaura Madruga, suspenda-se agora tudo, por favor, que ninguém fale, que ninguém se mexa, que ninguém se intrometa, esta é a cena comovedora por excelência, o carro que vem subindo a ladeira, a mulher que deu dois passos e de repente não pôde mais andar, vejam-na como tem as mãos apertadas contra o peito, Cipriano Algor que saiu da furgoneta como se entrasse num sonho, o Achado que vai atrás dele e se lhe enrola nas pernas, porém não acontecerá nada de mal, era o que faltava, deixar-se cair inesteticamente uma das personagens principais no momento culminante da ação, este abraço e este beijo, estes beijos e estes abraços, quantas vezes há-de ser preciso recordar-vos que aquele mesmo amor que devora está suplicando que o devorem, sempre foi assim, sempre, mas há ocasiões em que damos mais por isso. Foi num intervalo entre dois beijos que Cipriano Algor perguntou, E como é que estás aqui, mas Isaura não respondeu logo, havia outros beijos a dar e a receber, tão urgentes como o primeiro de todos eles, enfim encontrou fôlego bastante para dizer, O Achado fugiu logo no dia em que te foste embora, abriu um buraco na sebe do quintal e veio para aqui, não houve maneira de o obrigar a voltar, estava decidido a esperar-te até não sei quando, o remédio foi deixá-lo ficar, trazer-lhe a comida e a água, fazer-lhe um pouco de companhia, embora eu ache que não precisava dela. Cipriano Algor procurava nos bolsos a chave da casa, enquanto ia pensando e imaginando, Vamos entrar os dois, vamos entrar juntos, e tinha-a finalmente na mão quando viu que a porta estava aberta, que é como devem de estar as portas para quem, vindo de longe, chega, não precisou de perguntar porquê, Isaura dizia-lhe tranquilamente, Marta deixou-me uma chave para que viesse de vez em quando arejar a casa, limpá-la de algum pó, assim, com isto do Achado, passei a vir todos os dias, de manhã, antes de ir para a loja, e ao fim da tarde, depois de acabar o trabalho. Pareceu que ainda tinha algo mais a acrescentar, mas os lábios fecharam-se-lhe com firmeza como para trancar a passagem às palavras, Não saireis daí, ordenavam, porém elas juntaram-se, uniram forças, e o mais que o pudor pôde conseguir foi fazer baixar a cabeça a Isaura e reduzir-lhe a voz a um murmúrio, Uma noite fiquei a dormir na tua cama, disse. Entendamo-nos, este homem é oleiro, trabalhador manual portanto, sem finezas de formação intelectual e artística tirando as necessárias ao exercício da sua profissão, de uma idade já mais do que madura, criou-se num tempo em que o mais corrente era terem as pessoas de sofrear, cada uma em si mesma e todas em toda a gente, as expressões do sentimento e as ansiedades do corpo, e se é certo que não seriam muitos os que no seu meio social e cultural poderiam pôr-lhe um pé adiante em matéria de sensibilidade e de inteligência, ouvir dizer assim de supetão, da boca de uma mulher com quem nunca jazera em intimidade, que dormiu, ela, na sua cama dele, por muito energicamente que estivesse a andar em direção à casa onde o equívoco caso se produziu, por força haveria de suspender o passo, olhar com pasmo a ousada criatura, os homens, confessemo-lo de uma vez, nunca acabarão de entender as mulheres, felizmente que este conseguiu, sem saber bem como, descobrir no meio da sua confusão as palavras exatas que a ocasião pedia, Nunca mais dormirás noutra. Realmente, esta frase era assim que tinha de ser, perder-se-ia todo o efeito se ele tivesse dito, por exemplo, como quem põe a sua assinatura num acordo de conveniências, Bom, já que tu foste dormir à minha cama, irei eu dormir à tua. Tinha-se abraçado novamente Isaura a Cipriano Algor depois do que ele dissera, não custa nada imaginar com que entusiasmo o fazia, mas ele teve um súbito sobressalto em que os sentimentos da paixão, ao parecer, não tinham parte, Esqueci-me de tirar a mala do carro, foi só isto o que disse. Sem prever ainda as consequências do prosaico ato, levando o Achado aos saltos atrás de si, abriu a porta da furgoneta e agarrou na mala. Teve a primeira intuição do que iria acontecer quando entrou na cozinha, a segunda quando entrou no quarto, mas a certeza certa só a teve quando Isaura, com uma voz que se esforçava por não tremer, lhe perguntou, Vieste para ficar. A mala estava no chão, à espera de alguém que a abrisse, mas essa operação, se bem que necessária, podia ficar para mais tarde. Cipriano Algor fechou a porta. Há momentos assim na vida, para que o céu se abra é preciso que uma porta se feche. Meia hora depois, já em paz, como uma praia de onde se vai retirando a maré, Cipriano Algor contou o que se havia passado no Centro, a descoberta da gruta, a imposição de segredo, a vigilância, a descida à escavação, o negrume lá dentro, o medo, os mortos atados ao banco de pedra, as cinzas da fogueira. Ao princípio, quando o vira subir a ladeira na furgoneta, Isaura pensou que Cipriano voltava para casa por não ter podido aguentar mais a separação e a ausência, e essa ideia, como é de calcular, afagou o seu ansioso coração de amante, mas agora, com a cabeça descansando no côncavo do ombro dele, sentindo a mão dele na sua cintura, as duas razões pareceram-lhe igualmente justas, e, além disso, se nos dermos ao trabalho de observar que há pelo menos uma face, a da insuportabilidade, em que uma e outra se tocam e se tornam comuns, passa automaticamente a não existir qualquer motivo sério para afirmar que as duas razões são contraditórias entre si. Isaura Madruga não é particularmente versada em histórias antigas e invenções mitológicas, mas só precisou de duas palavras simples para compreender o essencial da questão. Embora as conheçamos já, não se perde nada em deixá-las escritas outra vez, Éramos nós.

À tarde, como fora combinado, Cipriano Algor telefonou a Marta para lhe dizer que havia chegado bem, que a casa estava como se a tivessem deixado ontem, que ao Achado pouco faltara para endoidecer de felicidade, e que a Isaura mandava um abraço. Donde está a falar, perguntou Marta, De casa, evidentemente, E Isaura, A Isaura está aqui ao meu lado, queres falar com ela, Falarei, mas diga-me primeiro o que se passa, A que te referes, A isso mesmo, a estar a Isaura aí, Desagrada-te, Não diga disparates e deixe-se de dar voltas à nora, responda-me, A Isaura fica comigo, E o pai fica com quem, Ficamos um com o outro, se era o que querias ouvir. Do outro lado, houve um silêncio. Depois Marta disse, Deu-me uma grande alegria, Pelo tom ninguém o dirá, O tom não tem que ver com estas palavras, mas com outras, Quais, O dia de amanhã, o futuro, Teremos tempo de pensar no futuro, Não finja, não feche os olhos à realidade, sabe perfeitamente que o presente acabou para nós, Vocês estão bem, nós cá nos havemos de arranjar, Nem eu estou bem nem está bem o Marçal, Porquê, Se aí não há futuro, também não o haverá aqui, Explica-te melhor, por favor, Tenho um filho a crescer-me na barriga, se ele alguma vez quiser, quando for senhor das suas ações, viver num sítio como este, terá feito o que era sua vontade, mas, pari-lo eu aqui, não, Deverias ter pensado nisso antes, Nunca é demasiado tarde para emendar um erro, mesmo quando as consequências já não têm remédio, e estas ainda o poderão ter, Como, Primeiro teremos de conversar muito, Marçal e eu, depois logo se verá, Pensa bem, não te precipites, O erro, meu pai, também pode ser a consequência de ter pensado bem, além disso, que eu saiba, não está escrito em nenhuma parte que precipitar-se tem forçosamente de levar a maus resultados, Espero que nunca te enganes, Não sou tão ambiciosa, só quereria não me enganar esta vez, e agora, se me dá licença, ponto final no diálogo do pai e da filha, chame-me aí a Isaura, que tenho muito que falar com ela. Cipriano Algor passou o telefone e saiu para a eira. Ali está a olaria onde um resto de barro solitário se vai ressecando, ali está o forno onde trezentos bonecos perguntam uns aos outros por que diabo os fizeram, ali está a lenha que inutilmente esperará que a levem à fornalha. E Marta que diz, Se aqui não haverá futuro, aí também não o há. Cipriano Algor conheceu hoje a felicidade, o céu aberto do amor que declarado se consumou, e agora aí estão novamente as nuvens de tempestade, as sombras malignas da dúvida e do temor, basta ver que aquilo que o Centro lhe pagou pelas estatuetas, mesmo que apertem o cinto até ao último furo, não chegará para mais de dois meses, e que a diferença entre o que a empregada de balcão Isaura Madruga ganha na loja e o zero deve ser praticamente outro zero. E depois, perguntou, olhando a amoreira-preta, e ela respondeu, Depois, velho amigo, como sempre, o futuro.

Quatro dias depois Marta voltava a telefonar, Apareceremos aí amanhã à tarde. Cipriano Algor fez umas contas rápidas, Mas a folga do Marçal não devia ser para agora, Pois não, Então, Guarde as perguntas para quando chegarmos, Queres que vos vá buscar, Não vale a pena, tomaremos um táxi. Cipriano Algor disse a Isaura que lhe parecia estranha a visita, Salvo se, acrescentou, a distribuição das folgas teve de ser alterada por causa de alguma confusão burocrática que a descoberta da gruta tenha provocado, mas nesse caso o natural seria ela tê-lo dito e não mandar-me a mim guardar as perguntas para quando cá estiverem, Um dia passa depressa, disse Isaura, amanhã saberemos. Afinal, o dia não passou tão rapidamente quanto Isaura pensava. Vinte e quatro horas a pensar são muitas, vinte e quatro horas se diz porque o sonho não é tudo, à noite, provavelmente, há outros pensamentos na nossa cabeça que puxam uma cortina e continuam a pensar sem ninguém saber. Cipriano Algor não se tinha esquecido das categóricas palavras de Marta referidas ao filho que está para nascer, Pari-lo eu aqui, não, uma frase absolutamente explícita, sem rodeios, não um daqueles conjuntos de sons vocais mais ou menos organizados que até quando afirmam parecem estar a duvidar de si mesmos. A conclusão, portanto, em boa lógica, só poderia ser uma, Marta e Marçal iam deixar o Centro. Se o fizerem, será um disparate, dizia Cipriano Algor, de que é que vão viver depois, Essa mesma pergunta se nos poderia fazer a nós, disse Isaura, e nem por isso me vês preocupada, Acreditas na divina providência que vela pelos desvalidos, Não, o que creio é que há ocasiões na vida em que devemos deixar-nos levar pela corrente do que acontece, como se as forças para lhe resistir nos faltassem, mas de súbito percebemos que o rio se pôs a nosso favor, ninguém mais deu por isso, só nós, quem olha julgará que estamos a ponto de naufragar, e nunca a nossa navegação foi tão firme, Oxalá que a ocasião em que nos encontramos seja uma dessas. Não tardaria muito a saber-se. Marta e Marçal saíram do táxi, descarregaram do porta-bagagem alguns volumes, menos do que aqueles que antes tinham levado para o Centro, o Achado desafogou a emoção em duas arrebatadas voltas à amoreira-preta, e quando o carro desceu a ladeira para regressar à cidade Marçal disse, Já não sou empregado do Centro, pedi a demissão de guarda. Cipriano Algor e Isaura não acharam que tivessem de manifestar surpresa, que ainda por cima soaria a falso, mas pelo menos uma pergunta estavam obrigados a fazer, uma daquelas perguntas inúteis sem as quais parece que não podemos viver, Tens a certeza de que foi o melhor para vocês, e Marçal respondeu, Não sei se foi o melhor ou o pior, fiz o que devia ser feito, e não fui o único, também se demitiram outros dois colegas, um externo e um residente, E o Centro, como reagiram eles, Quem não se ajusta não serve e eu tinha deixado de ajustar-me, as duas últimas frases já foram ditas depois do jantar, E quando sentiste que tinhas deixado de ajustar-te, perguntou Cipriano Algor, A gruta foi a última gota, como também o foi para si, E para esses teus colegas, Sim, também para eles. Isaura tinha-se levantado e começado a levantar a mesa, mas Marta disse, Deixa estar, depois arrumamos as duas, temos de decidir o que vamos fazer, A Isaura, disse Cipriano Algor, é de opinião de que nos deveríamos deixar levar pela corrente do que acontece, que sempre chega um momento em que percebemos que o rio está a nosso favor, Eu não disse sempre, corrigiu Isaura, disse que há ocasiões, de todo o modo não façam caso, é só uma fantasia que me passou pela cabeça, Para mim serve, aprovou Marta, pelo menos parece-se muito com o que nos tem vindo a suceder, Que iremos fazer então, perguntou o pai, O Marçal e eu vamos procurar a nossa vida longe daqui, está decidido, o Centro acabou, a olaria já tinha acabado, de uma hora para a outra passámos a ser como estranhos neste mundo, E nós, perguntou Cipriano Algor, Não deve esperar que seja eu a aconselhar-lhes o que terão de fazer, Entendo bem se pensar que estás a propor que nos separemos, Entende mal, o que eu digo é que as razões de uns podem não ser as razões de todos, Posso dar uma opinião, sugerir uma ideia, perguntou Isaura, na verdade não sei se já tenho esse direito, estou na família nem há meia dúzia de dias, e mesmo assim sinto-me como se tivesse vindo à experiência, como se tivesse entrado pela porta das traseiras, Já por cá andavas há meses, desde aquele famoso cântaro, disse Marta, quanto ao resto das palavras que disseste o meu pai que responda, A não ser que ela parece ter uma opinião para dar, uma ideia para sugerir, nada mais ouvi, portanto qualquer apreciação minha neste momento estaria com certeza fora do debate, disse Cipriano Algor, Que ideia era essa tua, perguntou Marta, Tem que ver com aquela fantasia da corrente que nos leva, disse Isaura, Explica-te, E é a coisa mais simples do mundo, Já sei qual é a ideia, interrompeu Cipriano Algor, Qual é, perguntou Isaura, Vamos também, Exato. Marta respirou fundo, Para ter ideias aproveitáveis, não há como ser mulher, Convém não nos precipitarmos, disse Cipriano Algor, Que queres dizer, perguntou Isaura, Tens a tua casa, o teu emprego, E daí, Largar assim tudo, virar as costas, Já tinha largado tudo antes, já tinha virado as costas antes, quando apertei aquele cântaro contra o peito, realmente era preciso que fosses homem para não compreenderes que te estava a apertar a ti, as últimas palavras quase se perderam numa súbita irrupção de soluços e de lágrimas. Cipriano Algor estendeu timidamente a mão, tocou-lhe num braço, e ela não pôde evitar que o choro redobrasse, ou talvez precisasse de que assim acontecesse, às vezes não são suficientes as lágrimas que já chorámos, temos de pedir-lhes por favor que continuem.

Os preparativos ocuparam todo o dia seguinte. Primeiro de uma casa, logo da outra, Marta e Isaura escolheram o que acharam necessário para uma viagem que não tem destino conhecido e que não se sabe como nem onde terminará. A furgoneta foi carregada pelos homens, auxiliados pelos ladridos de estímulo do Achado, nada inquieto hoje com o que era, com clareza total, uma nova mudança, porque na sua cabeça de cão não podia sequer entrar a ideia de que estivessem para o abandonar segunda vez. A manhã da partida apareceu com o céu grisalho, tinha chovido de noite, na eira havia, aqui e além, pequenas poças de água, e a amoreira-preta, para sempre agarrada à terra, ainda gotejava. Vamos, perguntou Marçal, Vamos, disse Marta. Subiram para a furgoneta, os dois homens à frente, as duas mulheres atrás, com o Achado ao meio, e quando Marçal ia pôr o carro em movimento, Cipriano Algor disse bruscamente, Espera. Saiu da furgoneta e dirigiu os passos para o forno, Aonde vai, perguntou Marta, Que irá ele fazer, murmurou Isaura. A porta do forno foi aberta, Cipriano Algor entrou. Quando daí a pouco saiu vinha em mangas de camisa e servia-se do casaco para transportar algo pesado, uns quantos bonecos, não poderia ser outra coisa, Quer levá-los de recordação, disse Marçal, mas enganava-se, Cipriano Algor aproximou-se da porta da casa e começou a dispor as estatuetas no chão, de pé, firmes na terra molhada, e quando as colocou a todas voltou ao forno, nessa altura já os outros viajantes tinham descido da furgoneta, nenhum deles fez perguntas, um a um entraram também no forno e trouxeram bonecos para fora,

Isaura correu à furgoneta para buscar um cesto, um saco, qualquer coisa, e os bonecos iam pouco a pouco ocupando o espaço em frente da casa, e então Cipriano Algor entrou na olaria e retirou com todo o cuidado da prateleira as estatuetas defeituosas que ali tinha juntado, e reuniu-as às suas irmãs escorreitas e sãs, com a chuva tornar-se-ão em lama, e depois em pó quando o sol a secar, mas esse é o destino de qualquer de nós, agora já não é só diante da casa que as estatuetas estão de guarda, também defendem a entrada da olaria, no fim serão mais de trezentos bonecos olhando a direito, palhaços, bobos, esquimós, mandarins, enfermeiras, assírios de barbas, até agora o Achado ainda não deitou abaixo nenhum, o Achado é um cão consciente, sensível, quase humano, não precisa que lhe expliquem o que se está a passar aqui. Cipriano Algor foi fechar a porta do forno, disse, Agora podemos ir-nos. A furgoneta fez a manobra e desceu a ladeira. Chegando à estrada virou à esquerda. Marta chorava com os olhos secos, Isaura abraçava-a, enquanto o Achado se enroscava a um canto do assento por não saber a quem acudir. Alguns quilómetros andados, Marçal disse, Escreverei aos meus pais quando pararmos para almoçar. E logo, dirigindo-se a Isaura e ao sogro, Havia um cartaz, daqueles grandes, na fachada do Centro, são capazes de adivinhar o que ele dizia, perguntou, Não temos ideia, responderam ambos, e então Marçal disse, como se recitasse, BREVEMENTE, ABERTURA AO PÚBLICO DA CAVERNA DE PLATÃO, ATRAÇÃO EXCLUSIVA, ÚNICA NO MUNDO, COMPRE JÁ A SUA ENTRADA.

1ª EDIÇÃO [2000] 16 reimpressões
2ª EDIÇÃO [2017] 4 reimpressões

ESTA OBRA FOI COMPOSTA PELA ACOMTE EM TIMES E IMPRESSA
EM OFSETE PELA GEOGRÁFICA SOBRE PAPEL PÓLEN DA SUZANO S.A.
PARA A EDITORA SCHWARCZ EM FEVEREIRO DE 2025

A marca FSC® é a garantia de que a madeira utilizada na fabricação do papel deste livro provém de florestas que foram gerenciadas de maneira ambientalmente correta, socialmente justa e economicamente viável, além de outras fontes de origem controlada.